미스터리
책 장

3인의 명탐정

레오 브루스 지음 | 김예진 옮김

여러분의 추리를 직접 들을 수 있다니, 이것참 영광이로군요!

열린책들

차례

등장인물

라이어널 타운젠드
서스턴 저택의 손님, 화자

사이먼 플림솔 경
귀족 탐정

아메르 피콩
프랑스에서 온 사설탐정

스미스
신부, 탐정

윌리엄 비프
지역 경찰

맥베스 너무나 무시무시한 밤이었지.

레녹스 나는 그런 일을 기억하기에는
너무 젊다오.

맥더프, 다시 들어온다.

맥더프 아, 두렵도다! 두렵도다! 너무나 두렵도다!
말로도 다 할 수 없고 그 누구도 믿을 수 없는 일이 벌어졌도다!

맥베스와 레녹스 무슨 일이 있었소?

맥더프 혼돈이 걸작을 빚어냈도다!
가장 신성모독적인 살인이
성유 바른 신의 관자놀이를 꿰뚫어
그 육체의 생명을 앗아갔나니.

—셰익스피어의 『맥베스』 중에서

1

아무리 생각해도 그날 저녁에는 불길한 조짐이라고는 전혀 느껴지지 않았다고밖에 말할 수 없었다. 범죄를 예고하는 징후는 조금도 없었다. 누구도 타인의 눈을 피해 은밀히 돌아다니지 않았고, 남들 몰래 귓속말로 벌이던 싸움이 중단되는 일도 없었으며, 수수께끼의 방문자가 저택 근처를 기웃거리지도 않았다. 짐작하는 대로, 그날 저녁에 벌어진 모든 사건을 이후 몇 번이고 마음속에서 되새겨보았지만, 누군가가 경고라도 보내듯 이상한 행동을 보였던 기억은 전무하다. 사건이 벌어졌을 때 내가 비할 데 없이 무시무시한 충격을 받은 이유는 여기에 있다.

물론 모두 함께 칵테일을 마시면서 범죄에 대해 이야기한 일은 기억이 난다. 그것만큼은 도저히 잊어버릴 수 없었으니까. 하지만 우리는 아주 보편적인 이야기를 나누었을 뿐이다. 설마하니 그 대화가 사건과 관련이 있으리라 누가 생각이나 할 수 있었을까? 심지어 먼저 그 화제를 꺼낸 사람이 누구인지도 확실하지 않다. 내가 그랬을 수도 있고 다른 누군가였을 수도 있지만, 이는 추후에 사건을 이해하는 데 도움이 될 것이다. 그 대화는 아주 특별한 의미에서 소름 끼칠 정도로 사건과 관련이 깊기 때문이다. 앞으로 두고 보면 알게 되리라.

하지만 그때, 즉 서스턴 저택의 주말 파티에서는 범죄뿐만 아니라 종교, 정치, 영화, 심지어 유령에 대한 이야기도 얼마든지 나올 수 있었다. 사람들이 관심을 갖기만 한다면 어떤 화제든 튀어나오곤 했다. 서스턴 가문이 주최하는 파티는 그런 파티였다. 사람들이 자유로이 토론을 나누다가 누군가가 고함을 질러 의견을 개진하면 다른 누군가가 그것을 부정하고, 너나없이 자못 똑똑한 척 소리를 질러댔다. 그렇다고 자아도취적이고 예술가인 양 젠체하는 파티였다는 뜻은 아니다. 지나치게 자유분방한 여성들이 자유연애와 나체주의를 주장하는 런던의 여느 끔찍한 파티와는 달리 서스턴 저택에서의 대화는 늘 즐거웠으며, 단순히 저녁 식사 후 브리지 게임을 시작하기 전까지 지루하게 시간을 때우는 임시방편이 아니었다.

서스턴 선생 본인은 그리 말을 잘하는 편이 아니었으나 타인의 이야기를 즐겁게 듣는 사람이었고 때때로 재치 있는 맞장구도 칠 줄 알았다. 덩치가 크고 안경을 썼으며 생김새와 몸가짐 모두 게르만인다운 그는 사람들 앞에서 독일인 특유의 단순하고 감상적인 모습을 유쾌하게 드러내 보이곤 했다. 특히 손님들에게 음식과 마실 것, 시가를 대단히 열성적으로 권했다. 서스턴 선생은 결혼하기 전까지는 서식스에 있는 한 마을의 지역 의사였고, 지금은 일을 그만두었으나 마음에 들어하던 자신의 병원 건물만은 그대로 남겨두고 새로 들어온 개업의가 개축하도록 허락했다. 모든 사람은 이것이 서스턴 부인의 재산 덕이라고 생각했다. 결혼 이후로 그들은 하는 일이 무엇이든 다 잘되었으며 상당히 즐거워 보였다.

메리 서스턴은 사랑스러운 사람이었다. 내가 아는 한 가장 사랑스러운 여인이었다. 그러나 현명하지는 않았다. 나는 서스턴 저택에 여러 번 머무르며 서스턴 부인과 한 방에서 많은 시간을 보냈지만 부인이 한 문장 이상 똑바로 말하는 것을 들은 기억이 없다. 부인은 몸이 건장하고 옷에 돈을 많이 썼다. 금발에 화장을 짙게 했고, 낙천적이며 얌전한 여성이었다. 말 한 마디 한 마디 전부를 기억하지는 못하지만, 나는 아직도 넓은 안락의자에 꽉 들어차 앉아서 우리 모두를 보고 생글생글 환한 미소를 짓던 부인이 사탕발림하는 말에 소녀처럼 깔깔 웃던 모습을 또렷하게 떠올릴 수 있다. 상냥함이 흘러넘치는 그 모습을 누군가는 아주 적절하게 '풍요의 여신'이라 칭했다. 한 집의 안주인이라는 입장도 그랬지만 실질적인 관점으로 보았을 때 부인은 마치 신과도 같았다. 음식은 맛이 좋았고 저택은 아름다웠으며 무엇보다 서스턴 부인에게는 아주

소중한 재능이 있었다. 좋은 술을 알아보는 재능이었다. 부인은 좋은 여자였다.

누가 먼저 범죄에 대한 이야기를 꺼냈는지는 모르겠으나 화제를 가장 주도적으로 끌고 간 사람은 앨릭 노리스였다. 비록 본인은 그 주제를 대단히 경멸하는 척하는 어투로 말했지만 말이다.

"범죄요? 뭐 다른 이야기 좀 하면 안 됩니까? 소설이나 영화에서 이미 잔뜩 나와서 질리지 않았습니까? 난 이놈의 범죄, 범죄, 범죄 타령에 완전히 진저리가 난다고요."

서스턴 선생이 킬킬 웃었다. 그는 노리스를 잘 알았기에 어째서 저렇게 날선 말투로 이야기하는지도 충분히 이해했다. 노리스는 살인 미스터리 소설(원색적인 요소가 듬뿍 담긴 자극적이고 정신 나간 소설)과는 거리가 먼 소설을 쓰는, 잘 안 팔리는 작가였다. 서스턴 선생은 노리스를 더욱 흥분하게 할 기회가 왔다는 사실을 바로 알아챘다.

"하지만 그건 허구 아니오? 실제로 벌어지는 범죄는 어떻소?"

노리스는 다이빙대에 올라선 다이빙 선수 같았다. 서스턴 선생 쪽으로 잠시 눈을 깜박이며 머뭇거리던 그는 곧 해당 주제에 달려들었다.

"그건 또 얘기가 다르죠. 소설 속의 범죄는 하나같이 불가해한 수수께끼이고 놀라운 단서가 주어집니다. 하지만 실제 삶 속에서 범죄란, 예컨대 교살당한 하녀에게는 늘 지저분한 이야기가 얽혀 있는 식으로 드러나기 마련이죠. 경찰을 단 한 순간이라도 머뭇거리게 하는 범죄에는 두 종류가 있습니다. 하나는 도저히 신원을 알 수 없는 희생자를 대상으로 저지르는 범죄죠. 최근 일어난 브라이턴 살인 사건처럼 말입니다.

다른 하나는 오로지 범죄를 위해 범죄를 저지르며, 그 외에는 특별한 동기가 없는 미친놈의 소행이죠. 계획적인 범죄가 경찰을 긴 시간 혼란에 빠뜨리는 일은 드뭅니다. 동기가 있고 희생자의 신원이 확실하다면 바로 체포할 수 있습니다."

노리스는 말을 멈추고 잔에 남은 칵테일을 훌쩍 마셨다. 나는 그를 빤히 바라보며 이 앨릭 노리스라는 자의 희한한 생김새를 하나하나 뜯어보았다. 그는 머리와 몸통이 좁다랗고, 앙상한 얼굴에는 오로지 턱과 치아, 그리고 광대뼈와 이마만이 툭 튀어나와 있었다. 피부라고는 다 쪼그라들어 두개골을 간신히 덮을 정도밖에 남아 있지 않은 듯했다.

다른 손님이 끼어들었다. 데이비드 스트리클런드라는 젊은이였다.

"하지만 체포를 당했다고 해서 반드시 배심원의 평결을 받는 건 아닙니다. 세상에는 진작부터 자기가 의심을 받고 어쩌면 체포당할 것을 알면서도 위험을 무릅쓸 만큼 절박한 심경에 처한 살인자도 많습니다. 그런 사람들은 증거를 잔뜩 남겨 놓을 만큼 멍청하지 않죠."

나는 이 스트리클런드라는 친구를 잘 알았기에 그 말을 그리 신경 쓰지 않았다. 스트리클런드는 우리 중 나이가 가장 어렸으며 키가 땅딸막하고 스포츠, 특히 레이싱을 좋아하는 청년이었다. 걸핏하면 누군가에게 5파운드를 빌려달라고 졸랐지만 거절당해도 그리 마음에 담아두지 않는 성격으로, 서스턴 가문으로부터 일종의 특혜를 받고 있었다. 심지어 서스턴 선생은 스트리클런드를 보면 자신의 아내에게 농담 삼아 "당신 애인 왔소, 여보"라고 말하곤 했다. 스트리클런드가 곤란에 처했을 때 서스턴 부인이 자주 도와줄 거란 사실은 쉽게 짐작할 수 있었지만, 그렇다고 해서 둘 사이에 실제 무슨 일이 있는 것은 아니었다. 스트리클런드는 술꾼에 도박을 좋아하고 음담패설을 즐기는 젊은이였지만 여자 문제는 깔끔했다.

앨릭 노리스는 젊은이의 말을 무시했다.

"경찰은 범인이 누군지만 알면 금방 단서를 찾아낼 거야."

그렇게 말하고는 다시 탐정소설을 비난하기 시작했다.

"탐정소설은 너무나 작위적이고 실생활에서 멀리 떨어져 있죠. 여러분 모두가 이러한 소설 속 범죄들에 대해서 잘 아실 겁니다. 지금처럼 파티가 벌어지고 있는 가운데, 어느 순간 갑자기 누군가가 옆방에서 시체로 발견되죠. 소설가의 수작으로 파티에 참석한 손님과 하인 중 절반 정도가 용의선상에 오릅니다. 그러다 갑자기 명탐정이 등장해 독자가 단 한 번도 의심해본 적 없는 사람이 범인이라는 것을 멋지게 증명해내고, 막이 내리죠."

"한 잔 더 하겠소, 앨릭?"

"고맙습니다만 제 말은 아직 안 끝났습니다. 그러니까 제가 지적하고 싶은 건 요컨대, 최근 추리소설이란 독자와 작가 사이에서 벌어지는 여우 사냥 놀이쯤으로 전락하고 말았다는 겁니다. 요즘은 독자들이 너무 똑똑해졌거든요. 독자들은 습관적으로 그랬던 것처럼 뻔히 보이는 용의자를 지목하지 않습니다. 소설가가 전혀 범행을 저지를 것 같지 않은 유형의 인물을 등장시키더라도, 유추를 통해 대부분 쉽게 알아냅니다. 의외의 범인은 온갖 종류별로 다 등장했습니다. 윌리엄스 씨 같은 가족 변호사일 수도 있고, 서스턴 선생님같이 집주인 본인일 수도 있으며, 타운젠드처럼 저택에 머무르는 젊은 손님일 수도 있습니다."

노리스는 내 쪽을 흘긋 쳐다보며 말을 이었다.

"그리고 스트리클런드 자네나 나일 수도 있지. 아니면 스톨 같은 집사, 라이더 씨 같은 목사님, 이니드 같은 하녀, 또 운전사…… 저택 운전사 이름이 뭐였죠? 여하튼 그리고 안주인일 수도 있죠. 서스턴 부인처럼요. 아니면 22장이 되어서야 겨우 나타난 의문의 방문객일 수도 있습니다. 내 입장에서 볼 때 그건 완전히 반칙이지만요. 여하튼 우리 모두는 너무 많이 써먹은 인물들이라 이겁니다."

노리스의 웃음은 이제 조금 불편해 보였다.

"그래요. 내 말은 전부 사실입니다."

발언을 마무리하는 목소리에 다소 짜증이 섞여 있었다.

"살인이 일어나는 미스터리를 쓰는 건 게임이나 마찬가집니다. 그냥 체스 같은 시시한 게임이라 이거죠. 하지만 실제로 일어나는 살인은 게임이 아닙니다. 더 단순하면서도 잔혹하죠. 수수께끼라고 해도 저 피아노 다리를 둘러쌀 정도에 불과합니다. 그러니 내가 추리소설 따위는 아무짝에도 쓸모없다고 하는 겁니다. 다 틀린 얘기예요. 현실에서 불가능한 것을 묘사할 뿐이다 이거죠."

샘 윌리엄스가 그 말에 답했다. 그는 서스턴 가문의 변호사로, 나와는 이 집에서 여러 번 만난 적이 있었다. 윌리엄스는 매우 청결하며 혈색이 좋고 시가를 즐겨 피우는 남성으로, 열차의 일등석 한구석에 앉아 검은색 에나멜가죽 구두를 신은 발을 흔들고 있을 법한 인물이었다. 올이 굵은 백발을 언제나 단정하게 빗어 올렸고 젊은이처럼 몸이 건강했으며 표정은 온화했다. 옷도 잘 차려입었지만 움직임도 기민했다. 세간에서는 변호사 중에서도 일등급이라는 평판을 얻고 있었으며 나 역시 그에게 여러 번 상담을 한 적 있었다.

윌리엄스는 이렇게 말했다.

"그럴 수도 있겠지요. 하지만 나는 그런 게임을 즐기는 편이라서요. 당신 말대로 요즘 추리소설들은 너무 교활해져서 마지막 몇 페이지를 넘기기 전까지는 범인이 누군지 맞히기 통 어려워졌죠. 하지만 결국 우리는 소설이 초월적 삶이기를 기대하고, 책 속에서 일어난 범죄는 실제 범죄보다 더 신비스럽기를 바라지 않습니까?"

그때 언제나 칵테일을 섞어 마시는 습관이 있는 서스턴 선생이 벨을 울려 진을 더 가져오게 했고, 그에 응하여 집사 스톨이 나타났다. 나는 그가 별로 마음에 들지 않았다. 만일 내가 노리스가 말하는 소위 '미스터리 게임'을 하게 된다면 스톨이 나의 첫 번째 손님이 되리라. 그 길쭉한 대머리와 가느다란 눈, 그리고 고요한 동작에서는 무언가 불길한 분위기가 배어 나왔다. 그러나 스톨은 훌륭한 집사였다.

스톨이 방을 나서려는데 서스턴 부인이 그를 불러 세웠다.

"펠로스한테 내가 할 말이 있다고 전해주겠어요?"

그러고는 남편을 향해 말을 덧붙였다.

"쥐가 너무 많아요, 여보. 쥐 소리가 또 났단 말이에요. 분명 사과 저장고에 있을 거예요. 펠로스한테 무슨 조치를 취하라고 해야겠어요."

"혹시 탱이 잘못 먹으면 큰일이니 쥐약을 놓지는 말라고 해요."

탱은 서스턴 부인이 키우는 페키니즈의 이름이었다.

"그럼요, 덫을 놓는 편이 나을 거예요."

부인은 운전사인 펠로스에게 직접 이야기하기 위해 홀을 통해 나가버렸다.

단순하고 우아한 형태를 띤 서스턴 저택은 조지 시대풍 건물로, 정면에 돌출된 곳이 없고 전체적인 모양새가 사각형인 것은 당대 건축의 특징을 반영한 결과였다. 쭉 늘어선 창문들은 길고 우아한 형태였으며, 천장은 높이 탁 트여 있었다. 서스턴 부인이 쥐 소리를 들었다는 말은 전혀 놀랍지 않았다. 솔직히, 손님들 앞에서 그런 말을 하는 건 실례였지만 부인다운 행동이기도 했다.

깔끔하게 정돈된 집 내부만 보아서는 도저히 쥐가 살고 있을 거라는 생각이 들지 않았다. 이유를 찾자면 단 하나, 집이 오래되었다는 사실뿐이었다. 환한 방은 중앙난방식이었고, 안벽은 크림색으로 페인트칠이 되어 있었으며 간간이 경쾌한 수채화 작품들이 걸려 있었다. 나무판자로 촘촘히 짠 마룻바닥 위에는 고급스럽고 푹신한 긴 의자와 안락의자가 여기저기 놓여 있었으며, 그 위에는 부드러운 밝은색의 쿠션이 있었다. 이 가구들을 한번 보고 나면 적당히 흉내낸 복제 가구에는 눈길조차 가지 않을 정도였다. 편안하고 따스하며 환하고 사치스러운 분위기는 고급 호텔을 방불케 했다. 솔직히 말해 이 저택은 아주 좋은 호텔 같았다. 침실에 있는 니켈 수도꼭지를 돌리면 뜨거운 물이 흐르며, 앉을 수 있는 자리마다 독서등이 붙어 있는데다 마시고 싶은 음료는 무엇이든 마실 수 있었다. 주말에 잠깐 들르기로는 더할 나위 없이 좋으나 오래 지내기에는 다소 심심하고 재미없는 곳. 이것이 그 집을 가장 잘 묘사할 수 있는 표현이다. 지금 생각해보면, 우리 모두가 그곳에 모여 있던 일이 너무나 오래전의 일인 것만 같다.

"한 잔 더!"

서스턴 선생이 칵테일 셰이커를 들고 방을 돌면서 우리에게 술을 권했다.

"반 잔만 더 합시다!"

결국 우리는 모두 잔을 채웠다.

"범죄소설 작가들한테 퍽 실망이라도 하신 모양입니다."

윌리엄스가 난로 건너편에 있는 노리스에게 말했다.

"그 사람들 책은 하나같이 틀에 박혀 있기 때문이죠. 그뿐입니다."

"스스로 추리소설을 써보겠다는 생각은 해본 적 없습니까?"

그 질문에 노리스는 깜짝 놀란 모양이었다.

"내가요? 말도 안 됩니다! 만약 내가 그런 종류의 일을 시도한다면 범죄자의 심리 상태를 이해하려는 학술적 의의에서일 겁니다. 응접실에서 벌어지는 옳은 단서, 잘못된 단서, 알리바이 따위를 둘러싼 지긋지긋한 게임이 아니고 말이죠. 시간, 장소, 방법에 동기, 실생활과는 요만큼도 상관없는 그딴 것들을 웅얼댈 게 아니라……. 언젠가 한 남자의 고뇌에 대해 쓴 적은 있었습니다. 범죄를 저지를 것인가 말 것인가를 놓고 고민하는 사람이었죠. 그리고 그 고뇌는 나중에……." 노리스의 말이 점점 느려졌다.

그러자 윌리엄스가 대꾸했다. "그런 건 도스토옙스키가 항상 쓰고 있지 않습니까? 『죄와 벌』에서도 그랬죠."

"'항상' 일어나는 일은 없습니다." 노리스가 날카롭게 말했다. "모든 범죄자는 항상 서로 조금씩 다른 법입니다. 당신이 즐겨 읽는 범죄소설 작가들은 그 점을 눈치채지 못한 모양이로군요."

첫 번째 벨이 울리자 우리는 모두 옷을 갈아입으러 위층으로 올라갔다. 윌리엄스와 노리스는 우리가 모두 방을 나가는 동안에도 계속 떠들어대고 있었으나 나는 그 논쟁을 계속 듣고 싶은 마음이 눈곱만큼도 없었다.

아무래도 내가 홀에 제일 먼저 도착한 듯했다. 홀에서는 메리 서스턴이 막 운전사에게 지시를 내리던 참이었다. 운전사인 펠로스는 서른 정도 되어 보이는 잘생긴 젊은이였는데, 날카롭고 지적인 얼굴에 정직한 눈매를 지니고 있었으며 옆얼굴도 멋졌다. 그 계급에서 종종 발견되는, 감정 기복이 적은 사내인 듯했다. 체격 좋은 젊은이가 제복을 입고 옆에 꼿꼿하게 서 있는 탓에, 안주인은 영리하게 옷을 차려입었음에도 처진 군살을 완전히 감출 수가 없었다.

우리가 홀로 들어가자 펠로스는 밖으로 나갔고 메리 서스턴이 우리를 돌아보았다. 그 얼굴이 새빨갰는데, 도저히 쥐덫 이야기 따위를 나눈 뒤의 모습이라고는 상상할 수가 없었다. 하지만 곧 부인은 미소를 짓고는 우리를 널찍한 계단 쪽으로 안내했다.

2

나는 그날 이른 저녁 시간에는 불길한 조짐이 전혀 없었다고 전술했다. 그건 사실이다. 하지만 다시 돌이켜 생각해보니 작은 사고 비슷한 것이 하나 일어났는데, 그것만은 아무리 생각해도 이상하게 느껴졌다. 굳이 말하자면 불길하다기보다는 다소 우스꽝스러운 일이긴 했지만 말이다.

나는 옷을 빨리 갈아입는다. 몸치장을 돌봐줄 만한 남자 하인을 고용할 여력이 없었기에 평소부터 내 신변의 일들은 알아서 하는 습관이 들어 있었기 때문이다. 첫 번째 벨이 울린 지 십오 분 만에 나는 가장 먼저 옷을 갈아입고 아래층으로 내려가기 위해 방을 나왔다.

좀 전에 설명했다시피 이 집은 조지 시대풍의 저택이라 누구나 한눈에 파악할 수 있을 만큼 구조가 단순했다. 총 삼 층으로 이루어져 있으며 각 층마다 끝에서 끝까지 복도가 일직선으로 나 있고, 좌우로 방이 배치되어 있다. 내 방은 복도의 동쪽 끝에 있었고 메리 서스턴의 방은 서쪽 끝이었으며, 스트리클런드라는 젊은이의 침실은 부인의 옆방이었다. 서스턴 선생은 부인의 맞은편 방을 썼다.

계단에 도착해 막 내려가려는 찰나 나는 메리 서스턴의 침실 문이 열리는 것을 보았다. 서스턴 부인도 여러 가지 이유가 있어서 옷을 재빨리 갈아입었으려니 생각한 나는 함께 내려가기 위해 부인을 기다렸다. 그러나 조심스럽게 복도로 나온 사람은 스트리클런드였다. 그는 내가 서 있는 모습을 보고 어설프게 다시 방으로 들어가려 했으나, 나 또한 자신을 보았다는 사실을 깨닫고는 그러지 않는 편이 낫겠다고 생각했는지 오히려 가능한 한 당당한 태도로 밖으로 나왔다. 스트리클런드는 나를 향해 살짝 고개를 숙여 보이고는 자기 방으로 돌아갔다.

나는 계단을 내려가면서 스트리클런드에게 내가 멍하니 서 있었다는 인상을 주지 않았기만을 바랐다. 이건 내가 꼭 스파이 짓이라도 하고 있었던 것 같지 않은가. 나로서도 당황스러운 상황이었다. 문득 나이 지긋하고 체격 좋으며 어머니 같은 여성과, 작달막하고 술 좋아하는 노름꾼 젊은이. 이 두 사람 사이에 어떤 관계가 있는지 궁금해졌다. 하지만 무슨 관계든 간에 연애 감정만은 아니리라는 것은 확신할 수 있었다.

아래층에는 목사가 있었다. 저녁 식사 초대를 받고 온 모양이었다. 목사가 라운지 난로 앞에 앉아 있는 모습을 보고 얼마간 단둘이서 시간을 보내야만 한다는 생각이 든 나는 낭패한 심정이 들었다. 목사는 수직 등받이가 달린 의자에 허리를 반듯이 세우고 앉아 뼈가 앙상한 무릎 위에 양손을 올려놓은 채, 내게 짧게 눈인사를 보낸 뒤 근엄한 얼굴로 난롯불을 끔벅끔벅 바라보았다.

물론 목사인 라이더 씨와는 전에도 만난 적이 있었지만, 만남은 언제나 당황스러웠다. 몸집 작고 뻣뻣하며 소름 끼치는 이 사내는 서스턴 저택의 활기찬 분위기와는 동떨어져 있었다. 마치 축제 한가운데에 덜렁 놓여 있는 해골 같았다. 생김새 또한 기이하기 짝이 없었다. 대머리에 얼굴은 누렇게 떴고, 가냘픈 목에 비하면 옷깃은 너무나 컸다. 옷은 언제나 지저분했으며 가끔은 흙이 묻어 있기도 했다. 그럴 수밖에 없는 게, 목사는 집안일을 봐주는 마을 여인 하나에게만 의지한 채 바람이 숭숭 불어 드는 목사관에서 독신으로 사는 사내였기 때문이다. 하지만 무엇보다도 나를 불편하게 하는 것은 그의 시선이었다. 목사는 무아지경에 빠진 양 남을 빤히 쳐다보는 버릇이 있었는데 그런 상황에 처한 사람은 오 분에서 길게는 십 분까지 머리끝부터 발끝까지 구석구석 관찰당하는 기분이 들게 된다. 깊은 눈구멍 속에 든 목사의 검고 둥근 눈동자는 크게 팽창되어 있었다.

사람들 사이의 평판 또한 범상치 않았다. 청교도주의에

대한 목사의 신념은 광신적이었다. 신자 중 삶의 태도가 조금이라도 해이한 사람에게는 몹시 모질고 사납게 굴었다. 목사가 자칭 '육욕의 죄'라 부르는 것을 교구 내에서 몰아내기 위해 명예로운 전투를 벌인 일화는 수도 없이 많았다. 어느 일요일 오후 들판을 산책하던 연인 한 쌍과 마주친 목사는 한바탕 엄격한 설교를 퍼부은 뒤 두 사람을 억지로 갈라내(직접 목격한 이가 말하기를, 꽉 낀 팔짱과 딱 달라붙은 두 허리, 깍지 낀 손가락과 서로 힘주어 끌어안은 두 어깨를 떼어내는 모습은 결코 쉽지 않은 분투였다고 했다) 죄책감에 휩싸이게 한 뒤 다그쳐서 집으로 돌려보냈다. 또 한번은 어느 딱한 농부의 아내가 예배를 드리러 오면서 드레스 목깃에 아주 작고 보잘것없는 꽃 한 송이를 꽂고 왔다는 이유로 맹렬하게 분노하여 설교를 마구 쏟아내기도 했다. 또한 결혼식을 주례할 때는 언제나 하기 싫은 것을 마지못해 한다는 듯 무뚝뚝하고 의무적인 태도를 취했다.

서스턴 저택에서 목사는 갑자기 감정이 폭발할 때를 제외하면 거의 말이 없었다. 그래서 나는 목사가 초대된 것은 순전히 친절한 마음의 발로라고 생각했다. 서스턴 부부 둘 다 그가 목사관에서 제대로 된 식사 한 끼 못 얻어먹고 지내리라고 생각할 것이 분명했기 때문이다.

나는 목사에게 한두 번 대화를 시도해보았으나 그는 매번

별 성의 없는 한마디 말로만 대답했다. 그런데 목사가 갑자기 내 쪽을 획 돌아보았다.

"타운젠드 씨, 내 뭐 하나 물어볼 것이 있소이다."

목소리가 너무나 이상했다. 사납게 들릴 수도 있을 법한, 공허한 목소리였다. 미안해하는 기색은 전혀 없었다. 하지만 듣기에 따라서는 어느 심각한 오명으로부터 나 스스로를 변호할 기회를 주는 것 같기도 했다. 그러다 갑자기 다른 생각에 빠진 듯한 표정으로 난롯불을 빤히 쳐다보았다.

이윽고 목사는 내 쪽을 쳐다보지 않고 말했다.

"어쩌면…… 어쩌면 당신이 내 마음을 평안하게 해줄 수 있을지도 모르오. 어쩐지 그런 생각이 드는구려."

나는 기다렸다. 그러자 갑자기 목사가 다시 돌아보았다.

"혹시 이 저택 안에서 무슨 일이 벌어지고 있는 건 아니오? 무언가 일어나서는 안 되는 일이 일어나고 있지는 않소? 그러니까…… 어떤 부적절한 일이라도 말이오."

순간적으로 메리 서스턴의 방에서 몰래 나오던 스트리클런드의 모습이 떠올랐지만, 나는 미소를 지으며 밝게 말했다.

"맙소사, 그런 일은 절대 없어요. 라이더 씨, 전 항상 이 가정이 다른 모든 집안의 귀감이 된다고 생각하는데요."

목사의 표정이 워낙 기묘하고 이상했기에 나는 그만 그 경솔한 질문을 비난하는 일도 잊고 말았다. 하기야 어린아이가 집주인의 사생활에 관심을 좀 보였기로서니 그것을 비난할 수는 없는 노릇 아닌가. 하지만 다행히 그때 문이 열리고 샘 윌리엄스가 들어온 덕분에 나는 크게 안심했다. 분위기는 훨씬 자연스러워졌다.

내가 기억하기로 저녁 식사 자리는 대단히 명랑하고 유쾌했다. 우리 모두는 진심으로 즐겁게 식사를 했고 서스턴 선생은 바로 옆 사유지에서 경매로 구입해 온 화이트 와인에 대하여 잔뜩 흥분한 채 자랑을 늘어놓았다. 스톨이 공손하면서도 능숙한 태도로 우리 모두에게 와인을 따라줬다. 맛을 보니 기가 막혔다.

하지만 메리 서스턴이 우리와 같은 테이블에 앉혀놓은 목사가 딱딱한 태도로 와인을 거절한데다 언짢은 표정으로 일관하는 탓에 전처럼 부인과 유쾌하게 이야기를 나눌 수가 없었다. 적어도 그동안 서스턴 저택의 저녁 식사 자리에서 이루어지던 대화는 훨씬 꾸밈없고 직설적이었으나 지금은 그러기가 불가능했다. 하지만 젊은 스트리클런드는 평소의 무거운 분위기를 벗어버리고 재치 있게 이야기를 늘어놓았다. 라이더 씨가 뿜어내는 침묵의 무게를 도저히 견디지 못하겠는 모양이었다. 누군가가 브리지 게임을 제안하자 나는 물론 서스턴 선생마저도 카드놀이를 그리 좋아하지 않음에도 안도했을 정도였다.

대부분이 그날 저녁 몹시 지쳐 있었다. 스트리클런드가 상당히 이른 시각에 자리에서 일어나 미안한 얼굴로 먼저 자러 올라가야겠다고 말했을 때도 전혀 놀랍지 않았다. 본인 말에 따르면 그날 아침 퍽 일찍 일어난 탓에 벌써부터 피곤하다는 모양이었다.

"가기 전에 위스키소다 한 잔 더 하겠나?"

서스턴 선생이 카드 테이블에 앉은 채 물었다. 하지만 놀랍게도 스트리클런드는 거절했다.

"아뇨, 대단히 감사합니다만 괜찮습니다. 실은 지금 당장이라도 쓰러져 자고 싶어서요."

스트리클런드는 우리 쪽으로 고개를 숙여 보이고는 방을 나갔다.

그때가 몇 시였는지는 잘 기억나지 않지만 나중에 계산해보건대 약 10시 반쯤이었던 것 같다.

그다음으로 자리에서 일어난 사람은 앨릭 노리스였다. 노리스는 두 번째 게임이 끝났을 때쯤 게임을 파해야 할 것 같다고 했다. 그때 게임을 하던 사람은 그와 서스턴 선생, 윌리엄스, 그리고 나였으며 목사와 메리 서스턴은 긴 의자에 나란히 앉아 무슨 이야기에 열중하고 있었다.

"부인께서 빈자리를 채워주시면 좋을 것 같군요." 목사가 말했다. "이제 저도 슬슬 집으로 돌아가야 할 시간이 된 것 같습니다."

"집이 멀지는 않지 않소, 라이더."

서스턴 선생이 점잖게 말렸지만 우리 중 누구도 섭섭해하는 사람은 없었다.

"네, 과수원을 통해 걸어갈 생각입니다. 그러면 오 분 뒤에 도착하겠지요."

그리고 저녁 시간을 유쾌하게 잘 보냈다는 감사 인사를 남기지도 않고 목사는 나가버렸다.

우리는 삼세판 게임을 한 차례 더 했지만 메리 서스턴은 게임에 서툴렀고 그 파트너인 샘 윌리엄스는 너무 진지했던 탓에 게임이 잘되지 않았다. 홀의 괘종시계가 11시를 울리자 우리는 게임을 접기로 했다.

메리 서스턴이 말했다. "안 돼요, 더이상은 못 하겠어요. 괜히 윌리엄스 씨만 계속 지게 만들어서 미안한걸요. 게다가 난 항상 11시에 잠자리에 든답니다."

그 말은 사실이었다. 메리 서스턴은 어린아이처럼 자는 시각이 정해져 있었고, 그 시각을 넘어서도 깨어 있을 때면 항상 죄책감을 느끼곤 했다. 예전에도 종소리가 울리면 부인이 자리에서 일어나 남편에게 키스를 하고 순진한 얼굴로 우리에게 잘 자라는 인사를 한 뒤, 아이 같은 미소를 짓곤 했던 것을 나는 기억한다.

부인은 윌리엄스와 서스턴 선생과 나 세 사람에게 아주 좋은 위스키를 한 잔씩 따라준 뒤 자리를 벗어났다.

정말 감사하게도 그날 밤을 되돌아보면 그…… 그 비극이 일어나기 전까지 내가 나머지 둘과 함께 있었던 일이 기억난다. 아무도 그 방에서 꼼짝도 하지 않으려 했다. 대화를 나누다 보니 불쾌한 일이나 의문스러운 일은 전부 잊어버릴 수 있었다. 한 차례 내가 내 오버코트 주머니에 편지가 들어 있다는 사실을 떠올리고 코트를 가지러 가려고 일어선 적이 있었다. 하지만 방을 가로질러 가 문을 열려는 찰나 다행히도 윌리엄스가 재미있는 질문 하나를 내게 던지는 바람에 멀리 가지 않고 그에 대답했다.

방을 나가기 전 메리 서스턴이 켜둔 라디오에서는 어느 유명한 댄스 음악 밴드가 대영제국을 즐겁게 해주려 애쓰고 있었다. 우리는 누구 하나 그 소리에 관심을 두지 않았지만 그럼에도 아무도 라디오를 끄지 않았다. 대화 소리에 방해가 된다고 생각만 할 뿐이었다. 나는 마침 일어난 김에 라디오를 끄려 했지만 윌리엄스가 질문을 던진 탓에 잠시 멈추어 섰다. 그리고 그 순간 우리는 첫 번째 비명을 들었다.

이후에 그게 몇 시였느냐는 질문을 수도 없이 받았다. 그 때문에 시간을 정확히 좁혀보려 애썼지만, 아무래도 11시 15분 전후였으리라는 대답밖에는 할 수 없었다. 그때 나는 다시 문을 닫고 불가에 있는 두 사람 쪽으로 돌아오고 있었다.

앞으로 딱히 피가 얼어붙을 만큼 무서운 이야기가 펼쳐지거나 이번 사건의 유달리 끔찍한 면을 강조한 묘사가 이어지지는 않는다. 그러나 이 비명의 효과만은 부디 상상해보기를 바란다. 우리는 어느 가을날 저녁 아늑한 난롯불 옆에서 조용히 위스키를 홀짝홀짝 마시면서 유쾌하고 편안한 가정집에서 시간을 보내고 있었다. 우리 모두가 서로를 잘 알았고 이 집안 사람들과도 몹시 친했다. 사악한 일이나 불행한 일이 일어날 조짐이라고는 손톱만큼도 보이지 않았다. 우리는 모두 보통 집안 출신의 아주 평범한 영국인이었다. 그런데 갑작스럽게 어떤 여인의 길고 끔찍한, 공포에 찬 비명이 우리의 머리 위를 가로질러 날아갔다. 나는 너무나 충격을 받은 나머지 어안이 벙벙했다. 비명 그 자체나 비명이 암시하는 사건이 아니라 갑작스러운 충격 자체 때문이었다.

우리가 모두 자리에서 벌떡 일어나기 바로 직전 세 번째 비명이 뒤따라 들려왔다. 앞선 두 번보다 세 번째가 가장 끔찍했다. 우리가 듣고 있는 가운데 비명은 점점 가늘어지다 사라졌다. 우리는 계단 쪽으로 돌진했고 서스턴 선생이 앞장섰다.

"메리!"

서스턴 선생이 비명을 질렀다. 둔중한 몸집에도 그는 겁을 집어먹은 소년처럼 정신없이 계단을 뛰어 올라갔다.

3

메리 서스턴의 방문 앞까지 도착하는 데 몇 초나 걸렸는지는 잘 모르겠다. 하지만 몇 분은커녕 단 일 분도 아니었으며, 몇 '초' 밖에 걸리지 않았다는 사실은 분명했다. 문 앞에는 앨릭 노리스가 서 있었으나 문은 잠겨 있었다.

먼저 우리는 어깨로 문을 부딪쳐보았다. 그러고 나서 윌리엄스가 문의 위아래를 꾹꾹 밀어본 뒤 고함을 질렀다.

"잠겼어! 두 군데 다 잠겼어. 빗장을 부숴, 서스턴!"

서스턴 선생은 육중한 몸뚱이를 앞세워 무턱대고 문으로 돌진했다. 그리고 나는 층계참에 놓여 있던 단단한 나무 의자를 집어 들어 위쪽 문틀에 들이박았다. 약간 열린 틈으로 방 안을 흘긋 들여다볼 수 있었다. 그 안에 펼쳐진 무시무시한 광경은, 조금 전 소름 끼치는 비명을 들었을 때와는 비교도 안 될 만큼 충격적이어서 어질어질할 정도였다. 온통 피로 시뻘겋게 물든 흰색 베개 위로 메리 서스턴의 얼굴 윤곽이 어렴풋이 보였는데, 한눈에도 부인이 살해당했다는 사실을 알 수 있었다.

하지만 문이 워낙 크고, 윌리엄스가 말한 대로 위아래에서 잠겨 있었기 때문에 들어가기 전에 우선 문 아래쪽부터 부수는 것이 급선무였다. 나는 부서진 나무 틈으로 몸을 들이밀고 잠겨 있던 빗장을 풀었다. 그리고 나중에도 이 사실에는 결코 의심의 여지가 없는바, 내 입장에서 말하자면 두 빗장 덕분에 이 방은 퍽 안전하다고 단언할 수 있었다. 여하간 아래쪽 빗장을 푸는 데 몇 초가 더 소요되었다.

내가 빗장을 풀고 손잡이를 돌리고 있는데 서스턴 선생이 우리를 밀어젖히고 방 안으로 뛰어들었다. 그리고 그때 나는 일행에 두 사람이 더 늘어났다는 사실을 깨달았다. 온 신경을 눈앞의 방 안 풍경에만 집중하고 있었던 탓에 우리 옆에 서 있던 스트리클런드, 그리고 메리 서스턴의 방 옆으로 나 있는 계단으로 올라온 펠로스의 존재는 인식의 한구석으로 치워버렸던 것이다. 그들이 도대체 언제 올라왔는지 당시에는 깨닫지 못했고, 지금도 여전히 알 수 없다. 하지만 우리가 문 앞에 도착했을 때까지만 해도 그들은 거기 없었고, 내가 의자를 집어 들기 위해 뒤로 물러섰을 때도 보이지 않았다. 다시 말하면 두 사람 모두 비명이 들린 후 일 분 이내에는 현장에 도착하지 않았다는 뜻이다. 물론 그 직후에는 왔을 테지만.

우리 넷은 복도에 서서 방 안을 들여다보았다. 마치 안에 발을 들이지 말라는 경고라도 받은 듯 하나같이 밖에 서 있었다. 멍하니 서서 눈앞의 풍경만을 바라보고, 서스턴 선생의 움직임 하나하나를 지켜보았다.

방 안에는 독서등 하나만이 켜져 있었으나, 그 덕분에 강한 그림자를 드리우지 않아 내부를 들여다보기에는 충분했다. 침대 위에 메리 서스턴이 옷을 잘 차려입은 채 누워 있었다. 그러나 부인의 머리가 놓인 베개는 공포로 얼어붙은 우리의 시선을 자꾸만 끌어당겼다. 베개, 그리고 부인의 목. 아까부터 계속 눈에 보였던 문제의 베개는 시뻘건 색으로 끔찍하게 물들어 있었으며 부인의 목, 그 희고 통통한 목에는 소름끼치는 상처가 나 있었다. 하지만 다시 한번 말하건대, 나는 참혹한 장면을 굳이 묘사하고 싶지는 않다. 서스턴 선생이 목졸린 소리로 아내가 죽었다고 말했고 그 말이 무슨 뜻인지 너무나 잘 알았기에 우리 모두 한마디도 못 한 채 가만히 서 있기만 했다는 이야기만으로 충분하리라.

샘 윌리엄스가 고개를 들고 문간에 서 있는 우리를 향해 말했다.

"움직이지 마시오. 놈이 분명 거기 어딘가에 있을 거요."

윌리엄스는 전등 스위치 쪽으로 손을 뻗어 스위치를 내렸다. 하지만 불이 켜지지 않았기에 나는 아주 조금이나마 마음이 놓였다. 이 장면에 빛을 더 밝히는 것은 너무나 무자비한 짓 같았다.

하지만 그 결실 없는 동작은 내 주의를 메리 서스턴의 죽음에서, 살인을 저지른 범인을 찾아야 한다는 생각으로 돌려놓았다. 침대 위로 펼쳐진 끔찍한 모습에, 사고라 할지라도 이 얼마나 무시무시한 비극인가 싶어 절로 몸서리가 쳐졌다. 그러나 윌리엄스가 방 전등불의 스위치를 건드렸는데도 불이 켜지지 않는 것을 보고 한 가지 알게 된 점이 있었다……. 이 소름 끼치는 짓은 인간이 저지른 짓이며, 놈을 반드시 잡아야 한다는 것이었다.

첫 번째 비명이 들린 순간으로부터 고작 이삼 분 정도밖에 흐르지 않았다. 무슨 수를 쓰더라도 아직 범인은 완전히 도망치지 못했을 터였다.

"복도에 서 있게, 타운젠드."

윌리엄스가 다시 말하고는 방을 수색하기 시작했다.

내 뒤에는 스트리클런드와 펠로스가 서 있었다. 우리는 다 함께 윌리엄스를 지켜보았다. 그는 먼저 유리창 쪽으로 가서 밖을 내다보더니 위아래로 훑어보고는 커다란 벽장 속을 둘러보고, 벽난로 양옆의 벽 쪽으로 가서 재빠른 동작으로 살펴봤다. 고개를 쳐들고 천장을 올려다보고 나서 다시 고개를 숙여 벽의 움푹 팬 곳도 이리저리 뜯어보았다. 뒤이어 벽난로 쪽을 짧게 훑어본 뒤 침대 밑과 매트리스까지도 조사하고서 옷장을 활짝 열었다.

"창문 좀 다시 보시죠."

문득 내가 소리를 질렀다. 방에는 창문이 두 개였는데 그 중 열리는 문은 하나밖에 없었다. 윌리엄스는 그 창 쪽으로 다급히 달려갔다. 윌리엄스가 유리창을 살펴보는 모습을 나도 보긴 했지만, 무슨 본능 같은 것이 내게 그 창을 다시 한번 살펴봐달라고 요청했다.

"불가능해. 여기서 지면까지는 약 6미터 높이일세. 그리고……." 그는 다시 한번 밖을 내다보고 말했다. "위의 창문까지는 3미터 정도 더 올라가야 하네."

윌리엄스는 침대 옆에 서 있는 서스턴 선생의 존재에도 개의치 않고 방 탐색을 이어갔다. 꼼짝도 하지 않고 서 있던 서스턴 선생으로부터 아주 낮게 흐느끼는 소리가 먹먹하게 들려왔다. 이윽고 윌리엄스는 첫 번째 조사를 마쳤다.

"만약 이 방 안에 놈이 숨을 만한 곳이 있다면 특별히 설계된 비밀 장소라도 있다는 말이겠군."

그 말은 사실이었다. 나는 기회만 주어진다면 윌리엄스가 미처 찾아내지 못한 숨을 가능성이 높은 공간을 찾아내고 싶어서 안달이 나 있었다. 내면에서 인류의 사냥 본능이 강하게 날뛰는 듯했고, 비록 두 발은 문간에 묶여 있었으나 내 눈과 마음은 이미 방 안 탐색에 여념이 없었다. 하지만 방 안에는 숨을 만한 곳이 더이상 존재하지 않았다.

윌리엄스가 느닷없이 말했다.

“펠로스, 카펫 옮기는 것 좀 도와주게. 더이상 찾을 곳이 없도록 샅샅이 찾아보아야 하니 말이야.”

두 사람은 카펫을 들어 올리고 맨바닥을 훑어보았다. 벽의 아주 작은 부분까지 놓치지 않고 꼼꼼히 뜯어보고, 벽장 안을 다시 한번 조사했으며 벽장 바닥과 윗부분까지도 찾아보았다. 침대는 싱글이었고 가벼웠으며 바닥에서 꽤 높이 떠 있었다. 두 사람은 침대 아래 바닥도 열심히 수색했다. 그리고 혹시 그리로 도망치지 않았을까 하는 생각이 들었는지 벽난로 쪽도 다시 찾아보았다. 가구를 옮기고 그 뒤를 찾아보기도 했다.

윌리엄스의 얼굴은 새하얬다. 그는 차오르는 감정을 억누르듯 이를 악물었다.

“이건 말도 안 돼.” 나를 쳐다보며 말한 윌리엄스는 나지막한 목소리로 중얼거렸다. “있을 수 없는 일이야.”

나는 그 말에 동의하지 않을 수 없었다.

그때 스톨이 나타났다. 아니, 어쩌면 내내 함께 있었는지도 모르겠다. 노리스와 펠로스는 입을 모아 윌리엄스가 처음 창문을 밀어젖혔을 때 스톨이 나타났다고 말했지만 나는 그가 온 줄도 몰랐다. 덧붙여 말하자면 스톨은 우리 중 유일하게 이미 잠옷으로 갈아입은 사람이었다. 스톨은 볼품없는 모직 가운 차림이었는데 저녁 바람이 그리 차지도 않았건만 덜덜 떨고 있었다.

이 상황에서는 변호사의 입장을 고수하는 것이 최선이라고 생각했는지 이내 윌리엄스가 말했다.

"의사를 불러야 해. 그리고 경찰도 불러. 여기 이러고 있어봤자 소용이 없어. 바깥을 찾아보자고. 내가 전화하겠네."

서스턴 선생이 끼어들었다. "전화했나, 샘? 의사는 불렀어? 다른 사람들도?" 그의 목소리는 나지막했으며 잔뜩 지친 기색이 역력했다.

"이제부터 할 참일세." 그렇게 대답하면서 윌리엄스는 서스턴 선생의 팔을 토닥였다.

그러고 나서 (남들이 들으면 어처구니없어할지도 모르지만) 우리가 가장 먼저 한 일은 독한 위스키를 한 잔씩 마시는 것이었다. 윌리엄스는 라운지 의자에 쓰러지듯 앉아 있는 서스턴 선생에게 위스키를 한 잔 따라 가져다준 뒤 펠로스와 스톨에게도 한 잔씩 나누어주었다. 앨릭 노리스는 술잔 가장자리에 입을 가져다대면서 계속 잔에 이를 딱딱 부딪쳤다. 스트리클런드는 말 한마디 없이 위스키만 벌컥벌컥 마셔댔다.

윌리엄스가 입을 열었다.

"이보게, 타운젠드. 자네 노리스랑 스트리클런드, 펠로스가 같이 나가서 바깥을 꼼꼼히 조사해보지 않겠나."

"그러죠."

대답은 그렇게 했지만 뭔가를 찾아낼 수 있을 거라는 희망은 거의 없었다. 하지만 저택 안의 분위기를 도저히 견딜 수가 없었다. 서스턴 선생의 둥글고 쾌활하던 얼굴이 퉁퉁 붓고 침울해져 있는 모습, 그리고 앨릭 노리스의 비쩍 마른 얼굴이 허얘져 덜덜 떨리는 모습을 도저히 지켜볼 수가 없었던 것이다. 냉정을 잃지 않고 이 끔찍한 상황을 훌륭하게 헤쳐나가는 윌리엄스가 나는 너무나 존경스러웠다.

홀에는 펠로스와 스톨이 있었다. 우리는 만일의 상황을 대비하여 스톨을 홀에 대기시키고 운전사를 데리고 나가기로 했다.

"하녀들은 어떻습니까? 이 상황을 알고는 있나요?"

내가 물었다. 어린 하녀 이니드가 아무런 마음의 준비 없이 이 상황을 맞닥뜨리게 하는 것은 너무나 가혹하다는 생각이 갑자기 떠올랐기 때문이다.

"압니다, 선생님. 하녀는 우리가 문 앞에 서 있는 동안 위층에 있었습니다. 그래서 제가 그 애더러 부엌에 가 있으라고 했죠." 펠로스가 대답했다.

"그럼 하녀랑 요리사랑 함께 있어줘요. 그리고 둘 다 절대로 주방을 벗어나지 못하게 하고." 내가 스톨에게 말했다.

"알겠습니다, 선생님."

우리가 밖으로 나가고 있는데 윌리엄스가 경찰에 전화하러 갔던 휴게실 쪽에서 나를 불렀다.

"전화가 고장 난 것 같네. 아니면 누가 선을 자른 거야. 아무리 걸어도 신호가 가지 않아. 펠로스에게 지금 당장 차로 테이트와 경사를 데리고 오라고 하게. 가능한 한 빨리."

"알았습니다."

"나는 다시 한번 전화를 걸어보겠네. 하지만 아무래도 안 될 것 같아."

윌리엄스는 휴게실로 돌아갔다.

이리하여 펠로스는 마을 쪽으로 출발하고 스트리클런드와 노리스, 나는 밖으로 나갔다. 노리스는 마구간 근처를 찾아보고 스트리클런드는 바깥 도로 쪽을 둘러보기로 했다. 주위를 둘러싼 나무들 속에서 혹시나 누군가, 내지는 무언가를 찾을 수 있지 않을까 하는 미미한 희망에서였다. 탁 트인 바깥으로 나온 우리가 이 추격전 앞에서 얼마나 자신감을 잃었는지는 말하면 입만 아프다. 그러나 메리 서스턴의 방이 잠겨 있었던 일, 창문으로도 빠져나갈 수 없었던 것, 그리고 방이 텅 비어 있었다는 사실은 너무나 비현실적이었고 어떻게 설명할 수도 없는 일이었기에 우리는 더이상 논리적으로 행동할 수 없었고 그럴 생각도 없었다.

나는 점점 누군가가 어떤 논리적인 방법을 사용해서 저지른 살인이 아니라 초자연적인 수단에 의해 이루어진 사건이 아닐까 하는 생각까지 들기 시작했다. 그만큼 지치고 황망한 상태였고, 범인을 잡기 위해 벌이는 모든 행동이 지금의 이 무의미한 수색과 크게 다를 바 없는 것만 같았다. 만일 윌리엄스가 내게 차고를 찾아보라거나, 마을 교회에 가보라거나, 심지어 기차를 타고 런던에 가보라고 지시했더라도 나는 당연하다는 듯 순순히 그 말에 따랐으리라. 정말이지 뭐라도 해야만 했다. 항상 다정하고 순진하면서도 그 어떤 죄악과도 무관했던 저 가엾고 친절하며 어리석은 여인을 생각할 때면, 그 어떤 사소한 복수라도 부인을 위해 할 수 있는 일을 하고 싶어서 미칠 지경이었다. 나는 노리스와 스트리클런드와 함께 정원을 찾아보는 일에 무슨 소득이 있을 거라고 계산하고서 나온 게 아니었다. 그저 맹목적으로 정신없이 뛰어다녔을 뿐이다.

나는 홀 테이블에 놓여 있던 강력한 전기 회중전등을 낚아채서 저택 주위를 한 바퀴 돌아본 뒤, 자갈길을 달려 메리 서스턴의 방 창문 아래에 있는 야생초 화단 쪽으로 향했다. 무언가를 찾을 수 있다면, 어떤…… (이 단어가 갑자기 내 머릿속에 떠올랐다) '단서'를 찾을 수 있다면 그곳에 있지 않을까 하는 생각이 들었다. 그리고 나는 실망하지 않았다. 그곳에서 찾아낸 두 개의 물건은 비록 단서는 되지 않을지 몰라도 분명히 사건과 관련이 있을 게 분명했다.

하나는 저만치에 있는 테니스 코트에 떨어져 있었다. 저택에서 13미터는 떨어진 곳이었다. 깨진 알전구였다. 짧은 풀 위에서 반짝이는 전구 유리 조각을 발견하자마자 나는 그리로 내처 달려갔다. 그러나 조각을 집어 들기 전 문득 수없이 읽었던 범죄소설 속의 발견 장면을 떠올렸다. 지문이 묻어 있을 게 분명했다! 그리고 나는 몸을 떨면서 이 사건이 나를 새롭고도 무서운 세계로 데려가주리라 상상했다. 모든 수사에 등장하는 '교차 조사'라는 절차. 그리고 지문을 발견하는 일이 그간의 내 삶에서 일어났던 모든 평범한 사건을 전부 지워버릴 것만 같았다.

다른 물건은 사건과 훨씬 깊은 관계가 있었다. 바로 살인에 사용된 나이프였다. 나이프가 창문 밑 화단에 놓여 있는 것을 보고 나는 대단히 놀랐다. 하지만 나중에 생각해보니 화단에 없었다면 아마도 더욱 크게 놀랐을 것이다. 거기에 없다면 도대체 어디 있겠는가? 범인이 그 순간 어디에 숨었는지는 모르겠지만, 범인의 첫 번째 관심사는 흉기를 처리하는 일이었을 게 분명했다. 그리고 흉기는 가장 발견되기 쉬운 물건이기에 빨리 발견되고 늦게 발견되고는 중요치 않다. 발견되더라도 누구의 물건인지 알 수 없다면 상관없다. 범인은 가장 명백하고도 안전한 방법을 택했다. 범행을 저지르자마자 흉기를 창밖으로 내던진 것이다.

전등 불빛에 비춰 보니 나이프에는 아직 축축한 핏자국이 묻어 있었다. 나는 그것을 건드리지 않는 편이 낫겠다고 생각하고, 저택 안으로 돌아가 발견 사실을 보고하기로 했다.

다시 만난 스트리클런드가 재빨리 내 쪽으로 달려왔다.

"아무것도 찾아내지 못했습니다."

스트리클런드의 목소리는 다소 쉬어 있었으나 얼굴은 충분히 냉정해 보였다. 아마도 천성적으로 둔감한 탓에 감정이 쉽게 동요하지는 않는 모양이었다.

나는 그를 화단으로 데려가 나이프를 보여주었다. 스트리클런드는 휘파람을 불었다.

"불쌍한 메리……." 그가 나이프를 내려다보며 말했다.

나는 그 목소리에서 배어나는 형식적인 위로와 친근함이 몹시 싫어서 날카롭게 물었다.

"부인을 좋아했습니까?"

"네." 스트리클런드는 꼼짝도 하지 않고 나이프에서 눈을 떼지 않았다. "잠시만 전등 좀 빌려주시겠습니까?"

그는 전등을 나이프 가까이 가져다 대고 살펴보다가 일어섰다.

"이건 분명 홀에 있던 빌어먹을 중국 칼인지 뭔지일 겁니다." 그러곤 잠시 생각에 잠겼다가 이어 말했다. "그렇다면 저택 안에 있던 사람들의 용의가 더욱 짙어지는군요."

나는 그 말을 그리 주의 깊게 듣지 않았다. 다른 생각이 떠올라서였다.

"발자국은 어떻죠? 어쩌면 누군가가 무슨 도구를 써서 저 창을 타고 내려왔을지도 모를 일 아닙니까?"

미미한 희망이었지만 다른 가능성도 없었다. 우리는 매우 조심스럽게 화단의 양옆으로 몇 미터를 훑어보았다. 메리 서스턴의 침실 벽에 딱 붙어 있는 침대에서 시작해 방 창문 밑으로 이어지는 길이었다. 그러나 지면에는 아무런 흔적도 없었다. 스트리클런드와 나는 천천히 걸어 정문으로 돌아왔다. 노리스가 반대 방향에서 오는 것이 보였다.

"뭐 좀 찾으셨습니까?" 내가 물었다.

노리스는 아니라고 짧게 내뱉은 뒤 저택 안으로 앞서 들어가버렸다.

들어가던 도중 우리는 계단을 내려오던 서스턴 선생과 마주쳤다. 그는 멈춰 서서 우리를 물끄러미 바라보다가 날카롭게 물었다.

"당신들 셋, 도대체 어디 있었소?"

내가 바깥을 살펴보고 있었다고 설명했지만 서스턴 선생은 미처 말을 끝맺기도 전에 비칠비칠 라운지로 걸어 들어갔다. 그리고 더이상 내 말에 관심이 없다는 듯 의자에 털썩 주저앉았다.

벽난로 옆에 서 있던 윌리엄스가 나를 부르기에 나는 무엇을 찾아냈는지 알려주었다. 윌리엄스는 고개를 끄덕이며 말했다.

"그건 다행이로군."

"뭐가 말입니까? 나이프가 발견되었다는 거요?"

"뭐, 말하자면 그렇지. 난 사실 흉기가 있는지조차 의심스러웠거든. 무언가가 있긴 있었다면…… 그것참 재미없는 일이구먼."

나는 윌리엄스의 얼굴을 빤히 쳐다보았다. 표정은 침착했으나 말이 너무나도 이상했기에 도대체 그게 무슨 뜻이냐고 묻지 않을 수 없었다.

"내 말 좀 들어보게, 타운젠드. 원래 나는 결코, 조금도 미신을 믿는 사람이 아니야. 난 사실만 신뢰하네. 하지만 솔직히 말해, 가장 중립적인 단어를 골라 쓰더라도 이 사건에는 어떤 초자연적인 힘이 개입하고 있는 것 같네. 메리가 잠긴 문 너머에서 살해당한 사건 하나만을 가지고 말하는 게 아니야. 그런 사건이라면 전에도 여러 번 들어본 적이 있지. 대부분 지극히 평범하게 설명할 수 있는 사건이었어. 하지만 제기랄, 이 상황을 한번 생각해보란 말이야……. 문은 잠겨 있었네. 내가 창밖을 내다본 건 비명이 들린 순간으로부터 이 분도 채 지나지 않았을 때였지. 그 짧은 시간에 저택 안에 있던 모든 사람이 모여들었네. 그리고 확신컨대 그 방에서 나갈 수 있는 길은 단 하나도 없었어. 내가 직접 방을 이 잡듯 뒤져보았으니까. 그런데 도대체 무슨 말을 할 수 있겠나? 누군가가 저지른 짓이야. 나이프를 쥔 손으로. 아무런 속임수도 없고, 의심할 여지도 없군. 고백하자면, 뭔가 불가능한 일을 목격한 것만 같은 기분이 드네. 쑥쑥 자라는 모습이 눈에 보이는 나무나 더운 여름날 내리는 눈처럼. 너무나…… 너무나 무서운 일일세."

'무서운'이라는 형용사가 설마하니 다른 사람도 아니고 샘 윌리엄스의 입에서 튀어나올 줄은 몰랐다. 하지만 다음 날 사건 전체를 통틀어 다시 한번 이야기를 나눌 때 그는 자신이 확실하게 그 단어를 사용했다고 시인했다.

"어떻게 말입니까?" 나는 망연자실한 채 물었다.

"그러니까 말이야, 그놈이 도대체 어떻게 도망칠 수 있었겠나? 이건 평범한 수사로는 해결될 문제가 아닐세. 런던 경찰청이 덤벼들어도 해결할 수 있을 것 같지가 않아. 이건…… 이건 인간의 짓이 아니란 말이네, 타운젠드."

저 분별력 있고 회의적인 성격의 변호사 윌리엄스가 이런 말을 하다니, 나는 점점 더 혼란에 빠질 수밖에 없었다. 게다가 마음속으로 나조차도 자꾸만 그 말에 동조하고 싶어져, 가능한 한 온건하게 반박하려 애썼다.

"이런, 맙소사. 분명 더 완벽하고 단순한 해답이 있을 겁니다."

"이 젊은이 좀 보게. 어떻게 그럴 수 있단 말인가? 놈이 날개를 달고 날아가기라도 했단 말이야?"

그 광경이 금세 눈앞에 떠올랐다. 거대한 박쥐의 형상을 한 시커멓고 흉악한 생물체가 날개를 퍼드덕거리며 저택에서 날아오르는 모습은 너무나 비현실적이었다.

"아뇨, 그게 아닙니다. 자꾸 그렇게 곁길로 빠져서 악몽을 꾸지 마시라고요. 그 방에서 탈출하는 방법이 틀림없이 존재할 거란 말이죠."

"그럼 다시 한번 찾아보잔 소린가?"

"아, 그건……."

침실에 무엇이 누워 있는지 떠올리니 너무나 끔찍해서 토할 것 같았다. 나를 괴롭히는 것은 진짜…… 시체였기에, 평정심을 유지해야만 했다. 그러나 뜻밖에도 윌리엄스는 의심과 망상만 부풀리는 쪽이 더 나쁘다고 생각한 모양이었다.

"가세. 여기 앉아서 생각만 하는 것보다 그편이 낫겠지."

우리는 다시 위층으로 올라가 부서진 문 앞에 도착했다. 그러나 문을 연 순간 놀라서 잠시 얼어붙고 말았다. 시체는 혼자가 아니었다. 침대 옆에 무릎을 꿇고서 얼굴을 손에 묻고 있는 사람이 있었던 것이다. 목사인 라이더 씨였다. 목사는 우리의 존재를 깨닫고 고개를 들었다. 나는 그때 목사가 지은 표정을 잊을 수가 없다. 원시종교의 얼굴 분장을 한 고뇌하는 순교자와도 같은 얼굴이었다. 뺨에는 핏기가 없었고 아래턱은 제어할 힘을 잃은 듯 축 처져 있었다.

"라이더! 여긴 어떻게 들어왔습니까?"

샘 윌리엄스가 물었다. 목소리에 기묘한 의심의 기색이 묻어 있었다.

목사가 천천히 일어났다. 오랜 시간 무릎을 꿇고 있었던 듯 동작이 뻣뻣했다.

"어떻게 들어왔냐고?" 목사는 질문의 의도를 이해하지 못한 양 윌리엄스의 말을 되뇌었다. "몇 분 전에 도착했소만."

"어디로? 어떻게?"

변호사의 목소리가 한층 더 날카로워졌으므로 나는 놀랐다. 설마 아직도 날개 달린 범인의 이미지가 머릿속에 남아 있는 것은 아니겠지?

"무슨 말인지 통 모르겠구려." 라이더 씨가 느릿느릿 말했다. 내 귀에는 진실처럼 들렸다. "정문으로 들어왔소."

"누가 들여보내줬습니까?"

"집사요. 스톨."

윌리엄스가 머뭇거리다 겨우 물었다.

"현관에서 이리로 바로 올라왔습니까?"

"그렇소만."

목사는 다시 침대를 내려다보았다.

"가엾은 사람, 불쌍한 영혼……. 분명 부인은 용서받았을 겁니다." 그러더니 나지막하면서도 훨씬 힘이 담긴 목소리로 이어 말했다. "우리 모두가 분명코 용서받을 겁니다."

샘 윌리엄스는 목사를 가까이에서 응시했다.

"라이더 씨, 이게 끔찍한 살인 사건이라는 사실을 알고는 있는 겁니까? 그리고 여태껏 범인을 추적하지 못했다는 것도요. 혹시 우리를 도와줄 만한 사실을 알고 있지는 않습니까?"

목사는 극심한 고통에 휩싸인 표정을 지었다. 그가 덜덜 떠는 모습이 보였다.

"부인은…… 죄인으로서 세상을 떠났습니다."

그 말에 윌리엄스는 짜증스러운 듯 툴툴거렸다. 라이더는 우리를 보며 말을 이었다.

"하지만 동시에…… 우리 모두가 죄인입니다. 그렇지 않습니까? 우리 모두 다 그렇지요." 그러고는 도망치듯 방을 빠져나갔다.

윌리엄스와 나는 잰걸음으로 후다닥 계단을 내려가는 발소리를 들으며 서 있었다.

"어떻게 생각하나?"

"뭘 어떻게 생각하겠습니까? 당연히 저 사람이 미친 거죠. 하지만 저 사람이 무슨 짓을 했는지 안 했는지도 솔직히 잘 모르겠습니다."

윌리엄스가 제안했던 무의미한 방 수색을 다시 시작하려는데 정문 쪽에서 자동차 소리가 들렸다. 펠로스가 지역 의사와 지역 경찰관인 비프 경사를 데리고 돌아오는 소리였다.

의사가 할 일은 별로 없었다. 그는 즉시 아래층에서 우리와 합류했지만 시체를 보고 무슨 말을 하기 전에 먼저 서스턴 선생이 반쯤 구겨진 채 앉아 있는 모습을 보고 말했다.

"이보세요, 선생님. 당장 침대로 가세요. 당신을 위해 할 수 있는 일이라면 내 온 세상을 다 뒤져서라도 해드리겠지만, 당신이 여기 앉아 있는다고 별 도움이 되진 않습니다. 그러니 내 말 듣고 어서……."

서스턴 선생은 어린 소년이라도 된 양 고분고분 자리에서 일어났다.

"스톨!"

의사인 테이트는 이 집안과 친분이 있었기에 하인들의 이름도 잘 알았다.

"자네 주인어른 데리고 어서 위로 올라가게. 그리고 원하는 게 있으면 뭐든 다 들어드려."

서스턴 선생은 문간에 서서 우리를 보고 잘 자라고 인사했다. 항상 크고 명랑한 목소리로 건네던 작별 인사가 지금은 힘없고 비참한 미소로밖에 남지 않은 것을 보고 나는 몹시도 서글퍼졌다.

"아주 강력한 타격이었던 모양이군." 서스턴 선생이 떠나자 테이트가 말했다. "삼십 분쯤 전에 벌어진 일인 듯한데?"

이때는 11시 45분쯤 된 시각이었다.

"정확한 시각을 특정하기는 어렵지만 11시에서 11시 30분 사이에 사망한 것 같군. 누가 이런 짓을 저질렀지?"

아무래도 테이트는 우리 모두가 영문을 모른다는 사실을 깨닫지 못한 모양이었다. 이런 화목한 가정에서 이토록 무시무시한 폭력 행위가 즉시 발각되지 않는다는 건 불가능한 일이라고 생각하는 것도 당연하긴 했다. 우리가 사건을 설명하자 의사는 당연히 믿을 수 없다는 표정을 지으며 중얼거렸다.

"하지만…… 그건……."

윌리엄스가 끼어들어 말을 가로막았다.

"압니다. 말도 안 되는 일이죠. 하지만 지금 눈앞에 펼쳐진 일 아닙니까?"

경사가 우리 쪽으로 다가왔다. 하지만 아무도 고개를 들지 않았다. 경사는 크고 시뻘건 얼굴에 나이는 마흔여덟에서 쉰 정도 되어 보이는 사내로 볼품없이 퍼진 붉은색 턱수염을 길렀으며 맥주 냄새가 풍겼다.

"저도 시체를 보고 왔습니다." 경사는 법정에서 증거를 제시하는 데 익숙한, 묵직한 목소리로 말했다. "그리고 제 나름대로 결론을 내렸지요."

"자네 나름대로 뭐?" 윌리엄스가 다그쳤다.

"그러니까 시체를 봤단 말입니다. 핏자국과 흉기도 봤지요. 그리고 제 나름대로 결론을 내렸다 이 말입니다, 선생님."

우울하던 분위기에 마침 한숨을 돌리듯 날아든 우스꽝스러운 상황이었다.

나는 입을 딱 벌렸다. "그러니까 누가 범인인지 알아냈단 말입니까?"

"그렇게 말하지는 않았습니다." 비프 경사는 순순히 인정했다. "하지만 필요한 건 다 해치웠습니다."

"그러면 당신은 당장 런던 경찰청으로 가시는 편이 좋겠군요."

나는 이 남자의 거만함과 잘난 척에 어처구니가 없었다.

"그럴 필요는 없습니다." 경사는 무뚝뚝하게 말했다.

그러자 동네 사정이라면 훤히 알고 있는 테이트가 쏘아붙였다.

"장난치지 말게, 비프. 이건 자네한테는 너무 벅찬 사건이야. 그리고 내 생각에는……."

의사는 우리 쪽을 돌아보았다.

"런던 경찰청이 와도 이 문제를 해결할 수 있을지 어떨지 모르겠군요. 하지만 지체 없이 그쪽에 연락을 해야 할 것 같습니다. 지금 당장 연락해요. 범인을 잡아야 하는 귀중한 시간이 그냥 흘러가버리는 것을 눈뜨고 보고만 있을 수는 없습니다. 어서 여기서 전화를 거는 게 좋겠어요."

하지만 경사는 꿈쩍도 하지 않고 서서 시뻘건 눈꺼풀만 끔벅거리며 대답했다.

"저한테도 제 의무가 있습니다, 선생님."

그러자 테이트가 역정을 냈다.

"자네가 저녁 내내 레드 라이언에 죽치고 앉아 있었다는 사실을 내가 모를 줄 아나? 여하간 지금 당장 시간 낭비하지 말고 적절한 조치를 취하지 않으면 내가 가서 지서장한테 얘기하겠네."

"선생님은 본인께서 적절하다 생각하는 행동을 취하시면 됩니다. 하지만 동시에 제 입장에서는 이 저택 안에 있던 모든 신사 여러분이 이 집을 나가서는 안 된다고 말씀드릴 수밖에 없습니다. 하인들도 마찬가지고요. 아침에 일어나면……." 경사는 거대한 수첩을 툭툭 치며 말했다. "몇 가지 질문을 해야 하니까 말이죠."

"그건 당연한 일일세."

"좋습니다. 자, 그러면 신사 여러분. 모든 분께서는 내일 여기에 모여주시기 바랍니다. 지금은 일단 여러분 성함부터 적어 가야겠군요."

그리고 경사는 느릿느릿 고생스럽게 우리의 성과 이름, 개인 주소를 커다란 수첩에 적어 내려갔다. 십여 분 가까이 걸렸고 우리는 모두 속이 터져 죽는 줄 알았다. 하지만 일을 끝마치자 경사는 주방으로 가서 하인들의 이름을 적기 시작했다.

이윽고 정면 현관문이 닫히는 소리가 들리자 법의 수호자가 이곳을 떠났다는 사실을 모두 깨달았지만 아무도 움직이지 않았다. 윌리엄스는 테이트를 돌아보며 물었다.

"라이더란 사람을 좀 아십니까?"

"라이더? 아, 그 일 열심히 하는 친구 말이지요. 하지만 가끔 그 친구가 제정신이 아니라는 생각이 들 때가 있습니다. 아주 외골수예요. 온 정신이 청교도적 교리에만 몰두해 있죠. 청교도적 교리에 반하는 일이 생기면 무슨 짓을 할지 모르는 사람입니다."

갑자기 나는 목사가 저녁 식사 전 내게 물었던 이상한 질문이 떠올라, 짧게 요약해서 이야기했다.

"그 친구답군요. 아마도 하찮고 시시한 일이 일어날 것이라 의심했을 겁니다." 테이트가 큰 소리로 말했다.

윌리엄스가 입을 열었다.

"내가 도대체 이해할 수 없는 건 말입니다, 어떻게 그 사람이 사건이 일어난 지 삼십 분도 채 안 되었는데 메리 서스턴의 침대 옆에 있을 수 있었느냐는 겁니다. 목사는 11시가 되기 한참 전에 집을 나섰거든요. 목사관은 과수원만 지나면 바로 나오고요."

"누가 목사님께 전화한 거 아닐까요?" 스트리클런드가 말했다.

"그건 불가능한 일이야. 전화기가 고장 났거든. 분명 누가 전화선을 끊어놓았을 테지."

"그렇다면 아예 집에 안 갔다는 얘기 같은데요."

내 말을 듣고 윌리엄스가 벨을 울렸다.

"스톨에게 물어보세. 라이더 말로는 그 친구가 자기를 이 집에 들여줬다고 하니까."

방으로 들어오는 스톨의 모습을 보자마자, 이미 자기방어 태세에 들어가 있다는 사실을 알 수 있었다. 그는 어디서부터 공격이 시작될지 두렵다는 듯 우리를 휙 둘러보았다.

"아, 스톨. 혹시 라이더 씨가 저택 밖으로 나가는 것을 봤나?" 윌리엄스가 물었다.

"어떤 상황에서 말씀이십니까, 선생님? 목사님이 처음 집 밖으로 나가신 건 서스턴 마님께서 주무시러 올라가기 전이었습니다. 그때는 목사님 나가시는 걸 봤지요."

"알겠네. 그럼 언제 돌아왔나?"

"십 분인가 십오 분쯤 후였습니다. 그러니까…… 그 사건이 일어나고 난 뒤에요."

"와서 누굴 찾던가?"

"서스턴 선생님을 찾으셨습니다."

"그리고 자네가 라이더 씨를 라운지로 인도했나?"

"아닙니다, 선생님. 그때 하녀애가 크게 충격을 받았는지 난리를 피웠거든요. 굉장히 신경질적으로요. 그래서 저는 얼른 주방으로 들어갔습니다. 그래서 라이더 씨는 혼자서 라운지로 들어가셨고, 그 뒤로는 뵙지 못했습니다."

"자네한테 서스턴 선생님이 어디 계시느냐고 물은 것 말고 다른 이야기는 안 하던가?"

"예, 아무 말씀도 없으셨습니다. 하지만 상당히 흥분하신 눈치였습니다."

"알았네. 자네도 그 사람 교회에 다니지, 스톨?"

"그렇습니다, 선생님. 성가대에서 노래도 합니다. 베이스 파트고요."

"고맙네, 스톨. 이제 자러 가도 좋아."

문이 닫히자 우리는 서로 시선을 교환했다. 다른 사람들은 우리가 무슨 생각을 하는지 궁금한 눈치였다.

"굉장히 이상하군요. 라이더 씨 말입니다."

잠시 후 내가 말했지만 아무도 대답하지 않았다. 이상한 일이 너무나 많았다. 정말로 이상한 일들이었다.

나는 의자에 깊숙이 기대어 이 저택 안에 있는 사람 한 명 한 명을 용의자라고 상상해보았다. 결코 유쾌한 일은 아니었다. 나는 그중 누구도 사악한 사람이기를 바라지 않았고, 지금까지 단 한 사람도 싫어한 적이 없었기 때문이다. 하지만 한 사람씩 의심해볼 때마다 몇 번이고 반복해서 같은 벽에 부딪쳤다. 도대체 어떻게 빠져나갔단 말인가? 문에는 빗장이 두 군데 질러져 있었고, 내 손으로 빗장들을 빼냈다. 누가 저질렀는지 모르지만 자연법이라는 게 멀쩡히 존재한다면 범인은 우리가 계단을 뛰어 올라가 방문을 부수기까지 그 짧은 시간 사이에 방을 떠났다는 이야기가 된다. 하지만 도대체 어떻게? 도대체 어떻게? 나는 의심만 하다가 머리가 돌아버릴 것 같았다. 그 방을 빠져나갈 방도는 전혀 없었다.

이윽고 우리는 모두 잠자리에 들기로 했다. 하지만 우리가 자리에서 일어나 방 밖으로 인도해줄 누군가를 기다리는 동안 스트리클런드가 앨릭 노리스에게 눈치 없이 말했다.

"자, 이걸로 살인에 대한 당신의 가설은 틀렸다는 게 증명되었군요."

나는 칵테일파티에서 나눴던 대화를 까맣게 잊고 있었다. 그걸 떠올리고는 깜짝 놀랐다. 하지만 이 말이 노리스에게 끼친 영향은 상상 이상이었다. 노리스는 아주 높고 소름 끼치는, 히스테릭한 목소리로 부르짖었다.

"그래, 내가 틀렸네!"

그리고 웃음을 터뜨렸다. 처음에는 낮았던 소리가 점점 크고 높아져, 뒤에 서 있던 윌리엄스가 입을 틀어막아야 했을 정도였다.

노리스는 즉시 웃음을 멈췄다.

"미안합니다."

"나도 미안합니다." 윌리엄스가 대꾸했다. "하지만 과하게 흥분하면 누구나 다 그런 법입니다. 당신이 이 사건을 일으킨 것도 아니고요. 참으로 긴 밤이로군요."

5

아주 이른 아침부터 끈기 있고 영리한 사설 탐정들이 도착하기 시작했다. 탐정들은 언제나 살인이 일어났다는 소식만 들리면 잽싸게 달려왔다. 나는 그들의 습관에 대해서 어느 정도 알고 있었기 때문에 어떻게 알고 이리로 오는지 어렴풋이 짐작할 수 있었다. 한 사람은 이 근방에 사는 사람이었으며, 다른 한 사람은 테이트의 친구였고, 세 번째 인물은 아마도 서스턴 저택에 며칠 머무르라는 초대를 받았을 것이다. 어쨌거나 오래지 않아 그들은 마룻바닥을 기어다니거나 페인트칠된 벽에 돋보기 렌즈를 들이대고, 하인들에게 예기치 못한 질문을 던지는 등 집을 북적거리게 할 게 틀림없었다.

현장에 가장 먼저 도착한 사람은 사이먼 플림솔 경이었다. 그는 세 대의 롤스로이스 중 맨 앞 차량에서 내려 걸어왔다. 두 번째 차량에는 사이먼 경의 하인이 타고 있었는데, 나중에 들어보니 이름이 버터필드라고 했다. 마지막 차량에는 여러 가지 사진 촬영 기구들이 실려 있었다. 그때 나는 우연히 정문 밖에 있다가 사이먼 경이 자신의 하인을 소개하는 소리를 들었다. 문장에 관용구를 섞어 쓰는 모습을 보고 예전에 관람했던 카바레 쇼에서 서부극에나 나올 법한 이름을 가진 두 예능인이 재담을 주고받던 모습이 떠올라 다소 놀랐다. 하지만 잠시 지켜본 결과 그저 사이먼 경의 본래 입버릇이라는 사실을 알게 되었다.

사이먼 경은 내게 최고급 시가를 건네면서 잠시 함께 '콩을 쏟아보자'[1]고 말했다. 이 일에는 약간 시간이 걸렸다. 나는 경에게 우리 앞에 벌어진 놀라운 수수께끼에 대해 자세히 이야기했으며, 최고의 난제는 도대체 살인자가 어디로 도망쳤는지 모르겠다는 점이라고 털어놓았다. 내가 이야기를 끝내자 경은 한숨을 내쉬었다.

"또 그놈의 밀실 사건이로군." 목소리에 명백한 짜증이 섞여 있었다. "뭐 새로운 사건이라도 되지 않을까 기대했는데 말이죠."

사이먼 경은 라운지로 들어가 주위를 한번 훑어보았다.

"그러니까 사건이 이 방 바로 위에 있는 방에서 일어났다고 했지요? 바깥에는 발자국 하나 없었고요."

"없었습니다."

1 '비밀을 말하다'라는 뜻의 관용적 표현이다.

나는 어젯밤 발자국을 찾아 헤매던 내 모습이 전문가다운 통찰력을 발휘했던 것 같다는 생각에 기뻐하며 대답했다. 그러고 나서 경을 내가 발견한 것이 있는 곳으로 안내했다. 사이먼 경은 깨진 전구 유리를 흥미롭게 살펴보고는 나이프를 발견한 위치를 기록한 뒤, 뒤로 몇 발짝 물러서서 유리창 쪽을 올려다보았다. 그런 뒤 화단을 면밀히 살폈지만 아름답게 재단된 바지 자락에 구김 하나 생기지 않았다. 마지막으로 사이먼 경은 다시 뒤로 물러서서 유리창을 올려다보며 한동안 꼼짝 않고 서 있었다.

그러는 동안 나는 이 젊은 귀족을 관찰했다. 십여 년 전 그에 대한 이야기를 들은 적이 있었는데, 그때 이후로 나이를 먹지 않은 듯 보여서 꽤 놀랐다. 여러 가지 비밀을 캐고 다니다 늙지 않는 비법도 발견한 게 틀림없으리라는 생각마저 들 정도였다. 다른 모든 신체 부위와 마찬가지로 사이먼 경의 턱은 과도하게 길쭉했지만, 그래도 나는 그가 마음에 들었다. 그가 이 집에 도착한 바로 그 순간, 어젯밤부터 이 집을 둘러싸고 있던 섬뜩한 분위기가 단숨에 흩어졌기 때문이다. 그는 명랑하고 호기심 많은 성격으로 메리 서스턴의 죽음 위로 도사리고 있던 소름 끼치는 공포를 내쫓고, 기력을 빼앗긴 채 죄의식에 사로잡혀 있던 모든 사람에게 유쾌하고 맹렬한 호기심을 선사했다.

1. 스톨의 방 창문
2. 펠로스의 방 창문
3. 사과 저장고 창문
4. 골방 창문
5. 내 방 창문
6. 스트리클런드의 방 창문
7. 메리 서스턴의 방 창문
8. 열리지 않는 메리 서스턴의 방 창문

9./10. 라운지 창문

나만 해도 사이먼 경을 처음 만난 순간부터 빗장이 질러진 침실을 처음 보았을 때의 끔찍한 순간을 기억 속에서 지우고 말았다. 심지어 형식적인 애도의 의무조차 잊어버렸다. 나는 우리 앞에 놓인 이 매혹적인 문제에 완전히 빨려 들었다. 그리고 이것이 바로 많은 사람이 범죄 하면 즉각 떠올리는, 일급 사설탐정이나 범죄학자가 수사에 나서는 살인 사건이라는 사실을 깨달았다.

"자, 어느 창문이라고 했죠?" 사이먼 경은 콧노래를 흥얼거리며 물었다.

함께 실은 그림에서 보다 분명하게 확인할 수 있겠지만, 나는 위층 방들에 대해서 가능한 한 자세히 설명했다. 그 내용은 이미 윌리엄스와 함께 한차례 확인한 바 있다.

내가 이야기를 끝내자 사이먼 경이 꿈꾸듯 물었다.

"그날 밤 바람이 많이 불었다고 했죠?"

"네, 제법 불었죠."

"라운지에 있었을 때 바람 소리가 들렸습니까?"

"아, 네. 집 주위의 나무들이……."

"좋습니다. 그리고 윌리엄스가 방을 조사하는 동안 당신은 문간에 서 있었습니까?"

"이제 생각이 납니다. 그랬습니다."

"좋습니다. 위층으로 올라갑시다."

우리는 정면 현관으로 걸어갔다. 도중에 사이먼 경은 걸음을 멈추고, 다소 미안한 듯 머뭇거리며 하인을 불렀다.

"버터필드."

"예, 주인님."

버터필드는 물론 아주 고분고분하게 대답했다.

"사진 좀 찍어둬. 그리고 공작 부인과 선대 여왕님께 전화드려서 오찬은 함께할 수 없게 되었다고 전하고."

"알겠습니다, 주인님."

"아, 그리고…… 버터필드?"

"예, 주인님?"

"차에 나폴레옹 브랜디 좀 있던가?"

"예, 주인님."

"훌륭해."

우리는 다시 집 안으로 들어가 위층으로 향하는 계단을 올랐다. 나는 사이먼 경이 수사하는 동안 옆에 함께 있기로 결심했다. 그의 자유분방한 태도 속에 감춰져 있는 기민함은 나를 더없이 매혹했다. 나는 그가 그 끔찍한 침실에서 도대체 무엇을 찾아낼지, 그는 찾아내고 우리는 찾지 못한 것이 무엇일지 몹시 궁금했다. 하지만 내가 문 앞에 서자 그는 걸음을 멈췄다.

"여기가 그 방입니다." 내가 말했다.

"어느 방 말이죠?"

"사건이 일어난 방 말입니다."

"그래요? 그럼 더 위로 올라가보는 건 어떨까요?"

범죄학자란 모름지기 예상치 못한 행동을 하는 사람이라는 데 생각이 미친 나는 위로 올라가는 길을 안내했다. 처음으로 들어간 골방에서 사이먼 경은 상당히 흥분했다.

"나는 오래된 골방을 좋아합니다. 그렇지 않습니까? 한번 쑤시기 시작하면 도대체 뭐가 나올지 모르니까 말이죠."

그는 눈동자를 굴려 방 안을 살폈다. 퍽 작은 방이었으므로 오래 걸리지는 않았다. 낡은 트렁크가 잔뜩 있었고 녹슨 스케이트가 한 켤레 있었으며 곰팡이가 약간 핀 부츠들이 줄지어 놓여 있었다. 이끼가 낀 표범 가죽 깔개도 보였다.

"아주 재미있군요."

사이먼 경은 방을 가로질러 창문 쪽으로 갔다. 창틀이 돌로 된 창문이었다. 그는 내 예상보다 훨씬 긴 시간을 창 앞에서 보낸 뒤, 활기 없는 얼굴로 고개를 들어 천장 들보까지 쭉 훑어보았다.

"이제부터는 런던 경찰청이 할 만한 일을 해야겠군요." 사이먼 경이 느릿느릿 말했다. "그래요, 빼도 박도 못하는 런던 경찰청의 일입니다. 하지만 꼭 필요한 일이죠. 이제부터 이 상자들 안의 내용물을 조사해봐야겠습니다."

"정말이십니까? 하지만 서스턴 선생님께 여쭤보아야……."

그러나 사이먼 경이 아주 천진한 미소를 지었기에 나는 범죄학자란 그런 사소한 문제에는 연연하지 않는 사람이라는 사실을 상기했다.

"시작합시다. 저기 괜찮은 게 있군요."

나는 사이먼 경을 도와 상자를 뒤집었다. 한 상자에는 희한한 잡동사니 한 무더기와 너덜너덜한 레이스 끈, 오래된 드레스 조각 따위가 들어 있었다. 가엾은 메리 서스턴이 언젠가 필요한 때가 있을지도 모른다는 생각에 보관해놓은 듯했다. 아둔하면서도 선량했던 죽은 여인의 모습이 생생하게 떠올라 나는 물건들을 보지 않으려 애썼다.

"마치 인정사정없는 세관원 같지 않습니까?"

사이먼 경이 못 쓰는 페티코트를 끄집어내며 거만한 얼굴로 말했다.

나는 고개를 끄덕였다. 그 상자를 전부 쑤셔본 뒤 내용물들을 원래대로 넣어두고 다음 상자를 열어보았다. 이쪽에서는 독한 장뇌유 냄새가 났다. 아무래도 서스턴 선생의 낡은 옷 뭉치가 묘지처럼 평안하게 잠들어 있던 듯했다. 오래된 모닝코트와 고풍스럽게 재단된 야회복 재킷 등이 들어 있었다. 마찬가지로 다른 상자들도 철저히 조사해보았지만 사이먼 경의 관심을 끌 만한 것은 하나도 없었다.

"실망스럽군요. 사과 저장고로 가봅시다."

사과 저장고에 들어간 순간, 이곳에서 무언가를 발견할 가능성은 골방에서보다도 더 낮으리라는 생각이 머릿속을 엄습했다. 하지만 사이먼 경은 이곳이 마음에 든 모양이었다.

"저장된 사과가 썩는 냄새가 나는군요." 그는 뾰족한 콧구멍으로 냄새를 들이마시며 말했다.

과일들은 바닥 위에 죽 늘어져 있었다. 하나가 썩더라도 주위에 퍼지지 않도록 하나하나 전부 거리를 두고 떨어뜨려 놓은 상태였다. 하지만 문에서 창문까지 갈 수 있도록 1미터 정도 너비의 길이 뚜렷이 나 있었다. 사이먼 경은 가만히 서서 주위의 붉은색과 노란색 줄들을 내려다보다가, 갑자기 허리를 굽혀 콕스 오렌지 피핀[1] 하나를 주워 들었다.

"최근에 뭉개진 모양입니다." 사이먼 경은 한마디 하더니 사과의 멀쩡한 쪽을 한 입 베어 물었다.

문득 그의 두 눈이 다시 반짝 빛나더니, 갑자기 활발하게 움직이기 시작했다. 사이먼 경은 연회색 오버코트를 벗어서 문 뒤에 조심스럽게 걸었다. 멋지게 재단된 재킷까지 벗고는 아스프리 커프스단추 한 쌍이 달린 셔츠 소매를 걷어 올렸다.

좋지 않은 예감이 들었다.

1 영국에서 인기 있는 사과의 품종 중 하나.

"설마 여기 있는 사과 전부를 옮기려는 건 아니시겠죠?"

"아닙니다. 그냥 살짝 손을 대보려는 거죠."

사이먼 경은 과일들 사이로 조심조심 발걸음을 옮겨, 방한구석에서 끊임없이 소리를 내고 있는 물탱크 쪽으로 향했다.

나는 숨을 죽이고 사이먼 경을 바라보았다. 설마 또 다른 시체를 발견한 건 아니겠지? 그에게 그런 취미가 있다는 사실은 알고 있었다. 하지만 정말로 시체를 발견했다면 물탱크 속에 부주의하게 팔을 집어넣지는 않을 터였다. 아니, 표정을 보니 그 속에 무엇이 있는지 이미 예견하고 다가간 듯했다. 마침내 사이먼 경이 무언가를 끄집어냈다. 매우 굵은 밧줄이었다.

그는 어린애 다루듯 몹시 조심스러운 손길로 사과들 사이에 밧줄을 펼쳐놓았다. 한쪽 끝은 튼튼한 매듭이 지어져 있고 반대쪽에는 쇠로 된 고리가 달려 있었다. 밧줄의 길이는 적어도 4미터가 넘어 보였다.

"증거품 A. 의심의 여지 없이 증거품 A로군요. 전에 이걸 본 적 있습니까?"

"체육관에서 본 것과 비슷하게 생겼군요."

"체육관? 이 근처에 체육관이 있다는 얘기는 하지 않았잖습니까?"

"그게 중요한 문제일 줄 몰랐지요."

"아뇨, 아니죠. 물론 아닙니다. 그래요, 이 밧줄은 체육관에 있던 게 분명하군요. 여하튼 어딘가로 기어올라갈 때 사용되었겠네요."

"하지만……."

"이튼 칼리지 시절에 밧줄 타기는 안 해봤는데. 당신은 할 수 있습니까?"

"예." 나는 짤막하게 대답했다.

"자, 내려갑시다. 이제 시간이 된 것 같군요."

"시체를 보겠다는 말씀인가요?"

"그렇습니다."

사이먼 경이 대답했다. 하지만 방을 떠나기 전 그는 골방에서와 마찬가지로 돌로 된 창틀을 면밀히 훑어보았다.

우리는 좁은 계단을 내려왔다. 내가 비극이 일어난 방의 문을 두드리자 안에서 들어오라는 비프 경사의 목소리가 들려왔다. 이러한 상황에 대한 내 지식에 비추어 볼 때 이 두 사람은 서로가 이곳에 있을 거라는 사실을 충분히 인지하고 있을 터였고, 그 생각은 틀림없었다.

"좋은 아침입니다, 비프." 사이먼 경이 유쾌하게 말했다.

경사는 어젯밤 레드 라이언을 방문한 탓인지 괴로운 표정이었다.

"이런 작은 사건에까지 참견하러 오실 줄은 몰랐습니다.

조사는 아주 순조롭게 진행되고 있는뎁쇼.” 경사가 천천히 말했다.

“그렇게 생각합니까?” 사이먼 경이 물었다.

“그렇습니다. 물론입죠. 뭐 별것…….”

“도대체 여기서 뭘 하고 있는 겁니까, 경사?”

“핏자국을 좀 자세히 살펴보고 있었습니다.”

비프가 부루퉁한 얼굴로 대답하자 사이먼 경이 나를 돌아보고 대꾸했다.

“경찰들은 참 피를 좋아한단 말입니다. 놀랍지 않나요?”

경사는 이 농담이 썩 달갑지 않은 듯했다. 방 안에는 금세 침묵이 찾아들었다. 작업에 착수한 사이먼 경을 나와 비프가 빤히 쳐다보고 있었기 때문이다. 사이먼 경은 자신에 찬 손동작으로 방 안의 모든 물건을 능률적으로 조사하고 벽도 한두 번 두드려보고 나서 벽난로 속도 뒤져보았다.

“도망칠 길이 없군.” 사이먼 경이 조사 결과를 발표했다.

비프 경사가 너털웃음을 터뜨리곤 물었다.

“처음부터 없을 거라고 생각하셨죠?”

“그러게 말입니다, 경사. 참 이상한 일이지만, 없으리라고 생각했습니다.”

차분하게 대답한 사이먼 경은 옷장으로 가서 안을 쑤셔보았다. 내가 보기에 다소 무례할 정도로 메리 서스턴의 코트

수십 벌을 뒤적거린 끝에 낡은 양산 두 개를 끄집어냈다.

“햇빛 아래로 나갈 때 피부가 탈까 봐 걱정이라도 되시는 겁니까?” 비프 경사가 대단히 빈정거리며 물었다.

“아뇨, 그냥 흥미로워서 말입니다.” 사이먼 경은 양산 두 개를 꼼꼼히 살폈다.

이윽고 양산을 내려놓은 그는 긴 커튼 앞에서 바보 같은 장난을 시작했다. 커튼 하나를 앞으로 살짝 잡아당긴 뒤 다시 뒤쪽으로도 대충 잡아당기는 동작을 두세 번 반복했던 것이다.

“멋진 커튼이군.” 커튼을 놓으며 그가 말했다.

이윽고 화장대 앞으로 돌아온 사이먼 경은 놀랍게도 그 위로 몸을 굽히더니 거울에 코가 닿을 정도로 바짝 들여다보았다. 그러더니 잠시 동안 거칠게 코를 킁킁거렸다.

“구역질이 나는군. 당신이 이걸 눈치채지 못해서 참 다행입니다, 경사. 그런데 이 집에서 코담배를 맡는 사람은 누굽니까?”

“아마 스톨일 겁니다. 그 친구가 아무도 없는 틈에 몰래 바깥에서 코담배를 맡는 모습을 본 적이 있거든요.”

내가 대답하자 사이먼 경은 우울하게 말했다.

“오, 그렇군요. 자, 이제 점심이나 먹으러 가야겠습니다.”

12시가 채 되지 않은 시각이었기에 나는 무슨 의도가 있어서 사이먼 경이 일부러 우리를 피하는 것이려니 생각했다. 그럼에도 그와 함께 계단을 내려와 홀의 문 쪽으로 향했다.

내가 문을 열어주기 직전 사이먼 경은 잠시 멈춰 서서는 그 옆에 난 작은 창문을 바라보았다. 저택의 정면 쪽으로 난 창문이었다.

“그런데 어젯밤에 이 커튼이 쳐져 있었는지 혹시 아십니까?” 그가 물었다.

나는 몰랐지만 때마침 옆을 지나던 스톨이 대신 대답했다.

“유감스럽게도 걷혀 있을 때가 종종 있습니다. 하녀가 해야 할 일인데 가끔 잊어버리더군요.”

“어젯밤에는 커튼이 쳐져 있었나?”

“아마 걷혀 있었을 겁니다.”

“고맙네.”

사이먼 경은 그렇게 말하고는 곧장 어딘가로 천천히 걸어가버렸다.

6

세 대의 롤스로이스가 길을 따라 사라져버린 뒤, 나는 몸집이 작고 몹시 신기하게 생긴 남자가 어젯밤 나이프를 발견했던 화단 옆을 네발로 기어다니는 모습을 발견했다. 체격은 왜소했으며 그 위에 커다란 달걀 같은 머리통이 얹혀 있었다. 그 모습이 어찌나 달걀 같은지 나는 그 얼굴에 코와 입이 붙어 있다는 사실에 그만 놀라고 말았다. 그 하얀 표면이 깨지고 병아리 한 마리가 탄생하지는 않을까 하고 반쯤은 상상하고 있던 것이다. 나는 그 사람을 한눈에 알아보고 가까이 다가갔다.

"므시외 아메르 피콩, 맞으시죠?"

잠시 화단을 훑어보던 피콩이 과장스럽게 대답했다.

"그렇다네, 몽 아미(친구여). 그 위대한 아메르 피콩이라네."

"제 이름은 타운젠드입니다. 제가 도와드릴 일 없을까요?"

나는 이미 위대한 범죄학자의 작업을 옆에서 지켜볼 기회가 있었지만, 다른 범죄학자의 일도 볼 수 있지 않을까 하는 기대에 가슴이 부풀었다.

피콩은 큰 소리로 말했다. “당연히 자네가 도와줄 일이 있겠지. 당연히 대단히 앙샹테(기쁘게) 받아들이겠네. 나는 방금 전에 도착했거든.”

“그렇다면 아직 모르시겠군요…….”

나는 조금 전 우리가 발견한 것을 말해주고 싶은 열띤 마음에 입을 열었다. 그러나 피콩은 내 말을 가로막았다.

“나는 당연히 자네가 아는 것을 전부 다 알고 있다네, 몽비외(이보게). 심지어 더 많이 알고 있지. 오호, 티앵, 부알라(맙소사, 그렇고말고)!”

“하지만 죄송합니다만 므시외, 그건 불가능합니다. 당신은 지금 막 오셨지 않습니까? 저는 오늘 오전 내내 사이먼 플림솔 경과 함께 있었는데, 그분이 중요한 것을 여럿 발견했습니다.”

“플림솔? 그 아마퇴르 데 리브르(책밖에 모르는 아마추어)?”

피콩은 콧방귀를 뀌었다. 내가 미리 소문으로 들었던 것보다도 훨씬 거만한 프랑스인의 태도였다.

“그래, 도대체 뭘 찾았나? 밧줄이겠지?”

“어떻게 아셨습니까?”

“어떻게 알았느냐고? 내가 바로 피콩일세! 아메르 피콩! 티앵! 그게 문제가 아닐세. 문제는 훨씬 더 많지. 하지만 자네가 언급한 건 별문제가 아니란 말이야. 그래, 밧줄은 어디 있나? 물탱크 속에 있었겠지?"

"예, 맞습니다. 누군가에게 들으셨나요?"

피콩은 분개한 얼굴로 벌떡 일어섰다.

"누구한테서 들어? 내가 그럴 필요가 있겠나? 밧줄이 어디 있었는지, 그런 걸 내가 정말로 궁금해했을 것 같단 말인가?"

나는 대답할 말이 없었으므로 입을 다물었다. 피콩은 자신의 무례한 태도가 민망해진 듯했다.

"므시외, 이 파파(나이 든) 피콩을 용서하시게. 이 사람이 지금 곤란에 처해 그랬다네. 나라도 그럴 때가 있지. 알롱(가세), 차고로 가보세."

"차고로요?" 내가 물었다.

"당연한 일이지. 그럼 어딜 가겠나?"

피콩은 짧은 다리를 움직여 대단히 빠른 속도로 걸어갔다. 차고는 집 끄트머리, 메리 서스턴 방의 반대편이자 마당의 가장 구석진 곳에 있었다. 몸집 작은 남자는 단호한 태도로 성큼성큼 걸어갔다. 차고 문 앞에 도착할 때까지 전혀 망설이지 않았다. 그곳에서는 펠로스가 고무장화를 신은 채 커다란 호스를 들고 서스턴 가문 소유의 오스틴 자동차를 닦고 있었다. 펠로스는 몸을 돌려 우리에게 인사를 했지만 그러는 동안에도 일을 멈추지 않았다.

피콩은 잠시 그를 바라보다가 말했다.

"몽 아미, 그렇게 티끌 하나 없이 깨끗한 차를 도대체 왜 닦고 닦고 또 닦는 건가?"

펠로스는 약간 당황한 듯했다. 나는 그가 불친절한 태도를 보이는 모습을 한 번도 본 적이 없었기에 내 옆의 괴상한 남자를 대하는 태도를 보고 놀랐다.

"자넨 그렇게 바빠 보이고 싶은 건가? 하긴 자네 같은 사람들은 그…… 신문당하는 일 같은 건 별로 안 좋아하겠지. 걱정 안 해도 되네. 아직 질문 시간은 안 됐으니. 자, 난 조금만 더 살펴보겠네. 금방 끝날 거야."

운전사는 마지못해 미소를 지었다.

"뭐, 질문받는 걸 싫어한다는 건 맞는 말씀입니다. 누군들 좋아하겠습니까?"

피콩은 그의 대답에 신경 쓰지 않았다. 운전사는 셔츠 소매를 어깨까지 걷어붙이고 있어 근육이 울퉁불퉁한 양팔이 잘 드러났다. 한쪽 팔뚝에는 여러 가지 무늬의 문신이 새겨져 있었는데, 피콩은 새처럼 날카롭게 이 문신에 관심을 보였다. 그는 즉시 다가가 작은 손으로 펠로스의 양 손목을 잡았다.

"실례하겠네."

그러고는 문신을 꼼꼼히 살펴보기 시작했다.

나는 개인적으로 그 문신에서 별 특별한 점을 발견하지 못했다. 아무리 봐도 흔해빠진 문양이었기 때문이다. 서로 얽힌 두 개의 하트 사이를 화살 하나가 꿰뚫고 있었다. 그리고 유니언잭이 하나 있었고, 별 모양이 어지럽게 새겨져 있었다.

"뭐 문제 있습니까?"

펠로스는 피콩이 놓아주기를 참을성 있게 기다리며 살갑게 물었다.

"부아용, 부아용(자, 자)."

그후 우리는 펠로스가 일을 계속하도록 내버려두고 차고를 떠났다.

저택으로 돌아가는 도중 나는 갑자기 어떤 사소한 일이 생각났다.

"므시외 피콩, 당신은 아까 제가 아는 것들을 이미 다 알고 있다고 하셨죠? 그 말씀은 틀렸습니다. 방금 아무에게도 말하지 않았던 아주 작은 일이 하나 생각났거든요."

"정말인가, 몽 아미? 그게 중요한 일인가?"

"글쎄요, 범죄하고는 별 상관이 없는 일인지도 모르죠. 하지만 지금 말씀드려야 할 것 같습니다. 어젯밤 저녁 식사 전에 옷을 갈아입고 나왔을 때, 누군가가 서스턴 부인의 방에서 나오는 걸 봤습니다. 어떤 남성이었습니다."

"그래서?"

"그가 누구인지 중요할까요? 므시외의 수사에 별 도움이 되지 않는 일이라면, 솔직히 그 친구 이름을 말하고 싶지는 않거든요."

"뭐든지 도움이 되겠지."

"좋습니다. 말씀드리죠. 데이비드 스트리클런드였습니다. 그 친구는 저를 보고 방으로 다시 들어가려고 했지만, 때가 너무 늦었던 겁니다."

"정말인가? 부알라! 스트리클런드, 그 젊은이는 마담 서스턴의 옆방에 묵고 있지 않았던가? 도박 좋아하는 젊은이, 맞지?"

나는 고개를 끄덕였다.

"그렇다면 지금 가서 스트리클런드 군의 방을 잠시 방문해야겠군. 알롱."

"물론 당신은 그러셔도 됩니다, 므시외. 탐정이시니까요. 하지만 저는 남의 방에 마음대로 들어가서 쑤시고 다닐 수가 없어요."

"좋을 대로 하게." 피콩이 말했다.

그리하여 이 몸집 작은 탐정이 스트리클런드의 방에 들어가 있는 동안, 나는 또다시 어젯밤 민망한 순간을 겪어야 했던 곳에 멍하니 서 있는 처지가 되고 말았다. 그러다 문득 집주인은 도대체 어디 있는지 궁금해졌다. 우리가 지나오는 동안 들린 목소리로 추측해볼 때 라운지에는 윌리엄스와 노리스, 스트리클런드가 모여 있었다. 서스턴 선생은 오늘 한 번도 나타나지 않았고, 스톨이 말하기를 어지간히 급한 일이 발생하지 않는 이상 가능하면 방에 있고 싶어 한다고 했다. 나는 그 말을 듣고 다행스럽게 생각했다. 현재 집 안에서 벌어지고 있는 잔혹한 보물찾기 놀이는, 그 가엾은 사내에게 결코 안식을 가져다주지 않을 게 뻔했다.

스톨은 주인이 모든 사람을 배려하여 손님이 원하는 것이라면 무엇이든 제공하라고 지시했다고 말하고, 손님들의 의지에 반하여 불가피하게 그들을 저택 안에 붙들어놓을 수밖에 없는 상황에 대해 사과를 전했다. 이러한 괴로운 일이 일어났을 때조차도 집주인다운 예의를 잊지 않는 모습이 참으로 서스턴 선생다웠다.

나는 금세 마음이 불편해졌다. 부서진 문짝 바로 앞에 우두커니 서 있는 일이 결코 유쾌하지는 않았다. 아래층으로 내려가 다른 사람들과 함께 있고 싶었다. 그러나 왠지 몸집 작은 탐정이 오래지 않아 방에서 나올 것 같았다. 이윽고 예상대로 일찌감치 나오기는 했으나 그는 완전히 밖으로 나오지는 않고, 문을 살짝 열고서 나를 불렀다.

나는 그의 손에 들려 있는 다이아몬드 펜던트를 보고 깜짝 놀랐다.

"비트(빨리)!" 피콩이 부득이 목소리를 낮춰 물었다. "이것 좀 보게! 혹시 예전에 본 적 있는가?"

"본 적 있습니다. 서스턴 부인 물건입니다."

"비앵(좋아). 잠시만 기다리게." 그는 속삭이고 나서 다시 방 안으로 사라져버렸다.

마침내 방에서 나온 그는 훨씬 침착한 태도였다.

"도대체 무슨 일입니까?" 내가 물었다.

"데이비드 스트리클런드의 여행 가방에서 죽은 부인의 소유물이었던 다이아몬드 펜던트가 나왔다는 뜻이지."

"그렇다면 그 친구가 범인이라는 겁니까?" 나는 조급하게 물었다.

"그렇게 서두를 것 없네, 몽 아미." 피콩은 대답하며 내 재킷 옷깃에 남은 얼룩을 닦아줬다. "오히려 그 반대라는 사실을 증명할 수도 있다네. 물론 '증명할 수도' 있다는 말일세. 자, 이제 운전사의 방으로 가보자고."

이 놀라운 탐정이 선택한 다음 방문 장소를 듣고도 나는 더이상 놀라지 않았다. 그리하여 다시 한번, 나는 지치고 배고픈 상태였지만 위층으로 올라가 피콩에게 펠로스의 방 위치를 가르쳐주었다.

나는 이 몸집 작은 탐정을 존경했다. 활력 넘치고 열정적인 태도를 지켜보는 것은 대단히 즐거웠다. 하지만 솔직히 말해, 좀 전에 피콩이 펠로스에게 보인 관심이 몹시 놀라웠다.

저 친절한 얼굴의 운전사가 평범한 연애 사건 한두 개를 넘어서는 무언가를 감추고 있을 거라는 생각은 도저히 할 수가 없었다. 그러나 나는 피콩을 존경했고, 그의 천재적인 재능에 이러쿵저러쿵 트집을 잡을 수는 없었다.

피콩이 문을 열어둔 덕분에 그가 간소하면서도 잘 갖춰진 가구들 사이를 폴짝폴짝 뛰어다니는 모습을 들여다볼 수 있었다. 방 안의 모든 물건은 아주 깔끔하게 놓여 있었고, 개켜진 남자 옷은 잘 정리되어 있었다. 피콩은 잠시 흥미가 가는 물건을 찾지 못한 듯하다가, 이윽고 침대 옆의 보조 탁자 위에서 《데일리 텔레그래프》 한 부를 발견했다. 처음에는 여상한 시선만을 보냈지만, 1면에 실린 기사가 흥미를 끈 모양인지 신문을 집어 들고 열심히 읽기 시작했다.

이윽고 마지막 페이지까지 훑어본 뒤 피콩은 "티앵!"이니 "부알라!"니 하고 영어가 아닌 말로 감탄사를 외쳐댔다.

"무슨 일입니까?" 내가 물었다.

피콩이 방을 가로질러 내 쪽으로 왔다.

"자네도 보게!"

그는 흥분해 말하면서 광고 칼럼의 한 부분에 연필로 체크가 되어 있는 것을 보였다.

나는 허리를 굽히고 들여다보았다. 표시된 부분은 "주류 판매 허가 숙박업소 및 식당 매매"라는 제목의 아래쪽이었다. 나는 놀라움을 표현하는 신체적 방법에 대해서 잘 알고 있었으나, 여기서는 도대체 어디서 놀라워해야 할지 알 수가 없었다.

피콩이 외쳤다.

"거기 말이야! 그 작은 토막 기사. 앙 아방(전진)! 한 조각 한 조각 모이는구먼. 오, 이건 평범한 사건이 아닐세."

"그렇게 생각하신다니 참 기쁩니다."

사이먼 경이 이 사건을 보고 흔해빠진 밀실 사건이라고 투덜거리는 바람에 실망했던 일이 떠올라, 나는 그렇게 말했다.

"암, 결코 평범한 사건이 아니고말고. 절대 아니지. 자네들 영어 표현으로는 뭐라고 하던가? '이야기가 점점 복잡해진다'고 하던가? 이 신문의 발행일은 삼 주 전이라네!"

피콩은 춤추듯 움직이며 신문을 원래 자리에 되돌려놓았다. 계단을 내려가던 도중 나는 큰마음 먹고 혹시 무슨 가설이라도 세웠는지 물어보았다.

"자네 보기에 가설이라고 할 만한 것은 아니라네. 아직 모든 것이 어두컴컴해. 하지만 보게, 무엇이 나타났나? 작은 불빛 아닌가! 이제 그게 점점 크고 강해질 걸세! 그리고 파파 피콩은 모든 것을 꿰뚫어 보겠지. 모든 진실을!"

나는 그의 말이 옳기를 바랐다.

드디어 메리 서스턴의 침실 앞에 도착한 우리는 창문 앞에서 비프 경사가 안락의자를 끌어다 앉은 모습을 발견했다.

"아, 우리 선량한 뵈프[1] 아닌가!"

피콩이 프랑스인 특유의 경박한 태도로 소리쳤다. 나로서는 도저히 죽은 사람 앞에서 그런 태도는 취할 수가 없었다.

"경비 서고 있구먼? 안을 좀 들여다봐도 되겠나?"

"들어가서 보실 수는 있습니다. 하지만 아무것도 건드리면 안 됩니다."

"비앵. 그런데 자네는 뭘 그렇게 끈질기게 기다리고 있는 건가, 경사?"

"저 말씀이십니까? 체포 영장이 도착하기를 기다리는 중입죠. 조서를 작성해야 하니까요."

피콩은 웃음을 터뜨리고 말았다.

"체포 영장을 기다려? 그거 멋지군. 그러니까 자네는 누가 범인인지 안단 말이지?"

"물론 압니다. 진실이 코앞에 놓여 있으니까요."

피콩은 나를 돌아보았다.

"이런 걸 보고 자네 영국인들 표현으로는 뭐라고 하던가? '쓸데없이 기운이 넘친다'고 하나?"

이번에는 경사가 웃을 차례였다.

"이제부터 그러려는 참이지요."

1 경사의 이름 '비프(Beef)'는 영어로 '소고기'와 같은 철자로, 피콩은 프랑스어로 소고기를 의미하는 '뵈프(Bœuf)'로 그의 이름을 바꿔 부르고 있다.

피콩은 시간을 들여 방 안의 물건들을 찬찬히 살펴봤다. 그러는 동안 나는 이 사람이 무슨 증거를 발견하려고 조사를 하고 있는 게 아니라, 천성이 철저하고 꼼꼼하기 때문에 그러는 것이라는 생각이 들었다. 자기가 세운 가설에 모순되는 사항이 완전히 없어졌다고 확신하기 전까지는 계속해서 근거를 찾아내려 하는 것이다.

"그러면 타운젠드 군, 자네 내 부탁 하나 들어주겠나? 아래층 라운지로 내려가서 라디오를 켜고 다시 이리로 와주게."

서스턴 선생이나 다른 사람들이 이 집 안에 음악이 흐르는 것을 썩 달가워하지는 않을 것 같았다. 하지만 나는 약간 머뭇거리면서도 지시에 따랐다. 라운지에 있던 윌리엄스와 노리스, 스트리클런드에게 재빨리 사정을 설명하고 나서 피콩이 시킨 일을 했다.

내가 돌아가자 피콩이 말했다.

"고맙네. 이제 불빛을 좀더 밝게 켜주게나."

나는 피콩의 의도가 무엇인지 이해할 수 있을 듯했다.

"므시외 피콩, 우리가 서스턴 부인의 비명을 들었다는 이야기를 의심하실 필요는 없습니다."

"자네는 들었나?" 피콩이 느릿느릿 물었다.

"물론 들었죠."

그러자 피콩은 아주 기묘한 말을 했다.

"너무 그렇게 확신하지 말게나, 므시외. 인간의 귀란 재미있는 기관이지. 가끔은 듣지도 않았는데 들었다고 착각할 때가 있다네. 그리고 때로는 들리는 소리를 못 들을 때도 있고."

내가 그 이상한 말을 신중히 되새겨보고 있는 동안 피콩은 재빨리 마을로 내려갔다. 아마도 점심 먹을 궁리를 하는 모양이었다.

7

점심시간을 알리는 벨을 듣고 식당으로 간 나는 스미스 신부라는 이름의 어느 자그마한 인간 푸딩이 함께 있는 것을 보고도 그리 놀라지 않았다. 신부는 꾸러미 여러 개를 바닥에 내려놓고 녹색 양산은 의자 등받이에 걸친 뒤 우리를 향해 밝은 미소를 보이고선 수프를 거절했다.

사람들 모두의 머릿속을 점령하고 있는 그 화제는 아무래도 피하는 편이 상식적이고 가장 옳은 판단인 듯했다. 그러나 어젯밤 일을 마음속에 꾹꾹 억누르고 있던 그의 잠재의식이 반대로 발현된 모양인지, 샘 윌리엄스가 비행에 대한 이야기를 꺼냈다. 비행 과정과 글라이딩, 초소형 항공기 제작에 관한 이야기였다.

"어떤 미국인이 날개를 달고서 땅바닥에서 떠올라 공중을 날았다는 이야기를 들은 적이 있습니다. 그 사람은 이카로스의 슬픈 운명을 피했다고 하더군요."

몸집이 작은 성직자는 두꺼운 안경 렌즈를 통해 창밖을 내다보면서 중얼거렸다.

"하지만 세상에는 수많은 종류의 날개가 있지요. 비행기의 날개가 있고, 새의 날개가 있으며 천사의 날개도 있고……." 그는 목소리를 낮추고 계속했다. "악마의 날개도 있는 법입니다."

그러고 나서 신부는 잘게 부순 빵 조각을 조금씩 뜯어 먹었다.

우리는 일제히 침묵에 빠졌다. 이 놀라운 사람에 대해 내가 알고 있는 지식은 널리 알려진 것들뿐이었지만, 우리가 당면한 문제는 그의 말 속에 스며들어 있는 듯했다.

성직자는 말을 이었다.

"하지만 날개 없이 하늘을 나는 것들도 있지요. 날개를 달고 날아가는 것들보다도 훨씬 끔찍한 것들 말입니다. 체펠린 비행선에는 날개가 달려 있지 않습니다. 총알에도 날개가 없고요. 누군가의 손으로 솜씨 좋게 던져져, 술에 취한 혜성처럼 빛을 번득이며 날아가는 나이프 또한 날개가 없지요."

이 말은 경솔하게 자동차에 대해 이야기하기 시작한 앨릭 노리스를 노골적으로 겨냥하고 있었다. 자동차로 갈 수 없는 곳까지도 늘 걸어서 이동하는 스미스 신부의 인생에서 자동차는 별 의미가 없는 존재였기 때문에 노리스는 곧 입을 다물어버렸다.

이내 누군가가 이야기를 방해했다. 스트리클런드였다. 그는 갑자기 고함을 지르며 스톨을 쳐다보았다.

"저것 봐!"

천장에서 떨어졌는지 화단에서 올라왔는지 모를 거미 한 마리가 테이블 위를 기어다니고 있었다. 집사는 앞으로 걸어와 손가락으로 거미를 집어 들고는 창가 쪽으로 갔다. 몸집 작고 얼굴이 둥근 신부가 내 옆에 앉아서 멍하니 집사를 쳐다보다가 갑자기 펄쩍 뛰어올랐다.

"저런, 안 됩니다! 안 돼요!"

스미스 신부가 소리를 질렀다. 목소리가 애처롭고 고뇌에 차 있었으며 동시에 깜짝 놀란 듯했다.

그는 창가로 달려가 창문을 열어젖히고 거미를 집어서 화단 위에 떨어뜨렸다.

"왜요, 뭐 문제 있습니까? 스톨이 거미를 죽인 건 아니잖습니까?" 노리스가 물었다.

신부는 대답하기 전에 잠시 망설였다. 스톨은 방을 나가며 문을 닫았다.

"차라리 그랬으면 나았을 겁니다. 차라리 그랬다면!" 스미스 신부가 신음했다.

우리는 서로 얼굴을 마주 봤다. 저게 도대체 무슨 의미일까? 거미를 끔찍하게 싫어해서 그러는 건 아닐 터였다. 증오라는 감정을 품기에 스미스 신부는 너무나 온화하고 자비심 많은 사람이었다. 만약 거미를 싫어했다면, 도대체 왜 방을 기껏 가로질러 달려가선 거미를 잡아 죽이지 않았던 걸까? 왜 거미를 저렇게 조심스럽게 정원에 풀어놓았을까?

"당신은 자연을 사랑하는 분입니까, 신부님? 거미에 대해 특별한 연구라도 하고 계시나요?"

"거미 말씀이십니까? 저는 거미에 대해 두 가지 사실밖에 모릅니다. 모든 사람이 아는 사실이지요. 거미는 파리를 죽인다는 것, 그리고 거미줄을 친다는 것 말입니다."

그후의 식사 자리는 다소 불편했다. 이미 알고 있었던 일이지만, 스미스 신부가 어린애처럼 천진한 성격을 가장하고서 듣기 괴로운 말만 골라 교묘하게 내뱉었기 때문이다.

점심 식사가 끝난 뒤, 나는 신부가 안내해달라고 말하지 않을 만한 곳이 어디일까 하고 나른하게 생각하고 있었다. 하지만 그가 내게 다가와 마을 교회를 보여달라고 부탁하자 놀라지 않을 수 없었다.

나는 실례를 무릅쓰고 충고했다.

"설마 그 낡은 건물을 조사하면서 사건이 해결될 때까지 시간이나 낭비하자는 말씀은 아니시겠지요? 이 문제와는 별 관련이……."

"하지만 이 문제를 교회로 가져가는 것보다 더 나은 해결 방법이 어디 있을까요?"

성직자는 온화하게 물었고, 우리는 출발했다.

교회 부지 내에서 우리는 라이더 목사와 마주쳤다. 목사는 재빨리 신경질적인 미소를 지으며 내게 인사했고, 나는 스미스 신부를 소개했다. 이 두 사람은 서로 할 말이 많아 보였으므로 나는 목사가 새로이 나타난 탐정에게 낡은 교회당 건물의 아름다운 모습을 보여주는 동안 밖에서 기다리기로 했다.

나는 십여 분 동안 가을날의 약한 햇빛을 받으며 낮은 담벼락 위에 앉아 있었다. 이윽고 스미스 신부가 대단히 지친 모습으로 비틀거리며 교회 건물에서 나왔다. 내게로 똑바로 걸어오는 신부의 옷에는 진흙이 약간 묻어 있었고, 두툼한 장화는 자꾸만 벗겨지려 했다.

"그 사람은 그걸 세숫대야라고 부릅디다." 스미스 신부가 고함을 질렀다. "한순간도 정신을 팔 수가 없더군요. 저 목사가 세숫대야라고 하는 물건이 대체 뭔지 아시겠습니까?"

수수께끼가 주는 흥분 상태에는 상당히 익숙해져가고 있었으므로 나는 놀라움을 감춘 채, 숨을 헐떡이는 몸집 작은 성직자를 데리고 서스턴 저택으로 향했다.

"세숫대야란 말이지." 신부는 혼잣말로 중얼거렸다. "분명 그렇게 말했어."

갑자기 스미스 신부가 길 한가운데에 멈춰 서서 소리쳤다.

"그래!" 그러고는 안경 쓴 얼굴을 내게로 돌렸다. "바로 그거다, 그거야!"

신부는 잠시 뜸을 들이다 말했다.

"지금 당장 체육관으로 가봅시다."

"체육관이라고요?"

"물론이죠. 당장. 밧줄이 하나 발견됐다고 했죠?"

"네, 그렇습니다."

"'그중' 하나일 테지요." 신부는 멍하니 중얼거렸다.

"그럼 두 개가 있다는 말씀이십니까?" 나는 앨리스라도 된 듯한 기분으로 물었다.

"아마도 그럴 겁니다. 하나만 있다면 그나마 낫겠지만요. 훨씬 나을 거예요. 하지만 아마 두 개가 있겠지요. 그리고…… 누가 알겠습니까? 밧줄 하나가 있으면 올가미를 만들 수 있어요."

체육관은 운동을 열렬히 즐기던 서스턴 선생의 부친이 지은, 차고 옆에 있는 기다란 흰색 건물이었다. 건축학적으로 대단히 현대적인 분위기를 풍겼으며 붉은 벽돌로 지은 본관과는 그리 어울리지 않았기 때문에 침실 창문으로도 보이지 않는 위치에 신중히 자리 잡고 있었다.

최근에는 서스턴 부부나 그들의 친구도 잘 이용하지 않았다. 우리 중 운동을 좋아하는 사람은 아무도 없었다. 하지만 지난번 방문했을 때 나는 그 근처를 어슬렁거리다 부스럭거리는 소리를 들은 적 있었다. 체육관 안을 들여다보니 운전사 펠로스가 곡예사가 아니고서야 취할 수 없는 자세로 평행봉 위에 앉아 있었다. 나는 그에게 요즘 체육관에 드나드는 사람이 있느냐고 물었고, 펠로스는 근방의 보이스카우트 단원들이 일주일에 한두 번 모이는 것을 서스턴 선생이 허락했다고 했다. 펠로스는 소년들이 시끄럽게 떠드는 것이 싫어 그후로는 바깥에서 조깅을 한다고 했다.

체육관 안으로 들어가자 실내는 조용했다. 아무도 없는 학교나 교회 안에 떠돌곤 하는 괴괴한 적막이 느껴졌다. 응당 사람들이 북적거려야 할 곳에 아무도 없는 느낌이었다.

몸집 작은 스미스 신부는 구름을 올려다보는 게으른 양치기 소년처럼 천장을 올려다보았다. 그리고 나 또한 고개를 들어 무엇이 신부의 관심을 끌었는지 쳐다보았다. 체육관의 형태를 고정하고 또 강화하는 데 쓰이는 갈고리 두 개가 대들보에 붙어 있었지만, 밧줄은 매달려 있지 않았다.

"신부님께서 하신 말씀이 맞는군요. 이제야 기억났습니다. 저기에는 밧줄이 두 개 달려 있었습니다. 펠로스가 이야기해주었는데, 이 체육관을 지은 사람이 친구들과 함께 운동을 할 생각으로 밧줄을 달아놓았다고 하더군요. 하지만 이제 그 사람들은 없네요."

벽에는 사다리 하나가 기대어 있었다.

"사다리를 놓기에는 좀 이상한 곳이로군요."

내가 한마디 했다. 그러나 스미스 신부는 대답을 기다리지 않았다. 나는 누군가가 사다리를 타고 올라가 밧줄들을 떼어 냈다는 사실을 신부가 한눈에 알아보았음을 나중에야 깨달았다.

스미스 신부는 앞서서 집으로 향했다. 그리고 2층으로 이어지는, 내가 너무나 잘 아는 그 계단을 올라갔다. 그는 부산스럽게 사과 저장고를 헤집고 다니다 망설이지 않고 팔 위의 검은 천을 걷어 올려 물탱크 속으로 손을 집어넣었다. 잠시 후 첫 번째 밧줄과 어느 모로 보나 똑같이 생긴 두 번째 밧줄이 바닥 위에 툭 떨어졌다.

그러고 나서 스미스 신부는 나무 의자 위에 털썩 주저앉아 오랜 시간 동안 말이 없었다. 바깥에선 땅거미가 지고 있었지만 사과 저장고에는 작게나마 불빛이 있어서, 나는 그의 동그란 모습을 충분히 지켜볼 수 있었다. 내 시선에는 놀랍고도 두려운 경이로움이 깃들어 있었다. 태양이 새빨갛고 노란 빛으로 타올라, 마치 스페인 언덕에서 어느 두 군대가 벌이는 거대한 전투 장면 같았다.

이윽고 스미스 신부가 말했다.

"인간이 다른 인간을 죽이기 위해 발명한 사악한 물건들에 대해 생각해본 적 없습니까? 화약이나 가스처럼 사악한 것들을 무엇에 쓰려고 발명했을까요? 하지만 화약이든 가스든, 그리고 권총이든 독약이든 이번 사건에서 범인이 고른 도구만큼 끔찍한 건 없을 겁니다."

"저는 그게 평범한 도구라고 생각했는데요. 나이프잖아요." 나는 과감하게 말해보았다.

"그건 단순히 흉기 그 자체를 말하는 것이지요. 나는 그보다 더한 것을 생각하고 있습니다."

"설마 범인에게 공범자가 있다는 말씀이신가요?"

"일곱 있습니다."

"일곱!" 그가 모호하게 던진 암시에 나는 깜짝 놀라 거의 소리를 지를 뻔했다.

"일곱 악마가 있지요." 성직자는 슬픈 표정을 지은 채 앞뒤로 몸을 흔들었다.

"스미스 신부님, 흉기와 도구의 차이가 뭡니까? 그냥 말장난하시는 거 아닙니까?"

"장난을 치기엔 너무나 위험한 사건입니다. 나는 공처럼 보이는 폭탄으로 소년을 놀라게 할 수도 있고, 경고 같은 말 한마디로 어른을 당황케 할 수도 있지요. 기요틴이 날을 떨어뜨리는 것처럼, 평범한 도구도 흉기가 될 수 있습니다."

"하지만 그렇다면…… 신부님이 모두 이해하고 계신다

면……."

"하지만 그렇지 않단 말입니다!" 스미스 신부가 고함을 질렀다. "나는 흉기도 알고, 도구도 알 것 같습니다. 하지만 범인의 정체에 대해서는 확신이 서지 않아요."

사과 저장고는 거의 어둑어둑해졌다. 슬슬 차 마실 시간이 되었다고 생각한 나는 일어나서 조심스럽게 말을 꺼냈다. 다행히 신부도 따라서 일어났다.

"당신 말이 맞습니다. 이 방에는 사악한 것이 있어요." 그가 말했다.

스미스 신부는 더이상 서두르지 않고 축 처진 얼굴로 계단을 쿵쿵 내려갔다. 라운지에 도착해 다른 사람들과 합류했을 무렵 나는 신부가 혼자서 부드럽게 무어라 중얼거리는 말을 얼핏 들었는데, 반 정도밖에 알아듣지 못했다. 수수께끼 같은 웅얼거림이었다.

"브루스 왕, 브루스 왕이시여."

8

티 테이블을 둘러싼 원 건너편에서 사이먼 플림솔 경이 긴 손가락 사이에 시가를 한 대 끼우고 책을 한 권 든 채 안락의자에 깊숙이 앉아 있었다.

"괜찮은 판본이로군요. 알디네 플라토 판본이네요. 1513년판의 양피지 장정은 처음 봅니다. 아시다시피 알두스와 무수루스가 함께 작업했고, 그것을 레오 10세에게 헌정했지요. 그는 알렉산데르 6세와 율리우스 2세에 이어 알두스에게서 선물을 받을 수 있었다는 사실을 매우 기뻐했습니다. 당신의 친구분은 수집가인 모양이로군요?"

"아마 그럴 겁니다."

"나도 소소하게 수집을 하고 있지요." 사이먼 경이 말했다.

세간에 알려진 그의 수집품 목록을 떠올려보면 상당히 겸손한 발언이었다.

"그 이야기는 많이 들었습니다. 그리고 사이먼 경에게 들려드릴 소식이 몇 가지 있습니다."

피콩이 펠로스의 팔에서 문신을 발견했

던 이야기를 듣는 동안 사이먼 경은 내내 책장을 넘기는 손을 멈추지 않았다.

"재미있군요. 하지만 별 도움은 안 되겠습니다. 우리가 알고 싶은 건 누가 살인을 저질렀느냐지, 누가 살인을 저지르고 싶어 했는지는 아니니까요."

약간 실망한 나는 스트리클런드의 침실에서 발견된 보석과 펠로스의 방 보조 탁자 위에 놓여 있던 신문에 대해 이야기했다. 하지만 두 이야기를 듣고도 그는 고개를 끄덕이며 이렇게 말할 뿐이었다.

"그럴듯하군요. 아주 그럴듯해요."

스미스 신부가 두 번째 밧줄을 발견했다는 이야기를 듣고서야 사이먼 경은 펄쩍 뛰어올랐다.

"두 번째 밧줄? 그거 이상하군요. 그렇다면 지금까지의 모든 이야기가 뒤집히는 셈인데. 그게 아니라면……." 그가 잠시 말을 끊었다가 다시 입을 열었다. "이것 보시오, 타운젠드. 잠시만 나를 도와주지 않겠습니까? 그 밧줄 중 하나를 체육관으로 가져가볼까 하는데요."

그 말은 3층까지 또 계단을 올라야 한다는 사실을 뜻하긴 했지만, 거절할 수가 없었다. 우리는 금세 밧줄을 끌고 정원을 가로질렀고, 사이먼 경은 조심스럽게 사다리의 균형을 잡은 뒤 밧줄을 원래 자리에 걸어놓았다. 그는 사다리에서 내려와

문가까지 물러서더니 그 모습을 뚫어져라 바라보았다.

"이제 됐습니다." 체육관을 나서면서 사이먼 경이 말했다. "이제 됐어요. 진작 알았어야 했는데." 그러고는 시가를 한 대 꺼내서 입에 물었다.

돌아왔을 때는 머핀이 식어 있었지만 나는 음식보다는 당장 눈앞에 놓인 사건을 수사하는 편이 훨씬 중요하다고 생각했다. 뭐, 살인 사건이 일어난 후에는 며칠간 음식을 입에 대지 않는 부류의 사람도 있는 법이다.

서스턴 선생은 여전히 모습을 드러내지 않았지만 나는 그가 그날 밤 신문 자리에는 나오리라는 사실을 알고 있었다. 그런 식으로 하루 종일 내 눈앞에 보이지 않는 게 솔직히 고마웠다. 이러한 상황에 대해 여러 종류의 연구를 통해 얻은 지식에 비추어 볼 때 우리 모두는 다른 여느 선례들과 마찬가지로 행동하고 있었다. 하지만 아내를 잃은 사내가 우리와 같은 행동을 할 수 있을 거라는 생각은 도저히 할 수 없었다.

나는 살인 사건이 벌어진 뒤에는 으레 집 안에 있던 모든 사람이 이러한 숨바꼭질에 참여하는 게 적절하며 관습적인 일이라 배웠으며, 현재 우리는 그 재미있는 놀이에 대단히 열중하고 있었다. 저택 안에 낯선 사람이 세 명씩이나 나타나 하인들에게 질문을 던지는 일이나 경찰이 웃으면서 으쓱거리고 다니는 일, 내지는 이 희생자가 어떤 과정을 거쳐 주검이 되었는지 궁금해하는 누군가가 사체를 샅샅이 들여다보는 일 등은 결코 이상한 일이 아니었다. 그러나 비극적인 사건을 단순히 재능 있는 탐정들을 매료시키는 수수께끼 이상으로 받아들이게 된 사내를 생각하면, 나는 탐정 놀이라는 이상한 풍습이 도대체 어떻게 생겨났을까 진심으로 궁금해지곤 했다.

우리의 기묘한 세 방문자 사이에는 통 교류가 없었고, 서로의 라이벌로부터 적어도 약간의 거리를 유지하려는 듯했다. 밧줄을 원래 자리에 되돌려놓은 사이먼 경은 그걸로 만족한 듯 다시 안락의자에 앉아 알디네 플라토 판본에 몰두했다. 스미스 신부는 앨릭 노리스와 중세 예술에 대한 토론을 벌였고, 피콩은 티 테이블 위에 아무렇게나 늘어져 있던 찻잔을 정리한 뒤 뚝 떨어져 홀로 불가에 앉았다.

슬슬 실적을 파악할 때가 오고 있었다. 경사에 대해서는 굳이 거론할 필요가 없겠지만 이 세 명의 위대한 탐정은 모두 각자의 가설을 구축하고 있는 듯했다. 나는 내 손 안에 그들과 거의 같은 양의 증거를 쥐고 있는데도 왜 그들처럼 가설을 세우지 못하는지 이해할 수 없었다.

조사 과정에서 약간의 차이가 있기는 했지만 그들은 모두 밧줄(하나 또는 두 개)에 관심을 보였다. 하지만 나는 여전히 밧줄이 어디에 쓰였는지 통 짐작할 수가 없었다. 특히, 아무리 생각해도 알 수 없었던 건 우리가 신속하게, 정말 눈 깜짝할 사이에 문을 부쉈다는 거였다. 만일 범인이 메리 서스턴을 죽이고 나서 밧줄을 타고 탈출했다면 범인은 창턱을 넘어 나간 뒤 창문을 닫고서 밧줄을 타고 올라가 위에서 다시 밧줄을 회수했을 터였다. 그리고 그 행위가 이루어지는 동안 우리가 위층으로 달려 올라가 문을 부쉈으니 당연히 창문에 걸려 있는, 심지어 요란하게 흔들렸을 밧줄을 발견했을 것이다. 그러나 샘 윌리엄스가 창으로 달려가 밖을 내다보기 전에도 밧줄 따위가 끌려 올라가는 모습은 전혀 목격하지 못했다.

그리고 설령 그런 일이 실제로 벌어졌다 한들, 이 집 안에서 누가 그런 짓을 할 수 있었겠는가? 우리가 문을 부쉈을 때 노리스가 함께 있었고, 스톨과 스트리클런드 및 펠로스도 몇 분 안에 도착했다고 설명한 바 있다. 밧줄을 타고 올라가 위층 창으로 들어간 뒤 우리와 합류하기에는 너무나 짧은 시간이다. 그렇다면 목사와 요리사, 하녀가 남는다. 그 사람들은 밧줄을 타고 올라갈 수 있었다. 하지만 워낙 힘겨운 일이기에 여성 둘은 용의선상에서 제외해도 별문제 없으리라. 목사의 경우, 스톨이 말하기를 사건이 일어난 시점보다 조금 뒤에 도착했다고 했고 본인도 그 사실을 인정했다. 하지만 만일 목사가 메리 서스턴을 살해한 뒤 밧줄을 타고 탈출했다면 그는 우리가 위층으로 올라와 문을 부수는 동안, 혹은 그보다 더 늦게 밧줄을 타고 위층 창으로 올라가야 한다. 첫 번째 경우 목사가 밧줄을 타고 올라가는 소리, 혹은 사과 저장고로 들어가는 모습을 당시 같은 층에 있었던 스톨과 펠로스에게 들켰을 것이고, 그러지 않았더라도 창문을 열어젖힌 윌리엄스가 창밖에서 흔들리는 밧줄에 목사가 매달려 있는 모습을 보지 못했을 리 없다.

그렇다, 나는 이 밧줄 가설에 대한 신용을 점점 잃기 시작했다. 물론 인간은 상당히 민첩하게 움직일 수 있는 동물이지만 이번 사건은 평범한 인간 수준의 민첩함으로는 설명이 불가능했다.

그러고 나니 남은 방법은 가능성이 미미한 것뿐이었다. 나는 여타의 밀실 범죄들을 성공적인 해결로 이끌었던 다른 방법들을 떠올렸지만, 이것들을 적용해보면 그야말로 모든 사람이 용의자가 될 수 있었다. 이 사건을 생각하면서 나는 여태껏 심리학적인 면을 모두 무시하고 있었으며, 관계자들의 성격에 대한 내 지식을 완전히 반영하지 않았다. 개인적인 감정에 치우친다면, 나는 펠로스나 목사를 범인이라고 의심하고 싶지 않았다. 그러나 그 사람들도 범인이 될 수 있는 가능성이 있다면 용의자로 포함시켜야 했다. 그리고 이제 와서는 시간적인 면으로 보나 공간적인 면으로 보나 누구도 용의자 명단에서 제외할 수 없었다.

예를 들어 윌리엄스나 서스턴 선생이 과연 범인인지 아닌

지조차 확신할 수가 없다. 메리 서스턴이 라운지를 나간 뒤 비명이 들리기 전까지 나는 그들과 함께 있었으며, 시체를 발견하기 직전까지 단 한 순간도 둘을 시야에서 놓친 적이 없다. 하지만 부정할 수 없는 사실조차도 완전히 날려버릴 수 있는 아주 교묘한 가설을 하나 제시해보겠다.

만약 내가 문짝을 부순 바로 그 순간 침대에 있는 끔찍한 시체를 미처 보지 못했으며 방 안에 불빛이 하나도 없었다면, 서스턴 선생 자신이 우리 앞에서 당당하게 걸어가 아무런 의심도 받지 않고 자기 부인을 죽여버렸을 수도 있지 않을까? 물론 억지스러운 이야기긴 하지만, 만일 서스턴 선생이 방에 무언가를 미리 설치해놓았고 그것 때문에 지독하게 겁을 집어먹은 부인이 비명을 질렀다면 알리바이가 생길 수도 있다. 나는 이 생각을 해내고 나서 대단히 뿌듯한 기분에 혹시 나중에 살인 사건 이야기의 플롯으로 쓸 수 있겠다 싶어서 진지하게 고려해보기도 했다. 그러나 이번 사건에는 맞지 않는 이야기였다. 방 안의 불빛이 그리 강하진 않았으나, 문 위쪽 빗장을 부수자마자 펼쳐진 침대 위의 몸서리쳐지는 광경을 목격하기에는 충분했다. 게다가 그 빛 덕분에 서스턴 선생이 먼저 방 안으로 들어간 순간 나와 윌리엄스가 그의 일거수일투족을 전부 지켜볼 수 있었다. 그는 단순히 방 안을 가로질러 아내에게 가서 손을 그녀의 심장 위에 얹고는 우리에게 부인이 죽었다고 말했을 뿐이었다.

천재적인 발상이긴 했지만 내 가설 속으로 서스턴 선생을 끌고 들어온 것이 다소 미안해졌다. 그러나 진짜 탐정이라면 당연히 모든 사람을 의심할 것이라는 생각이 들었다. 예를 들어 윌리엄스조차 그랬다. 윌리엄스를 이 사건의 용의자로 끌어들이려면 어떤 방법을 상상할 수 있을까? 공공연하게 알려져 있는 범죄학적 지식에 비추어 볼 때 테이트, 심지어는 경사까지도 사건에 끌어들일 수 있는 시공간적 트릭이 있지는 않을까? 아니면 저택 하녀나 요리사도. 나는 아무리 결백해 보이는 사람이라 하더라도 용의선상에서 제외하지 않는 편이 좋다는 사실을 잘 알고 있었다. 만약 내 근처에 앉아 있는 저 위대한 세 사람으로부터 수사 방법에 대해 배우지 못한다 하더라도, 한 가지만은 배울 수 있었다. 그들은 항상 내가 전혀 예상치도 못했던 사람을 범인으로 지목하기 마련이었다. 그리하여 나는 이 간단한 규칙에 따라 모든 사람을 의심하기로 했다. 누가 범인이 된다 하더라도 별로 놀라지 않을 작정이었다.

그러나 한 가지 나를 괴롭히는 문제가 남아 있었다. 도저히 이 집 안의 사람들과 메리 서스턴 살인 사건을 관련시킬 타당한 근거를 찾을 수가 없었고, 그러다 보니 결국은 내가 개인적으로 싫어하는 노리스나 스톨에게 굴욕을 주고 싶어지는 반면 내가 좋아하는 윌리엄스와 펠로스는 자꾸만 용의선상에서 제외하는 쪽으로 마음이 기울게 된다는 것이었다. 결코 논리적인 방법에 따른 추론이 아니었다.

어쨌거나 누군가가 저지른 범행이라는 사실만은 명확했다. 자살은 아니었다. 어떤 여성이 비명을 세 번 지르고 나서, 의사가 보기에도 매우 힘센 남자가 냈을 거라 추정되는 상처를 자기 목에 낼 수 있단 말인가? 그리고 범인은 이제 곧 잡힐 터였다. 이 점에는 의심할 여지가 없었다. 나는 탐정이 세 명이나 달라붙었는데도 수수께끼를 해결하지 못하고 세 사람 다 두 손을 들게 되는 사건이란 본 적도 없었다. 그리고 만약 발견된 단서들이 저 세 사람에게 이미 많은 사실을 가르쳐주었다면 조용히 책만 읽고 있는 사이먼 플림솔 경과 차분하게 난롯불을 바라보는 므시외 피콩, 그리고 중세 예술에 대해 논하는 스미스 신부에게서 무언가를 배울 수 있지 않을까?

두 개의 밧줄, 문신, 연필로 표시된 광고, 코담배, 목사가 무언가를 '세숫대야'라고 불렀다는 사실, 스트리클런드의 방에서 발견된 귀금속……. 나는 마음속으로 자문해보았다. 도대체 이 단서들이 내 옆에 앉아 있는 위대한 두뇌의 소유자들에게는 그토록 많은 의미를 갖는데 내 눈에는 전혀 읽히지 않는 이유가 무엇일까? 나는 스스로 대답했다. 이 사람들은 탐정이지만 나는 단순한 관찰자일 뿐이기 때문이다. 나는 진심으로 그들처럼 가설을 세울 수 있다면 얼마나 좋을까 하고 생각했다.

더 신경 쓸 것은 없다. 이제 곧 신문이 시작될 테고, 그러면 모든 사실이 명확하게 밝혀지리라.

9

티 테이블이 정리되고, 스트리클런드와 노리스는 요령껏 라운지를 빠져나갔다. 신문에는 서스턴 선생과 윌리엄스 그리고 나만이 참석하기로 되어 있었기 때문이다. 시계가 5시를 가리켰을 때, 비프 경사가 들어와서 약간 방어적인 태도로 우리에게 고개를 꾸벅 숙였다. 그는 분명 자신이 이 자리에 어울리지 않는다는 사실을 느꼈을 터였다. 그 시뻘건 얼굴과 말라붙은 콧수염을 보니 경사는 차라리 동네 작은 선술집에 앉아 있는 편이 훨씬 잘 어울릴 듯싶었다. 그러나 경사는 사람들 앞으로 나서지 않고 가장 딱딱한 의자를 하나 골라 앉아서는 거대한 검은색 수첩을 꺼낸 뒤 대기했다.

이윽고 서스턴 선생이 들어왔다. 어젯밤 이후로 처음 보는 모습이었기에, 나는 그가 세 탐정에게 샘 윌리엄스를 소개하는 모습을 불안한 눈빛으로 지켜보았다. 얼굴이 누렇게 뜬 서스턴 선생의 모습은 너무나 초라해 보였지만, 선생은 손을 떨고 있으면서도 어렵사리 희미한 미소를 지어 보였다.

"저는, 여기 계신 신사분이 질문하시는 내내 여기 있고 싶지는 않아서……." 서스턴 선생이 천천히 말했다. "차라리 제가 먼저 나서서 여러분이 원하시는 정보를 드리는 편이 낫겠다고 생각했습니다. 그리고 만일 제게 더 하실 질문이 있다면, 최선을 다해 도와드리겠습니다. 이번 사건을 해결하기 위해 이렇게 애써주셔서 진심으로 감사드립니다."

"우리 모두 대단히 안타깝게 생각하고 있습니다."

사이먼 경이 매우 진중한 목소리로 말했다. 그 말을 들으니 그에게 퍽 호감이 갔다.

서스턴 선생이 고개를 끄덕였다.

"제가 할 수 있는 이야기는 전부 다 해드리겠습니다. 여러분이 아셔야 할…… 저희 가족사가 상당히 깁니다. 이 문제에 대해서는 지금 제 옆에 있는, 제 오랜 친구이자 변호사인 윌리엄스와 미리 상의를 했습니다. 저희 모두 이 이야기를 여러분께 들려드려야 한다는 사실에 동의했습니다."

비프 경사가 움직이는 바람에 침묵이 깨졌다. 그는 눈치 없이 이 시점에서 수첩을 펼치고 고지식하게 이야기를 받아 적을 준비를 하는 모양이었다.

"제 아내는 예전에 한 번 결혼한 적이 있습니다."

서스턴 선생의 말에 나는 깜짝 놀랐다.

"제가 아는 범위 내에서 다 이야기해드리겠습니다. 제 아내는 글로스터셔에 살던 어느 목사의 외동딸이었습니다."

서스턴 선생은 주저하면서도 말을 이어갔다.

"저는 장인과 장모를 모릅니다만, 대단히 성실하면서도 엄격한 분들이셨고 하나뿐인 딸을 위해 헌신하셨다고 합니다. 아내는 전쟁 전에는 과하다 여겨졌을 만큼 엄격하게 예의범절을 교육받으며 자랐습니다. 그래도 꽤 행복하게 지냈는데, 이것이 부모 세대에게는 상당히 이상하게 보였던 모양입니다. 아내는 자기 어머니가 그랬듯 교구 내에서 일했고, 어쩌면 그런 과정에서 스스로 욕심 없이 사는 법을 깨우쳤던 것 같습니다. 솔직히 제 아내는 어디에 있든 행복하면서도 욕심 없이 살 수 있는 사람 아니었습니까."

긴장하면서도 동조하는 분위기가 방 안에 내려앉았다. 이윽고 서스턴 선생이 말을 이었다.

"그때 어느 부유한 지역 지주가 목사관을 방문했습니다. 아내보다 나이가 훨씬 많았는데, 버밍엄에서 한 재산 모은 뒤 은퇴하여 당시 글로스터셔의 영지에서 살고 있던 남자라고 했습니다. 남자는 몇 년 전 아내를 잃었고, 메리를 여러 번 만난 뒤—구시대적인 방법이었죠—메리의 아버지에게 딸과 결혼하게 해달라고 청했습니다. 장인은 승낙했지만 장모는 이 사실을 메리에게 이야기하기 전에 한 가지 문제를 제기했습니다. 이 중년 남성은 여러 가지 면에서 바람직한 남편감이긴 했으나, 이미 아들이 하나 있었던 겁니다."

"저런 세상에!" 사이먼 경이 나지막이 내뱉었다.

"메리는 그의 아들을 한 번도 만나본 적 없었고, 제가 알기로 저 또한 본 적이 없습니다. 여하간 이 소년은 벌써 상당한 말썽꾸러기로 소문이 나 있었습니다. 최소한 메리의 첫 번째 남편 말로는 그렇습니다. 아들은 글로스터셔의 아버지와 함께 살지 않고 어디 멀리 해외에 나가 있었다는 모양입니다. 단순히 연습선을 타고 항해를 나간 평범한 청년이었는지, 아니면 식민지에서 제 나름대로 어른 노릇을 하고 있었는지 나는 모르지만요. 이 아들의 존재가 메리의 부모님을 상당히 골치 아프게 했습니다. 그래서 메리가 그 친구 이야기를 그렇게 지겹게 들었는지도 모르지요. 만약 나중에 아들이 돌아와 메리와 남편 사이에 문제를 일으키면 어떻게 하나? 메리를 좋아하게 되면 어쩌나? 메리의 부모님은 단순한 사람들이었습니다. 당시 유행하던 통속소설 속의 문제들을 가지고 그게 실제로 일어나기라도 할 것처럼 발을 동동 구르며 걱정했으리라는 건 여러분도 충분히 상상할 수 있으시겠죠.

이에 대한 이야기는 수없이 오가다 결국에는 문제 삼지 않기로 했습니다. 그들이 내린 결론이 상당히 이기적이고 잔인하다는 점을 당시에는 의식조차 하지 못했으리라, 여러분도 짐작할 수 있으실 겁니다. 여하튼 내가 아는 대로라면, 메리의 부모와 전남편은 이 아들을 계속 먼 곳에 두기로 결정했던 모양입니다. 아마 그 친구는 계속 용돈을 받았을 테죠. 언젠가는 그가 미국에 있을 거라는 이야기를 오래전에 들었다고 메리가 말해준 적이 있습니다. 하지만 미국이 맞는지, 사실 호주인 건 아닌지 솔직히 확신은 못 하겠다고 하더군요."

서스턴 선생은 매우 느릿느릿 신중하게 말했다. 이 이야기를 하기 위해 큰 결심을 했으며 어떻게든 끝까지 말하겠다는 의지가 엿보이는 얼굴이었다. 그럼에도 몹시 괴로워 보였다.

서스턴 선생이 말을 이었다.

"그리하여 두 사람은 십 년간 결혼 생활을 했습니다. 둘이서 대단히 행복했으리라 생각합니다. 메리는 첫 번째 남편의 결점을 전혀 알아채지 못했습니다. 잘은 모르겠지만 아마 두 번째 남편에 대해서도 그랬을 겁니다. 메리는 다른 사람의 결점을 잘 찾아내지 못하는 여자였으니까요.

결혼 생활 초반에 메리는 양친을 모두 여의었습니다. 그리고 남편이 메리를 배려해 취한 조치 중 하나가 바로 메리의 고향집이 있는 마을을 떠나 여기서 2킬로미터가량 떨어진 곳으로 이사한 것이었습니다. 그들이 이사한 지 얼마 되지 않아 나는 독감에 걸린 메리의 남편을 보러 왕진을 갔고, 그때 메리를 처음 만났습니다. 얼마 후 전쟁이 터져서 메리의 의붓아들은 고향으로 돌아와 군에 입대한 뒤 약간의 공훈을 세웠다고 합니다. 그러나 휴가를 받아 왔을 때도 아버지 집을 찾아오지 않았다고 하더군요. 가끔 메리의 남편이 마을로 나가 아들을 만났고, 이때쯤엔 아들도 많이 얌전해진 상태였다고 합니다. 그러나 메리는 한 번도 의붓아들을 만난 적이 없었습니다.

종전 후, 전쟁터에 나가 싸웠던 여타 가정의 수많은 아들들처럼 그 역시 다시 문젯거리가 되었습니다. 해외에서 혼자 용돈을 받으며 살았던 몇 년, 그리고 전쟁에 참전했던 삼사 년. 결코 어엿한 시민으로서의 이상적인 교육을 받지는 못했겠지요. 천성이 나쁘지는 않았으나 다루기 어려운 사내였습니다. 가볍게 말하면 평범한 날건달이었죠. 내 생각에는 그 친구가 자기 아버지를 별로 생각해준 것 같지도 않습니다. 수많은 직업을 전전하면서 여러 군데를 떠돌았지만, 결국은 다시 런던으로 돌아가는 길을 택하곤 했죠. 드문 일은 아니었습니다.

결국 아들을 캐나다에 보내버린 늙은 아버지는 유언장을 작성했습니다. 이런 경우, 공평하게 적기는 했겠지만 아들에게 그리 관용을 베풀지 않았을 거라는 사실쯤은 충분히 짐작할 수 있었죠. 젊은이는 약간의 용돈을 계속 받고 있었으나 아버지 재산의 대부분은 메리의 평생 수입으로 들어갔고, 만약 메리가 아들보다 먼저 죽는다면 그가 재산을 물려받을 수 있게 되었습니다. 나는 메리가 의붓아들에 비해 그리 나이가 많지 않을 거라 생각하지만, 남편 입장에서 메리는 젊은 여자가 아니었죠. 자기 아내였으니 자기와 비슷한 세대로 취급해야 한다고 생각했던 겁니다. 그러니 그가 마음속으로 이 유언장은 그리 불공평한 배분이 아니라고 결론 내린 것도 이상하진 않죠. 남편은 유언장에서 만일 아들이 재산을 물려받게 된다면 그때는 부디 그 가치를 알아주었으면 하는 희망을 피력했습니다."

서스턴 선생은 잠시 쉬었다가 다시 입을 열었다.

"사실 이런 이야기를 하는 게 그리 달갑지는 않다는 걸 충분히 이해하실 겁니다. 하지만 여러분의 사건 수사가 가능한 한 간단해지도록 모든 사실을 털어놓겠습니다. 이 사실이 여러분의 수사와 관계가 있든 없든 어차피 여러분은 언젠가 비밀을 캐내야겠다고 느끼실 테고, 숨겨봐야 시간 낭비지 않습니까. 어쨌든 이야기는 거의 다 끝났습니다. 아내의 전남편이 마지막 병으로 앓아누웠을 때 내가 그 집에 왕진을 갔습니다. 메리와 나는 그때 서로에게 대단히 끌렸습니다. 그리고 메리를 잘 아는 분들이라면, 그녀가 과부가 된 지 일 년도 되지 않아 나와 결혼했다는 사실에 놀라지 않으시겠지요."

윌리엄스가 입속으로 무어라 중얼거렸고 서스턴 선생은 불편한 듯 자세를 고쳐 앉았다.

"그리고 이제 더 중요한 문제에 대해 말씀을 드리죠. 아내에게는 매년 2천 파운드 정도 되는 수입이 들어옵니다. 그리고 내 수입은 의사로서 번 돈을 제외하면 그녀의 몫보다 상당히, 매우 적습니다. 가난한 남자가 부유한 여자와 결혼하는데 따르는 수많은 문제에 대해 구구절절 이야기하려는 게 아닙니다. 하지만 여기서 설명해야 할 부분이 있습니다.

나는 삼촌의 유언장으로부터 상당한 이득을 보는 축에 속합니다. 간단히 계산해보았을 때 내 아내의 재산보다 약간 더 많은 금액을 상속받을 수 있습니다. 그리고 이 돈은 육 개월 전 실질적으로 내 소유가 되었습니다. 법적인 문제 때문에 약간 시간이 걸리긴 했지만요. 두 번째로 우리의 개인 재산이 현재 어떤 상태인지 여러분께 알려드리는 게 좋을 듯합니다. 아내는 자기 수입을 완벽하게 손에 쥐고 있었지만, 본인의 희망에 따라 이 집을 짓는 비용은 전부 아내가 부담했습니다. 내 지출은 얼마 안 되었고 그조차도 내 작은 수입 내에서 충당할 수 있었습니다. 하지만 방금 말했듯, 삼촌으로부터 재산을 상속받은 후 나는 아내에게 본인의 돈은 오로지 본인을 위해서만 쓰라고 했습니다. 아내가 그 돈을 어떻게 썼는지에 대한 자세한 사항은 윌리엄스에게 물어보시면 될 겁니다."

탐정들은 이제 모두 고개를 들었다. 먼저 입을 연 사람은 피콩이었다.

"의붓아들은 어떻소?"

"한 번도 나타난 적이 없습니다. 한때는 아내가 그 친구 때문에 몹시 걱정을 하기도 했습니다. 사실 그 친구한테 가야 할 돈인데 자기가 차지해버렸다고 느꼈던 모양입니다. 심지어는 메리가 사람 찾는 광고를 낸 적도 있었지만 소득은 없었습니다. 그런 일 앞에서 메리가 얼마나 걱정을 했을지 아시겠지요? 내 아내는 정말로 자애로운 여성이었습니다."

사이먼 경이 약간 거북한 듯 물었다.

"서스턴 선생님, 질문을 한두 가지 드려도 괜찮겠습니까?"

"뭐든지 물으시지요."

"서스턴 부인의 첫 번째 남편 이름은 무엇이었습니까?"

"버로스요."

"부인의 고향 마을은 어디였습니까?"

"첼튼엄 근처의 워터컴이라는 곳입니다."

"그 젊은이가 지금 어떻게 지내는지 아는 사람은 아무도 없습니까?"

"그럴 겁니다."

피콩이 끼어들었다.

"그렇다면, 엘라스(슬프게도), 죽었을지도 모르겠군요?"

"그럴 수도 있겠죠." 서스턴 선생이 대답했다.

"아니면 이 저택 안에 있을지도 모르죠." 사이먼 경이 말했다.

서스턴 선생은 아주 미미한 미소를 띠었다.

"그럴 것 같지는 않군요. 아시다시피 저택 안에 내가 모르는 사람은 없으니까요."

"그렇겠죠. 하지만 만약 이렇다면 어떻습니까? 물론 아주 가능성이 낮은 가정이지만…… 이 젊은이가 무슨 수를 써서 다시 나타났다고 칩시다. 예를 들어, 선생은 타운젠드를 알고 지낸 지 얼마나 되었습니까?" 사이먼 경은 미안한 기색도 없이 나를 쳐다보았다.

"한 삼 년쯤 되었지요."

"스트리클런드는요?"

"그보다는 약간 더 깁니다."

"스트리클런드를 처음 어떻게 만나셨는지 혹시 기억하십니까?"

"내 아내가 먼저 그 친구랑 알게 되었습니다. 아마 마을에서 알게 되었을 겁니다. 아내한테는 좋은 친구가 많이 있지요. 아내가 그를 저택으로 초대했고 나도 그 친구가 마음에 들었습니다. 항상 그렇지요. 좀 무책임한 젊은이긴 하지만 선량하고 좋은 친굽니다."

"그럼 선생, 노리스는요?"

"뭐, 그 사람도 아내를 통해 알게 되었군요. 하지만 둘이 어디서 만났는지는 압니다. 배글리라는 곳이었습니다. 여기서 9킬로미터쯤 떨어져 있죠. 아마 문학에 대해서 이야기하다가 알게 되었을 겁니다. 노리스 같은 친구들은 자주 그곳에 가곤 하지요."

"그럼 운전사에 대해서 묻겠습니다. 그 사람이 일한 지는 얼마나 되었습니까?"

"하인들에 대한 일은 아내가 전부 도맡아 했습니다. 그런 실무적인 일은 나보다 훨씬 나았거든요."

서스턴 선생은 잠시 입을 다물었다가 다시 말했다.

"하지만 생각해보십시오, 사이먼 경. 아내의 의붓아들이 이 저택 안에 들어앉아서 친구나 하인을 가장하고 있다고 생각하신다면 그건 너무 허무맹랑한 발상입니다. 그 사람은 벌써 오래전에 모습을 감췄어요."

사이먼 경이 미소를 지었다.

"제 말은 너무 신경 쓰지 마십시오, 선생. 저는 날 때부터 호기심이 많았던 사람이랍니다."

의자에 앉은 채 끊임없이 꿈지럭거리고 있던 아메르 피콩이 성급하게 말했다.

"므시외 르 독퇴르(선생님), 이 피콩을 용서하시오. 지금 이 사람이 좀 무례한 말을 할지도 모르겠소. 하지만 대답하기 어려운, 작은 질문 하나가 있소. 꼭 필요한 질문이오. 허락하시겠소? 매우 고맙구려. 질문은 이렇소. 혹시 불운한 마담께서 당신에게 뭔가 숨기는 일이 있지는 않았소? 그러니까, 영어로는 뭐라고 합니까? 저, '죄책감을 느끼게 하는 비밀' 같은 게 아니라 말이오. 아주 작은 일, 누군가가 크리스마스 전에 크리스마스 선물을 미리 숨겨놓는 것 같은 그런 작은 비밀 같은 건 없었소?"

서스턴 선생은 조용히 이 질문을 받아들였다. 피콩이 자기 나름대로 상당히 조심스럽게 한 질문이라는 사실을 잘 아는 듯했다. 약 일 분 정도 침묵에 잠겨 있던 선생이 이윽고 답했다.

"딱 한 번 있었습니다. 사고 같은 일이라서 기억합니다만, 아주 오래전 일입니다. 우리가 결혼한 지 얼마 안 되었을 때였죠. 크리스마스 선물이라고 말씀하셔서 생각이 났는데, 마침 크리스마스가 되기 조금 전의 일이었습니다. 계산해보니 그렇군요. 나는 그게 메리가 나를 위해 준비한 선물인 줄 알았습니다. 메리는 그런 식으로 교묘한 비밀 만들기를 즐겼거든요. 하지만 크리스마스가 되어도 메리가 나를 위해 무얼 준비했는지 알 수 없었습니다. 하지만 그냥 대수롭지 않게 생각하고 넘어갔습니다."

피콩은 마음이 급한 모양이었다.

"그래요, 그래서요, 므시외 르 독퇴르?"

"어느 날 오후 메리 방에 들어갔다가 메리가 편지를 쓸 때 사용하곤 하는 작은 책상에 앉아 있는 모습을 보았습니다. 메리는 내가 들어오는 소리를 못 들었는지 나를 보고는 몹시 놀라면서 쓰던 편지 봉투를 찢어버렸습니다. 그 모습이 얼마나 순진했는지 이루 말할 수가 없군요. 누군가를 속이려는 사람이 그렇게 얼굴이 빨개지면서 당황하다니 말입니다."

피콩이 짜증 섞인 목소리로 물었다.

"그게 전부요? 뭐라고 적혀 있었는지는 기억 안 나오?"

서스턴 선생은 생각에 잠긴 얼굴로 피콩을 바라보았다.

"굳이 말하자면 어떤 남자의 이름이 적혀 있었습니다. 하지만 쓸데없는 상상은 하지 마십시오. 제 아내는 간통 같은 짓은 전혀 꿈도 꾸지 못하는 여자였으니까요. 메리를 아는 사람이라면 누구나 코웃음을 칠 이야기죠. 하지만 그 종잇조각에는 남자의 이름이 적혀 있었습니다. 시드니 슈얼이라는 이름이었습니다."

"그 이름뿐이오? 더는 못 봤소?"

"그게 전부입니다. 하지만 그 일을 너무 중요하게 생각하실 필요는 없습니다. 여기 있는 윌리엄스에게 물어보십시오. 이 친구도 제 아내를 압니다. 그 문제가 아무리 중요하게 부각된다 한들, 메리의 인생에 은밀한 불륜 같은 건 존재할 여지가 없습니다."

동의하는 기색을 띤 수군거림이 오갔다. 윌리엄스 또한 그 사실에 대해서는 결코 의심의 여지가 없다고 발언했다.

서스턴 선생은 괴로운 표정으로 의자에서 일어났다.

"신사 여러분, 제게 더 물을 건 없으시겠지요?"

그는 너무나 지치고 비참한 모습이었다. 나는 명료한 설명을 마친 서스턴 선생에게 어느 누가 이 이상의 질문을 할 수 있을지 의심스러웠다.

"좋습니다. 그러면 저는 먼저 자러 가겠습니다. 필요하신 것 있으면 스톨에게 말씀하십시오."

라운지를 떠나는 서스턴 선생의 얼굴에는 안도의 빛이 뚜렷하게 서려 있었다.

사이먼 경이 윌리엄스를 돌아보며 물었다.

"의붓아들이 상속을 받게 된다는 유언장 내용은 틀림없습니까?"

윌리엄스가 고개를 끄덕였다.

"그렇습니다. 저도 그렇게 알고 있었습니다. 저는 그 노인의 변호사는 아니었습니다만, 유언장의 내용은 그게 맞습니다."

"누군지 모르겠지만 의붓아들도 참 딱하군요." 내가 말했다.

스미스 신부가 나를 보고 점잖게 눈을 끔벅였다.

"그런 식으로 말할 수는 없지요. 고작 양피지 한 장이 신의 말씀을 전부 전할 수는 없는 노릇이니까요. 당신은 요즘의 사상가들과 닮았군요. 당신이 지금 구약성서 속으로 집어넣으려 하는 것은 사실 신의 새로운 의지랍니다."

피콩이 윌리엄스를 돌아보고 물었다.

"지금 중요한 건 숙녀분 본인의 유언장이구려. 거기에는 무어라 쓰여 있소?"

뜻밖에도 윌리엄스는 미소를 지었다.

"서스턴 부인은 여러 가지 면에서 참 영리한 사람이었습니다. 여기 있는 타운젠드 씨도 아마 같은 말씀을 하시겠지만, 이 저택은 부인의 커다란 자랑거리였습니다. 부인은 저택을 안락하게 만들기 위해 평생을 헌신했죠. 그리고 어떻게 하면 하인들이 충성하게 할 수 있는지 알고 있었습니다. 부인은 저를 불러서 유언장을 작성하게 하셨는데, 그 내용에 따르면 개인적인 소지품들은 전부 남편이 상속받지만, 그 외 모든 재산은 부인이 죽었을 당시 이 집에서 일하던 모든 하인에게 동등하게 배분하게 됩니다. 물론 이것을 작성한 건 서스턴이 자기 재산을 상속받은 후의 일이었습니다."

"하지만 부인은 종신 재산 소유권을 가지고 있었을 뿐이고……." 내가 말했다.

"맞는 말입니다. 바로 그거죠. 즉, 부인은 자기 손에 그리 많은 현금을 쥐고 있지 않았습니다. 그냥 매 분기마다 수입이 들어오면 돈을 써버리거나 남에게 주거나 했죠. 따라서 하인들이 받게 될 돈은 부인이 죽었을 당시 은행에 저금되어 있는 예금이 전부입니다. 평범한 고용인들이 상속받을 수 있는 정도의 액수에 불과하죠. 하지만 그들은 그 사실을 잘 몰랐습니다. 서스턴 부인이 부유하다는 것은 모두 잘 알고 있었으니까요. 그러니 계획이 꽤 잘 먹혔습니다. 그후로 부인이 하인을 새로 고용한 일은 없었으니까요."

"다른 말로 하자면, 속임수로군요." 스미스 신부가 말했다.

"저는 그렇게 생각하지 않습니다." 윌리엄스가 퉁명스럽게 말했다.

"그리고 속임수에는 두 가지 효과가 있죠." 몸집 작은 성직자가 곰곰이 생각하며 말했다. "4월 1일 정오 이후에 누군가에게 거짓말을 한다면, 그 장난은 본인에게로 돌아오게 되어 있는 법입니다."[1]

"뭐가 장난이라는 건지 모르겠습니다." 윌리엄스가 대꾸했다.

"저도 그렇습니다. 장난처럼 들리는 구석은 전혀 없는 듯하군요." 스미스 신부가 말했다.

[1] 전통적으로 만우절 장난이 허용되는 것은 정오까지이며, 정오가 지난 후에도 장난을 치는 사람은 '에이프릴 풀(April Fool)'로 놀림받는다.

10

서스턴 선생이 방을 나가는 것과 동시에 그때까지 우리를 짓누르고 있던 답답한 분위기가 단번에 사라졌다. 우리는 모두 안심하고 다시 흥분되는 추리극으로 마음을 돌릴 수 있었다. 가끔 느끼곤 하지만 이런 상황에서 사별의 슬픔은 사실 지루하다. 중요한 건 추리다. 그렇기에 이러한 조사도 대단히 유쾌하게 이루어지는 것이다.

첫 번째로 질문을 받을 사람은 전화선을 고쳐달라고 불려 왔던 수리공이었다. 수리공은 1층에 있는 작은 외투 보관실 창문 바깥쪽을 지나가는 전화선이 깔끔하게 잘려 있었다고 증언했다. 그는 똑똑한 젊은이였으며, 자신에게 할당된 질문에 성실히 대답했다.

"장미나무 가지치기 같은 일을 할 때 쓰는 가위가 창틀에 놓여 있었습니다. 그래서 척 보자마자 어떻게 된 일인지 알 수 있었죠."

수리공은 열정적으로 설명했다.

"창문을 확 열어젖히고, 몸을 앞으로 쑥

내밀어서는 철컹 자른 거죠. 그러면 전화기는 단박에 못 쓰게 됩니다."

피콩이 물었다.

"그 중요한 가위는 검사가 끝났나? 우리의 선량한 뵈프가 가위에 지문이 묻어 있는지 어떤지는 벌써 알아봤겠지?"

경사가 헛기침을 하고는 약간 불편한 표정으로 고백했다.

"그게 그렇게 중요한 건지 몰랐습니다. 누가 저질렀는지 뻔했거든요."

피콩은 목 깊은 곳에서 부글부글 끓는 소리를 내며 프랑스어로 분노를 터뜨렸다. 사이먼 경이 천천히 말했다.

"내 하인 버터필드가 그 끔찍한 것을 살펴보았습니다. 지문은 없더군요."

수리공이 대화에서 소외되지 않으려는 듯 끼어들었다.

"아, 그런데 한 가지 더 말씀드릴 게 있습니다." 그는 의미심장한 얼굴로 몸을 앞으로 내밀었다. "그 옆에는 낡은 정원용 장갑이 한 켤레 있었습니다. 전화선을 싹둑 자를 때(그는 여기서 적절한 제스처를 취해 보였다) 끼고 있다가 자르고 나서 벗은 것 아니겠습니까?"

"부알라!" 피콩이 비꼬듯 말했다. "전화선이 끊어졌다는 사실을 언제 교환수가 발견했는지 말해준다면 한층 더 도움이 되겠네."

“아, 그것도 말씀드릴 수 있습니다. 오늘 아침까지는 아무도 몰랐습니다. 어젯밤에는 이 집에 전화가 한 통도 오지 않았거든요. 전화선에 문제가 생겼다는 보고가 들어온 건 오늘 아침 10시였습니다.”

“그걸 알리러 온 건 누구던가?”

“운전사였습니다.”

피콩이 다시 고개를 들었다.

“그럼 전화선이 망가지기 전, 마지막으로 전화가 걸려 온 게 언제였는지도 기억하나?”

“어제저녁 6시경에 한 통 왔던 걸로 압니다. 그게 마지막이었습니다.”

“아주 고맙소.”

샘 윌리엄스가 젊은이에게 점잖게 고개를 끄덕여 보이고는 그를 내보냈다.

“아리송하군요. 아주 아리송해요.”

사이먼 경이 한마디 했다. 나는 그 말에 대꾸하지 않을 수 없었다.

“뭐가 아리송하시다는 건지 모르겠습니다. 저 수리공 말은 전부 정확한 것 같은데요. 가위에, 장갑에…… 다 흔한 도구 아닙니까?”

사이먼 경이 대답했다.

"지금 그 얘기를 하는 게 아닙니다. 도대체 그렇게 할 필요가 어디 있었단 거죠? 굳이 저택 밖 사람들과의 소통을 지연시킬 이유가 무엇이었겠습니까? 이 저택 안에도 사람이 많이 있는데……."

비프 경사가 다시 헛기침을 하고는 최대한의 비아냥을 담아 맞받아쳤다.

"아마 경께서는 이해하지 못하실지도 모르겠지만, 살인자는 경찰을 두려워했던 게 아닐까요?"

사이먼 경이 싸늘하게 웃으며 응수했다. "그런 일은 내게 결코 일어나지 않겠지." 그리고 새 시가에 불을 붙였다.

비프 경사가 으르렁거렸다. 하지만 그가 내뱉은 말은 이게 전부였다.

"암요, 그걸 모르는 사람이 어디 있겠습니까."

스미스 신부가 나직이 말했다.

"여러분이 한 가지 잊고 계시는 게 있습니다. 살인자가 되기로 결심한 사람과 성직자가 되기로 결심한 사람에게는 한 가지 공통점이 있습니다. 바로 주위의 친한 사람들과 영영 결별하게 된다는 겁니다. 그리고 고립은 결코 새삼스러울 게 없게 됩니다. 이 또한 둘의 공통점인데, 결과적으로는 둘 다 작고 어두운 방 한 칸에 틀어박히게 되니까요. 그러니 누군가가 주위로부터 자신을 단절시키기 위해, 전화선을 자르는 것도 이상할 게 없지요. 그래서 그렇게 된 겁니다."

잠시 동안 침묵이 맴돌았고 나는 주위를 흘긋 보았다. 라운지는 어제 이맘때 우리가 대수롭지 않게 실제 범죄가 아닌 범죄 문학에 대해 이야기를 나누고 있었을 때처럼 활기차고 평화로운 분위기를 띠고 있었다. 그러나 지금 이곳에 생생하게 모여든 여러 종류의 사람은 섬뜩하리만치 비현실적이었다.

쭉 뻗은 발목 위로 섬세한 실크 양말이 약간 보이는 사이먼 경은 분명 서스턴 선생이 초대한 손님이겠지만, 단정치 못한 자세로 작은 목제 안락의자에 앉아 있는 몸집 작은 성직자는 이 편안하면서도 호화로운 분위기와는 썩 어울리지 않았으며 수첩에 무언가를 바지런히 적어 내려가는 비프 경사 또한 투박하고 추레한 느낌을 더했다. 난롯가에 꼿꼿한 자세로 앉아 있다가 쇠살대 밑으로 재가 떨어질 때마다 몸을 숙여 쓸어내는 므시외 피콩은 마치 다른 새들보다 한발 먼저 날아와 횃대에 자리를 잡고 앉은 새 같았으나, 너무나 영국적인 이곳에서 그의 지나치게 이국적 분위기는 그저 위화감을 줄 뿐이었다.

어제는 없었던 긴장된 분위기가 우리를 감싸고, 모든 의문이 공중에 매달려 발사되기를 기다리는 로켓처럼 허공에 둥둥 떠다니고 있었다. 신문에 불려 온 사람들까지 덩달아 긴장감에 동참했다. 사실 시간이 흐름에 따라 나는 점점 그 모든 질문이 단순히 로켓의 불꽃이 아니라 탐정들이 내리는 잔혹한 번갯불 같다는 생각이 들기 시작했다. 번개가 친 후에는 참기 힘든 침묵이 잠시 흘렀다가, 다시 질문이라는 형태로 천둥이 치는 것이다.

나른해 보이는 젊은이와 자비로운 성직자, 그리고 쾌활한 외국인. 이 세 사람은 어디로 보나 전혀 무해한 사람들 같았다. 그러나 그들은 우리가 결코 예측하지 못하는 사실을 미리 알고, 우리가 이해하지 못하는 질문을 던지며, 표정과 말에 미지의 공포를 담고 있었다.

우리가 어떤 모습으로 방 안에 앉아 있는지는 충분히 상상할 수 있으리라. 윌리엄스와 나는 그저 노심초사 지켜보기만 할 뿐이었고 비프 경사는 무신경한 태도에 약간 부루퉁한 표정으로 수첩만 들여다보고 있었으며 이러한 일에 익숙한 세 탐정은 차분하지만 대단히 흥미롭다는 얼굴이었다.

신문 대상이 질문을 받는 동안 앉아 있을 수 있도록 방 한가운데에 의자를 하나 가져다놓았다. 앉은 사람에게 방 안 조명이 집중되는 동시에 본인은 그 사실을 알 수 없는 위치였다.

전화 수리공이 나간 뒤, 다음으로 들어온 사람은 메리 서스턴이 생전에 계좌를 개설했던 이웃 은행의 직원이었다. 이 사람을 부른 것은 샘 윌리엄스였다. 논리적이면서도 법률적인 관점으로 보았을 때 윌리엄스 자신은 하루 종일 수사에 보탬이 되려고 최선을 다했지만 결국 탐정들에게 그리 많은 정보를 줄 수 없었기에 은행원을 대신 불렀다고 설명했다. 윌리엄스는 아주 사소하더라도, 조금이라도 흥미로워 보이는 증거를 가진 사람이라면 전부 이곳으로 불러 모은 것이다. 범죄자를 직접 찾아내고자 했던 내 노력에 비하면 이러한 조치가 훨씬 더 실용적이라는 사실을 인정하지 않을 수 없었다.

누가 질문을 던지기 전에, 은행원 킹즐리 씨는 먼저 자신을 소개했다. 창백한 얼굴의 사십 대 남성으로 그리 비싸 보이지는 않지만 말쑥한 회색 정장 차림을 하고 있었다. 사이먼 경이 그의 넥타이에 박힌 커다란 가넷을 발견하고는 몸서리를 치려다 꾹 참는 모습이 보였다.

킹즐리 씨는 고지식하게, 그러면서도 마음을 굳힌 듯이 말했다.

"자, 신사 여러분. 지점장님과 서스턴 선생님으로부터 여러분의 질문에 무엇이든 답해드리라는 지시를 받았습니다. 무엇을 알고 싶으십니까?"

"서스턴 부인은 예금이 얼마나 있었습니까?"

비프 경사가 거친 목소리로 물었다. 그러한 종류의 질문을 하기에 딱 알맞은 적임자가 나타났다는 생각을 한 모양이었다.

킹즐리 씨는 기침을 했다.

"부인의 계좌는 엄청나게 초과 인출된 상태였습니다."

이 말에 사람들은 놀란 듯 잠시 말문이 막혔다. 이윽고 사이먼 경이 물었다.

"이것참, 그럴 수가. 그렇게 많이 인출된 건 최근 일입니까?"

"그저께, 그러니까 목요일에 서스턴 부인은 저희가 드릴 수 있는 최대한도 금액까지 인출하셨습니다. 현금으로 총 200파운드였습니다."

"소액 지폐로 말인가?" 피콩이 흥분한 얼굴로 물었다.

"1파운드 지폐로 인출하셨습니다." 킹즐리가 대답했다.

"200파운드를 전부 1파운드 지폐로 가져갔단 말이지. 이상하다고 생각하지 않았나?" 피콩은 계속 물었다.

"저희 고객님들 중에서는 그런 분이 많이 계십니다. 서스턴 부인은 최근 종종 소액권으로 상당한 액수를 뽑아 가셨습니다."

"내 그럴 줄 알았지. 분명 협박일 거야." 비프가 중얼거렸다.

피콩이 얼굴을 찌푸렸다.

"이 선량한 뵈프는 말이 좀 직설적이어서 말일세." 그는 킹즐리 씨에게 설명한 뒤 이어서 물었다. "그래, 협박일 수도 있을 것 같은가?"

"고객분들이 인출한 금액을 어디다 쓰시는지는 제게 물으실 사안이 아닌 것 같습니다." 은행원은 깐깐한 말투로 말했다.

"최근에 그런 일이 자주 있었단 말이죠?" 사이먼 경이 물었다.

"다섯 번 있었습니다. 인출 금액은 50파운드에서 200파운드까지 매번 다양했고요."

"처음 인출한 건 언제였죠?"

"삼 개월쯤 전이었습니다."

"그런 식으로 인출하러 올 때 부인은 항상 혼자 왔습니까?"

"네, 항상."

"그 외에 부인의 계좌에 대해 뭔가 특이 사항은 없습니까? 중요하지 않은 거라도 좋은데요."

"전혀 없습니다. 아무 문제 없이 처리되고 있었습니다."

"서스턴 부인이 200파운드를 인출하러 왔을 때, 은행에 있었던 사람이 당신이었습니까?"

"예, 접니다."

"그럼 돈을 부인에게 건넨 사람도 당신이었겠군요?"

"그렇습니다. 물론 부인은 늘 지점장님을 먼저 만나셨지만요. 그런 뒤 지점장님이 제게 해당 액수만큼 수표를 현금으로 바꿔 부인께 드리라고 말씀하시고요. 부인은 그보다 더 많은 액수를 원하셨지만 저희는 그 이상 인출해드릴 수가 없었습니다."

"그리고…… 이게 가장 중요한 질문인데, 서스턴 부인이 은행을 나가셨던 게 언젭니까?"

"3시 정각이 되기 조금 전이었습니다."

"확실한가요?"

"확실합니다."

"사소한 질문을 한 가지 더 하겠습니다, 킹즐리 씨. 혹시 당신 은행 장부에 시드니 슈얼이라는 이름이 기록되어 있습니까? 물론 이름 하나를 기억할 가능성이 매우 낮다는 것은 압니다만, 혹시 서스턴 부인께서 시드니 슈얼이라는 사람에게 여러 차례 수표를 발행해주지는 않았는지 궁금해서 말이지요."

은행원은 거의 들리지 않는 소리로 코웃음을 쳤다.

"물론 저는 모릅니다. 하지만 그 문제가 저…… 수사하시는 데 꼭 필요하다면, 내일 그 이름이 있는지 한번 찾아보도록 하죠."

"그렇게 해주면 대단히 고맙겠습니다."

"제가 여러분께 가르쳐드려야 하는 게 또 있습니까?"

'가르치다'라는 어휘를 사용하는 점이 그의 성격을 절묘하게 드러내주는 듯했다. 인생에 중요한 일이라고는 돈 관련 문제밖에 없는, 대단히 거만한 사람이라는 느낌이 아주 잘 와닿았다. 이 은행원은 우리의 문제에 대한 해답을 자기네 은행 장부 속에서 얻을 수 있을 거라고 믿어 의심치 않는 듯했다.

사이먼 경이 호기심에 찬 눈빛으로 주위를 둘러보았다.

"아니, 이제 없는 것 같군요. 감사합니다."

사이먼 경이 그렇게 말하자 킹즐리 씨는 방을 나갔다.

비프 경사가 콧수염을 쭉 빨았다.

"그러니까 부인은 협박을 당하고 있었던 거로군요."

윌리엄스가 경사를 돌아보며 날카롭게 말했다.

"그런 판단을 내리기엔 아직 이릅니다. 돈을 그런 식으로 인출해야만 하는 다른 이유가 있었는지도 모르지 않습니까?"

"다른 이유요?" 비프 경사가 신랄하게 대꾸했다. "그런 식으로 돈을 빼 가는 사람은 마권업자 아니면 협박을 당하는 사람뿐입니다."

윌리엄스가 말했다.

"나는 메리 서스턴 부인을 잘 압니다. 부인은 살면서 협박을 당할 만한 짓을 할 사람이 아닙니다. 얼마나 선량한 사람이었는데요."

내가 물었다.

"만약 부인이 협박을 당했다면 왜 주위에 도움을 청하지 않았을까요? 심지어 누군가는 천하태평이라고 말할 정도로 항상 밝은 모습만 보이지 않았습니까?"

"어느 용감한 왕자 또한 협박을 받은 적이 있었습니다." 물론 이 말을 한 사람은 스미스 신부였다. "그는 협박을 아주 가볍게 받아들였지요."

사이먼 경은 이 말에 다소 짜증이 난 듯했다. 나는 사이먼 경을 지켜보면서 그가 실용적이지 못한 방식과는 전혀 맞지 않는다는 점, 그리고 그러한 발언에 전혀 공감하지 못한다는 점을 깨달았다.

사이먼 경이 말했다.

"어쨌든 오늘 저녁이 지나가기 전에 서스턴 부인이 정말로 협박을 당했는지 아닌지, 만약 정말 협박을 당했다면 도대체 누가 왜 그랬는지 알아내야 합니다. 그러니 우리는 지금의 화제에서 약간 벗어날 필요가 있습니다. 나는 부인의 의붓아들에 대해서, 그리고 시드니 슈얼이라는 사람의 정체에 대해서 알고 싶군요."

비프 경사가 한숨을 쉬었다.

"도대체 그 이야기를 왜 그렇게 물고 늘어지시는지 모르겠군요. 누군지는 모르겠지만, 그 사람은 이 살인 사건과 아무런 관련이 없습니다."

사이먼 경은 이 말을 무시하고 말했다.

"한데 비프, 최근 이 근방에 새로 나타난 사람들이 있나? 거동이 수상해서 지켜봐야 할 것 같은 사람 말일세."

비프 경사가 잠시 머뭇거렸다.

"말을 해도 좋을지 모르겠군요. 하지만 여러분은 믿을 수 있을 것 같습니다. 최근 지켜보라는 지시를 받은 사람이 있기는 합니다. 이름은 마일스라고 하지요. 동네 호텔에서 일하고 있습니다. 아마 서스턴 부인이 일자리를 얻어준 것 같습니다."

사이먼 경이 자세를 고쳐 앉았다.

"뭐? 그런 사람이 있으면 진작 말해주지 그랬나, 비프. 나이는 어떻게 되지?"

"한 서른쯤 된 것 같습니다."

"호텔에서 무슨 일을 하지?"

"짐꾼 겸 구두닦이죠."

"왜 그 사람을 지켜보라는 지시를 받았지?"

"아, 전과가 있는 친구거든요. 징역을 몇 년 살고 나온 모양입니다. 절도범이라고 하더군요. 하지만 일 년 넘게 아무 일도 일어나지 않았습니다." 비프는 도전적인 눈빛으로 사이먼 경을 마주 보며 단호하게 말했다. "살인 같은 걸 저지를 만한 사람이 아닙니다."

"이거 재미있군. 아주 재미있어." 사이먼 경이 말했다.

스미스 신부의 안경이 공허하게 반짝였다. 그리고 그가 천장을 향해 한숨을 내쉬었다.

"재미있어 보인다고 다 바람직한 건 아니지요."

11

그리하여 우리 앞에는 새로운 용의자가 등장한 셈이지만, 세 탐정은 그 이야기를 듣고도 동요하지 않았다. 지금 생각해보면 수많은 선례에서 그렇듯 탐정들이란 어떤 경우에도 결코 놀라지 않는 법이니 당연한 일이다. 스미스 신부는 사이먼 경의 말에 대답하면서 붙임성 있는 미소를 지었고, 한동안 말이 없던 피콩은 다시 바지런히 난로를 쑤시기 시작했다. 언제나 견실하고 철저한 태도를 취하는 사이먼 경만이 이 근방에서 일하는 좀도둑 마일스라는 사람의 존재를 조금 더 중요하게 받아들인 듯했다.

누군가가 방에 들어오기 전, 사이먼 경은 전화 수화기를 집어 들고는 동네 호텔의 지배인에게 짐꾼이 언제 저녁 휴가를 얻었는지 물었다. 낯선 사람에게서 갑작스러운 질문을 받았는데도 지배인은 그리 놀라지 않았는지, 우리는 사이먼 경이 느리고 공손한 말투로 감사를 표하고 나서 수화기를 내려놓는 모습을 볼 수 있었다. 그는 차분하게 우리를 돌아보며 말했다.

"어젯밤, 그러니까 금요일이었다고 합니다."

"당연하지."

피콩은 부루퉁하게 말했고, 스미스 신부는 멍하니 고개를 끄덕였다.

사이먼 경이 한마디 덧붙였다. "하지만 밤 10시 30분에 돌아왔다고 하는군요."

"준비되셨으면 다음 사람에게 들어오라고 해도 되겠습니까?" 샘 윌리엄스가 물었다.

반대하는 사람은 없었으므로 변호사는 벨을 울렸고, 요리사가 방으로 들어왔다. 나는 그녀에게 자주 친근감을 느끼긴 했지만 실제로 보는 것은 이번이 처음이었는데, 활기찬 주방에서 행복하게 소스 맛을 보는 모습이 저절로 상상되는 통통하고 생글거리는 여인이 아니라 회색 머리칼에 여위고 안경을 낀 사람이라는 사실에 이만저만 실망을 한 게 아니었다. 외견만으로 보면 앞서 이 방에 들어왔던 킹즐리 씨와 닮은 것 같기도 했다. 하지만 내가 처음 생각했던 대로, 얼굴만큼은 그리 야박해 보이지 않는 인상이었다. 요리사를 꼼꼼히 뜯어본 뒤 나는 그녀가 자신의 직업 안에서는 몹시 솜씨가 좋은 사람이지만, 흔히 예술가들이 그렇듯 낯선 환경에서 바다를 떠도는 듯한 인상도 받았다.

사이먼 경도 같은 인상을 받았는지 요리사를 안심시키려

는 듯 미소를 지어 보였다.

"아, 스토리 양."

애써 요리사의 이름을 떠올려서 불러주는 모습이 그리 놀랍지 않았다.

"여기까지 오라고 해서 미안합니다. 당신이 주방을 떠나 있으니 온 집안사람들이 굉장한 슬픔에 젖어 있겠군요. 당신의 명성은 우리도 익히 잘 알고 있어요."

"오늘 저녁 식사는 없어요. 의사 선생님이 여러분은 시간에 맞춰 식사하러 오지 못할 거라고 하셨거든요. 하지만 원하신다면 차가운 음식은 언제든 드실 수 있어요."

스토리 양은 비교적 친숙한 주제에 대해서 조금이라도 더 길게 이야기하고 싶은 듯했다.

"알겠습니다. 그럼 내 어리석기 짝이 없는 질문 몇 가지에 좀 대답해줬으면 하는데, 괜찮겠지요? 내 질문은 아주 바보스럽기로 유명하니까요."

"글쎄, 제가 무슨 도움을 드릴 수 있을지 모르겠네요."

"재미있군요. 다들 그렇게 말하더군요. 최소한 당신이 이 저택에서 몇 년이나 일했는지는 말해줄 수 있겠죠?"

"고용인 중에서는 제가 제일 오래됐어요. 사 년이 넘었네요."

"이곳이 마음에 듭니까?"

"그러지 않았다면 머물러 있지 않았겠죠. 그 어처구니없는 유언장 이야기하고는 아무 상관 없어요. 난 항상 사람들에게 그걸 믿는 건 바보짓이라고 말했죠. 마님의 생각이 좀 부족하셨던 거라고 생각해요. 불쌍한 마님……. 마님은 항상 그런 일을 하면서 자기가 똑똑하다고 생각하셨지만, 그러다 무슨 일이 생겼는지 보세요!"

"그럼 당신은 이번 사건이 그 유언장과 관련이 있다고 생각하는군요?"

"그런 뜻은 아니에요. 저는 아무것도 모르고요. 그때 저는 아래층에 있어서 비명 소리만 들었을 뿐이니까요."

"다른 고용인들은 그 유언장을 진지하게 받아들였습니까?"

"그런 사람도 있고 그러지 않은 사람도 있었죠. 물론 유언장에 대한 이야기는 자주 했어요. 재미있는 화제잖아요? 한번 생각해보세요. 만약 마님께 무슨 일이 생긴다면 그 돈이 우리 차지가 된단 말이에요. 하지만 그렇다고 해서 여러분이 생각하시는 것처럼 우리가 마님께 진심으로 무슨 일이 생기기를 바란 건 아니었어요. 아무도요."

"그럼 당신의 말이 하인들 전체의 생각이라고 받아들여도 되겠습니까?"

"아침부터 밤까지 계속 사람들과 함께 있을 수도 없는 노릇이고, 그런다 하더라도 사람들 머릿속에서 무슨 생각이 굴러가고 있는지는 아무도 모르는 법이지요. 저는 그 누구도 특별히 예뻐하거나 눈여겨보지 않았어요. 사람들과 의견이 충돌하는 일도 많았죠. 하지만 아무도 나쁜 마음을 먹지 않았다는 것만큼은 단언할 수 있어요. 그러니 고용인 중 누군가가 범인이라고 생각하신다면 그건 실수예요. 제가 할 말은 이게 전부고요."

"지금은 그저 진실의 한 조각만이라도 얻고자 노력하고 있을 뿐입니다."

"그거 다행이네요."

스토리 양은 사이먼 경의 말이 채 끝나기도 전에 퉁명스럽게 쏘아붙였다.

"스톨은 어떻죠?"

"저는 다른 하인들에 대해서는 가타부타 늘어놓고 싶지 않아요. 그러기로 결심했어요. 드릴 수 있는 정보라면 다 드리겠지만, 제 의견은 제 개인적인 문제잖아요."

"맞는 말입니다. 그럼 스톨이 어제저녁 언제쯤 자러 갔는지는 물어봐도 될까요?"

"라운지에서 위스키를 마시고 나서 바로 자러 갔어요. 늦어도 10시 반쯤이었을 거예요. 스톨이 머리가 아프다고 투덜댔는데, 하녀인 이니드가 자기가 깨어 있을 테니까 무슨 일이 있어도 걱정 말라고 하니 냉큼 침대로 달려가더군요."

"자러 간 게 확실합니까?"

"제가 그걸 어떻게 알겠어요? 평소대로 알람 시계를 집어 들고서는 그냥 주방을 나갔을 뿐이에요."

"잘 자라고 인사하고요?"

"이니드한테는 인사를 하더군요. 저랑은 그런 사이가 아니어서요."

"왜 그렇죠?"

"아, 별로 대단한 이유는 아니에요. 그냥 제가 만드는 수플레가 싫은가 봐요."

"알겠습니다. 그럼 당신과 이니드가 주방에 남았단 말이군요. 운전사 펠로스는 어땠죠?"

"펠로스도 같이 있었어요. 저는 항상 그게 싫어서 서스턴 마님께 수십 번도 더 말씀드렸지만, 어쩔 수가 없더군요. 펠로스는 매일 밤 9시쯤 저녁을 먹으러 오는데, 몇 시간은 더 주방에 눌러앉아서 담배를 뻑뻑 피워대곤 하죠."

"하지만 스토리 양, 그럼 그 친구더러 어딜 가라고 하면 좋겠습니까?"

"내 알 바 아니잖아요? 길을 내려가면 마을이 나온다고요. 저는 거길 별로 안 좋아하지만요."

"알았습니다. 그렇게 세 사람이 있었단 말이군요. 누가 제일 먼저 주방을 나갔습니까?"

"이니드예요. 마님이 주무시러 올라가는 소리를 듣고 바로 나갔어요."

"아, 그럼 주방에서 다 들린단 말이군요?"

"문을 닫지만 않으면 다 들려요. 이니드가 어제저녁 내내 주방 문을 열어두었고요."

"무슨 소리를 들으려고 일부러 열어둔 겁니까?"

"이니드도 그렇고, 운전사도 그랬던 것 같아요. 한번은 찬 바람이 들기에 제가 일어나서 문을 닫았는데 금세 이니드가 다시 문을 열어놓더군요."

"왜 그랬을까요?"

"글쎄요, 별로 이상한 일은 아닌데요. 이니드는 마님이 올라가실 때 항상 같이 따라 올라가곤 하거든요. 그 애는 마님을 참 잘 따랐어요. 이니드를 위해 말해두자면, 마님이 올라가실 때 함께 가서 뭐 필요하신 것 없는지 늘 묻곤 했어요."

"그게 11시쯤의 일이군요. 펠로스는 당신과 얼마나 같이 있었죠?"

"아주 잠깐 동안요. 왜냐하면 운전사가 고개를 들고 시계를 보더니 뭐라고 말했던 걸 제가 기억하거든요."

"시계에 뭔가 문제가 있었습니까?"

"아뇨, 그냥 시간 얘기요. '저런, 벌써 11시가 넘었네' 하고는 일어나서 위층으로 올라가버리더라고요."

"당신도 시계를 봤습니까?"

"아뇨. 하지만 이니드가 나간 직후의 일이었다는 건 알아요."

"좋습니다. 그럼 비명 소리가 난 이후로 당신은 그 두 사람을 못 봤나요?"

"아뇨."

"누가 먼저 왔죠?"

"이니드요. 사람들이 마님 방의 문을 부수고 있는데 그 애가 정신없이 달려왔어요."

"비명이 들리고 채 이 분도 지나지 않았을 때의 일입니까?"

"그래요."

"그동안 당신은 뭘 하고 있었죠?"

"저요? 전 그 자리에 일 분 정도 굳어 있었어요. 낡은 주방에 오랫동안 있다 보면 아무 일 없을 때도 괜히 삐걱거리는 소리가 들리거든요. 그런데 누가 꼭 그런 소리처럼 비명을 지르는 거예요. 내가 겁이 많은 사람은 아니지만, 누군들 무섭지 않겠어요? 겨우 정신을 가다듬고 나니 신사분들이 위층으로 달려 올라가는 소리가 들렸고, 문을 열었더니 이니드가 눈알이 흘러넘칠 정도로 펑펑 울면서 내려오는 게 보이더군요."

"그래서요?"

"뭐, 그런 다음 잠시 후에 가운을 입은 스톨 씨가 꼭 유령 같은 모습으로 내려왔어요. 그러고는 펠로스가 뛰어 내려와서 의사 선생님과 경찰을 부르러 간다고 하더군요. 그 사람이 차를 타고 나가는 소리까지 들렸고요. 그리고 이니드는 십 분 정도, 정말 한마디도 않고 앉아 있었어요. 그러더니 갑자기 흥분 상태에 빠졌죠. 스톨 씨가 자기한테 마시다 남은 브랜디가 있다면서 뛰어나갔다가 금세 돌아왔고, 이니드한테 몇 모금 먹인 후에 다시 일이 잘 돌아가고 있는지 보러 갔어요."

"좋습니다. 상황을 아주 훌륭하게 잘 정리해주었습니다. 그날 저녁 다른 사람은 보지 못했습니까? 다른 손님들 말이죠."

"못 봤어요."

"너무 꼬치꼬치 캐물어서 미안합니다. 이제 내가 할 질문은 없습니다."

난롯가에 앉아 있던 피콩이 갑작스럽게 뒤를 돌아보았다.

"마드무아젤, 괜찮다면 잠시만 더 여기 있어요. 이 파파 피콩에게 한두 가지 더 말해줘야 할 게 있으니까 말이오."

스토리 양은 이 말이 기차 옆자리에 앉은 어느 노인이 인자하게 이야기를 시작하려는 것인지, 아니면 순수하게 정보를 요구하는 말인지 알 수가 없었는지 애매한 얼굴로 침묵을 지켰다.

"그 젊은이, 운전사 말이오. 아가씨에게 시계를 보라고 가리켰던가요?"

"그러진 않았어요. 그냥 11시가 넘었으니 자기는 가야 한다고 말했을 뿐이죠."

"왜 간다거나 어디로 간다는 말은 없었고?"

"네. 하지만 손에 쥐덫을 들고 있었어요."

"아, 그래요. 작은 쥐를 잡는 덫 말이군요? 그래, 그걸 어디로 가져갔나요?"

"아마 사과 저장고에 가져다 놓았을 거예요. 서스턴 마님이 항상 머리 위에서 쥐 소리가 난다고 불평하셨거든요."

"항상 불평했다고요? 펠로스에게?"

"네."

"그래서 그 젊은이에게 덫을 놓으라고 했고요?"

"그랬겠죠."

"자, 그렇다면 이번엔 그 어린 아가씨 이야기를 해봅시다. 하녀 아가씨는 비명을 들었을 때 자기가 어디 있었는지 당신에게 말했나요?"

"아, 네. 서스턴 선생님 방에서 침대를 정리하고 있었대요."

"그리고 운전사 말인데, 당신은 그날 밤 이후로 운전사를 못 봤나요?"

"말할 것도 없죠."

"고마워요, 마드무아젤. 아, 그리고 차가운 음식도 고마워요." 피콩은 특유의 공손한 말투로 덧붙였다.

"이제 끝인가요?" 스토리 양이 물었다.

우리는 모두 무의식적으로 스미스 신부를 돌아보았지만, 신부는 잠들어 있었다.

"스미스 신부님……." 윌리엄스가 신부의 이름을 불렀다.

"아, 미안합니다. 이것참, 그만 깜박 졸고 말았군요. 초인종에 대해서 물어보려고 했는데. 현관문 초인종 말이에요. 스토리 양, 어젯밤에 초인종이 울리는 소리가 들렸나요?"

"언제요?"

"그 아가씨가 소란을 일으켰을 때 말입니다."

"글쎄요, 잘 모르겠어요. 하지만…… 아마 수십 번 울렸어도 저는 못 들었을 거예요. 그 애가 어찌나 심하게 경련을 일으키는지 초인종 소리 들을 정신도 없었다니까요."

스미스 신부는 다시 꾸벅꾸벅 조는 듯한 자세로 돌아갔고, 스토리 양은 방을 나갔다.

"저 숙녀의 요리라면 믿고 먹을 수 있겠군요. 정확성과 신중함이라는 강력한 갑옷을 두르고 있으니 말이죠."

사이먼 경이 말하자 피콩도 말을 얹었다.

"마드무아젤 스토리는 그리 로맨스를 즐기는 사람 같지는 않구먼. 로맨스를 싫어하게 된 어떤 계기가 있을지도 모르지…… 아주 특별한 로맨스를 경험했든가 해서. 부아용. 시간이 흐르면 다 알 수 있겠지만 말일세."

나는 스미스 신부에게 묻지 않을 수 없었다.

"무슨 생각을 하시는지요……?"

"종에 대해 생각하고 있습니다."

"주종술鑄鐘術[I] 말씀이신지요?"

"아니, 전기로 울리는 종. 결혼식 때 울리는 종, 혹은……." 신부가 목소리를 낮췄다. "소리가 잘 들리지 않는 종도 있고요."

한편 나는 그때 수많은 새로운 의문에 골몰하고 있었다. 스토리 양이 다른 고용인들을 싫어하는 이유는 뭘까? 도대체 뭘 그렇게 찬성할 수 없다는 걸까? 왜 펠로스는 방을 나가면서 그녀에게 시간을 가르쳐주고 갔을까? 그리고 비명이 들렸을 때 이니드, 펠로스, 스톨, 스트리클런드, 노리스가 짐작건대 모두 위층에 있는 동안 스토리 양 혼자만 주방에 남아 있는 바람에 아무도 그녀의 알리바이를 증명해줄 수 없게 된 것은 과연 우연일까? 그리고 새롭게 등장한 가장 의심스러운 사

I 과학적, 음악적으로 종에 대해 연구하는 학문. 종을 울리는 것을 하나의 예술로 여기고 그 역사와 방법, 전통 등을 탐구한다.

람인 마일스 씨가 '저녁 휴가' 동안 이 근방 어딘가를 어슬렁거리고 있었던 것도 우연의 일치일까?

12

스톨은 정중한 태도로 방에 들어왔다가 의자에 앉으라는 말을 듣고는 대단히 당황스러워했다. 그는 비프 경사가 난폭하게 버럭 화를 내고 나서야 자리에 털썩 앉았다.

경사는 거의 고함을 지르듯이 물었다.

"이봐, 당신이 서스턴 부인을 협박했지?"

스톨은 몹시 동요했다. 이미 비프 경사가 원하는 대답을 하고 있는 것이나 마찬가지였다. 하지만 집사는 최대한 현명하게 대답했다.

"아닙니다."

비프 경사는 참을 수 없다는 듯 분노를 터뜨렸다.

"용의가 짙어. 당신밖에 없단 말이야! 부인은 소액권으로 엄청난 거액을 계속해서 인출했지. 그리고 당신이 아닌 다음에야 부인한테 그런 짓을 시킬 사람이 없다고! 이제 그만 실토하는 게 어때?"

그 몰인정한 태도가 오히려 스톨이 정신을 가다듬는 데 도움이 된 모양이었다. 평정을 되찾은 스톨이 경사에게 말했다.

"그런 질문에 제가 대답해야 할 이유를 모르겠군요. 어처구니없는 질문입니다."

"아니지, 아니야."

비프가 반박했다. 그러는 동안 세 명의 탐정은 섬세한 재치로 다루어야 할 상황이 이렇게 흘러가서 상당히 분노한 듯 짜증스러운 표정을 짓고 있었다.

"암, 아니고말고. 당신은 아주 위선적인 작자야, 스톨. 동네에 놀러가는 대신 성가대에서 노래를 불러? 나는 당신이 협박과 관련이 있다는 확신이 들어. 이제 그냥 다 자백해버리시지. 도대체 서스턴 부인에게서 빼앗은 200파운드로 무슨 짓을 했을까?"

"비프 경사, 이제 끝났습니까?" 사이먼 경이 한숨을 내쉬었다.

"좋습니다. 질문하실 것 있으면 하시죠. 제가 틀렸다면 곧 판명될 테니까요."

경사가 수첩으로 시선을 돌리자 방 안에는 명백히 안도하는 분위기가 퍼졌다. 사이먼 경은 의자 등받이에 기댄 채 더 요령 있는 신문을 시작했다.

"스톨, 서스턴 부인의 유언장 내용을 알고 있겠지?"

"물론입니다, 사이먼 경."

"그 내용에 대해 어떻게 생각하나?"

"서스턴 마님이 저희를 그렇게나 생각해주시다니 참으로 기쁜 일입니다. 그러나 그리 진지하게 받아들이지는 않았습니다."

"다른 하인들은?"

"다들 비슷하게 생각했습니다. 이런 말씀을 드려도 될지 모르겠지만 요즘 고용인들은 예전에 비해 훨씬 교육을 잘 받았기 때문에 무엇이든 순진하게 있는 그대로 받아들이지는 않습니다."

"그렇군, 하지만 그들이 순진하건 아니건, 굉장히 놀라운 일 아닙니까?"

사이먼 경의 말에 집사는 어깨를 으쓱했다.

"그렇게 심각하게 생각해본 적은 없습니다."

"알겠네. 펠로스와는 친한 사이인가? 저속한 관용구를 인용하자면 '오랫동안 사귀었던 정든 내 친구여', 뭐 이런 것 말이네."

"사이먼 경께서 그런 재담을 좋아하신다는 건 압니다. 하지만 저희는 친구라고 부를 만한 사이가 아닙니다. 제 입장에서 그런 젊은이와 친하게 지내기란 참 어려운 일이죠."

"어떤 부류 말인가?"

"이런 식으로 말씀드려도 좋을지 모르겠지만 그 운전사는 바다에 나갔던 적이 있는 친굽니다. 말투가 저속하고 불손하며 과거 이력이 별로 바람직하지는 않은 젊은이지요."

"자네 스스로에 대해서는 어떻게 생각하지?"

"저는 오랫동안 많은 분께 추천을 받은 집사입니다. 제 추천서들은 모두 의심할 여지가 없습니다."

"자네가 그 예의 바른 태도를 익히는 데에는 분명 오랜 시간이 걸렸겠지, 스톨. 내가 지금까지 본 사람 중 가장 완벽하다네."

"감사합니다, 사이먼 경."

"혹시 펠로스에게 마음에 들지 않는 점이 또 있나?"

"하녀와 유별나게 친하게 지내는 점도 썩 달갑지 않습니다."

이 시점에서 나는 피콩이 성냥개비를 가지고 거친 손놀림으로 무슨 패턴을 만드는 것을 눈치챘다. 신문이 시작되었을 무렵부터 상당히 흥분한 기색이었다.

"그렇게 눈에 띄던가?"

"서로 결혼을 약속한 단계까지 간 것 같습니다."

"그게 큰 문제가 되나? 이보게, 스톨. 사람들은 모두 한때는 젊은 시절을 보내지 않나? 인생에 봄이 올 수도 있지."

"하지만 한 저택의 고용인들 사이에서 부부가 나오는 건 문제가 된다고 봅니다."

"서스턴 부인도 알고 있었나?"

“아마 모르셨을 겁니다.”

“아셨다면 불쾌하게 여겼을 거라 생각하나?”

그 질문을 들은 스톨은 잠시 말이 없었다. 둘을 지켜보던 나는 스톨이 사이먼 경에게 친밀한 시선을 보내는 모습을 발견했다. 나는 이해할 수 없었으나 마지막 질문이 상당히 상식적이고 옳게 느껴졌던 모양이었다.

이윽고 스톨이 말했다.

“저는 그런 말을 할 입장이 아닙니다, 사이먼 경.”

“뭐, 그 밖에 우리에게 말해줄 만한 사건은 없었나? 뭐든 도움이 될 걸세.”

스톨은 잠시 침묵했다.

“없습니다.”

“예를 들어 서스턴 선생에게 무슨 불쾌한 일이 생기거나 한 적은 없었나?”

불편한 침묵이 다시 흐르고, 뭔가 켕기는 데가 있는 듯 스톨이 사이먼 경을 곁눈질했다.

“없습니다.”

“이거 매우 유감스럽군, 스톨. 당신은 너무나 매력적인 화술을 구사하지만 동시에 진실을 말하는 습관은 없는 모양이니 말일세.”

“사이먼 경…….”

"무슨 의미인지 정말 모르겠나?"

나는 그 순간 사이먼 경이 존경스러웠다. 그는 너무나 무자비하고 냉철하면서도 차분했다. 또 누군가는 그의 멋 부리는 태도 밑에 드리워진 경험과 자기 성찰에서 우러난 신중함을 느낄 수 있을지도 모른다. 사이먼 경은 가련한 집사를 차갑고 무심한 눈빛으로 바라보았고 나는 스톨의 좁은 이마에서 땀이 흐르는 모습을 볼 수 있었다. 집사는 여러 번 시선을 피하며 무어라 말하려 했지만 나이 든 스톨도 이 젊은이를 감당하기에는 역부족이었던 모양이다.

"한 가지 떠오르는 게 있습니다." 스톨은 낮은 목소리로 인정했다. "서스턴 부인과 운전사 사이에 뭔가…… 뭐라고 해야 할까요, 있어서는 안 될 일이 있었다고 말씀드려야 할까요?"

그때 윌리엄스가 끼어들었다. "이봐, 플림솔……."

"용서하게. 이게 다 사건을 해결하려고 그러는 거니까." 사이먼 경이 그를 안심시키려는 듯 말했다. "구체적인 일에는 마음 쓰지 말게, 스톨. 여하튼 자네는 두 사람 사이에 뭔가 있다는 걸 눈치챘다는 거로군?"

"의심은 갔습니다."

"그래서 두 사람을 유심히 관찰했나?"

집사는 겨우 정신을 차린 모양이었다. 무대에 서서 연기하던 집사 역할조차 집어치우고, 사이먼 경을 향해 사납게 고함을 질렀다.

"그건 사실이 아닙니다! 그런 일은 없었습니다!"

"진실의 일부는 우리에게 흘려준 것 같군."

스톨은 느릿느릿 말했다.

"실은 서스턴 마님에게 제 생각을 말씀드렸습니다. 그리고 저는 이 주 후에 이곳을 떠날 예정이었습니다."

"어째서?"

"왜냐하면…… 왜냐하면, 방금 경께서 말씀하신 그 일 때문입니다. 마님과 운전사 사이의 일 말입니다. 저는 그런 추한 일이 벌어지는 곳에서 일하고 싶지 않았습니다. 저는 점잖은 사람이니까요."

"그래서?"

"떠난다는 건 유언장에 쓰여 있는 제 몫을 포기한다는 뜻입니다. 마님이 돌아가실 경우 제가 받을 수 있는 몫 말이지요. 그래서 마님께서는 제게 그에 상응하는 보상금을 주기로 하셨습니다."

"유언장에 쓰여 있는 유산에 대해서는 별로 진지하게 받아들이지 않았다면서?"

"뭐, 제가 잘못해서 일을 그만두는 게 아니니 서스턴 마님도 제가 손해를 입는 건 바라지 않으셨던 거죠."

"그래서 부인이 당신에게 소액권으로 얼마간의 금액을 지불했던 건가?"

"마님께서 합당하다고 생각하시는 액수를 주셨습니다."

"오 년간 힘겹게 일한 것보다 더 적게 받는다 하더라도 자네는 매우 운이 좋은 편이로군, 스톨. 그간의 고생을 끝낼 수만 있다면 말이지. 그렇지 않나?"

신기하게도 이 말을 들은 스톨은 다시 한번 자신감을 회복한 모양이었다.

"부인 곁을 떠나면서 받는 선물로 말입니까? 아뇨, 전 모자라다고 봅니다."

"협박의 대가로 말이지." 사이먼 경은 짧게 말했다. "피콩, 당신 차롑니다."

몸집 작은 사내가 감정이 주체가 안 되는 듯 팔짝 뛰어올랐다.

"아까는 운전사와 하녀 사이에 이른바 '로맨스'라 부를 만한 관계가 있었다고 하지 않았소?"

스톨은 경멸 섞인 눈빛을 띠었다.

"굳이 그렇게 부르고 싶으시다면 말리진 않겠습니다."

"그 두 사람은 서로에게 끌렸소?"

"예, 그렇더군요."

"그리고 운전사와 마담 사이에도 라포르(교제)가 있었다고 하지 않았소? 네스 파(그러지 않았던가)?"

"그건 잘 모르겠습니다. 뭐가 있긴 있었지만요."

"그러면 그 하녀 아가씨 말인데, 자기 애인이 마님과 그런 사이라는 사실을 질투하지는 않았소?"

"그 애도 어떻게 행동해야 자신에게 유리한지는 잘 압니다."

한번 속내를 털어놓기 시작한 뒤로 스톨의 집사답게 훌륭했던 예의범절이 몽땅 날아가버린 모습을 보니 신기하기 짝이 없었다. 스톨은 지금 반항적이고 대단히 자연스러웠으며 다소 무례하기까지 했다.

"토스트라니? 미안하지만 버터 바른 토스트와 이번 일이 무슨 관련이 있단 말이오?"

"그러니까 어떤 입장을 취해야 자기한테 이득이 될지 잘 알고 있다는 뜻입니다. 그 애도 애인 때문에 자기 일자리를 잃고 싶지는 않을 것 아니겠습니까?"

"비앵. 그러니까 그 아가씨는 자기 애인과 마담이 만나는 걸 허락했다는 뜻이군?"

"저는 본인이 좋아했다고까지는 말하지 않았습니다. 하지만 참아야지 어쩌겠습니까?"

"상당히 냉소적인 시각의 소유자로구먼, 므시외 스톨."

"오랫동안 지켜봤으니까요. 쥐는 무슨 쥐! 그냥 둘이서 얘기하고 싶어서 핑계 댄 거죠. 뻔하지 않습니까?"

"아, 그거 재미있구먼. 그러니까 쥐 잡는 덫이란 건 속임수였다는 이야긴가? 약속? 밀회를 하기 위한 약속이지 않았겠소?"

"아마 그렇지 않았을까 싶습니다."

"부알라! 자, 이제 앞으로 나아갑시다. 그러니까 어젯밤 마담이 운전사에게 쥐덫을 설치하라고 했던 건, 자기 방으로 와서 얘기를 좀 나누자는 뜻이었소?"

"뭐 그런 셈이겠지요."

"그리고 하녀 아가씨도 그 사실을 알았을 테고?"

"그건 잘 모르겠습니다."

"그럼…… 그 작은 선물에 대한 얘기를 해봅시다. 마담이 친절을 베풀어 당신에게 줬다는 보상금 말이오. 그걸 언제 받았소?"

스톨은 다시 한번 아픈 곳을 찔린 듯한 표정을 지었다. 아무 대답이 없었다.

"언제요?" 피콩이 점잖게 재촉했다.

"기억이 잘 안 납니다."

"하지만 몽 아미, 누군가가 200파운드를 매일매일 받을 수는 없는 법. 아니면 당신은 건망증이 심한 편이오?"

"누가 200파운드에 대해서 이야기했습니까?"

"총액이 200파운드 아니오?"

스톨은 부루퉁한 표정을 지었다.

"저도 모릅니다. 그냥 돈뭉치였고, 아직 세어보지도 않았습니다."

"부알라! 정말로 욕심이 없는 사내로구먼! 하지만 친구, 말해봐요. 도대체 언제 받았소?"

이번에는 대답이 빨랐다.

"목요일 오후였습니다."

"몇 시쯤?"

"점심시간이 끝나고 바로요."

"목요일이라면, 그저께 말이오?"

"그렇습니다."

사이먼 경이 지겹다는 듯 한숨을 푹 내쉬었지만, 피콩은 다른 질문을 던졌다.

"어젯밤 주방에서 스토리 양과 같이 있다가 갑자기 나가서 뭘 했소?"

"자러 갔습니다."

"바로 침실로 갔단 말이오?"

"예."

"비명이 들렸을 때 침대에 누워 있었소?"

"예."

"그리고 바로 아래층으로 내려왔고?"

"예."

"그러는 동안에는 아무 소리도 못 들었고?"

"예."

"당신 방은 운전사 방 바로 옆에 있지 않소?"

"그렇습니다."

"그 친구가 자러 오는 소리를 들었소?"

"아뇨. 두통 때문에 바로 자고 싶었습니다."

"보통 창문을 열어두고 잠자리에 드는 편이오?"

"아니요, 닫아둡니다."

사이먼 경이 신음하며 투덜거렸다.

"그러면 건강에 나빠."

다음 순간 나는 충격을 받고 놀랐다. 표정을 보아하니 스톨도 그런 모양이었다. 피콩이 갑자기 날카로운 말투로 아주 이상한 질문을 던졌기 때문이다.

"비명 소리는 어느 쪽에서 들려왔소?"

피콩은 집사를 똑바로 바라보았다.

"어느 쪽이냐니, 그게 무슨 뜻입니까?"

"방금 말한 그대로요. 방 안에서 비명을 들었다지 않았소? 당신 생각에 그 소리가 어느 방향에서 들려온 것 같았소?"

"그…… 그런 생각은 해본 적이 없습니다. 반쯤 잠들어 몽

롱한 상태에서 그냥 비명을 세 번 들은 것뿐입니다."

"그러니까 그게 어느 쪽이냔 말이오, 어느 쪽."

"그거야 서스턴 마님의 방 쪽이었겠지요. 제가 생각하기에."

"당신 생각! 도대체 당신 생각이 이 아메르 피콩에게 무슨 가치가 있겠소? 그게 정말 서스턴 부인의 방 쪽에서 들렸다고 확신할 수 있소?"

스톨은 당황한 얼굴로 말했다.

"글쎄요……. 잘 모르겠습니다."

피콩은 짜증스러운 듯 무어라 외국어로 내뱉으며 그에게서 등을 돌렸다.

스미스 신부가 말했다.

"끼어들어서 미안합니다. 초인종이라도 울리고 들어왔어야 했는데 그게 여의치가 않군요. 한데 초인종이 혹시 울렸나요, 스톨?"

"언제 말입니까?"

"하녀 아가씨가 경련을 일으켰을 때 말입니다."

"아, 그때요. 잠깐만요. 아, 네. 정문 현관 초인종이 울렸습니다. 목사님이 오셨거든요."

스미스 신부는 아무 말이 없었고, 잠시 후 윌리엄스가 집사에게 나가라는 신호를 보냈다.

사이먼 경이 한마디 했다.

"지금까지 들어온 증인 중에서 가장 멋진 증언을 해주었습니다."

피콩도 말했다.

"저 사람 말을 들으니 이 사건에 약간 빛이 보이는 것 같소."

그리고 스미스 신부는 혼잣말을 했다.

"울리지 않았던 초인종은 통행금지 시간을 말하는 건지도 모르겠군요."

13

그때 유능한 요리사 스토리 양이 준비해놓았다는 '차가운 음식'이 우리 앞에 차려졌다. 스톨이 접객용 수레를 두 대 밀고 들어와 세련된 몸짓으로 음식을 늘어놓는 모습을 보니 몇 분 전 우리에게 언성을 높이면서 화를 냈던 모습은 떠올릴 수가 없었다. 마치 '협박'이라는 단어는 단 한 번도 그 귓불 작은 귀를 침공한 적이 없었다는 양, 스톨의 예절 바른 태도는 완벽을 되찾은 상태였다.

음식 또한 훌륭했다. 나는 가엾은 메리 서스턴이 내 옆에서 계속 음식을 권하고 있는 것처럼 바닷가재 패티를 세 조각이나 정신없이 먹어치웠다. 커다란 잔에 담긴 음료도 내가 각별히 좋아하는 소다수를 살짝 섞은 독한 위스키였다. 미식을 즐기는 사람이라면 그런 음료는 음식을 먹으면서 함께 마셔서는 안 된다고 나를 제지하리라.

사이먼 경이 나를 보고 몸을 부르르 떠는 모습이 보였다. 한마디 하지 않고서는 견딜 수가 없었던 모양이었다.

"그러다 죽습니다, 그러다 죽어요. 아주 몹쓸 행동이에요."

"괜찮습니다. 아무렇지도 않거든요."

나는 미소를 지었다. 그러다 문득, 지금 탐정이 최고의 결과를 내기 위해 마지막으로 얻어야 할 단서가 제시되려면 내가 무언가 바보짓을 해야 한다는 사실을 깨달았다.

"설마 그러고 나서 시가까지 한 대 피울 생각은 아니겠지요?" 사이먼 경이 너무나 끔찍하다는 듯 한숨을 내쉬었다.

"항상 그러는데요."

"원, 신이 당신의 위장을 보호해주시길 바라야겠군요. 그래, 지금까지의 일에 대해 어떻게 생각합니까?"

방금 전까지 분명하게 내려두었던 결론이 갑자기 살짝 뒤죽박죽 섞이고 말았다. 사이먼 경의 상냥한 시선 앞에서 나는 내 생각을 어떻게든 정리해서 말하려 했지만, 별로 도움이 될 것 같지는 않았다. 단 한 가지만큼은 확신이 있었다. 스톨은 자기가 말한 것보다 더 많은 사실을 알고 있으리라는 점이었다. 그러지 않고서야 왜 돈을 받은 시간에 대해 거짓말을 했겠는가?

스톨은 돈을 받은 날이 목요일이라고 했지만, 우리가 서스턴 부인의 방을 조사했을 때 화장대 위에는 코담배 가루가 약간 남아 있었고 유리 덮개가 씌워져 있었다. 저택 안의 모든 가구는 대체로 한 번에 청소하기 마련이니, 금요일 아침에 화장대가 이니드의 걸레를 피하는 건 불가능한 일이었을 터다. 도대체 왜 스톨이 거짓말을 했을까? 그는 우리와 마찬가지로 밀실 밖에 있었으니 살인을 저지를 수 없었다는 것만은 확실하다. 하지만 그렇게 따지면 모두가 밀실 밖에 있었다.

이때 나는 잭 헐버트[1] 같은 턱 위쪽으로 사이먼 경의 귀족적인 입술에 희미한 미소가 스쳐 지나가는 모습을 보았다.

"모든 사람이라고요?" 사이먼 경이 되뇌었다. "뭐, 그 목사나 새로운 용의자인 마일스는 '모든 사람'에서 빼야 하지 않겠습니까? 전체적으로 볼 때 그 두 사람 중 하나가 범인일 가능성도 있을 테죠. 하지만 목사가 어떻게 범행을 저질렀는지, 우리가 문을 부수는 동안 어디에 있었는지는 도저히 모르겠습니다. 그리고 좀도둑 마일스가 아무리 똑똑하다 한들, 어떻게 유리창 밖에서 침투했다가 다시 창밖으로 도망쳤을까요? 만약 그 친구가 무슨 방법인가 써서 밧줄 중 하나를 창문 위로 내려 방 안으로 침입했다 치더라도, 도대체 무슨 재주로 사람들의 이목을 피해서 10시 30분에 호텔로 돌아갔겠습니까? 게다가 또 무슨 동기가 있어서 그런 짓을 했겠어요? 이것참 혼란스럽지 않습니까?"

사이먼 경의 말에 나는 완전히 나가떨어지고 말았다. 나는

[1] 1930~1970년대에 활동한 영국 영화배우.

요리사를 의심해보았다. 스토리 양은 편견이 심하고 성격이 단호한 여성이었다. 그리고 사건이 일어났을 당시의 알리바이도 없다. 아니면 노리스는 어떨까? 아무도 그 사람에 대해서는 그리 주목하지 않는 것 같다. 노리스는 현장에 상당히 빠른 속도로 나타났다. 하지만 그건 노리스가 사건이 벌어졌다는 사실을 빨리 눈치챘기 때문일 뿐인지도 모른다. 무엇보다 노리스는 그 문을 통해 방 밖으로 나올 수 없었으며, 빙 돌아올 시간도 없었다. 또 스트리클런드는? 그 친구는 바로 옆방에서 자고 있었으니 상당히 의심스럽기는 하다. 하지만 그는 금세 자기 방에서 나왔고, 창밖에 붙잡고 기어올라갈 만한 바위나 선반 같은 건 튀어나와 있지 않다. 그리고 펠로스도 있다. 성격이 다소 난폭한 사내로 지금 밝혀진 바에 따르면 돈 후안 같은 기질도 있다. 이니드와 연애를 하고 있는 동시에 메리 서스턴과도 비슷한 관계에 있는 젊은이다.

"즉…… 당신은 모두를 의심하고 있군요?" 사이먼 경이 말했다.

"뭐, 굳이 따지자면 그렇습니다. 하지만 솔직히 범인이 누구든, 그가 어떻게 살인을 저질렀는지는 도저히 모르겠군요."

"의붓아들은 어떻습니까?"

"아, 그러고 보니……." 나는 순진하게 대답했다. "완전히 잊어버리고 있었네요. 음, 그럼 또다시 여러 가지 가능성이 열립니다. 처음에는 그 의붓아들이 스트리클런드인 줄 알았지만, 지금은 그렇다고 단정 지을 수도 없습니다. 노리스나 펠로스, 아니면 마일스가 아니란 법은 없지 않습니까?"

"아니면 당신일 수도 있겠죠."

차분하게 맞받아치는 사이먼 경에게 나는 무신경하게 대답했다.

"하하, 저는 아닙니다. 하지만 무슨 뜻으로 말씀하신 건지는 알겠습니다."

"아무튼 당신은 이 모든 사건이 전부 복잡하게 얽혀 있다고 생각하나 보군요?"

"물론입니다. 그렇지 않습니까?"

"내게는 모든 것이 명확하게 잘 보이는데요. 하지만 아직도 필요한 정보가 대단히 많습니다."

사이먼 경이 옆을 돌아보며 방 건너편에 대고 목소리를 높였다.

"그런데 말이야, 비프!"

토끼고기 파이를 한입 가득 베어 문 경사가 무언가 대답 비슷한 소리를 냈다.

"우리의 다음 증인…… 운전사 펠로스의 이력에 대해서는 조사했나?"

경사가 난폭하게 음식을 꿀꺽 삼키는 통에 목이 닭처럼

훅 부풀어 올랐다.

"이력이라니, 무슨 이력 말씀이십니까?"

경사가 당황하는 모습이 자못 재미있다는 듯 사이먼 경이 말했다.

"당연히 전과 이력 말이지."

그러자 경사가 골난 얼굴로 대답했다.

"전과가 있었는지도 몰랐는데요."

"그것 좀 보라고! 나한테 버터필드가 있어서 얼마나 다행인지 원. 버터필드가 이미 다 조사했다네. 펠로스가 사 년 전 절도 혐의로 십팔 개월간 감옥에 갇힌 적이 있었다고 말이야. 내 생각에 상당히 폭력적인 사건이었던 것 같더군."

비프 경사가 웅얼웅얼 말했다.

"모든 것을 다 알 수는 없는 법이지요. 게다가 제가 생각하기에 그건 이번 사건과 별 관련이 없는 것 같은데요."

사이먼 경이 어깨를 으쓱하며 중얼거렸다.

"그래, 그래. 자네가 어련히 알아서 하겠지, 이 소고기 같은 친구야."

나는 피콩 쪽으로 자리를 옮겼다. 그 몸집 작은 이는 행복한 듯 음식을 우적우적 먹고는 기분이 좋아져 있었다. 나는 그가 이렇게 음식을 맛있게 먹는 모습을 본 적이 없었기에 소 같은 양 뺨에 혈색이 도는 모습을 보고 기뻤다.

"마드무아젤 스토리가 어떤 사람인지는 잘 모르겠지만, 아르티스트(예술가)라는 사실만큼은 분명하군." 그가 말했다.

나는 뒤죽박죽된 언어 속에서 피콩이 요리사의 행동을 무대에 선 연주가에 비유했다는 사실을 어떻게 설명해주어야 하나 망설이다가 그냥 감탄한 얼굴로 고개만 끄덕였다.

"이제 이 사건의 의미를 좀 파악하기 시작하셨습니까?"

"의미를 파악해?" 피콩은 노골적으로 웃음을 터뜨렸다. "그거 멋진 말이구먼! 하지만 고작 '의미를 파악'하는 데서 끝난다면 내가 파파 피콩이 아니지, 파 뒤 투(암, 아니고말고)!"

"그럼 벌써 전부 다 이해하셨단 말입니까?"

"내 다 이야기해줌세. 빛이 보이고 있으니 말이야. 하지만 그게 무엇인가? 아주 작은 티끌이지. 검은 점이야. 아직 구름이 완전히 걷히지는 않았네. 하지만 알롱, 몽 아미. 이제 때가 되었어. 나 아메르 피콩이 그렇게 말한다네. 그리고 자네는 이제 이렇게 묻고 싶겠지. '그렇다면 왜 제게는 그게 보이지 않는단 말입니까?'"

"맞습니다. 하지만 한 가지만 묻겠습니다, 므시외 피콩. 도대체 스톨에게 비명이 어느 방향에서 들려왔는지 물은 이유가 뭡니까? 그 말씀을 듣고 저는 참 이상하다고 생각했거든요."

"별건 아니라네. 갑자기 떠오른 작은 착상이야. 아주 작은 착상. 별것 아니지. 하지만, 부아용. 이제 곧 알게 될 거야. 가끔 아메르 피콩조차도 갑자기 무슨 생각이 떠오를 때가 있지 않겠나? 아주 유치하고 아주 간단한 생각이 말일세. 하지만 그 또한 착상은 착상이지."

그에게서 들을 수 있는 말은 이게 전부였다. 반면 스미스 신부에게서는 상당히 손쉽게 이야기를 들을 수 있었지만, 내가 느끼기에 그리 유익하지는 않았다. 나는 호기심 많고 순진한 바보가 되어 위대한 탐정들이 이 난제에 대해 어떻게 생각하는지 털어놓게 하는 역할을 대단히 훌륭하게 해내고 있었으며, 그들이 나의 궁금증을 더욱 크게 부풀려줄지 아니면 해소시켜줄지 지켜보고 있었다.

"지금까지의 상황은 상당히 간단해 보이지만, 다른 수많은 미스터리와 마찬가지로 이 역시 결코 쉬운 문제는 아니지요. 세상에서 가장 골치 아픈 것이 무엇인지 압니까? 바로 반쯤 해결된 사건입니다. 반쯤 완성된 특질 또한 그렇지요. 늑대인간이 신화 속에서 가장 무서운 존재인 이유는 바로 반만 인간이기 때문입니다. 켄타우로스 또한 절반은 짐승이기 때문에 공포스러운 존재지요. 현대 사상에서 문제가 발생하는 이유도 그 안에는 인간성이 반밖에 없기 때문에……."

나는 그의 설교가 밤새 이어질까 두려워 말을 가로막았다.

"잠깐만요, 신부님. 그래서 실제로 무기를 사용한 건 누구라고 생각하십니까?"

나는 내 질문이 대단히 직설적이어서, 바로 대답이 나올 거라고 생각했다.

"아, 그건 쉬운 문제지요." 금세 차분한 답변이 돌아왔다. "하지만 우리는 지금 누가 서스턴 부인을 죽였는지 알아내야 합니다."

"그럼…… 부인은 그 작은 동양 나이프로 살해된 게 아니라는 말씀이십니까?"

"참으로 유감스럽지만 흉기는 그것이 맞는다고 생각합니다."

"그런데요?"

"정말로 알쏭달쏭한 건 그녀의 200파운드지요."

"하지만 거기에는 더이상 아무런 문제가 없을 텐데요. 그건 그때 협박범이 가엾은 메리 서스턴을 쥐어짜서 받을 수 있는 최대한의 액수가 아니었을까요?"

"그렇다면 그 돈을 인출해서 지불했는데 왜 정문 현관의 초인종이 울리지 않았을까요? 나는 초인종이란 분명 울려야 하는 물건이라고 봅니다. 사람이 운명을 달리했을 때에도 종은 울리는 법이지만, 그건 사람의 영혼을 구하는 법이죠."

나는 다시 물었다.

"초인종이 울리지 않았다는 사실을 어떻게 확신하십니까? 요리사는 잘 모르겠다고 하지 않았습니까? 하녀가 히스테리를 일으키는 바람에 울렸는지 안 울렸는지 모르겠다고 말입니다. 아시다시피 종이 울렸을 수도 있고, 안 울렸을 수도 있을 텐데요."

스미스 신부는 엄숙하지만 재미있다는 표정으로 나를 보고 눈을 깜박였다.

"그 말이 맞군요. 그래요, 당신 말이 옳습니다. 종이 울리는 것은 주방에 있는 사람들에게 밖에 누군가가 있다는 사실을 통보해주죠. 반면에 누군가가 밖에 없다는 사실을 알리기도 하는 법!"

놀라운 생각이라는 사실에는 의심의 여지가 없었으나, 이 추측이 범인의 정체를 밝혀내는 데는 별 도움이 되지 않으리라는 생각이 들었다. 그래서 나는 스미스 신부가 레드 와인과 오트밀 비스킷을 먹게 내버려두고 자리를 떴다.

비프 경사 쪽으로 걸어가면서 나는 그저 동정심밖에 느낄 수가 없었다. 지금까지의 수사에서 그가 얻은 것은 엄청난 식욕과 심한 갈증뿐이었다는 사실이 명백했다. 경사가 자기 몫을 거의 다 먹어치웠는데도 아직 먹을 것과 마실 것은 풍성하고 다양했다. 그럼에도 비프 경사는 이곳보다 동네 선술집에서 자신이 즐겨 앉는 자리에 앉아 있는 편이 훨씬 편안하겠지 싶었다.

"이 자리가 마음에 들지 않는대도 놀라울 건 없죠, 안 그런가요? 평소 저녁에 먹는 빵과 치즈와 피클이랑 별다를 것도 없으니까요."

경사는 트라이플[1] 한 접시를 해치우고 말했다.

"그리고 굉장히 맛이 좋지요. 그런데 경사님, 현재 상황에 대해 어떻게 생각합니까?"

비프는 떫은 얼굴로 투덜거렸다.

"어떻게 생각하느냐고요? 빌어먹을, 그냥 시간 낭비 아닙니까. 차라리 오늘 밤 다트 게임이나 한판 하는 게 나을걸요."

"범인을 잡아야 하잖아요."

"범인이 누군지 내가 말 안 했습니까?" 경사는 얼굴을 시뻘겋게 붉히며 짜증을 냈다. "불 보듯 뻔한데."

"그럼 도대체 왜 그 남자를…… 아니 남자인지 여자인지 모르겠지만, 아무튼 바로 체포하지 않고 질질 끌고 있는 겁니까?"

"왜냐고요? 저기 있는 사설탐정들이 집에 가서 자기 일이나 하지 않고 여기 눌러앉아 있으니까 그렇죠. 저 작자들이 런던 경찰청에 코를 들이밀었단 말입니다! 보고서를 작성해서 보냈더니 경찰청에서는 저 사람들이 일을 끝낼 때까지 나보고 기다리래요, 나 참. 그래서 기다리고 있는 중입니다. 제

[1] 영국의 디저트 요리. 보통 셰리주에 재운 스펀지케이크에 커스터드 크림과 과일, 젤리를 층층이 쌓고 크림을 덮은 형태다.

발 빨리 끝내기나 했으면 좋겠군요. 의붓아들이니 초인종이니, 비명은 어느 방향에서 들렸냐느니. 괜히 일만 더 복잡하게 만들려고 기를 쓰지."

"하지만 경사님, 굳이 말씀드리자면 제게도 사건이 그리 간단해 보이지는 않는데요."

"그렇겠죠. 하지만 당신은 경찰이 아니잖습니까?"

그 멍청한 자부심을 들이미는 모습에 나는 무어라 대답해야 좋을지 알 수가 없었다.

펠로스는 마을 역까지 나를 마중 나오곤 했던 똑똑하고 예의 바른 운전사와는 전혀 다른 사람이 된 것 같았다. 제공된 의자에 앉아서 허리를 잔뜩 웅크린 채 고개를 들고 질문자들과 눈을 마주치는 모습이 너무나 비굴해 보였다. 시무룩한 얼굴이었고, 자기 방어를 하려는 태세가 역력했다. 그 모습을 보고 나는 실망했다. 그가 어떻게든 자신의 결백을 증명하기를 바랐고, 저런 자세는 질문자들에게 나쁜 인상을 줄 수밖에 없다는 생각이 들었기 때문이다.

나는 처음으로 순수한 심리학적(혹은 본능적) 사색을 시작했다. 저 사람이 과연 메리 서스턴을 죽일 만한 부류의 인간일까? 나는 그런 펠로스의 모습을 상상할 수 있을까? 그런 충동이 그의 본성에 내재되어 있을까?

나는 지금까지 펠로스의 모자 벗은 모습을 가까이서 관찰해본 적이 없었다. 청년의 네모반듯한 이마, 그리고 굵은 머리카락이 시작하는 이마 선을 보니 어쩐지 잔혹하게 보였다. 하지만 느긋한 분위기와 선원처럼 온화한 성격이 그것을 상쇄해주었다. 전체적으로 보았을 때 만에 하나 펠로스가 범인이라면, 과연 그런 게 존재할지는 모르겠지만 그가 화를 낼 만한 이유가 충분히 있었기 때문일 거라는 생각이 들었다. 만약 살인을 저지른다 하더라도 비열하거나 사악한 동기 때문은 아닐 것이다.

사이먼 경이 격의 없는 태도로 말하기 시작했다.

"자네, 마일스라는 친구 아나?"

펠로스가 고개를 휙 들고는 대답했다. 목소리에서 호기심이 약간 묻어났다.

"네."

"오래 알고 지냈나?"

"몇 년 되었습니다."

"그 친구 좀 문제가 있지 않아? 자네도 알고 있을 텐데."

"맙소사, 그때 일을 캐내시려는 겁니까?" 펠로스가 으르렁거리듯 말했다.

"어쩔 수 없지. 다 썩은 해골을 파내는 거나 다름없긴 하지만, 정말 어쩔 수 없는 일 아닌가. 마지막으로 마일스를 본 게 언젠가?"

"오늘 아침입니다."

"어제는?"

"봤습니다. 오후에요."

"어디서?"

긴 침묵이 흘렀다.

"마을에서요."

펠로스는 필요한 정보를 최소한으로만 제공하기로 작정한 모양이었다.

"미리 약속을 하고서?"

"아니요."

"자네는 어제 오후에 어디 있었나?"

"5시 5분에 타운젠드 씨를 모시러 갔습니다."

"그전에는?"

"자유 시간이었습니다."

"뭘 했나?"

"자동차 시운전을 하고 있었습니다. 얼마 전에 엔진을 큰 걸로 갈았거든요."

"누군가와 같이 있었나?"

펠로스는 아주 분명하게 답했다.

"누구와도 같이 있지 않았습니다."

"자네는 전직 선원이라고 했던가, 펠로스? 대양의 파도에 목숨을 맡기고 거친 일을 해왔겠지?"

"저는 몇 년 동안 상선에서 일했습니다."

"바닷길을 왕복하면서 힘겨운 삶을 살았겠군."

펠로스는 활짝 웃었다. "당신들이 보기에는 퍽 힘든 일이겠죠."

"사람 죽는 모습을 봤나?"

"소년 하나가 악어에게 잡아먹히는 건 봤습니다. 대서양 연안에 있는 강을 건너던 중이었죠."

"그렇게 머리끝이 솟구치는 경험과 숨 막히는 일들을 겪었으니 자기 자신이 상당히 비정한 사람이라고 여길 수도 있겠군?"

"이런 식으로 저를 시험하시는 겁니까?" 펠로스가 신랄하게 물었다.

"그냥 내 어리석은 질문 중 하나일 뿐이라네." 사이먼 경이 다리를 바꿔 꼬면서 말했다. "자, 이제 더 재미있는 이야기를 해보자고. 자네랑 서스턴 부인은 대체 무슨 사이였지?"

이 질문에 분위기는 갑자기 엄청난 긴장감을 띠었다. 샘 윌리엄스가 고개를 들어 펠로스를 날카롭게 쳐다보았다. 심지어 비프 경사까지도 이 질문에는 관심이 있는 듯했다.

"아, 그건……." 펠로스는 우물쭈물했다. "아무 사이도 아닙니다."

"아무 사이도 아니라고?"

"그게……."

"이런, 이 친구. 이제 와서 수줍은 척하려는 건 아니겠지?"

"정말로 딱히 드릴 말씀이 없어서 그렇습니다. 마님께서 저를 조금 마음에 들어 하셨던 것 같기는 합니다."

"자네로서는 그 마음에 보답할 생각이 전혀 없었겠지?"

"그게 무슨 말씀이십니까?"

그때 비프 경사가 대담하게 구조의 손길을 뻗었다.

"그러니까 자네가 부인하고 잘되고 있었는지, 그렇지 않은지 묻고 있는 거야."

펠로스의 대답은 참으로 이상했다. 아마도 순수하게 당황한 탓이었으리라.

"제가 할 수 있는 만큼만 했습니다."

"그것 때문에 걱정이 되었나?"

"조금요?"

"왜지?"

"그, 서스턴 선생님이 계시잖습니까. 저는 그런 일을 별로 안 좋아합니다."

이 시점에서 나는 펠로스가 존경스러워졌다. 무슨 일이 일어났는지 한순간 전부 꿰뚫어 볼 수 있을 것 같았다. 응석받이에 어리석고 다정다감한 메리 서스턴은 이 잘생긴 해적 같은 젊은이에게 다소 로맨틱한 감정을 품었던 것이다. 물론 전혀 심각한 문제는 아니었다. 그러나 메리 서스턴은 펠로스를 자기 옆에 두고 싶어 했다. 자신을 위해 자동차 문을 열어주고, 차에서 내릴 때 발깔개를 깔아주기를 원했다. 아마도 물질적으로 많은 것을 선사하면서 젊은 연인에게서 얻을 수 있는 작은 관심을 기대했으리라. 총체적으로 볼 때 마요르카 섬에서 흔히 볼 수 있는, 부유하고 풍만하며 곁에 젊은이를 끼고 다니기 좋아하는 영국이나 미국 여성들과 크게 다를 바가 없었다.

"그 외에 딱히 염려되는 점은 없던가?"

"그냥…… 가끔 마님께서 저를 불러들여서 이야기를 나누자고 하시는 게 좀……."

"어제처럼 말인가?"

"무슨 말씀이십니까?"

"그러니까, 부인이 사과 저장고에서 쥐 소리가 난다고 불평하면서 자네에게 쥐덫을 쳐놓으라고 말했느냐는 거야."

"맞습니다. 그러셨습니다."

"그리고 자네는 쥐덫을 가져다놓았고?"

"예."

"부인에게는 말했나?"

"아니요."

"왜 안 했지?"

"왜냐하면…… 제가 마님 방 앞으로 갔을 때 안에서 누군가와 대화하시는 소리가 들렸습니다."

"누구였지?"

"모르겠습니다. 남자였습니다."

"무슨 말을 하는지 들렸나?"

"아니요, 서서 엿듣지 않고 그냥 쥐덫을 치러 위층으로 올라갔거든요."

"그때가 몇 시쯤이었지?"

"막 11시를 넘긴 시각이었습니다."

"그걸 어떻게 알았지?"

"부엌에 있는 시계를 보고 왔으니까요."

이것이 마음속으로 미리 연습한 결과인지, 진실인지, 아니면 번드르르한 거짓말인지 나는 알 수 없었다. 하지만 내가 보는 한 펠로스의 답변은 신속하고 명료했다. 말할 때 거의 틈이 없었다.

"쥐덫을 설치한 뒤에는?"

"제 방으로 갔습니다."

"옷을 다 벗었나?"

"아뇨, 코트만 벗었습니다."

"그리고?"

"그리고 잠시 후에 비명이 들렸습니다."

"다른 건 없었나? 그것뿐이었나?"

"없었습니다."

"자네 운동 좋아하지 않나, 펠로스? 체조라든가, 뭐 그런 체육 활동 말이야."

"예, 맞습니다."

"마지막으로 체육관에 간 게 언제였지?"

"한 일주일은 가지 않은 것 같습니다."

"그럼 거기서 밧줄이 없어졌다는 사실도 모르겠군?"

"몰랐습니다." 침울하고 고요한 대답이었다.

"즉, 자네는 우리에게 뭔가 말해주고 싶어도 별로 아는 게 없단 말이군?"

"그렇습니다."

"하지만, 친구여……." 피콩이 더이상 참을 수 없다는 듯 갑자기 끼어들었다. "자네는 우리에게 아무것도 말해주지 않았잖나. 중요한 건 전혀 말하지 않았지. 그러니까, 자네만이 명확히 밝혀줄 수 있는 의문점이 참 많이 있는데. 예를 들어 그 젊은 아가씨, 자네의 약혼녀 말이네. 그 아가씨는 마담 서스턴이 자네에게 그렇게 친근하게 구는 것에 대해 과연 어떻게 생각했을까?"

"아가씨요? 어떤 아가씨 말입니까?"

"알롱, 이 친구. 그렇게 아무것도 모르는 척해서야 쓰나. 저택 하녀, 이니드 말이야."

"이니드요? 왜 이니드의 이름이 여기서 나오는지 도저히 모르겠군요.”

“모두, 투 르 몽드(모든 사람), 이 저택에 사는 모든 이가 이 사건에 관련되어 있네. 그 아가씨가 뭐라고 한 적 없던가?”

“그야 별로 좋아하지는 않았죠.”

펠로스의 목소리는 다시 낮게 가라앉았다. 목소리에서 아무런 감정도 느껴지지 않았고, 직설적으로 들이댄 불쾌한 사실 앞에서도 그는 그리 동요하지 않았다.

“그렇다면 그 아가씨도 뭔가 있다는 사실을 알고는 있었단 말이군?”

“서스턴 마님이 저와 자주 이야기를 나눈다는 사실은 알았죠.”

“그렇다면 아마 질투를 했겠지?”

“아뇨. 질투는 안 했습니다. 저희 사이에 아무 일도 없다는 걸 잘 알았으니까요.”

“머리로는 알았을지 몰라도 마음으로는 의심했겠지. 여자란 그런 법이라네, 몽 아미. 한데 자네는 그 젊은 아가씨를 오랫동안 알고 지냈나? 이 집에 오기 전부터?”

“그렇습니다.”

나는 이유도 모른 채 그 말에 상당히 놀랐다. 어째서인지 모르겠지만, 혼자서 머릿속으로 그들이 처음 만나 사랑에 빠진 곳은 이 서스턴 저택이리라고 생각하고 있었던 것이다. 하지만 피콩이 다른 가능성을 제시하는 모습을 보니 존경심이 솟아올랐다.

"마일스를 알기 전 일인가?"

"아닙니다. 그 직후였습니다."

"비앵. 세 사람이었단 말이군, 알겠네."

펠로스는 대답하지 않았다.

짜증이 났는지, 다음 질문을 던지는 피콩의 목소리에는 뾰족하게 날이 서 있었다.

"자네는 분명 밧줄을 잘 타겠지, 네스 파?"

펠로스는 피콩을 똑바로 쳐다보았다.

"그렇습니다."

"그리고 작은 여관을 한 채 구입하려고 생각중이지?"

그 말에 운전사는 깜짝 놀랐다.

"그게 이번 일이랑 무슨 상관입니까? 내 사적인 일까지 그렇게 일일이 파헤쳐야 하는 이유가 도대체 뭡니까? 그리고 그렇다면 어쩔 겁니까?"

"그렇다면 자네가 여관 주인의 관심을 끌 만큼 큰 액수의 돈을 어디서 구했는지, 내가 알아내야 하기 때문이라네."

"한 사람이라도 의심하지 않고 넘어갈 수는 없단 말입니까?"

"그렇지. 그거야. 그러니 자네가 뭐 흥미로운 사실을 좀 이야기해줬으면 좋겠구먼. 서스턴 부부의 집에서 먼저 일을 시작한 건 누구지? 자넨가, 이니드인가?"

"이니드입니다."

"그 아가씨가 자네에게 지금 일을 소개시켜준 건가?"

"이니드가 서스턴 마님께 제가 그때 직업이 없다고 말씀드렸죠. 더 알고 싶으신 거 있습니까?"

"좋아. 사소한 질문 하나만 더 하겠네. 사소하지만 그만큼 중요한 문제지. 자네는 어제 오후에 저택 근방이 아닌 다른 곳에 있었다고 했네. 자동차의 기계적인 문제를 손보고 나서 차를 시험해보기 위해 잠깐 느린 속도로 차를 몰고 나갔다고 했어. 내 말이 맞지?"

"예, 맞습니다. 잠깐 굴려보았습니다."

"그것을 증명하기 위해 이른바 자네의 알리바이라는 것을 댈 수 있겠나? 자네가 외출하는 것을 본 사람이 있나? 아니면 누구에게 자네가 나간다는 이야기를 했던가? 뭐 눈치챈 건 없고?"

펠로스는 잠시 동안 고개를 숙이고 있었다. 나는 펠로스가 지금의 질문에 대답하기 위해 머릿속 정보를 뒤지고 있는 것인지, 아니면 과연 여기서 어떤 이야기를 해도 좋을지 고민하고 있는 것인지 궁금해졌다. 피콩의 말투는 온화했지만 운전사가 머뭇거리는 동안 방 안에는 흥미로워하는 듯한 수군

거림이 일었다. 사람들 모두가 순진해 보이는 질문 뒤에 숨겨진 불길함과 중대함을 깨달은 듯했다.

마침내 펠로스가 입을 열었다.

"예, 말씀드릴 것이 있습니다. 나가는 길에 모턴 스콘에 있는 교회 탑에 반기半旗가 걸려 있는 것을 보았습니다."

피콩이 펄쩍 뛰었다.

"그랬군. 아주 재미있어."

그러자 비프 경사가 다시 끼어들었다.

"저 말이 맞습니다. 그랬을 겁니다. 모턴 스콘에서 이십 년 동안 일해온 의사가 어제 아침에 사망했거든요."

"정말인가? 점점 더 흥미로워지는구먼. 고맙네."

그리고 몸집 작고 위대한 남자는 신문을 끝내고 자리에 앉았다.

이때의 스미스 신부에 대해서는 굳이 언급할 필요도 없다. 솔직히 말하자면 나는 위대한 세 사람 중 이 한 명에게 점점 실망감만 느끼는 중이었다. 스미스 신부는 이 모든 과정에 아무런 흥미가 없는 모양이었다. 물론 나는 이번 사건이 그가 여태껏 익숙하게 다뤄왔던 그 어떤 사건과도 비슷한 점이 없다는 사실을 잘 알고 있었다. 호메로스 같은 수염을 기르고 검은 망토를 두른 키 큰 이방인도 나타나지 않았고, 특이하거나 두운을 맞춘 성을 지닌 사람도 없었으며, 결국 유령이 아님이 드러나게 되는 유령의 존재도 없었고, 추후 아주 자연스러운 일이었음이 밝혀질 참혹하고 초자연적 사건도 없었다. 폐허도, 예술가도, 미국인도 없었다. 그럼에도 내게는 이번 사건이 너무나 흥미롭게 느껴졌다. 나는 도대체 스미스 신부가 왜 저렇게 지루해하는지 알 수가 없었다. 지금도 안락의자에 앉아 있는 검은색 덩어리에서는 그리 예의 바르지 못한 소리가 규칙적으로 뚜렷하게 들려오는 중이었다. 스미스 신부가 코를 고는 소리였다.

15

운전사는 말수가 적었지만, 약혼녀는 그 적은 말수를 보충하고도 남았다. 이니드는 서스턴 저택에 오기 전 펠로스와 자신의 삶에 대한 이야기, 그리고 어제 일어난 일에 이르기까지 할 말이 너무나 많은 사람 같았다. 탐정들은 질문을 몇 개 던지지 않고도 자기들에게 필요한 정보는 물론 별로 필요 없는 정보까지, 막대한 양의 이야기를 끌어낼 수 있었다.

예쁜 아가씨였다. 나는 이니드를 보고 나서 새삼스럽게 그 사실을 더 일찍 깨닫지 못한 나 자신의 부주의함에 어처구니가 없을 정도였다. 습관의 문제도 있었겠지만 무엇보다 내가 여태껏 이니드를 사람이라고 인식한 적이 없었던 것이 더 큰 문제였다. 나는 이 집에 머무른 적이 많았기에 물론 이니드를 볼 기회가 충분히 있었다. 그러나 항상 서로 스쳐 지나가면서 활기찬 아침 인사를 받은 일을 제외하면 이니드에게 그리 신경을 쓰지 않았었다.

올이 굵은 갈색 머리카락과 다소 촉촉

한 갈색 눈동자만 보아서는 밋밋한 얼굴이라는 생각이 들 수도 있었겠지만, 장난스럽게 구부러진 코끝과 익살스럽게 움직이는 입이 그런 인상을 없애주었다. 이니드는 영리하고 감정이 풍부하며 매력적인데다 단호한 성격인 듯했다. 단언컨대 이니드는 반드시 필요한 일이라면 위험 앞에서 몸을 사리는 법이 없는 젊은 여성이었다. 반면에 상당히 충실한 사람이라는 느낌도 받았다. 얼굴만 재미있는 게 아니라 사람 자체가 상당히 재미있어 보였다.

사이먼 경은 이니드의 과거에 대하여 망설이며 질문했지만, 대답은 우리가 전혀 예상치 못했던 내용을 품고 있었다. 이니드는 소호 출신으로, 그리스인 어머니와 영국인 아버지 사이에서 태어났다. 아버지는 신문 가게를 운영하면서 도박에도 약간 손을 댔는데, 이니드가 열두 살쯤 되었을 무렵 갑자기 집에 돌아온 아버지가 경마장 갱들이 자신을 쫓고 있으니 당장 모습을 감춰야 한다고 했다. 이니드는 그 말이 정말인지 아니면 어머니를 버리기 위한 아버지의 핑계였는지 알지 못했지만, 여하튼 아버지는 사라졌고 그 뒤로 한 번도 만나지 못했다.

외국인 어머니와 가게, 이니드, 그리고 당시 열다섯 살 된 어린애였던 이니드의 오빠만 달랑 남겨지고 말았다. 어머니는 영어를 쓸 줄 몰랐기 때문에 가게 운영에 대해서는 전혀 알지 못했다. 두 달도 지나지 않아 가게 재고가 밀린 집세로 전부 잡혀버렸고, 세 사람은 단칸방으로 이사해야 했다.

비프 경사가 딱딱한 말투로 끼어들었다.

"단칸방이라고?"

"가운데에 커튼을 쳐서 칸을 나누긴 했죠."

코웃음을 친 이니드는 자신의 이야기를 계속 이어갔다.

그녀의 말에 따르면, 열여섯 살이 되었을 무렵 배터시에서 담배와 사탕을 파는 작은 가게를 운영하는 어느 남녀의 집에서 식모 일을 하게 되었다고 한다. 따라서 어머니 곁도 떠나게 되었는데, 그녀가 나고 자란 환경에서는 당연한 일이었다. 이니드는 그후 어머니를 두 번 다시 만나지 못했고 소식조차 듣지 못했다고 했다. 한 달쯤 지나서 자신이 살던 곳을 찾아가본 적이 있는데, 집주인 말로는 그 그리스 여자가 이 주 동안 집세를 내지 않은 뒤 야반도주를 했다고 했다.

"그 집 사람들에게서 얻은 유일한 소득은, 내가 집세를 대신 내지 못하겠다고 했을 때 마구 퍼부은 주먹질 세례뿐이었어요."

본인의 말에 따르면 그녀는 "품위 있게 행동"했다. 이니드는 "죽도록 부려먹혔던" 배터시의 가게를 나와 어느 젊은 부부의 집에서 일하게 되었다. 그리고 시간이 흐름에 따라 "더 나은 대접을 받을 수 있는 곳"을 찾아 이곳저곳을 전전하며 살아갔다. 이 말은 보수가 더 좋은 집이 아니라, 자신이 무언가를 보고 배울 수 있을 만큼 교양 있는 사람의 집을 찾아다녔다는 뜻이라고 이니드는 설명했다.

이니드의 야심은 전적으로 사회적 지위만을 향했다. '신분상승'이란 다시 태어나는 일이나 다름없었다. 이야기를 들으면서 내가 느낀 것은, 이니드가 그 목적을 이루기 위해 방해되는 것들은 전부 배제해버렸다는 점이었다. 이야기를 이어갈수록 이니드의 얼굴에 깃드는 새로운 표정과 귀에 거슬릴 정도로 억센 말투에 나는 꽤 놀랐다. 이 영국인과 지중해인의 피가 섞여 태어난 아가씨는 상당히 위험해 보였다. 하지만 나는 열린 마음을 고수하려 애썼다.

가족과 헤어진 지 오 년이 흘러 이니드는 상당히 극적으로 오빠와 해후했다. 남매는 어느 댄스홀에서 서로를 알아보았던 것이다. 그리고 그날 밤 이니드의 오빠 옆에는 펠로스가 있었다.

오빠는 돈이 많은 듯했지만 그에 대해서는 아무런 설명도 해주지 않았다. 그저 '기계를 좀 다룬다'는 말이 전부였으며, 그 이상 다른 질문을 하게 내버려두지도 않았다. 또한 오빠도 어머니 곁을 떠났다고 했다. (혹은 어머니가 그리스 레스토랑의 주방에서 일을 구하고 난 뒤 오빠를 놓아주었다고 말할 수도 있겠다.) 이리하여 남매는 독립된 인간으로 다시 만나게 되었으며,

짐작건대 이때쯤 죽어가는 부모에게서 돌아오라는 SOS 메시지가 담긴 애원이 들려오지 않았을까 싶다.

이니드는 그날 밤 쪽지에 자신이 사는 곳 주소를 적어 오빠에게 주었으나 그 뒤로 오빠의 연락은커녕 오빠에 대한 소식조차 듣지 못했다. 몇 주 후 펠로스에게 연락이 왔고 그는 오빠가 도둑질을 하다가 감옥에 갇혔다고 말해주었다. 이니드는 그 말을 듣고 즉시 오빠가 가진 재산이 정당한 일로 얻은 것이 아니며 자기 오빠가 범죄자였다는 사실을 깨달았다고 했다. 오빠가 감옥에 가고 나서 이니드는 펠로스와 자주 만나게 되었으며, 우리는 모두 이때 둘 사이에 '서로 끌리는 마음'이 생겼다는 사실을 알았다. 펠로스는 이니드의 오빠가 하는 여러 가지 '일'을 도왔다는 사실을 시인했지만, 앞으로 평생 동안 그런 일은 두 번 다시 하지 않겠다고 이니드에게 맹세할 준비가 되어 있었다고 했다.

그러나 감옥에서 나온 후 이니드의 오빠는 또다시 펠로스와(이니드의 묘사에 따르면) "서로 각별한 사이"가 되었으며 그 우정 때문에 둘은 나란히 구속되어 또다시 감옥에 처박히고 말았다. 그러나 이니드는 서둘러 이것이 펠로스의 천성 때문은 아니라고 덧붙였다. 자기 오빠가 워낙 성격이 강했던 탓에 펠로스도 끌려가고 말았다는 것이다.

"당신과 약속했는데도 말입니까?" 사이먼 경이 물었다.

"그 사람은…… 그때 일자리가 없었어요." 이니드가 변명했다.

그러나 그녀의 오빠보다 일 년쯤 먼저 출소한 펠로스는 완전히 상습적인 범죄자가 되어 있었다. 이니드는 가능한 한 그를 도우려 애썼다. 당시 그녀는 이미 서스턴 저택에서 일을 하고 있었고, 서스턴 부인에게 모든 사실을 털어놓고 호소한 덕분에 펠로스가 이 저택의 운전사로 고용될 수 있었다고 했다. 이니드는 최근 삼 년간 펠로스가 아주 성실하게 일하며 자신의 직업에서 보람을 느끼고 급료도 꼬박꼬박 저금했다는 사실을 우리에게 보증했다.

"당신 오빠가 다시 나타날 때까지 말이죠?"

"그건 큰 문제가 아니었어요. 오빠는 감옥에서 나온 이후로 나쁜 짓은 전혀 하지 않았는걸요."

"범죄자 하나는 개심할 수 있다고 치더라도, 둘이 되면 얘기가 달라지지." 샘 윌리엄스가 말했다.

"그렇지만 사실이에요." 이니드가 항변했다. "저희 오빠는……."

"최근에는 마을 호텔의 짐꾼으로 고용되었다고 들었는데……."

"그래요. 정직하게 살고 있어요. 그러면 안 되는 이유가 뭔데요? 건실한 직업을 얻었잖아요. 주급 25실링에 팁도 따로 받는다고요. 서스턴 마님이 알아봐주신 일이에요. 마님도 저희 오빠를 잘 아셨어요. 똑바로 잘 살고 있는지 어떤지, 저기 계신 경사님한테 한번 물어보세요."

"지금까지 별문제는 없었습니다." 비프도 인정했다.

"그럼 왜 마일스가 당신 오빠라는 사실을 펠로스가 여태껏 말하지 않았던 걸까요?"

"물어보기는 하셨어요? 왜 묻지도 않은 것까지 얘기해야 하는데요? 그 사람은 그런 사람이 아니에요. 말수가 많은 사람이 아니라고요."

이니드의 이야기는 끝을 향해 달려갔다. 이니드와 펠로스는 곧 결혼할 예정이며, 자기들 소유의 작은 여관에서 신혼살림을 시작할 생각이라고 했다. 모든 것은 항상 그녀의 생각이었다. 두 사람 모두 저축한 돈이 어느 정도 있었고, 물론 서스턴 부인의 유언장 문제도 있었지만 이니드는 별로 신경 쓰지 않았다. 뭐니 뭐니 해도 서스턴 부인은 적어도 삼십 년은 더 살 것 같았으니 말이다. 또한 이니드 본인은 절대로 평생 식모 일이나 하면서 살 생각은 눈곱만큼도 없었다.

이때 내 마음속에서 메리 서스턴과 관련이 있을지도 모르는 다른 사람들에 대한 혐의는 몽땅 사라지고, 이 세 사람에게만 의심이 집중되었다. 범죄가 잦은 계급 출신의 남자 둘과 여자 하나가 모두 아무런 의심도 받지 않고 현장 근처에 있었을 수도 있다는 사실이 단순히 우연의 일치라고는 생각할 수 가 없었다.

당연히 나는 누가 그런 짓을 어떻게 저질렀는지 몰랐기 때문에 그들이 어떤 식으로 범죄를 실행했을지 또한 알 수 없었지만, 여하튼 그들 중 일부 내지는 셋 모두가 범인이라는 느낌이 들었다. 물론 몹시 유감스러웠다는 사실은 부정할 수 없다. 이니드의 이야기가 사실이라면 더욱 그러했다. 그들 셋은 모두 살기 위해 투쟁을 벌이고 있었다. 응당 학교에 다녀야 할 나이에 가장 지저분한 식모살이를 하면서 끈질기게 발버둥쳐온 소녀의 삶으로부터 그 투쟁의 일부를 아주 조금 엿볼 수 있었다. 영양실조와 과로의 나날들. 그리고 반은 절망에 의해, 또 반은 필요에 의해 발을 들일 수밖에 없었던 고독하고도 신경이 갉아 먹히는 남자들의 삶.

그러나 이니드의 억척스러움과 펠로스의 잔인한 성격은 필요하기만 하다면 그들이 어떤 폭력적인 행위도 할 수 있다는 증거로 보였다. 나는 이 두 사람이 그토록 잔인하게 나이프를 다루었을지도 모른다는 생각에 아직 거부감이 있었지만, 이 범죄에 악의 없이 벌어진 부분이 있을지도 모른다고 더 이상 생각할 수 없었다.

갑자기 이 모든 사건에 구역질 나도록 혐오감을 느꼈다. 끈질기게 범죄를 추적하는 과정 모두가 섬뜩하고 소름이 끼쳤다. 점잖게 브랜디를 마시고 있던 사이먼 경이 이 사건을 재미있는 체스 게임처럼, '괜찮은 시간 때우기'라고 여기고 있는 것이 명백해 보여 나는 한순간 참을성을 잃고 말았다. 영리하고 몸집 작은 피콩에게서는 그나마 인간미를 조금 더 느꼈지만 이자는 또 자신의 열정적 행동을 지나치게 즐기는 듯했고, 이것이 내 심기를 건드렸다. 그리고 스미스 신부가 범인을 잡아 법의 손에 넘기는 모습을 사실상 본 적도 없지만 그런 일이 있었다 하더라도 아주 작은 공헌에 불과했으리라 생각했다. 신부가 밝혀낸 범인들은 정체가 탄로 나기 전 대부분 자살해버렸기 때문이다.

물론 어떤 면에서 나는 가엾은 메리 서스턴의 복수를 해주고 싶었다. 하지만 이 예쁜 아가씨를 대상으로 행한 신문에서, 탐정들의 식욕만 높아지는 모습을 보고 있자니 반대로 내 입맛은 완전히 사그라져버렸다. 나는 그들이 질문을 하게 내버려두고 바람이나 쐬러 나가고 싶어졌다. 그렇지만 또 내 안의 호기심이 너무나 강렬했으므로, 위스키소다 한 잔을 더 청해 들고 의자에 깊숙이 기대앉아 그들이 이니드에게 던지는 질문을 가만히 들었다. 이제 그녀의 어젯밤 행적에 대하여 중요한 질문을 하려는 참이었다.

이때 놀랍게도 갑자기 비프 경사가 질문을 하겠다는 의사를 표명했다. 그가 무거운 목소리로 말문을 열었다.

“아가씨, 저택에 머물고 있는 사람 중 어젯밤 자기 방 난로에 불을 땐 사람이 누구인지 말해줄 수 있겠습니까?”

하지만 윌리엄스가 마침 구조의 손길을 뻗었다.

“이보게, 비프. 지금 이 탐정분들이 중요한 질문을 하고 계시잖나. 이분들의 귀중한 시간을 될 수 있는 한 낭비하지 않았으면 좋겠군.”

우리 중에도 몇 명이 비프에게 이 교차 조사에 끼어들지 말라는 뜻을 보였고, 비프는 “퍽이나 좋은 생각이 있으시겠습니다그려” 하고 중얼중얼하더니 입을 다시 다물었다.

사이먼 경은 끈기 있게 다시 교차 조사 의무로 돌아왔다.

“어제 오빠를 봤습니까?”

“아뇨, 전혀요.”

“하지만 어제 오후에는 자유 시간을 받았다던데요.”

“그랬대요?”

“당신은 오후에 뭘 했죠?”

이니드는 잠시 머뭇거렸다. 기묘하게도 나는 그녀가 거짓말을 하려고 한다는 사실을 직감했다.

이윽고 이니드가 입을 열었다.

“어, 그러니까 그저께 밤에…… 책을 읽느라 늦게까지 깨어 있었어요. 물론 추리소설은 아니었고요.” 이니드는 신랄하게 덧붙였다. “그래서 어제 오후에는 너무 졸려서 잠깐 낮잠이나 잘까 하고 제 방으로 올라갔죠.”

“어제 펠로스를 처음 본 건 언젭니까?”

“저녁 먹기 직전까지는 못 봤어요.”

나는 이 말도 거짓이라고 확신했다.

“뭐 특별한 이야기는 하지 않았습니까?”

“전혀요.”

“쥐덫에 관한 이야기도?”

“아, 그건 특별한 얘기가 아니잖아요. 서스턴 마님은 그 사람이랑 이야기하고 싶으실 때면 늘 쥐 핑계를 대거든요.”

“그럼 다 알고 있었다는 이야기로군요. 펠로스가 어젯밤에도 그 이야기를 했습니까?”

“네. 저한테 말했어요.”

"신경 쓰이지 않았습니까?"

"제가요?"

"그래요, 이니드. 황당하게 들릴 수 있겠지만, 나는 분명 '신경 쓰이지 않았느냐'고 물었습니다. 물론 대단히 무례한 일이라는 건 압니다. 하지만 나로서는 약혼자가 밤 11시쯤 잠깐 '이야기를 나누자고' 어느 숙녀의 방에 불려 가는 모습을 보고 어떻게 불쾌감을 느끼지 않을 수 있는지 궁금하거든요."

이니드는 얼굴을 살짝 붉혔지만 짧게 대답했다.

"그 사람이 다 알아서 잘할 거예요. 전 걱정하지 않아요."

"아주 합리적인 태도로군요."

"네, 어차피 아무 일 없을 거란 사실을 알거든요. 마님이 어떤 분인지 선생님도 아시잖아요. 마님은 그 사람을 보고 약간 감상적인 기분을 느끼셨을 뿐이에요. 그게 전부라고요. 그러니까 전 신경 쓰지 않았어요."

"서스턴 부인이 금요일 오후에 뭘 했는지 알고 있나요?"

"마님은 낮잠 주무신다고 올라가셨어요. 방에 얼마나 계셨는지는 저도 잘 모르겠어요."

"항상 낮잠을 자는 습관이 있었나요?"

"네, 자주 주무셨어요."

"목요일에도 부인은 낮잠을 잤나요?"

"네, 하지만 그날은 오래 주무시진 않으셨어요. 2시 반에 차를 대기시켜놓으라고 지시하셨거든요."

"그리고 외출했고?"

"네."

"어디 갔는지 알아요?"

"제가 어떻게 알겠어요? 데리고 나간 건 운전순데."

"알겠습니다. 그럼 어제, 금요일로 돌아가봅시다."

"네."

"서스턴 부인이 저녁 식사에 참석하기 위해 옷을 갈아입는 동안 당신도 함께 있었나요?"

"아뇨, 전 마님의 시중을 드는 시녀는 아니거든요."

"그럼 어제 부인 방에 처음 간 건 언제였죠?"

"저녁 식사 끝나고 얼마 안 되어서요. 마님 방을 정리해드리러 갔어요. 마님은 벗어놓은 옷들을 아무 데나 던져놓는 습관이 있으시거든요."

"혹시 그때 방 조명이 다 멀쩡했는지 기억해요?"

"독서등만 켜져 있었고, 큰 조명은 아니었어요."

"그건 보자, 한 10시쯤 된 시각이었습니까?"

"네."

"전날 밤에는 조명에 아무 문제 없었고요?"

"네, 아마 그랬을 거예요."

"전구가 없어진 걸 알고 어떻게 했죠?"

"스톨 씨한테 가서 하나 달라고 말씀드렸어요. 하지만 스톨 씨는 지금 바쁘니 저보고 직접 찾으라고 하셨고요."

"그래서 찾아봤나요?"

"아뇨. 제가 왜요? 저한테 그걸 찾아주는 게 그 사람 일이잖아요. 저택 안의 모든 비품은 다 그 사람이 관리하고 있으니까요. 그래서 이런 생각을 했죠. 만약 서스턴 마님이 조명에 대해서 물으시면 마님께 직접 말씀드리면 될 거라고요."

"그래서 부인이 전구 얘기를 꺼냈나요?"

"언제요?"

"부인이 잠자리에 들 때 말이에요. 요리사 말로는 당신이 부인을 따라 올라갔다던데."

"아, 네. 맞아요. 하지만 마님 침실에는 들어가지 않았어요."

"왜죠?"

이니드는 다소 슬픈 표정으로 머뭇거렸다.

"마님이 방에 올라가실 때 저는 약간 떨어져서 따라갔거든요. 마님이 방에 들어가서 큰 조명을 켜시는 게 보이고, 그 직후에 누군가에게 '여기서 뭘 하는 거죠?' 하고 물으시는 소리가 들렸어요. 그래서 전 그만 제자리에 멈춰 서고 말았죠."

"그 흥미로운 질문을 던지는 부인의 목소리는 어땠습니까?"

"약간 놀라신 것 같았어요."

"부인은 당신이 뒤따라왔다는 사실을 알았습니까?"

"아마 모르셨을 거예요. 아무튼 누군가가 자기 방에 있어서 기분이 상하신 것 같다는 사실은 알 수 있었어요."

"상대방이 대답하는 소리가 들렸나요?"

"아뇨."

"그래서 당신은 누가 그 방에서 나오기를 기다렸고요?"

"그럴 리가요!" 처음으로 이니드의 목소리에 분노가 어렸다. "거기에 누가 있건 제 알 바 아니잖아요. 신사분 중 한 분이셨을지도 모르고요. 전 몰라요."

"하지만 그게 펠로스가 아니라는 사실은 알았죠?"

"그 사람은 아니었어요. 왜냐하면 그 사람은 바로 그때 층계참에서 저를 지나쳐서 자기 방으로 갔거든요."

"그래서 당신은 어떻게 했습니까?"

"침실 정리를 시작했어요. 침대를 원래대로 돌려놓고 하는 뭐 그런 일들 말이에요. 먼저 타운젠드 씨 방에 갔다가 그다음에는 윌리엄스 씨 방으로 갔어요."

"노리스 씨 방은?"

"가지 않았어요. 윌리엄스 씨 방으로 향하는 길에 그분이 자기 방으로 들어가는 모습이 보였거든요. 목욕하고 나오신 것 같았어요. 서스턴 선생님 침대를 정리하고 있는데 비명이 들렸어요."

사이먼 경은 길쭉한 턱을 톡톡 치면서 몸을 의자 등받이에 기댔다. 그러다 갑자기 몸을 앞으로 쓱 내밀면서 말했다.

"이것 봐요, 이니드. 당신은 우리가 이번 사건의 목격자들에게서 얻고자 하는 것에 가장 가까이 있는 사람이에요. 우리가 원하는 건 진실이고요. 자, 말해봐요. 저녁때 서스턴 부인이 자기 방에서 마주친 사람이 누구였죠?"

이니드는 사이먼 경의 눈을 똑바로 쳐다보았다.

"맹세컨대 정말 몰라요."

"누가 전구를 뽑아 갔는지도 모르고?"

"네, 몰라요."

그때 갑자기 누군가가 난폭하게 끼어들었다. 문이 쾅 소리를 내며 열리더니 키가 작고 피부가 까무잡잡한데다 뺨은 푹 꺼지고 불타는 듯한 갈색 눈을 지닌 지중해 사람 하나가 정신없이 방 안으로 뛰어들어온 것이다. 사내에겐 작고 까만 콧수염이 있었는데, 남아메리카의 부랑자나 파리의 불량배를 연상시킬 정도로 이국적이면서 잔혹한 분위기를 풍겼다. 남자는 이니드를 향해 똑바로 걸어갔고, 나는 그의 입에서 튀어나온 완벽한 영어에 놀라고 말았다.

"변호사가 올 때까지 아무 말도 하지 마. 저 사람들이 혹시 너한테 뭘 물어봤어? 아무것도 대답할 필요 없어. 저 사람들도 네게 대답을 강요할 수는 없으니까."

이니드는 이러한 배려가 그리 고맙지 않은 모양이었다.

"부끄러울 만한 이야기는 하나도 안 했어."

"중요한 건 그게 아냐. 저 사람들은 이 더러운 범죄에 아무나 엮어버리고 싶어서 혈안이 되어 있는 거라고. 그러니까 아무 말도 하지 마, 절대로."

사이먼 경은 새롭게 등장한 불청객을 차갑게 관찰했다.

"내 생각에 당신이 마일스 씨 같군요."

"맞습니다."

"여기 와줘서 기쁩니다. 당신도 분명 도움이 될 겁니다. 아마도 우리가 여기서 작은 모임을 갖고 있다는 소식을 내 하인 버터필드에게 들었을 테지요?"

버터필드가 대답이라도 하듯 걸어 들어왔다.

"예, 주인님. 주인님께서 말씀하신 대로 제가 이 사람에게 말했습니다. 이 사람의 알리바이는 대단히 확실합니다. 주인님께서 아시는 대로 어제 오후에 자유 시간을 얻었습니다. 하지만 그동안 이자는 호텔이 아니라 레드 라이언이라는 여관에 있었습니다. 저기 앉아 계신 경사님의 파트너가 되어 '다트'라 부르는 게임에 참가했다고 합니다."

"다트라니." 사이먼 경은 메스껍다는 듯 되뇌었다.

"오락의 일종이라고 합니다, 주인님. 제게도 약간의 지식은 있습니다. 이 사람은 10시에 선술집 밖에 있는 사람들 한 무리와 대화를 나누고, 10시 20분에는 그들 중 두 명과 함께 호텔로 돌아갔습니다. 아마도 이 세 사람이 게임에서 승리했고—이런 속된 말씀을 드리게 되어 대단히 송구합니다, 주인님—패배한 사람들이 술값을 전부 부담하게 된 듯합니다. 이 사람과 경사님은 호흡이 잘 맞는 파트너라 언제나처럼 승리했고, 게임이 끝난 뒤에는 정신이 혼몽한 상태였습니다. 하지만 마일스는 부축을 받아 호텔로 돌아갔고, 이 사람과 같은 방을 쓰는 부엌데기 소년의 말로는 자신이 옷을 벗겨주었다고 합니다. 그리고 침대에 들어가서는 11시까지 꿈쩍도 않고 푹 잤다고도 했습니다. 경사님은 이리로 불려 오셨고요."

"경께서 마일스의 행적에 관심이 있으신 줄 알았더라면 제가 말씀을 드렸을 겁니다." 비프 경사가 으르렁거리듯 내뱉었다.

"그렇군. 그럼 우리 친구 마일스에게는 알리바이가 있는 셈인데. 이것참. 아주 도움이 되는 이야기였어. 자, 그래서 우리한테 뭐 이야기해줄 만한 건 없습니까?"

"없습니다. 내 동생은 범죄와 관련된 행동은 안 했습니다. 펠로스도 물론이고요. 그러니 이제 이런 질문은 그만하셨으면 좋겠군요."

"하지만 마일스, 당신들 셋이 그런 흥미로운 이력의 소유자인데다 범죄 현장에서 가까운 곳에 있었다는 사실이 참 공교롭다는 건 당신도 인정해야 할 텐데요."

"그게 뭐 어쨌다는 건지 모르겠습니다. 전 감방에서 나온 이후로 아무 짓도 안 했단 말입니다. 펠로스는 요 삼 년간 손 씻고 깨끗하게 살았고요. 그리고 내 동생은 처음부터 아무 문제도 없었어요. 한번 감방에 들어갔다 나왔다는 이유만으로 누군가를 의심하는 것이 탐정의 본분이라고는 생각하지 않는데요."

"의심하고 있다는 말은 안 했습니다, 마일스. 나는 이 우연이 흥미롭게 느껴졌을 뿐입니다. 보다시피 난 우연을 그리 믿지 않는 사람이라서요. 한데 누가 다트 게임을 하자고 제안했습니까?"

"접니다."

"비프 경사와는 레드 라이언에서 만났겠지요?"

"아니요, 제가 저 사람 집에 갔습니다."

"가서 다트 게임을 하자고 경사를 끌어낸 겁니까?"

"네, 그게 뭐 어쨌다는 거죠? 경사님이 다트를 굉장히 잘 던지는 분이라서 그랬습니다. 그리고 모턴 스콘에서 온 친구가 둘 있었는데 이 사람들도 다트를 끝내주게 잘했고요."

"그 자리에 이 마을의 명예를 지키기 위해 경사가 등장했단 말이군요? 고맙습니다."

한편 피콩은 딱 한 가지 질문만 던졌다.

"모턴 스콘에서 왔다는 신사들 말인데, 그 사람들이 이른바 당신네들이 말하는 '가십'에 대해 이야기한 건 없소? 모턴 스콘에서 뭐 특별한 일은 없었다고 하오?"

마일스는 완전히 당황한 얼굴이었다.

"모르겠습니다. 아니, 기억이 안 납니다. 이야기는 그다지 하지 않았거든요. 게임에 워낙 열중해서요."

방 안에는 정적이 감돌았다. 정적을 깨는 소리는 오로지 스미스 신부의 점잖게 코 고는 소리뿐이었다. 나는 마일스를 꼼꼼히 뜯어보았다. 키가 작고 번드르르한 생김새에 약간 음흉해 보이는 얼굴. 나는 심증만으로는 이자가 범인일 수도 있겠다는 생각이 들었다. 이런 유의 인간 중에는 배반자가 많다는 이야기를 익히 들어왔는데, 마일스를 실제로 보니 과연 그 말이 옳겠다는 생각이 들었다. 여동생이 앉은 의자의 등받이에 올려둔 길고 누런 손은 얼마든지 범행에 사용되었던 나이프를 쥐고 휘두를 수 있을 것 같았다. 또한 고양이 같은 민첩성은 이번 사건에서 이해할 수 없는 점을 몽땅 설명해줄 수 있지 않을까 싶었다. 하지만 버터필드가 말했다시피 마일스의 알리바이에는 의심의 여지가 없었으므로, 내 마음속 용의선상에서 마일스는 제외되었다.

"아무튼 내 동생한테 더이상 질문하도록 내버려두지 않을 겁니다. 변호사도 없이 신문을 받게 하진 않을 거요. 아무것도 묻지 마십쇼. 이렇게 심각한 사건인데 너무 불공평하잖습니까."

마일스가 항변하자 피콩이 끼어들었다.

"몽 아미, 우리가 원하는 건 그냥 진실일 뿐일세."

"뭐, 원하시는 게 그거라면 굳이 제 동생한테 묻지 않아도 얼마든지 알아내실 수 있을 겁니다. 가자, 이니드."

이니드는 말없이 반항적인 눈빛으로 우리를 쳐다보며 일어섰다. 마일스가 동생을 방에서 데리고 나갔다.

피콩이 말했다.

"저 아가씨가 우리에게 더이상 할 말이 없다는 건 그리 중요하지 않네. 만일 아가씨와 그 애인의 말을 믿는다면 어제 마담 서스턴의 방에서 누군가가 마담을 기다리고 있었다는 이야기가 되는데."

내가 충동적으로 끼어들었다.

"그리고 그 사람은 다섯 명 중 한 명이라는 말이 되겠군요. 노리스나 스트리클런드, 스톨, 아니면 목사일 수도 있겠습니다. 물론 우리가 모르는 사이 저택 안에 숨어든 누군가일 수도 있겠지만요."

샘 윌리엄스도 한마디 했다.

"혹은 우리가 아예 존재조차 모르는 사람일 수도 있겠죠."

"하지만 이건 어디까지나 이니드와 펠로스가 짜고 지어낸 이야기가 아니라는 것을 전제로 하는 걸세. 누군가가 거기 있었다는 사실을 뒷받침하는 건 이니드와 그 애인의 말밖에 없으니까." 피콩이 넌지시 말했다.

"그렇습니다. 너무 진지하게 받아들여서는 안 되겠지요." 사이먼 경이 미소를 지었다.

"누가 알겠나? 작은 불빛 하나, 작은 불빛 둘, 그리고 곧 부알라! 태양이 떠오르고 날이 시작될지."

"여러분이 조사를 마무리해주기만 한다면 그렇게 될 겁니다." 비프 경사가 투덜거렸다.

"비앵, 비앵, 뵈프 이 친구야. 하지만 자네들 속담에도 이런 말이 있지 않은가? 서두를수록 더 느리게 나아간다고. 그렇지 않은가? 자, 이제 스트리클런드라는 젊은이보고 들어오라고 하게."

17

나는 범죄가 사람들에게 미치는 영향에 대해서는 어느 정도 아는 바가 있었지만, 살인을 다루는 소설만 읽어서는 그 감각을 완전히 이해할 수 없었다. 의심과 교차 조사, 그리고 숙련된 탐정들의 존재는 사건과 관련된 모든 사람에게 예상치 못한 영향을 선사했다. 이들은 이미 집사 스톨의 과장되리만치 연극적인 예법을 부숴버렸고, 활기찬 젊은이였던 운전사 펠로스가 협박하듯 으르렁거리는 말투로 짤막한 대답만 내뱉게 만들었으며, 당찬 아가씨 이니드는 알고 있는 것을 술술 불게 했다. 대부분 자신의 과거 이야기이기는 했지만.

하지만 나는 저택에 함께 머물고 있는, 친구 같은 손님들의 변화에 대해서는 아직 마음의 준비가 되어 있지 않았다. 특히 데이비드 스트리클런드의 경우 더욱 그러했다. 내 눈에 스트리클런드는 늘 영국인치고는 드물게도 미국적인 '하드보일드'풍의 사내라는 말이 딱 어울려 보였다. 황소처럼 굵은 목과 검게 그을린 뺨, 알코올 때문에 온몸에 지도를 그리듯 두드러지게 튀어나온 혈관들과 강렬하고 유머러스한 눈빛 등, 외모 면에서도 그는 어떤 역경이든 극복할 수 있을 듯 보였다. 무뚝뚝하고 거친 태도를 취하기야 하겠지만, 나는 그가 어떤 질문에도 꽤 충실하게 대답하리라 예상했다.

그러나 스트리클런드가 방에 들어온 순간, 그에 대해 잘 아는 나는 그가 상당히 신경을 곤두세우고 있다는 사실을 금세 알아차렸다. 스트리클런드는 탐정들을 향해 거북한 듯 고개를 까딱해 보이고는 잽싸게 담배에 불을 붙였다. 범죄와 관련이 있건 없건 그는 무언가를 감추고 있었다. 나는 그 사실을 확신했다.

"당신에게 아주 어리석은 질문을 많이 던져야 한다는 사실을 미리 사과해두겠습니다." 사이먼 경은 곧바로 날카롭게 질문을 던졌다. "혹시 이름을 바꾼 적은 없습니까?"

"이름을 바꿔요?" 스트리클런드가 반문했다.

나에게 조금만 더 통찰력이 있었더라면 얼마나 좋았을까! 스트리클런드는 과연 이 질문에 정말로 놀란 것일까, 아니면 시간을 벌려는 것일까?

"그래요. 서류상의 이름을 바꾸거나 한 일이 없었습니까?"

"아니, 난 한 번도 이름을 바꾼 적 없습니다. 왜 물어보는 겁니까?"

“아, 그냥 궁금했던 것뿐입니다. 서스턴 부부와는 오래 알고 지낸 사이인가요?”

“몇 년 됐습니다.”

“여기에도 자주 드나들었겠군요?”

“네. 도대체 무슨 의도로 묻는 겁니까, 플림솔?”

“그냥 궁금해서 그러는 겁니다. 한데 요즘 자금 사정이 좀 궁하지는 않은가요?”

스트리클런드가 아주 차갑게 말했다.

“작작 좀 하시죠. 왜, 나한테 몇 푼 빌려주기라도 하려고 그럽니까?”

사이먼 경은 흔들리지 않았다.

“‘에이프릴 보이’는 몇 등으로 들어왔죠?”

스트리클런드는 반쯤 몸을 일으켰다.

“내가 어디에 돈을 걸었든 그게 당신하고 무슨 상관이죠?”

“정말 미안합니다. 나도 모든 도박이 신성하다는 사실은 알고 있어요. 사람과 신…… 또는 마권업자 사이에서도 말입니다. 하지만 내 하인 버터필드가 우연히 어떤 신사의 혼잣말을 들었는데, 당신은 이번 주에 꽤 난처한 상황에 처했던 모양이더군요. 만일 아무도 모르게 배당률 높은 말에 100파운드를 걸고 싶다면, 버터필드 같은 사람이 중앙 전화에 찰싹 달라붙어 있는 동안에는 당신의 방에 연결된 전화기를 이용하지 말라고 충고하고 싶군요."

"이 일이 얼마나 빌어먹게 불쾌한지 서스턴 선생에게 말해야겠습니다. 손님이 묵고 있는 곳에서 더러운 염탐질이나 하고 다니다니."

"지난 스물네 시간 사이에 더욱 빌어먹도록 불쾌한 일이 일어나지 않았습니까? 예를 들면 살인 같은 것 말이죠."

"그렇다고 해서 당신이 내 통화를 엿들은 짓이 정당화되지는 않아요."

"뭐, 그 이야기는 이제 그만하지 않겠습니까? 그보다는 당신과 그 마권업자 사이에 도대체 무슨 일이 있었는지 알려주지 않겠습니까?"

"젠장, 내 입으로 말할 것 같아요?"

"그럼 내가 말하죠. 당신이 오늘 아침 내던진 100파운드는 당신의 마지막 재산이었습니다. 자포자기해서 내버리다시피 한 거죠. 당신은 빚에 묶여 있고, 어디서 돈을 구해 올 재간도 없으니까요. 이 말이 승리하지 못하면 100파운드를 되돌려 받을 길이 없다는 걸 알면서도 당신은 일을 저지른 겁니다. 그런 이판사판의 도박을 받아줄 마권업자는 한 명밖에 없죠. 뭐 아무튼 당신이 도박에 이긴 모양이니, 축하합니다."

스트리클런드는 이제 침착한 표정이었으나, 목소리는 더

욱 위험스러웠다.

"이것 봐요, 플림솔. 도대체 누가 당신을 불렀는지는 모르겠지만 당신이 여기 온 이유는 메리 서스턴의 죽음을 파헤치기 위해서예요. 내 판돈 사정을 캐내기 위해서가 아니라."

"하지만 생각해보십시오. 그냥 생각만 한번 해보라는 말입니다. 둘 사이에 어떤 관계가 있을 수도 있지 않겠습니까?"

"도대체 그게 무슨 말이죠? 어떻게 그럴 수 있단 말입니까?"

"어제저녁 식사 전에 메리 서스턴의 방에서 뭘 하고 있었습니까?"

스트리클런드가 난폭하게 나를 돌아보았다.

"난 항상 당신이 마음에 안 들었어, 타운젠드. 악마에게서 받은 비열한 근성의 소유자라고 생각했지. 하지만 설마하니 이렇게 뒤통수를 칠 줄은 몰랐군."

나는 혼자서만 비밀스러운 정보를 간직할 권리가 없다고 설명하려 했지만, 사이먼 경이 다시 끼어들어 고집스럽게 물었다.

"그래, 도대체 거기서 뭘 했던 겁니까?"

"메리 서스턴과 할 이야기가 있었습니다."

"부인이 자네에게 돈을 빌려주지 못하겠다고 하던가요?"

나는 어쩌면 스트리클런드가 또다시 폭발해서 싸움을 일

으킬지도 모르겠다고 생각했다. 그러나 그는 자신이 죽은 여인의 방을 방문한 일을 탐정들이 다 알고 있다는 사실에 약간 움츠러든 듯했다. 좌우간 그는 낮지만 상당히 또렷한 목소리로 대답했고, 나는 조금 놀랐다.

"그렇다더군요."

"그래서 다이아몬드 펜던트를 훔쳤습니까?"

그에게 여전히 분노한 기색은 없었다.

"아니. 부인이 내게 준 거예요. 여차하면 전당이라도 잡히라고 말입니다. 적어도 내게 필요했던 돈보다는 많이 받을 수 있을 테니까."

잠시 침묵이 흐른 후 스트리클런드가 계속해서 말했다.

"사건이 일어나기 전날 부인에게 전화를 걸어 지금 궁지에 몰렸다고 털어놓았어요. 그러자 부인은 나를 도와주겠다고 약속했죠. 하지만 막상 찾아가보니 부인이 정말로 미안하지만 예상치 못한 일이 생겨서 도울 수 없게 되었다고 말하더군요. 나는 도대체 어떻게 된 건지 알 수가 없었습니다."

사이먼 경이 생각에 잠긴 채 말했다.

"이상한 일이군요. 당신이 사실을 털어놓을 때는 훨씬 설득력이 느껴지니 말입니다."

"사실이니까요."

"그래서? 당신의 문제는 해결되었습니까?"

"그런 것 같군요."

"오늘 아침, 경찰이 펜던트를 발견하기 전까지는 말이죠. 좋아요. 동시에 '문제'라고 일컬을 만한 일은 처음부터 생기지 않은 셈 아닙니까?"

"메리 서스턴이 살해된 건 확실한 문제죠."

"아, 그래요. 그리로 돌아가보죠. 제일 먼저 자러 간 사람이 당신이라고 들었는데, 맞습니까?"

"아마 그랬던 것 같습니다."

"당신으로서는 드문 일인가요?"

"그렇습니다. 하지만 어젠 아침에 일찍 일어나는 바람에 죽도록 피곤했거든요."

"아침 일찍 일어난 날은 늘 그렇게 몹시 피곤해합니까?"

"아니요, 어젯밤만 그랬습니다."

"그렇게 빨리 자러 갈 또 다른 이유는 없었습니까?"

"지루했거든요. 타운젠드나 목사와 한 방에 있는 게 짜증나기도 했고요."

나는 마음속으로 스트리클런드가 내게 무례하게 군다는 이유만으로 그를 용의선상에서 지우기로 한 결심을 없었던 일로 할까 고민했다.

"하지만 당신은 그렇게 피곤했는데도 바로 잠자리에 들진 않았죠?"

"편지를 몇 통 써야 했으니까요."

"급한 편지였나 보군요."

"그랬죠."

"그후에 방을 나간 건 언제죠?"

스트리클런드는 머뭇거리지 않고 대답했다.

"비명이 들렸을 때."

"그전에는?"

"나가지 않았습니다."

"메리 서스턴이 침실로 가는 소리를 들었습니까?"

"잘 모르겠습니다."

"부인의 방에서 무슨 목소리가 들려오지는 않았습니까?"

"들리지 않았습니다. 아래층에서 라디오 소리가 울렸거든요."

"그날 저녁 누가 부인 방에 들어가는 건 몰랐습니까?"

"전혀 몰랐습니다."

"당신의 방 창문은 열려 있었습니까?"

"닫혀 있었을걸요."

사이먼 경은 잠시 스트리클런드를 빤히 쳐다보다가, 더이상 할 질문이 없다는 제스처를 취했다.

이번엔 피콩이 말했다.

"므시외 스트리클런드, 내가 할 질문은 딱 하나뿐이오. 끔찍한 비명에 대한 일이지. 내 질문에 대답하기 전에 곰곰이 생각해주면 참 고맙겠소. 사소한 문제지만 많은 것이 달려 있다오. 비명은 어느 방향에서 들렸소?"

이 괴상한 질문은 스톨을 신문할 때 이미 들어서 비교적 놀랍지 않았다. 비록 이런 생각을 하는 게 나 하나뿐이 아니고, 앞서 같은 생각을 했던 사람들이 하나같이 불명예스럽게 틀렸다는 사실이 충분히 증명되긴 했지만 그럼에도 나는 이 몸집 작은 사내가 결국 레일을 탈선할 것만 같다는 생각이 들었다.

"어느 쪽에서 들렸냐고요? 당연히 메리 서스턴의 방에서 들렸죠."

"확신하오?"

"의심할 이유가 없잖습니까."

"프레시제망(바로 그렇소). 그게 당신이 확신하는 이유요?"

"아닙니다. 그런 뜻이 아니라, 제가 처음 비명을 들었을 때 메리 서스턴의 방에서 나는 소리라는 걸 알고 있었다는 겁니다."

피콩은 더한 확신을 원하기라도 하는 듯 그를 빤히 쳐다보았지만 결국은 그냥 내버려두기로 마음먹은 모양이었다. 스트리클런드는 와인병을 놓아둔 쪽으로 걸어가 직접 한 잔을 따르며 힘없이 미소를 지었다.

"꼭 고문 같군요. 독한 술이 한 잔 필요할 것 같습니다."

"이게 바로 교차 조사cross-examination라는 거라네." 샘 윌리엄스가 말했다.

그러자 스미스 신부가 사십오 분 만에 잠에서 깨어 처음으로 말했다.

"여기 십자가cross는 없는데요."

그다음으로 들어온 앨릭 노리스는 그리 많은 말을 하지 않았다. 본인의 말에 따르면 그의 방은 복도 반대편에 있었으나 비명이 들릴 때까지는 아무런 소리를 듣지 못했다고 했다. 또한 자러 올라간 뒤로는, 목욕탕에서 나와 방으로 돌아가던 도중 윌리엄스의 방으로 향하는 이니드 외에는 아무도 못 봤다고 했다.

"목욕을 했다고요?"

"예, 밤마다 목욕을 합니다. 그런 다음 일을 하면 머리가 맑아지거든요."

"그러고 나서 방으로 돌아갔단 말이지요?"

"그렇습니다. 그리고 앉아서 글을 썼습니다."

"밤에 목욕을 한 뒤에는 옷을 차려입습니까?"

"일을 할 생각이라면 그러죠."

노리스는 신중하고 차분하게 이야기했다. 처음에 과하게 흥분했던 기색은 완전히 사라져 있었다. 해골 같은 머리를 반

듯하게 들고, 차가운 눈으로 질문자의 시선을 똑바로 맞받아쳤다.

"서스턴 부인의 방문 앞으로 가장 먼저 뛰어온 사람이 당신이었죠. 그다음으로 나타난 사람들의 이름을 차례대로 댈 수 있겠습니까?"

"할 수 있을 것 같습니다. 처음에 서스턴 선생이 왔죠. 미친 사람처럼 계단을 마구 뛰어 올라오더군요. 그 뒤에 윌리엄스와 타운젠드가 왔고, 그다음에 스트리클런드가 자기 방에서 나왔고, 펠로스가 위층에서 내려왔던 것 같습니다. 그리고 삼십 초쯤 뒤에 마찬가지로 스톨이 위층에서 내려왔습니다."

"이니드라는 하녀 아가씨도 봤습니까?"

"예, 하지만 한동안은 몰랐습니다. 문을 부수고 난 뒤에 온 것 같던데, 침대 시트처럼 창백한 얼굴로 서스턴 선생의 방에서 나오더군요. 펠로스한테서 무슨 말을 듣고서는 바로 아래층으로 뛰어 내려갔습니다."

"기억이 굉장히 정확하시군요, 노리스 씨."

"기억력 훈련을 받았으니까요. 펠먼식 기억법 강의를 들었죠."

뜻밖에도 스미스 신부가 그에게 질문을 했다.

"제가 듣기로 당신은 어제저녁 범죄에 대해 심리적 관점에서 흥미를 보이셨다고 들었는데요, 노리스 씨."

"예, 뭐 그랬죠."

"외람되지만 그 말을 좀 빌려서 묻겠습니다. 당신은 이번의 특정 범죄 또한 심리적 관점에서 흥미로운 부분이 있다고 생각하십니까?"

앨릭 노리스가 스미스 신부를 쳐다보았다. 그의 얼굴에 그림자가 잠시 스쳐 지나가는 모습이 보인 듯했다.

노리스가 가까스로 말했다.

"나는 이 범죄를 도저히 이해할 수 없습니다."

"나도 마찬가지지요." 샘 윌리엄스가 슬프게 말했다.

18

드디어 목사의 차례가 되자 나는 약간 기대감이 들었다. 신문을 받으러 들어온 사람들을 처음부터 끝까지 통틀어 보아도 라이더 씨만큼 예상치 못한 이야기를 해줄 만한 사람은 없을 듯했다. 목사는 범행이 일어난 그날 저녁에 대한 진짜 수수께끼를 품고 있는 유일한 사람이었다. 생김새가 기괴한데다 워낙 괴짜 같고 광신적이라는 평판의 소유자이기도 했으며, 어제 내게 던졌던 이상한 질문도 마음에 걸렸다. 무엇보다 기이하고 알 수 없었던 것은 목사가 범행이 일어난 지 채 이십 분도 되지 않아 메리 서스턴의 침대 옆에 무릎을 꿇고 있었다는 사실이었다.

마음속으로 그런 찜찜함을 느끼면서 나는 저 탐정들이 목사에게서 무언가 결정적인 사실을 반드시 끌어내줄 거라 믿었다. 내 눈에는 그런 종류의 '빛'이 아메르 피콩을 감싸고 있는 듯 보였다.

목사는 다소 신경질적이면서도 정중하게 웃으면서 방에 들어와 재빨리 자리에 앉았다. 긴 손가락은 가슴팍 앞에서 실뜨기라도 하듯 복잡하게 얽고 있었다. 목사 또한 무언가를 두려워하고 있다는 사실을 확신할 수 있었다. 목사는 악의 없는 질문 중 어느 하나가 그를 재앙의 구렁텅이로 몰아넣을 거라는 사실을 알면서도 질문이 날아오기를 기다리는 사람 같았다. 그리고 그런 동시에 도저히 마음을 가다듬고 집중하지 못하는 듯했다. 불안에 떠는 마음이 어딘가를 배회하는 듯했고, 회색 눈동자는 공허했다. 한 가지 사실만은 분명했다. 이 사내는 지금 무언가 때문에 괴로워하고 있었다.

"시간을 빼앗아 미안합니다, 라이더 씨. 실은 당신이 우리를 도와줄 수 있지 않을까 싶어서 불렀습니다." 사이먼 경이 말했다.

"할 수 있는 건 뭐든 다 하지요."

"서스턴 부부를 알게 된 지는 얼마나 되었습니까?"

"여기 살기 시작한 후로는 쭉 알고 지냈습니다. 우리 교회에 나오기도 했고, 워낙 자주 저택에 초대하는 통에 전부 감당할 수가 없을 정도였지요. 아시다시피 내게는 따스한 가정 같은 건 없으니……."

목사는 어깨를 으쓱하고는 갑자기 자신이 쓸데없는 말까지 떠들었다는 사실을 깨달은 듯 입을 다물었다.

"혹시 이 저택에 그…… 말하자면, 당신의 심기를 불편케

하는 무언가가 있었습니까? 그러니까 세간에서 말하는 '불경스러운 일' 말이죠."

"없었습니다."

"하지만 당신은 어젯밤 타운젠드 씨에게 '부적절한 일'이 일어나지 않았느냐고 물었다지요?"

목사의 얼굴이 새파래졌다.

"분별 있고 신중한 젊은이로서, 어쩌면 타운젠드 씨가 내게 도움이 될지도 모르는 증거를 혹시나 눈치채지 않았을까 추측했을 뿐입니다."

목사의 시선에서 명백한 분노가 느껴졌다. 나는 탐정들에게 협조하는 역할에는 상당한 페널티가 수반된다는 사실을 깨달았다. 내게도 벌써 적이 두 명은 생기지 않았나.

"무엇의 증거 말이죠?" 사이먼 경이 차분하게 물었다.

"그러니까…… 일종의 추문에 대한 증거 말입니다. 좋지 않은 소문이 들렸기에."

사이먼 경과 개인적으로 알고 지낸 기간은 짧았지만, 그의 분개한 표정을 본 건 이때가 처음이었다.

"추문을 파헤치는 게 당신의 의무라고 생각했던 겁니까?"

"그렇습니다."

"손님으로 초대받은 저택에 가서 또 다른 손님에게 그런 걸 물었단 말입니까?"

"그랬지요." 목사는 차분하고 온화하게 덧붙였다. "그럼 당신은 그런 질문을 하는 것이 자신의 의무라고 생각해본 적이 한 번도 없습니까?"

사이먼 경은 그 질문에 굳이 거들먹거리며 대답하지 않았다. 대답할 이유도 없었다. 그의 질문은 범죄의 진상을 캐내고자 하는 결심에서 촉발되는 것이지만, 목사의 질문은 단순히 남의 집 일에 참견하는 질 나쁜 행위니 말이다.

"도대체 그 소문이란 게 정확히 무엇이었습니까?"

"이제 와서 그 일에 대해 이러쿵저러쿵 말하고 싶진 않소이다. 죽은 사람은 편히 잠들게 내버려두는 게 최선이니까."

"라이더 씨, 제 생각에 지금은 타인의 명예를 훼손하는 데 양심의 가책을 느끼고 있을 때가 아닌 것 같습니다. 그 사람이 비록 죽은 사람이라 할지라도 말입니다. 도대체 그게 무슨 소문이었습니까?"

"온 마을에 떠돌다가 결국은 내 귀에까지 들어온 소문이었습니다. 그러니까…… 서스턴 부인과 운전사가 지나치게 가까운 듯하다는 이야기 말이지요."

굉장한 기대를 품게 했던 추문이란 게 실은 뻔한 이야기라는 사실이 밝혀지자 좌중에 상당한 실망감이 깃드는 분위기가 느껴졌다. 그중 하나였던 나 역시 라이더 씨가 뭔가 새로운 소식을 가져오길 기대했다.

"직접 현장을 목격한 적이 있습니까?"

"실질적으로는 없지요."

사이먼 경은 콧구멍으로 불쾌한 냄새가 흘러 들어온다는 듯한 표정으로 말했다. 목사가 경의 마음에 썩 들지 않는다는 사실은 명백했다.

"용케 그런 이야기를 듣고도 어젯밤 서스턴 저택의 초대를 거절하지 않으셨군요?"

"그건 내 의무로……."

"아, 그래요. 당신 의무. 그걸 잊고 있었군요. 그래, 서스턴 부인이 매일 밤 11시에 잠자리에 드는 습관이 있다는 사실을 알고 있었습니까?"

목사는 한동안 말없이 사이먼 경을 응시하다, 이윽고 대답했다.

"몰랐습니다."

"하지만 여기서 저녁을 그렇게 자주 들었다면서…… 얼마나 자주 왔습니까?"

"아, 여러 번 왔지요. 여러 번."

"서스턴 부인이 침실로 간 후에 서스턴 선생님과 둘이 남아서 대화를 나눈 적은 없었습니까?"

"가끔 있었지요."

"그랬는데 부인이 11시에 늘 침실로 올라가곤 한다는 이야기를 들은 적이 한 번도 없습니까?"

"말씀을 들으니 그런 일이 있었던 것 같기도 하군요."

"목사님은 몇 시쯤 저택을 나섰습니까?"

"10시 40분쯤이었습니다."

"그럼 곧 서스턴 부인이 잠자리에 들리라는 사실을 알고 있었군요?"

"딱히 의식하지는 않았지만 알고는 있었을 테지요."

"부인과 둘이서 무슨 이야기를 했습니까? 당신과 부인이 잠시 단둘이서 앉아 있었다면서요."

"아, 주로 교구 내 이야기를 했지요. 제가 기억하기로, 부인께서 우리 교회 성가대원인 집사 스톨이 얼마 지나지 않아 이 저택을 나가게 될 거라는 이야기를 했던 것 같습니다."

"부인이 아쉬워하던가요?"

"물론입니다. 집사를 퍽 아꼈으니 말이죠."

"그리고 당신도요?"

"스톨은 베이스에서 상당히 괜찮은 기량을 발휘하고 있었습니다."

사이먼 경이 의자에 깊숙이 기대어 앉았다. 나는 목사의 창백하고 실룩거리는 얼굴에서 눈을 떼고 탐정을 쳐다보았다. 목사는 사이먼 경이 분노 혹은 불쾌감의 징후를 짙게 드리우고 가장 심각한 질문을 던질 것을 예감하고서 우물쭈물

무기력한 본래의 모습으로 돌아간 듯했다.

“자, 라이더 씨. 당신은 남몰래 탐정 행위를 하는 것을 퍽 즐기시는 모양이군요. 주위에서 어떤 작은 범죄라도 일어나지 않는지 늘 신경을 쓰시면서 말입니다. 당신도 탐정이란 친구들의 어려움을 잘 아실 테니, 부디 저희를 이 어두운 구멍 속에서 꺼내주시지 않겠습니까? 탁 털어놓고 말하자면 당신은 분명 저희를 상당히 도와주실 수 있을 겁니다. 제 어리석은 질문 몇 가지에 부디 최선을 다해 답해주시길 바랍니다. 자, 그럼 시작하지요. 이 저택을 떠난 건 언제였습니까? 또 저택을 나와서는 정확히 어디로 가셨습니까?”

나는 확신했다. 이것이야말로 목사가 그리도 두려워하던 바로 그 질문이었다. 목사는 대단히 흥분한 듯 마른침을 삼켰다.

“나…… 나는 과수원을 가로질러 집에 가려고 했습니다.”

“봅시다, 과수원이라면 이 저택 끄트머리에 있는 것 아닙니까? 창문에서 바라다 보이는 위치에 있지 않던가요?”

“맞습니다. 과수원 오솔길을 쭉 따라가면 바로 목사관의 정원으로 나갈 수 있습니다.”

“그리고 그 오솔길로 걸어갔고요?”

“그랬지요.”

“집으로 갔습니까?”

이날 저녁 바로 이 질문만큼 예견된 고요를 몰고 온 질문은 없었다. 목사는 눈앞에서 손가락을 얽었다 풀었다 했고 눈빛이 어두워졌다. 이윽고 답변이 흘러나왔지만, 목소리가 거의 들리지 않았다.

"아니요."

"집에 가지 않으셨다고요? 그럼 어딜 가셨습니까?"

"아무 데도 안 갔습니다. 난 그냥 과수원에 있었습니다."

"과일이라도 따셨나 보죠?"

"아니, 아니요. 오해하면 곤란합니다. 난 마음속의 고뇌를 다스리기 위해 과수원에 머물렀던 거요. 고통이 너무나 커서 그저 과수원 안을 왔다 갔다 했지요."

"도대체 뭐가 그리 괴로우셨습니까? 개미집 위에라도 앉아 계셨습니까?"

"사이먼 경, 나는 지금 농담하는 게 아닙니다. 그때 나는 너무나 큰 비탄에 젖어 있었습니다. 방금 전에 서스턴 부인과 함께 교구 일에 대해서 대화를 나눴다고 했지만, 그건 진실의 반만 말한 겁니다. 운전사 이야기도 화제에 올랐으니까요. 서스턴 부인은 자신이 운전사를 좋아한다는 사실을 인정했습니다. 부인이 말하길 자신의 애정은 어머니가 아들을 아끼는 것과 같은 종류의 사랑이라고 주장했습니다. 하지만 난 그렇지 않다는 사실을 확실하게 느낄 수 있었습니다."

"부유한 자에게 수치를."[1] 사이먼 경이 말했다. "그래서 당신은 과수원 안을 이리저리 돌아다녔단 말이군요……. 얼마나 오래 있었습니까?"

"나는 그 소름 끼치는 비명을 과수원에서 들었습니다."

"아, 그때까지 거기 계셨단 말씀이군요. 그럼 적어도 반 시간 정도는 서성거렸다는 이야기가 됩니다."

"그랬던 것 같습니다. 시간 감각을 완전히 잃어버렸었지요. 내가 뭘 어떻게 해야 할지, 도저히 마음을 가다듬을 수가 없었습니다. 저택으로 돌아갈 용기를 내기까지 제법 시간이 걸렸던 것 같습니다. 하지만 나는 결국 저택으로 향했습니다. 정문으로 가서 벨을 누르니 집사가 문을 열어주었습니다. 스톨에게 도대체 무슨 소리였느냐고 물었더니 '목사님, 서스턴 마님이…… 살해당하셨습니다, 위층에서' 하고 대답하더군요. 나는 즉시 서스턴 선생이 어디 있는지 물었습니다. 선생 곁에 있어주어야 할 것 같았거든요. 스톨은 내가 선생을 찾아가도록 내버려두고 경련을 일으킨 하녀에게로 돌아갔습니다. 나는 서둘러 침실로 올라갔다가 그 가엾은 여인의 애처롭고 끔찍한 시체를 발견했습니다. 그래서 바로 내가 할 일을 깨달았지요. 그래서 부인의 침대 옆에서 무릎을 꿇고 기도했던 겁니

[1] 영연방 최고 훈장인 가터 훈장에 각인된 문구 "악한 생각을 품은 자에게 수치를"의 패러디.

다. 당신들이 나를 찾아낸 것이 그 순간이었습니다."

이야기를 끝낸 라이더 씨는 상당히 인상적인 행동을 보였다. 손으로 얼굴을 가리고는 격정적으로 울기 시작했던 것이다. 고요한 방 안에 그 소리가 퍼져나갔다. 하지만 나는 직감적으로 그것이 메리 서스턴을 애도하는 울음은 아니라는 사실을 알았다.

스미스 신부의 목소리가 갑자기 끼어들었다.

"라이더 씨, 이곳에 오기 전에는 어느 교구에 계셨지요?"

나는 신부가 이 가엾은 남자를 비교적 애매한 이야기 쪽으로 끌어들여 남자의 마음을 편하게 해주려 하고 있다는 사실을 깨달았다. 그 외에는 그렇게 완전히 무관한 질문을 던지는 이유를 어림할 수가 없었다.

"런던 교구의 부목사로 있었습니다."

"거기서 바로 이 마을로 오신 건가요?"

"아닙니다. 저는…… 신경쇠약에 조금 시달리고 있었습니다. 런던 일이 너무 힘들어서…… 한동안 병 때문에 일할 수가 없었습니다."

"혹 괜찮다면 병세가 어땠는지 이야기해주실 수 있겠습니까?"

목사는 멍하니 입을 벌린 채 신부를 응시했다.

"그…… 그렇게 심한 병은 아니었습니다. 그냥 약간의 망상에 시달렸던 것뿐이었지요. 실은…….” 목사는 침통한 목소리로 말을 이었다. “저는 제가 빅토리아 여왕이라고 생각했습니다. 몇 달 동안 스스로를 ‘짐’이라고 부르면서 과부가 흰 두건을 두르듯 스카프를 머리에 두르고 다니곤 했지요. 하지만 다행스럽게도 병은 깨끗이 나았습니다. 완전히 나은 지 벌써 칠 년이 지났습니다. 그 뒤로 병이 재발하는 일도 없었습니다.”

라이더 씨는 예상치 못한 사실을 기대한 우리를 실망시키지 않았다. 그러나 통찰력과 상상력을 지닌 스미스 신부 같은 사람은 그 말 속에서 더욱 특이한 점을 발견한 듯했다. 흰 뺨 위에 눈물 자국이 얼룩지고 공허한 눈빛을 띤, 그야말로 기이하다고밖에 할 수 없는 그의 얼굴을 보고 나는 그 사실을 더 일찍 깨달았어야 한다는 사실을 알았다.

목사가 다소 히스테릭한 태도를 보이는 동안 어쩔 줄 몰라 하던 피콩은 정신을 차리고 더 타당한 화제를 끄집어내며 정중하게 물었다.

“므시외, 과수원에 있는 동안 저택의 창문을 보지는 않았습니까?”

“못 봤습니다.”

“전혀 못 봤습니까? 거기 서 있는 동안 내내?”

“못 봤다니까요.”

"그럼 저택 정면의 창문 중 어느 창에 불이 들어와 있었는지도 모르시겠군요?"

"모릅니다."

나는 피콩이 이제 목사를 내버려뒀으면 했다. 이 가엾은 사람이 또다시 당혹스러운 울음을 터뜨릴 것만 같았다.

"비명이 들렸을 때 당신은 정확히 어디에 서 있었죠?"

내 생각이 맞았다. 대답 대신 목사는 다시 한번 자신의 얼굴을 손으로 가렸다.

"아아, 이제 나를 내버려두십시오. 나는 잘못을 저질렀습니다. 하지만 누구든 그렇지 않단 말입니까? 당신들 중 죄 없는 자가 어디 있습니까? 그리고 내가 무슨 잘못을 저질렀건 당신들과는 아무런 상관 없는 일입니다. 살인자를 찾는 일에 내가 더이상 도울 수 있는 건 없습니다. 그러니 날 좀 내버려둬요……."

목사는 비척비척 일어나 문 쪽으로 향했다. 나는 탐정들이 내키지 않는 표정으로 서로 시선을 교환하는 모습을 보았다.

19

라이더 씨의 뒤로 문이 닫히자 샘 윌리엄스가 말했다.

"저 사람은 '노지 파커Nosey Parker'[I] 중에서도 가장 불쾌한 부류로군요."

스미스 신부가 입을 열었다.

"한 가지 상기시켜드릴 것이 있습니다. 세상에는 속담에 나오는 것보다 정상적이지 못하고, 보다 더 사악한 '파커'들이 많아요. 잉글랜드의 대법관이면서 좀도둑이었던 토머스 파커가 그랬고, 캔터베리의 대주교면서 신교도였던 매슈 파커도 그러했지요."

"맞는 말씀입니다. 자, 이제 저택에 머무는 모든 분의 이야기를 다 들었으니 난 개인적으로 눈을 감고 생각을 좀 해봐야겠습니다." 사이먼 경이 말했다.

나는 이 말에 놀라고 실망했다. 신문이 끝날 때쯤에는 세 탐정 모두 자신의 이론을 완성해서, 잠자리에 들기 전에 범인 체

I 영어에서 '참견쟁이'를 이르는 관용적 표현.

포까지 모두 끝나리라고 믿어 의심치 않았기 때문이다. 비록 나는 요만큼도 진상을 눈치채지 못했지만 관습적으로 볼 때 나의 경험 부족과 둔감함을 변명으로 충분히 내세울 수 있었다. 최소한 탐정들은 질문을 던져서 어떤 결론을 끌어낼 수 있는지 알고 있을 것 같았는데 말이다.

"하지만…… 범인이 누군지 모른다는 말씀입니까?"

약간 멍청한 얼굴로 사이먼 경에게 묻자 그가 대답했다.

"내가 아는 것에 대해 이야기하기보다는 모르는 약간의 사항에 대해 이야기하는 게 나을 것 같군요. 나는 시드니 슈얼 씨가 누구인지 모릅니다. 그리고 서스턴 부인의 의붓아들이 누군지도 모르지요. 어쩌면 둘이 동일 인물일 수도 있고……."

내가 비꼬듯이 그 말을 가로막았다.

"그리고 부인의 첫 번째 남편이 스크램블드에그를 좋아했는지 완숙을 좋아했는지도 모르고, 남편의 증조할머니가 어떤 달걀 요리를 좋아하셨는지도 모르겠지요. 하지만 플림솔, 당신이 진짜로 사건을 해결했다면 설명도 충분히 해줄 수 있을 거라 생각하는데요."

사이먼 경은 인내심 강한 눈빛으로 나를 바라보았다.

"불안해하지 말아요, 친구여. 당신은 모르겠지만 나도 최선을 다하고 있는 중입니다."

"그럼 범행이 어떻게 이루어졌는지 알아냈다는 말입니까?"

"약간의 힌트 정도는 얻었습니다."

"범인이 누구인지도 알아냈고요?"

"경찰들의 말을 빌리자면, 용의자를 몇 명 추려냈습니다."

"그럼 왜 말을 해주지 않는 겁니까?"

그때 샘 윌리엄스가 끼어들었다.

"서로 의심하는 분위기가 참으로 불쾌해서 견딜 수가 없군요."

"유서 깊은 직업적 허영심의 작은 부산물이죠. 나는 내 사건을 완벽하게 끝내고 싶을 뿐입니다. 진지하게 말하는데, 내 이론은 아직 완벽하지가 않아요. 결코 그렇지 않습니다. 의심이란 누구에게나 불쾌하게 느껴지는 법이죠. 우리에게 필요한 건 확신입니다. 그러니 내일까지 시간을 좀 주시면 좋겠군요. 무슨 일이지, 버터필드?"

사이먼 경의 하인이 방에 들어와, 자신의 주인이 이야기를 끝낼 때까지 대기하고 있었다.

"지시하신 일을 완수했습니다, 주인님."

하인은 지저분한 종잇조각 같은 것을 하나 건넸다.

사이먼 경은 그것을 흘끗 들여다본 뒤 휘파람을 불고는 피콩에게 건넸다. 종잇조각은 방을 한 바퀴 돌았고, 이윽고 내

차례가 왔을 때 나는 그것이 메리 서스턴의 어린애 같은 필적임을 알아볼 수 있었다.

사랑하는 당신,
어제 일은 미안해요. 오늘 저녁, 언제나처럼 같은 시간에 당신에게 할 말이 있어요. 나 때문에 화가 많이 났겠죠. 당신을 행복하게 할 수만 있다면 뭐든지 다 할 거예요. 내가 당신을 얼마나 사랑하는지 당신도 알죠? 무슨 일이 있어도 저녁에 꼭 와줘요.

M.T.

"스톨의 방에서 나온 쪽지겠지?" 피콩이 물었다.

"그렇습니다."

나는 추론과 결론 도출로 온몸이 흠뻑 물들어버렸다.

"하지만 메리 서스턴이 쥐덫 설치를 핑계로 먼저 펠로스와 만날 약속을 했다면 도대체 이런 쪽지를 보낸 이유가 무엇일까요?"

사이먼 경의 대답은 온화했지만 가차 없었다.

"첫째, 이 쪽지가 펠로스에게 쓴 게 맞는지 어떻게 알겠습니까? 둘째로, 이 쪽지를 어젯밤 보낸 거라고 확신할 수 있습니까?"

나는 지저분한 종잇장을 쳐다보았다.

"아닌 것 같아요. 훨씬 더 오래된 것 같군요."

버터필드가 기침을 했다.

"주인님, 제가 평소처럼 검사해본 결과, 그 잉크는 적어도 사용한 지 한 달은 되었다는 결론이 나왔습니다."

그렇게 말하던 버터필드는 문득 사이먼 경의 재킷에 시가 재가 떨어져 있다는 사실을 발견했다. 하인은 망설임 없이 주머니에서 커다란 브러시를 꺼내어 재를 탁탁 털었다.

"앙 투 카(아무튼), 이게 바로 협박 도구였던 모양이군." 므시외 피콩이 종이를 불빛에 비춰 보며 말했다.

사이먼 경은 하품을 했다.

"그런 것 같군요. 자, 나는 이제 자야겠습니다. 내일은 갈 길이 멀 테니까요."

나는 준비된 질문자로서의 역할을 성실히 수행하기 위해 물었다.

"뭐라고요? 왜죠?"

"시드니 슈얼을 찾으러 가야죠." 그가 대답했다.

"그게 그렇게 오래 걸릴 일이라고 생각하십니까?"

나는 이미 그 주제에 대해 내 나름대로의 생각이 있었기에 그렇게 묻지 않을 수 없었다.

"쉽진 않을 겁니다. 여러분, 안녕히 주무십시오."

경은 성큼성큼 걸어 방을 나갔다. 버터필드가 공손하게 약간의 거리를 둔 채 뒤를 따랐다.

"나도 잠시 동안 자리를 비워야 할 것 같구먼." 아메르 피콩이 말했다.

나는 이제 이 상황을 즐기기 시작했다.

"므시외도요? 어디로 가실 생각이십니까?"

"나 말인가, 몽 아미? 누가 알겠나? 모턴 스콘으로 가서 자네들 영국인이 '반기'라고 부른 것이 여전히 그 자리에 있는지 파악해야 할지도 모르지."

피콩은 익살스럽게 말하면서 행복하게 미소를 지었다. 홀 쪽에서 사이먼 경이 피콩에게 마을까지 태워다주겠다고 말하는 목소리가 들렸고 피콩은 그 제안을 받아들였다.

스미스 신부가 중얼거렸다.

"라이더 씨가 스스로를 빅토리아 여왕이라고 생각했다는 점이 참 이상하지 않습니까? 뭐 엘리자베스 여왕이라고 해도 상관은 없지만 말이지요. 한 남자가 스스로를 여왕이라고 믿는다면, 누군가는 자신을 남자라고 생각하는 여왕이라고 여길 수도 있겠지요."

나는 이 완전히 뜬금없는 소리를 무시하고 윌리엄스 쪽을 돌아보았다. 그리고 잔뜩 지쳐서 물었다.

"어떻게 생각하시죠? 추리에 진전이 좀 있을까요?"

"솔직히 아무것도 모르겠네. 가끔 나는 도대체 누군들 진실을 알겠느냐 하는 생각도 들어. 뭐 확실한 걸 한 가지라도 알면 얼마나 좋겠나? 완벽하게 신뢰할 수 있는 증인이 한 사람이라도 있으면 참 좋을 텐데 말이야. 하지만 이게 뭔가? 하인들은 모두 감방을 제집 드나들 듯 하던 족속들이고, 스트리클런드에게는 빚이 있고, 라이더는 예나 지금이나 제정신이 아닌데다 스톨은 협박범이지. 게다가 노리스는 소설가에 신경증 환자 아닌가. 도대체가 손톱만큼도 믿을 수가 없어. 다들 무슨 생각을 하는 건지 하나도 모르겠군."

"한발 물러서서 눈에 보이는 것에만 집중할 수밖에, 우리가 할 수 있는 일은 없군요."

"그리고 밀실에서 살해당한 메리 서스턴도 그래. 살인범이 창문으로 도망치기에는 시간이 없었고, 그렇다고 해서 도망칠 수 있는 다른 공간도 없었잖나."

그러자 스미스 신부가 말했다.

"시간과 공간은 범인의 도구지요. 그러니까…… 그 범인이 그만큼 영리했다면 말입니다."

나는 신부의 말을 다시 한번 무시했다.

"더이상 추리를 진전할 수 있는 단서가 없습니다. 도대체 누가 그 전구를 뽑아 갔는지만 안다면 훨씬 앞으로 나아갈 수 있을 텐데 말입니다."

"정말 그렇게 생각해요?" 스미스 신부가 쾌활하게 물었다.

"내 생각에는 불빛 아래서 저질러진 범죄가 있다고 해서 그 불빛이 반드시 범죄를 비추는 것은 아닌 듯해요."

나는 슬슬 짜증이 치밀어 올라 버럭 고함을 질렀다.

"신부님, 제발 좀!"

이때 나는 비프 경사가 불필요하게 커다란 수첩을 뒤적거리고 있는 익숙한 모습을 보았다. 경사는 공정한 태도로 헛기침을 하고는 이윽고 말했다.

"자, 이제 저 아마추어 신사 여러분이 가셨으니 내가 질문을 한두 가지 하겠습니다."

윌리엄스가 사람 좋게 미소를 지었다.

"정말인가, 비프? 도대체 누구에게 질문을 하려고 그러나?"

"선생님도 그렇고, 거기 계신 신사분도 그렇습니다." 경사는 나를 가리켰다.

"그럼 어서 해치우게. 벌써 자정이 다 된 시각이니 말이야." 윌리엄스가 말했다.

"글쎄요, 선생님. 여러분을 이 시간까지 잡아놓고 깃발이 어떻다는 둥 반기가 어떻다는 둥, 의붓아들이 어떻다는 둥 도대체가 이번 사건과 하등 관계없는 이야기들을 떠들어댄 건 제가 아닌데요. 저도 질문을 하려고 여태껏 기다린 겁니다. 먼저……."

경사는 연필 끝을 핥았다.

"먼저 여러분 모두가 어제저녁 식사가 나오기 전에 살인이 나오는 미스터리 소설에 대해 이야기를 나눴다는 사실은 저도 잘 알고 있습니다. 누가 먼저 그 화제를 꺼냈는지 혹시 기억하는 분 계십니까?"

"글쎄, 모르겠는데. 자네는 아나, 타운젠드?"

나는 시간 낭비라고 생각하면서도 최선을 다해 기억을 더듬어보았지만 소용이 없었다.

"아뇨, 모르겠습니다. 왜죠? 이게 그렇게 중요한 문젠가요?"

비프가 심각한 얼굴로 말했다.

"아주 중요합니다. 중요하고말고요."

"도대체 왜 그렇게 중요한 건지 도저히 알 수가 없군요."

내가 응수했다. 솔직히, 그저 다른 사람들이 질문을 했기 때문에, 자신의 위치를 우리에게 똑바로 보여주기 위해 덩달아서 별 의미도 없는 질문을 하고 있는 걸로밖에 보이지 않았기 때문이다.

"뭐, 중요한 건 중요한 겁니다. 그리고 한 가지 더 있습니다. 그 종달새 한 쌍이 얼마나 오래 사귀었는지 혹시 아십니까?"

"무슨 말인가, 비프? 종달새라니?" 윌리엄스가 물었다.

"당연히 서스턴 부인과 펠로스를 말하는 거죠."

윌리엄스가 자리에서 일어났다.

"이봐, 비프. 자네는 빨리 그 사실에 대해 잊어버리는 게 좋겠어. 우리는 마을의 모든 선술집에서 사람들이 온통 그 이야기만 떠들어대는 걸 원치 않네. 분명 이번 사건과는 아무런 관련도 없을 거야. 서스턴 부인은 마음 따뜻한 숙녀분이었고, 가끔은 조심성 없는 언행도 했지만 그렇다고 해서 동네 수다쟁이들 입에 오르내릴 만한 추문과 얽힐 짓은 전혀 하지 않았네."

비프가 우스꽝스러우리만큼 품위 있는 얼굴로 말했다.

"저도 동네에서 그런 소문을 떠들어대는 취미는 없습니다. 제가 그걸 물은 건 이번 사건을 해결하는 데 꼭 필요해서일 뿐입니다."

"미안하지만 나도 모르겠군." 윌리엄스가 날카롭게 대답했다. "그리고 두 사람 사이에는 아무 일도 없었다고 내 미리 말하지 않았나."

비프는 더욱 열을 내며 말했다.

"아니죠, 분명 뭔가 있었을 겁니다. 그렇지 않고서야 이런 편지가 나올 수 없지 않습니까? 이걸 단순히 '마음 따뜻한 일'이라고 치부해버릴 수는 없지 않습니까?"

"그 쪽지? 무슨 의미가 있을 수도 있겠지만, 어쩌면 몇 년 전에 쓴 편지일 수도 있지 않나. 부인이 남편에게 보낸 쪽지인지도 모르고.”

“글쎄요, 여하튼 스톨은 그걸 가지고 더 협박에 압력을 가했을 텐데요. 분명 뭔가가 더 있을 겁니다.”

윌리엄스는 내 쪽을 돌아보았다.

“이번 사건 때문에 모든 일이 줄줄이 매달려 나와 온통 지저분해졌다는 사실을 생각하면 역겹기 짝이 없군. 이게 다 플림솔 탓이야. 자네도 메리 서스턴 부인을 알지 않나, 타운젠드. 자네도 부인이 선량한 여성이었다는 점, 그리고 이 모든 일이 부인과는 완전히 다른 세상 일이라는 사실을 잘 알지?”

“물론 압니다.” 경사가 말했다. “제가 알고 싶은 건, 이런 휘몰아치는 바람 속에서 서스턴 선생님이 뭐라도 좀 아셨는지 하는 겁니다.”

윌리엄스는 완전히 화가 난 모양이었다.

“비프, 자넨 지금 자네의 위치를 이용해서 있지도 않은 더러운 일들을 냄새 맡고 다니는 모양인데, 이거 서장한테 한마디 해야지 안 되겠어. 자네 같은 부류의 인간이 이곳에 어슬렁어슬렁 나타나서 비극적인 사건을 음흉한 속셈으로 더럽혀버리는 것 자체를 나는 도저히 용납할 수가 없네. 마지막으로 한 번만 더 말하겠는데 나는 누가 메리 서스턴을 죽였건, 또 무슨 동기가 있어서 그랬건 부인의 인생에 그런 일을 유발할 만한 사건은 전혀 없었다고 단언할 수 있어. 나는 부인과 서스턴을 오래 알고 지내왔네. 이 사람들은 아주 양식 있고 정직하고, 자네는 상상도 할 수 없을 만큼 충실한 사람들이야. 제발 부탁이니 그런 말은 더이상 하지 말아주게."

"저는 그냥 의무를 다하고 있을 뿐입니다, 선생님." 비프가 말했다. 다소 거북한 침묵이 깃들었다.

이윽고 경사가 나를 쳐다보았다.

"한 가지 묻고 싶은 질문이 있습니다."

"뭐죠?"

"당신이 바깥으로 나가 돌아다녔을 때의 일인데요. 얼마나 오래 밖에 있었습니까?"

"십 분 정도 있었던 것 같군요."

"그리고 노리스 씨와 스트리클런드 씨가 나와서 합류했고요?"

"예."

"고맙습니다. 이제 안녕히 주무십시오."

다행스럽게도 경사는 수첩을 덮고 밖으로 나갔다.

스미스 신부도 자러 가고, 나는 윌리엄스와 단둘이 남았다. 나는 메리 서스턴의 명예를 지키고자 노력하는 그의 마음을 진심으로 지지했다.

"윌리엄스 씨, 우리 사이에 뭘 의심하고 말고 할 게 있겠습니까?"

윌리엄스는 고개를 저었다. 가까이 서서 보니 얼굴이 무척 지치고 피곤해 보였다.

"가끔은 당신과 나, 그리고 서스턴까지 우리 세 사람만 제정신인 것 같다는 생각이 듭니다. 오늘 밤은 다들 미쳐 돌아가고 있어요. 그렇지 않습니까?"

"난 녹초가 되었네. 우리가 신문 대상에 포함되지 않아서 천만다행이야. 하지만 세 탐정은 상당히 자신만만해 보이던데."

"당연히 범인을 잡아내겠죠. 저 사람들은 결코 실패하지 않으니까요."

"그 범인이란 게 존재하기나 한다면 말이지."

"네? 그게 무슨 말씀이십니까?"

"보게, 타운젠드. 전에도 말하지 않았나. 나는 절대로 미신 같은 건 안 믿는 사람이야. 하지만 이성으로 해결할 수 없는 문제 앞에서는 손쓸 방법이 없네. 난 내 눈으로 메리 서스턴이 침대에서 죽어 있는 모습을 똑똑히 봤어. 자네가 문간에 서 있는 동안 내 두 눈으로 방 안을 샅샅이 훑어봤단 말이야. 마지막 비명이 들린 후 구십 초가 채 지나지 않았을 때 나는 창밖을 내다봤네. 그런데 아무도 없었어. 자네가 나를 비웃을지도 모르지만 말해두겠는데 나는 도저히 우리가 인간 범죄자를 상대하고 있다는 생각이 안 들어. 혹 그게 정말 인간이라면 그놈은 아직 과학이 발견하지 못한 수단으로 이동하는 게 분명해."

윌리엄스가 이 말을 어젯밤에 했다면 내 심기를 상당히 거슬렀을지도 모른다. 그러나 나는 지금 조그마한 스미스 신부를 떠올렸다. 그리고 내가 그의 말 속에서 '신비주의적'이라 여겼던 것들이, 신부에게는 '사실의 문제'였을 수도 있겠다는 사실을 깨달았다. 그리고 왠지는 모르겠지만 미신이란 신부 앞에서는 존재할 수가 없으며, 그라면 무슨 짓을 해서든 지금 윌리엄스가 본인답지 않게 늘어놓는 저 헛소리를 완전히 해결해줄 수 있을 듯했다.

"갑시다." 내가 말했다. "우리도 한숨 자야죠."

20

꿈자리가 몹시 사나웠다. 이 끔찍한 사건 전체를 돌아보면, 내게 가장 끔찍했던 순간은 탐정도 아니고 용의자도 아닌 우리 세 사람이 누구를 의심해야 하는지도 알지 못한 채 그저 서로 의혹의 눈길만 주고받는 불편한 처지에 남겨져야 했던 순간이었다. 태생적으로 악의가 넘치는 사람이 아니고서야, 자기 주위의 누군가를 잠재적인 살인자라 의심하는 건 너무나 끔찍한 일이었다.

이른 새벽에 눈을 뜬 나는 몇 시간 동안 잠들지도 못한 채 비참하게 뒤척거리기만 하다가 옷을 갈아입고 아래층으로 내려갔다. 그리고 이제 막 불을 붙여 생기 없는 연기가 자욱이 피어오르는 난로 앞에 무기력하게 서 있었다. 하지만 기다란 창문 밖을 내다보니 너무나도 멋진 아침이 찾아와 있었다. 가을이 슬픔에 빠져 하루 동안 물러나준 듯, 따스하고 평화로운 날씨였다. 나는 즉시 호텔까지 산책을 나가 사이먼 경을 만나기로 결심했다. 그러면 마음을 진정시킬 수 있을 것 같았다. 사이먼 경은 어제 마음속에서 용의자를 몇 명 추려냈다고 했고, 그가 누군가를 의심한다면 평범한 사람들이 범인이라 확신하는 것과 동일한 가치를 지니고 있을 거라 믿었다.

마침 홀에 있던 스톨이 내게 아침 인사를 건넸다. 평범한 주말에 찾아온 방문객을 맞이하는 듯한 태도였다. 여하튼 나는 스톨이 최소한 협박범이라는 사실, 그리고 그것이 단순한 의혹 수준이 아니라는 사실을 알고 있었기에 그의 인사에 제대로 답하지 않고 아침 식사는 필요 없다고만 말했다.

청명한 아침 공기를 마시며 친근한 동네 길을 걸으니 기분이 훨씬 좋아졌다. 정신적으로도 생기가 도는 듯했다. 어제저녁 우리를 불신으로 몰아넣었던 수많은 일들이 전부 끝을 맺고 원래 생활로 돌아갈 수 있을 것 같은 기분이었다. 그만큼 날씨가 너무나도 화창했다.

호텔 문 앞에 이르자 마일스가 문패를 닦고 있는 것이 보였다. 나는 그에게 사이먼 경이 일어났는지 물었다.

"아, 그럼요." 목소리에서 어젯밤의 반항심은 씻은 듯이 사라져 있었다. "사이먼 경은 진작 일어나셨습니다. 하인이 지금 막 경의 아침 식사를 가지러 내려온 참인데요. 라운지에 가보면 찾으실 수 있을 겁니다."

"고마워요, 마일스."

그렇게 대답은 했지만 자꾸만 고개를 쳐드는 의심이 또다시 샘솟았다. 나는 범죄자와 친하게 지내고 싶지는 않았지만, 이 친구는 충분히 예의 바른 태도를 보였다.

대단히 어울리지 않는 공간을 배경으로 사이먼 경은 아침 식사를 기다리고 있었다. 방 안은 온통 지난 세기말에 유행했던 조잡한 장식품과 골동품, 싸구려 장식과 자잘한 물건으로 가득했다. 거대한 새장 안에는 자연스럽게 재현하려 했으나 기괴하기만 한 이끼 낀 나뭇가지 모조품 위에 박제된 새가 앉아 있었다. 그에 비하면 사이먼 경의 머리는 훨씬 정상적인 모양이었다. 맨틀피스 위에 깔린 녹색 천에는 레이스가 달려 있었는데 그 때문에 벽난로 위 부조 장식이 동양풍의 건물처럼 보였다. 현란한 카네이션 핑크빛으로 페인트칠된 난로 철망은 아무렇게나 팽개쳐져 있었고, 대신 난로 앞에는 털이 덥수룩한 검은색 러그가 깔려 있었으며, 방 한구석에는 시퍼런 팜파스 풀이 한 뭉치 심긴 타일 항아리가 놓여 있었다. 술 장식이 달린 녹색 테이블보로 덮인 탁자는 푸석푸석한 마호가니 재질이었다. 모슬린 커튼에는 거대한 놋쇠 고리가 달려 있었고 영 어색한 위치에 발받침이 여기저기 널려 있었다.

"괜찮으면 들어오시죠."

잠시 머뭇거리고 있는 내게 사이먼 경이 말했다.

"진리를 추구하는 일이 얼마나 고통스러운지 이제 알겠습니까? 세상에 이런 모습을 본 적이 또 있습니까? 이건 말도 안 되는 일이죠!" 경은 주위를 휙 돌아보았다. "아침 먹었습니까?"

나는 도저히 서스턴 저택에 앉아서 기다리고만 있을 수 없었다고 털어놓았다. 너무나 신경이 쓰여서 가능한 한 빨리 이리로 달려오지 않고서는 견딜 수 없었노라고 말이다.

"좋습니다. 그럼 아침이나 같이 듭시다."

쟁반을 가지고 들어왔던 버터필드는 한 사람 몫의 식사를 더 가지러 다시 나갔다.

"이렇게 이른 시간에 당신을 찾아온 건 무슨 이야기라도 좀 듣고 싶어서입니다. 아시다시피 집 안에 있는 모든 사람을 돌아가며 의심하는 건 너무나 괴로운 일이잖습니까. 어젯밤에 거의 한숨도 못 잤다고요."

사이먼 경이 고개를 끄덕이고는 내게 콩팥 요리와 베이컨을 권했다.

"압니다. 아주 불편한 일이죠. 누군가에게 골프를 치러 가자고 하려다가도 그 사람이 혹시 살인자가 아닐까 싶어 머뭇거리게 되는 법이죠. 혹은 누군가가 잠깐 산책이라도 나가자고 했을 뿐인데, 멀쩡하게 살아 돌아올 수 있을까 겁내게 될 테고요."

"바로 그겁니다. 그렇게 잘 이해하고 계신다면 분명 모든 일을 깨끗이 해결해주실 수 있겠죠. 도대체 누가 메리 서스턴을 죽였다고 생각하십니까?"

사이먼 경은 명탐정이 너무나 시시한 질문을 받았을 때 응당 그러듯 괴로운 표정을 지었다. 이때 버터필드가 다른 쟁반을 들고 돌아왔기에 경은 바쁘게 아침 식사에 열중할 수 있었다.

"범죄가 제공하는 좋은 점이 한 가지 있지요. 식욕을 왕성하게 해주거든요."

경은 한마디 하고서 콩팥 요리를 먹는 데 열중했다.

"하지만, 이것 보십시오……." 나는 다시 이야기를 꺼내려 했다.

"내가 뭘 발견했는지 알려줄까요." 사이먼 경은 경쾌하게 말했다. "시드니 슈얼을 찾았습니다."

"찾으셨다고요? 어디서요? 서스턴 저택에서요? 아니면 다른 곳에서?"

"아주 완벽한 어느 참고 서적에서 알아냈지요. 가장 처음으로 들여다보아야 하는 책 말입니다."

"런던 전화번호부 말씀이십니까? 아니면 명사 인명록 말인가요?"

"둘 다 아닙니다. 지명 사전이었습니다."

"지명 사전이라고요? 그러니까 그 이름이…… 지명이란 말입니까?"

"바로 그겁니다. 여기서 한 64킬로미터 떨어진 동네 이름이더군요. 이제부터 가볼 생각인데, 같이 가겠습니까?"

"하지만…… 이해할 수가 없군요. 사람 이름도 아니고 그냥 동네 이름이라면, 도대체 우리가 어딜 가야 하는 거죠?"

"너무 많은 질문은 하지 마십시오." 사이먼 경이 장난스럽게 경고했다. "훌륭한 탐정들은 그런 짓을 하지 않는 법입니다. 하지만 이 정도는 말해둬도 상관없겠죠. 내 생각에 그곳을 방문하면 여태껏 나를 괴롭히던 작은 문제 하나를 해결할 수 있을 것 같습니다. 그 의붓아들 문제 말이죠. 까다로운 친굽니다. 어떻게 표현해야 할지 알 수 없을 정도로요."

"하지만 도대체……."

"이게 지금 내가 생각하고 있는 전부입니다."

사이먼 경은 오늘의 첫 시가에 불을 붙이며 말했다.

"뭐, 저도 당연히 함께 가고 싶습니다. 사건이 더 빨리 해결된다면 얼마든지요."

"물론입니다. 그리고 어디 보자……." 사이먼 경은 옆에 쌓여 있던 종이 무더기 쪽을 흘긋 돌아보았다. "오늘 호지슨의 가게에서 경매를 합니다. 사실 거기에 꼭 가고 싶었지요. 흥미로운 매물이 한두 개가 아니거든요."

그는 카탈로그 하나를 찾아내서 한참 열심히 들여다보다가 벨을 울려 버터필드를 불렀다.

"잘 들어, 버터필드. 이제부터 런던으로 좀 가줘야겠어. 지금 사두면 좋을 듯한 책이 몇 권 있거든. 중요한 건 아니지만, 자네가 여기서 해야 할 일이 특별히 없으니까. 책은 많이 구하면 구할수록 좋겠군. 자, 여기 목록이네. 초서의 『새들의 의회』 오리지널 필사본, 이걸 사 오면 돼. 아, 그리고 파우스트 성서도 부탁해. 날짜가 적혀 있지 않은 초기 판본으로 1450년쯤에 발간된 것으로 추정되지. 그 책에는 아주 재미있는 이야기가 실려 있답니다, 타운젠드. 파우스트 박사의 전설에 수록되어 있는 많은 속임수가 다 거기서 비롯되었지요. 그 딱한 늙은이는 사실 재주 좋은 책 장사꾼이었거든요.

그는 아직 인쇄라는 개념이 퍼지지 않은 파리에 인쇄한 성서를 가지고 가서는, 필사본이라 속이고 한 부당 60크라운에 팔았습니다. 당시 성경 필사본은 한 부당 300크라운 이하에 팔리는 일이 없었기 때문에 필경사들은 파업을 하게 되었지요. 불쌍한 친구들 아닙니까. 따라서 사람들은 파우스트 박사가 악마와 계약을 맺었다고 생각했죠. 그 가격에 팔 수 있을 만큼 박사는 책을 수도 없이 생산해냈으니까요. 붉은색 글자는 자기 피로 적은 거라고들 했죠. 그래서 사람들은 박사의 방을 뒤지고 재고품을 몰수했습니다. 그것 참 난처한 일 아니겠습니까? 이 모든 일이 박사가 인쇄본을 필사본이라 속인 탓에 벌어진 일이라니 말이죠.

아무튼 여기에 그 못된 책이 한 부 있다는 모양이니 버터필드, 그것도 구해 오면 참 좋겠군. 『불가타 성서』, 그리고 캑스턴의 『영국 연대기』 1480년판도 있으니 이것도 놓치지 말게. 참, 셰익스피어의 첫 희곡 전집도 있군. 음…… 가로 33센티미터, 세로 21센티미터 정도 되는 큼직하고 꽤 괜찮은 책이네. 자, 이것도 역시 구해 오면 좋겠군. 전체적으로 봤을 때 내가 그간 참석했던 것보다 그리 큰 경매는 아니야. 하지만 그래도 자네가 갔다 올 만한 가치는 있다고 생각해, 버터필드."

버터필드는 근엄하게 고개를 끄덕였다.

"알겠습니다, 주인님. 아, 그리고 주인님께서 말씀하셨던 사진을 여기 가지고 왔습니다. 전부 대단히 만족스럽게 나왔습니다. 타운젠드 씨의 이 사진 같은 경우 굉장히 깨끗합니다."

나는 도저히 믿기지가 않았다.

"내 사진이라고요?"

"그냥 형식적인 절차입니다." 사이먼 경이 달래듯 말했다.

사이먼 경은 버터필드가 건네준 커다란 봉투 몇 개를 받아 들고 그 속에서 사람들의 사진을 여러 장 꺼냈다. 나는 아무런 의심도 없이 나를 빤히 쳐다보고 있는 펠로스, 마일스, 스트리클런드, 노리스, 그리고 마침내 너무나 충격적일 만큼 저속한 모습의 나 자신을 마주하게 되었다.

"정말 이러깁니까, 플림솔?"

"걱정 말아요, 타운젠드. 비슷한 연령대의 사람들 사진을 전부 모은 것뿐이니까요. 당황스러운 것도 당연하겠지만 말입니다. 찍느라 고생이 많았겠군, 버터필드."

"아닙니다, 주인님. 여러분들을 프레임에 담기에 가장 유리한 장소를 찾아낸 덕분에, 그저 이분들이 나타나기를 기다리기만 하면 되는 일이었습니다."

사이먼 경은 더이상 아무것도 묻지 않았다.

이때 나는 어젯밤 사이먼 경이 떠난 뒤 비프 경사가 윌리엄스와 나에게 했던 이상한 질문에 대해 이야기했다. 도대체 그런 걸 물어서 무엇을 알아내려 한 건지 우리는 도저히 알 수 없었다는 말도 덧붙였다.

"나야 경찰들을 잘 알지만, 당신은 그렇지 않으니까요."

사이먼 경이 키득거리며 말했다.

"경사는 누가 범인인지 충분히 잘 아는 눈치던데요."

"당연히 알겠죠. 그래야죠. 경찰들은 항상 자기가 틀렸다는 게 증명될 때까지는 확신에 차 있는 법이니까요."

"도대체 경사가 누굴 의심하고 있는지 궁금해죽겠습니다."

사이먼 경은 다소 권태로운 듯 한숨을 내쉬었다.

"굳이 말하자면, 노리스겠죠."

"왜 노리스죠?"

“뭐…… 공적인 일을 하는 사람들이 도대체 무슨 생각을 하는지는 아무도 모르겠지만, 나는 분명 노리스일 거라고 생각합니다. 보다시피 비프는 살인자가 방에서 어떻게 빠져나갔는지 모르지 않습니까? 하지만 당신과 서스턴 선생, 그리고 윌리엄스가 방에 도착했을 때 노리스는 이미 문가에 서 있었죠. 따라서 비프의 관점에서 보자면 노리스는 가장 범죄에 근접해 있었던 셈이 됩니다. 따라서 노리스가 유죄라고 여기겠죠.”

“정말로 그렇게 생각할까요?”

“친애하는 타운젠드, 만약 당신이 나만큼 경찰들을 많이 지켜보았다면 그들이 생각이란 걸 전혀 하지 않는다는 사실을 알게 될 겁니다. 그 친구들은 항상 추측만 할 뿐이죠.”

“맙소사!”

나는 영국에서 체포된 살인자들이 모두 오로지 억측에 근거하여 재판을 받고 목이 매달렸다는 깨달음을 얻었다.

“물론 잘 살펴보면 그들 중에서도 지성의 반짝임을 더러 발견할 수 있지요. 하지만 이런 사건 앞에서는 지성 그 이상의 무언가가 필요한 법입니다. 굳이 말하자면 약간의 상상력이라고나 할까요.”

“맞는 말씀입니다.” 나는 동의했다. “당신은 물탱크 안에 밧줄이 들어 있으리라는 사실을 예견할 만큼의 상상력을 소유했다는 이야기가 되겠지요.”

"그렇습니다."

사실, 나는 밧줄에 대해 거의 잊고 있었다. 그러다 갑자기 어젯밤 질문들과 연관시켜보니 밧줄이 더더욱 수수께끼처럼 느껴졌다.

"하지만 플림솔, 밧줄 말입니다. 도대체 어떤 방식으로 사용되었을까요? 맹세컨대, 누군가가 메리 서스턴의 방에서 밧줄을 타고 기어올라간 뒤 밧줄을 회수하기까지 하는 건 시간상 도저히 불가능합니다. 마지막 비명을 들은 순간부터 윌리엄스가 창문을 열어젖히기까지는 정말 몇 분도 걸리지 않았어요. 설마하니 누군가가 메리 서스턴을 죽이고 방을 가로질러 밧줄에 매달려서 창문을 닫고 위층 창문으로 밧줄을 타고 올라간 뒤 방에 들어가 밧줄을 끌어당기지는 않았을 것 아닙니까? 그건 말이 안 됩니다."

"물론 그건 불가능하겠지요. 하지만 아무도 범인이 밧줄을 타고 올라갔다고 하진 않았잖습니까?"

사이먼 경의 물음에 나는 단호히 대답했다.

"하지만 밧줄을 타고 내려갔다면, 범인은 위층 방에 그 밧줄을 회수해줄 공범을 대기시켜놓았어야 합니다. 게다가 그 정도 길이의 밧줄 두 개라면 연결해도 지상까지 닿을 수 있을지 의심스럽습니다. 그리고 발자국은 어쩔 건데요? 창문 밑에는 화단이 있지 않습니까. 설마 범인이 땅바닥에 난 발자국을 직접 문질러 지우느라 시간 낭비를 했다고 할 생각은 아니겠지요? 그리고 만약 정말로 범인이 이런 식으로 도주했다 하더라도 그럼 범인이 대체 누구란 말입니까? 스톨, 펠로스, 노리스, 스트리클런드는 전부 정문을 통해 저택으로 들어왔다고 하기에는 너무나 빠른 속도로 현장의 문 앞에 도착했습니다. 남은 사람은 목사⋯⋯ 그리고 뭐, 마일스를 고려할 수도 있겠지요. 그의 알리바이가 제시된 것만큼 견고하지 않을 때, 그리고 사과 저장고에 공범이 있을 때의 이야기입니다만."

사이먼 경이 웃었다.

"아무래도 당신은 밧줄의 잘못된 쪽을 잡고 있는 것 같군요."

21

운전석에 앉은 사이먼 경은 무섭도록 빠르게 속력을 냈다. 설마하니 하고많은 것 중 하필이면 속도 분야에서 그가 자기답지 않게 자제력을 잃어버리리라고 상상도 하지 못했다. 롤스로이스의 시트에 기대앉은 나는 이기적이긴 하지만 더 작고 가벼워서 파손되기 쉬운 다른 차량들과 비교하며 스스로를 달랠 수밖에 없었다.

"시드니 슈얼이라니, 동네 이름치고는 참 특이하군요." 내가 말했다.

"딱히 그렇지도 않습니다. 그냥 당신이 처음에 그걸 사람 이름이라고 생각하고 들었기 때문이지요. 그런 식으로 단어 두 개가 붙어 만들어진 지명은 의외로 많습니다. 예를 들어 호턴 커비, 던턴 그린 같은 곳도 있지 않습니까. 챌폰트 세인트 자일스 같은 곳은 빅토리아 시대의 소설에 등장하는 악당의 이름 같기도 하죠. 개인적으로는 콤프턴 어브데일(글로스터셔의 한 마을입니다만)이란 이름이 어째서 '콤프턴 매켄지'보다 더 동네 이름처럼 느껴져야 하는지 이유를 모르겠군요. 그러니까 뭘 먼저 들었느냐에 따라 인식이 달라진다는 얘깁니다."

"하지만 왜 갑자기 시드니 슈얼이 지명이라는 생각이 드신 거죠?"

"딱히 그런 생각이 든 건 아닙니다. 그냥 손 닿는 곳에 있는 모든 서적을 참고했을 뿐입니다. 그러다 우연히 우체국에서 날짜가 지난 전화번호부를 손에 넣었고, 호텔에서는 《타임스》에서 출간한 지도책을 발견한 거죠."

자동차는 부르릉거리는 소리를 내며 시속 80킬로미터의 속도로 좁은 다리 하나를 조용히 통과했다. 십 분 후 나는 '시드니 슈얼'이라 적힌 팻말이 눈 깜짝할 사이에 지나가는 것을 보고 안도했다. 아무래도 제대로 찾아온 모양이었다.

마을 자체는 호감을 주고 다소 품위도 있는 인상이었다. 한가운데에 난 큰길은 양쪽으로 줄지어 있는 집들과의 사이에 널찍한 풀밭을 두고 있어서 마을이 전체적으로 탁 트여 보였다. 사이먼 경은 숙련된 솜씨로 브레이크를 잡으며 그 길을 상당한 속도로 달려갔고, 이윽고 자동차가 멈추었다.

"세상에…… 저것 좀 보십시오!" 사이먼 경이 외쳤다.

내 눈앞에 펼쳐진 것은 차량이 별로 없고 인적도 드물어 고요한 마을의 거리뿐이었다. 오른쪽으로는 정육점이 있었는데, 문간에서 가게 주인이 우리를 무심한 눈길로 쳐다보고 있었다. 왼쪽에는 '블랙 팰컨'이라는 여관이 있었고, 여관 밖에 파란색 세단이 한 대 서 있었다. 여관 옆, 우리와 가까운 쪽에는 차고가 있었다. 하지만 이 차분하고 평범한 장면 속에서 무엇이 사이먼 경의 관심을 끌었는지 나는 도통 찾을 수가 없었다. 결국 나는 내 통찰력이 그의 것보다 못하다는 사실을 인정하고, 사이먼 경이 더 많은 사실을 설명해주기를 기다렸다.

"저 차 말입니다." 마침내 그가 말했다. "당신도 알지 않습니까? 서스턴 저택의 차 아닙니까?"

나는 파란 세단을 다시 보았다. 오스틴사의 평범한 모델이었다. 그 차가 서스턴 저택 소유인지 아닌지 한눈에 보고 어떻게 파악하라는 건지 도저히 알 수가 없었다. 나는 사이먼 경에게 내 생각을 곧이곧대로 전했다.

그는 약간 짜증스러운 듯 말했다.

"차량 번호판을 보면 알 것 아닙니까? 서스턴 저택의 것이 맞아요."

나는 사이먼 경의 기분을 맞춰주어야 한다는 사실을 깨닫고 그에 걸맞은 말투를 골라서 물었다.

"저 차가 도대체 여기서 뭘 하고 있는 걸까요?"

"척 보면 알지요. 모르겠습니까?"

사이먼 경이 다시 쾌활하게 웃으며 말했다.

나로서는 아무리 보아도 알 수 없었지만, 우리 각자의 역할이 무사히 원상 복귀되었다는 것은 기쁜 일이었으므로 고분고분 고개를 끄덕였다.

사이먼 경은 커다란 차를 거칠게 몰아 차고 쪽으로 똑바로 달려가서는, 거기 있던 수리공에게 삼십 분가량 주차할 수 있을지 물었다. 골함석 지붕을 얹은 건물로부터 상당히 떨어진데다가 길에서도 잘 눈에 띄지 않는 곳이었다. 우리는 그곳에서 걸어 나왔다.

그러나 사이먼 경은 여관의 전면이 아니라 뒷마당 쪽으로 들어가더니 작은 뒷문으로 다가갔다. 그는 정중하게 문을 두드렸고, 금세 단정치 못한 차림을 한 여자가 문을 열었다.

"누구시죠?" 여자가 심드렁하게 물었다.

"실례지만 저쪽 차를 타고 온 신사분들이 어디 있는지 좀 알려주실 수 있을까요? 이 집 앞에 주차되어 있는 차 말입니다."

여자는 호기심 어린 얼굴로 경을 빤히 쳐다보았다.

"왜 그러시는데요?"

"별로 대단한 건 아닙니다. 그냥 제 어리석은 호기심을 채우고 싶어서죠."

사이먼 경은 미소를 지으며 여자에게 10실링짜리 지폐를 쥐여주었다.

"독방에 앉아 있어요." 여자가 볼멘소리로 말했다.

"전부 몇 명이죠?"

"세 명요."

"세 사람이나? 이상하군요. 바가 전부 칸막이로 나뉘어 있습니까?"

"평범한 바도 있죠."

"그쪽에서 칸막이 너머를 볼 수 있습니까?"

"아뇨, 안 보여요. 카운터를 둘러싸고 유리로 막혀 있으니까요. 누가 엿보거나 감시하지 못하게 하려고요."

"하지만 어느 쪽이든 같은 카운터에 붙어 있는 거죠?"

"네, 그래요. 뭐 더 알고 싶은 것 있어요? 그렇게 질문만 해대는 것보다 더 나은 일이 얼마든지 있을 텐데요."

"그럼요. 나은 일이 있고말고요. 한잔하고 싶은데, 카운터에서 마시도록 하죠. 거기서는 별 이야기를 하지 않을 겁니다. 당신도 우리가 여기서 한 얘기를 다른 곳에 전하지 말았으면 합니다. 위스키 둘 부탁해요. 내 친구는 위스키를 좋아하죠. 특히 바닷가재와 곁들여서 마시는 것을요. 거스름돈은 필요 없어요. 자, 어느 쪽으로 가면 될까요?"

여자는 세탁물들이 매달려 건조되고 있는 지저분한 주방을 지나 우리를 어느 문으로 인도하고는 커다란 고양이 옆에 데려다놓았다. 우리는 말없이 앉아서 기다렸다.

독방에서 들려오는 목소리는 그리 크지 않았고, 무슨 내용인지도 제대로 들리지 않았다. 하지만 누가 말하고 있는지는 금세 알 수 있었다. 펠로스가 "자, 건배하시죠!" 하고 소리치는 것이 똑똑히 들려왔으며, 특유의 굵고 깊은 목소리로 "세 잔 더!"라고 외치는 스트리클런드가 있었다. 그리고 놀랍게도, 앨릭 노리스가 있었다. 노리스의 신경질적인 웃음소리는 어디에 있건 금방 분간할 수 있었다.

안에서는 퀴퀴한 냄새가 났으며, 벽에 붙은 광고지들은 죄다 날짜가 지나 있었고 그림도 형편없었다. 독방에서 들리는 목소리는 선명하지도 않았다. 나는 슬슬 지겨워졌다. 그러던 참에 한차례 술렁거리더니, 스트리클런드가 소리 높여 말하는 것이 들렸다.

"그럼 여기서 기다려, 펠로스." 그의 목소리는 한쪽 방향에서 들렸다. "이젠 십오 분도 여유가 없으니까."

문이 닫히면서 짤랑하는 소리가 들렸다. 그 문 역시 우리가 들어온 문과 마찬가지로 유리로 되어 있는 게 틀림없었다. 문간에 깔린 철제 매트 위를 지나는 발걸음 소리도 들렸다. 앉은 자리에서 창밖을 내다보니 스트리클런드와 노리스가 나란히 우리가 들어왔던 길을 통해 마을 밖으로 나가는 모습이 보였다.

사이먼 경은 망설이지 않고 독방 쪽으로 똑바로 걸어가 펠로스 앞으로 나섰다. 하지만 술잔을 내려놓고 우리를 쳐다보는 운전사의 얼굴은 그저 평화롭기만 했다.

"흥미로운 모임이군. 자네들은 도대체 여기서 뭘 하고 있었지?" 사이먼 경이 물었다.

"지시를 따랐을 뿐입니다." 펠로스가 대답했다.

"정말인가? 누구의 지시 말인가?"

"서스턴 선생님 말씀입니다. 선생님께서 저 두 신사분이 가고 싶은 곳 어디든 모셔다드리라고 제게 말씀하셨거든요."

"서스턴 선생에게 물어보았나?"

"네. 물론 그랬습니다. 저분들이 차를 타고 어디든 좀 나가고 싶다고 하셨는데, 허락 없이 제가 두 분을 밖으로 모시고 나올 수는 없었거든요. 그래서 서스턴 선생님께 여쭈어보았지요."

"그래서 선생은 뭐라던가?"

"선생님께 일일이 물을 것 없이 어디든 모셔다드리라고 하시던데요."

"그래서 시드니 슈얼로 오기로 했단 말이지?"

펠로스는 잠시 말이 없다가 이윽고 입을 열었다.

"아뇨, 행선지를 결정한 건 제가 아닙니다. 저분들이 이리로 오고 싶다고 하셨습니다."

"흠, 그럼 자네는 왜 여기 오게 됐는지 모른다는 말이군?"

"예."

"이리로 오는 데 아무런 거부감도 없었나?"

"예."

"짧게 대답하는 데 능숙하군. 그렇지 않나, 펠로스?"

"무슨 말씀이신지 모르겠습니다."

우리는 홀로 돌아갔다. 사이먼 경은 아무 말이 없었고 왠지 약간 당황한 것 같기도 했다. 그러나 얼마 지나지 않아 스트리클런드와 노리스가 돌아오는 모습이 보였다. 펠로스가 바로 우리가 옆에 있다는 이야기를 한 듯, 스트리클런드가 금세 이쪽 카운터로 쳐들어왔고 노리스가 그 뒤를 따랐다.

스트리클런드가 격분하여 고함을 질렀다.

"이런 식으로 우리 꽁무니를 졸졸 따라다니는 이유가 대체 뭐야?"

"침착하게, 친구. 이렇게 흥분되는 상황에서 내가 차를 몰고 오지 않을 재간이 있겠나?"

사이먼 경이 느릿느릿 말했다.

"그 망할 놈의 헛소리 집어치워, 플림솔. 자넨 여기까지 우릴 미행한 거야! 이건 미행이라고! 당신도 마찬가지야, 타운젠드. 이 빌어먹을 탐정 놈들한테 붙어서는 여기저기 고자질이나 하고 다니다니…… 역겨워서 토할 것 같군. 지금 내가 살인을 저질렀다는 사실을 증명하려고 이러는 건가?"

스트리클런드의 뒤에서 쇳소리가 들려왔다.

"설마 나를 의심하는 거요?"

앨릭 노리스였다.

사이먼 경은 냉담한 얼굴로 지겹다는 듯 그들에게 미소를 지어 보였다.

"이런, 이 사람들이 왜 이렇게 열을 올리시는지. 내가 누구를 의심하는지는 이제 곧 알게 될 겁니다. 시드니 슈얼, 좋은 동네군요. 자네 전에 여기 와본 적 있나, 스트리클런드?"

"자네의 그 어리석은 질문에 대답하는 건 이제 지긋지긋해, 플림솔. 갑시다, 펠로스. 저택으로 돌아가야겠어."

세 사람은 당당하게 걸어 나갔다. 창문을 통해 펠로스가 운전석에 앉고, 스트리클런드와 노리스가 뒷좌석에 앉는 모습이 보였다.

"이런, 이런." 사이먼 경이 중얼거렸다.

이 대화는 나를 더욱 불편하게 했다. 만약 스트리클런드가 살인자가 아니라는 사실이 밝혀진다면 다시 얼굴을 마주하기가 껄끄러워질 게 틀림없었다. 나는 여기저기 염탐하고 다니는 일에서 죄책감을 느끼기 시작했던 것이다. 어쨌거나 수사는 사이먼 경의 일이지 내 일이 아니었고, 거기에는 어떤 변명의 여지도 없었다.

어렴풋한 가을의 석양이 깔리는 길을 걸으며 사이먼 경이 말했다.

"자, 이제 한 군데 연락할 곳이 남았습니다. 혹시 우체국이 어디 있을까요?"

나는 지나가던 사람을 불러 세워 길을 묻는 것으로, 나 또한 도움이 되는 존재라는 사실을 증명했다. 듣자 하니 우체국은 이 길에서 90미터 정도 떨어진 곳에 있었다. 우리는 함께 성큼성큼 걷기 시작했다.

우체국을 겸한 작은 잡화점 앞에 도착하자 사이먼 경이 내게 물었다.

"혹시 괜찮다면 밖에서 잠시만 기다려줄 수 없겠습니까? 대단히 무례한 일이지요. 정말 미안합니다."

"아뇨, 괜찮습니다."

나는 그가 개인적인 통화라도 하려는 것이리라 생각했다.

사이먼 경이 활짝 웃으며 돌아오기까지는 얼마 걸리지 않았다. 아무래도 이번 수사 때문에 나는 탐정 흉내를 내는 습관을 얻은 모양이었다. 장거리 통화를 했다고 하기에는 시간이 길지 않았으니 그가 서스턴 저택에 전화한 것이 분명하다고 결론을 내리려는 찰나, 사이먼 경이 불쑥 말했다.

"자, 이제 해결됐습니다."

"뭐가 말입니까?" 나는 기분 좋게 물었다.

"의붓아들의 정체 말입니다."

"누군지 밝혀내셨단 말입니까?"

"그럼요. 그가 누군지 압니다."

"그럼 이제 사건이 해결된 거로군요?"

"대단히 잘 해결되었지요."

"그런데도 제게 이야기해주지 않을 생각이십니까?"

"정말로 미안합니다, 친구. 전문가로서의 기본 태도라는 게 있지 않습니까? 오늘 저녁이 되면 모든 이야기를 들을 수 있을 겁니다. 내 약속하지요. 그나저나 재미있는 사건이로군요. 아주 재미있는 사건이에요."

저택으로 돌아갈 때에 사이먼 경은 위험하기 짝이 없는 속도로 달려왔던 것보다는 약간 속도를 늦춰서 차를 몰았다. 그러는 내내, 입가에는 만족스러운 듯한 웃음을 띠고 있었다.

22

점심 식사가 끝난 뒤 나는 서스턴 저택의 정원에서 아메르 피콩을 발견했다. 피콩은 흠 잡을 데 없는 잔디밭 둘레를 어슬렁거리며 잡초를 뽑고 있었다. 탐정 중 한 사람이 이미 사건을 해결해버렸다는 것을 알고 있었기에 나는 훨씬 가벼운 마음으로 그에게 말을 걸 수 있었다.

"안녕하세요, 므시외 피콩. 이론은 완성하셨습니까?"

피콩은 나를 올려다보고 말했다.

"아, 몽 아미. 자네로군. 아마도 자네는 모든 것을 알아버린 모양이군?"

"뭐, 정확히라고는 할 수 없습니다." 나는 인정했다.

"사실은 나도 그렇다네. 이곳은 어젯밤 우리가 기진맥진해질 정도로 조사했으니, 이제 다른 곳을 보러 나갈 차례 아닌가?"

나는 어쨌거나 결론에 이르러서는 사이먼 경이 피콩을 멋지게 때려눕힐 거란 생각에 재미있어졌다. 하지만 그냥 이렇게만 물었다.

"이제 어디를 보러 가실 겁니까?"

"심장이라네, 친구여. 두뇌가 더이상 아무것도 보여주려 하지 않을 때는 심장을 들여다보면, 그곳에, 부알라! 진실이 있는 법이지."

"그렇게 감상적인 분이신 줄은 몰랐습니다."

"감상이 아니라네. 논리야. 심장은 머리만큼이나 진실의 길로 인도해주는 법이지. 자, 나와 함께 잠시 프롬나드(산책)를 나가지 않겠나?"

"멀리 나가는 겁니까?"

"몇 킬로미터 떨어진 곳이지. 그리 멀진 않다네."

"도대체 어딜 가려고 그러시는 겁니까?" 나는 물었다.

"모턴 스콘이라는 마을에 가볼 생각일세."

나는 노골적으로 웃음을 터뜨렸다.

"제 말 좀 들어보십시오, 므시외 피콩. 도대체 거길 가서 무엇을 하실 생각인지, 또 므시외의 이론이 무엇인지 저는 모릅니다만 이것만은 말씀드릴 수 있습니다. 그런 수고 들이실 필요 없어요. 저는 오늘 오전 내내 사이먼 경과 함께 있었고, 경은 시드니 슈얼에 얽힌 진실을 밝혀냈습니다. 그건 여태 우리가 생각했던 것처럼 사람 이름이 아니라 지명이었지요. 사실 저랑 사이먼 경이 오늘 오전에 같이 갔다 왔거든요. 그리고 거기 가보니 펠로스, 스트리클런드, 노리스가 와 있더라니까요.

그리고 사이먼 경은 모든 것을 다 알았죠."

"몽 아미, 자네의 추론은 다소 혼란스럽군. 사이먼 경이 그 의미심장한 삼인조의 도착과 시드니 슈얼이라는 마을의 정체에서 긁어모은 정보라는 게 도대체 뭐란 말인가?"

"물론 그건 저도 모릅니다. 하지만 사이먼 경이 제게 살인자가 누군지 알아냈다고 말했거든요."

"그럼 자네는 나, 아메르 피콩이 살인자의 정체를 모를 거라고 생각한단 말인가? 한데 도대체 그가 누군지 밝혀내서 무슨 의미가 있단 말이지?"

"저는 우리가 여태껏 해온 일이 다 그걸 위한 것인 줄 알았는데요." 나는 순진하게 말했다.

"그렇다면 자네는 착각한 거야. 우리가 해온 일은 우리 자신을 위해 알아내는 것이 아니라, 남들 앞에서 증명해 보이는 것이지. 그걸 못 한다면 도대체 무슨 성취를 이룰 수 있겠나? 선량한 뵈프는 자기가 찍은 사람을 체포할 테고, 살인자는 자유의 몸이 되겠지."

"사이먼 경도 분명 그걸 잘 알고 있을 겁니다. 그에게도 므시외만큼의 경험은 있지 않습니까?"

"그럴 수도 있겠지. 하지만 사람마다 증명하는 방법은 다른 법일세. 그리고 내 방법은 모턴 스콘에 산책 가는 일이고. 같이 안 갈 텐가?"

"당연히 가겠습니다. 이다음에는 스미스 신부님이 예리코에 같이 가자고 하셔도 놀랍지 않을 것 같군요."

피콩이 심각하게 대답했다.

"그보다 더 무서운 일이 벌어질 수도 있겠지. 신부는 고대 도시에 대해 잘 알고 있을 테니 말일세. 아무튼 가세나. 시간이 별로 없으니."

나는 피콩이 그렇게 빨리 걷는 모습을 보고 깜짝 놀랐다. 다리는 짧지만 어찌나 민첩하게 걸어가는지 내가 뒤를 따라가는 데 애를 먹을 정도였다. 하지만 나는 이 위대한 세 사람의 수사 방법을 가능한 한 많이 봐두기로 마음먹은 차였고, 그를 위해 어떤 수고도 아끼지 않을 생각이었다. 이제 탐정들은 추적의 끝에 거의 도달한 듯했고, 그들의 행동은 그 어떤 사소한 일거수일투족까지도 흥미로울 게 틀림없었다.

긴 침묵 후 내가 말했다.

"제가 도움이 되기나 할는지 모르겠습니다, 므시외 피콩."

"오 콩트레(그 반대라네), 친구여. 자네가 갖고 있던 증거는 큰 도움이 되었지. 잊어버렸을지도 모르지만, 자네는 가장 중요한 요소를 기억해주었거든."

"그게 뭐였는데요?"

"정말 모르겠나? 당연히 이번 사건에서 자네의 역할이지."

나는 거의 고함을 지르다시피 했다.

"제 역할요?"

"그렇다네. 자네 또한 한몫 거들지 않았나? 아, 하지만 분명 의식적으로 한 일은 아닐 테지. 그건 나도 확신하네. 물론 아주 작은 부분이긴 하지만."

"원 세상에. 도대체 그게 무엇이죠?"

"자네가 일어나서 문을 열었다지 않았나?"

"무슨 문 말입니까? 언제요?"

"당연히 라운지 문 아니겠나? 비명이 들리기 직전에 말이야."

"아, 예. 그랬죠. 하지만 그게 도대체 무슨 상관인지 전혀 모르겠습니다. 설마……." 무시무시한 생각이 새롭게 뇌리를 스쳤다. "설마 그 방에 끔찍한 장치가 설치되어 있었는데 제가 그걸 건드린 건 아니겠죠?"

"다행히도 누워 있는 숙녀의 목을 자르고 나이프를 창문으로 집어 던지고 나서 지구상에서 사라져버리는 기계는 아직 발명되지 않았다네."

"그렇겠죠." 나도 동의했다.

우리는 점점 약해지기 시작하는 햇살 아래로 걸어갔다. 나는 신선한 공기를 마시며 적당한 운동을 할 수 있게 되어 기뻤다. 또한 범인의 정체를 알고 싶어서 몸이 근질근질한 오후 시간을 때울 수 있는 일이 생긴 것도 기뻤다. 여하튼 이 모든 짐작과 추측이 끝나고 나면 드디어 진실을 알게 되는 것이다. 나는 더이상 살인에 대해 생각하지 않기로 결심했다. 그러지 않으면 또다시 서스턴 저택에 있는 사람을 돌아가며 한 명씩 전부 의심하게 될 것 같았다.

모턴 스콘 쪽으로 800미터 정도 걸어갔는데 피콩이 갑자기 내 팔을 잡고는 말했다.

"비트! 이쪽일세!"

나는 너무나도 놀라 잠시 발걸음을 머뭇거렸다. 하지만 그는 나를 길가로 난폭하게 잡아당기면서 울타리에 난 구멍으로 밀어 넣으려고까지 했다. 피콩까지 나를 따라 들어오자마자 웬 차가 한 대 지나갔다. 워낙 멀리 떨어져 있었던데다 도로에 웅덩이가 패어 있어서 잘 보이지 않았기 때문에 나는 그 사실을 잘 알지도 못했고 별로 신경 쓰지도 않았지만, 몸집 작은 탐정은 아무래도 대단히 흥분한 모양이었다.

"잘 관찰해보게나!"

피콩은 우리가 방금까지 있었던 도로 쪽을 빤히 쳐다보면서 고함치듯 말했다.

또 서스턴 선생의 짙푸른색 자동차였다. 그리 빨리 달리지 않은 덕분에 나는 차 안에 누가 타고 있었는지 충분히 확인할 수 있었다. 운전석에는 펠로스가, 그 옆에는 이니드가 앉아 있었으며 뒷좌석에서 시가를 피우고 있는 사람은 마일스였다.

"봤는가?" 차가 지나가자마자 피콩이 말했다. "자네도 방금 봤겠지? 심장으로 보란 말일세, 이 친구야. 머리가 더이상 이야기를 해주지 않을 때는 심장으로 보아야 해!"

나는 항의했다.

"하지만 므시외 피콩, 이건 너무 심하지 않습니까! 저는 오늘 아침 시드니 슈얼에 가서 펠로스가 용의자 둘을 데리고 다니는 모습을 봤단 말입니다. 그런데 점심때 모턴 스콘에 와봤더니 이번에는 또 다른 둘과 함께 있다니요!"

그가 웃음을 터뜨렸다.

"그리고 아마 자네는 이제 저 훌륭한 스미스 신부님과 예리코에 가서 펠로스가 또 다른 두 사람을 태우고 다니는 모습을 목격하게 되겠군!"

"도대체 이게 무슨 뜻인가요?" 내가 물었다.

"인내심을 갖게, 친구여."

"하지만 므시외는 저렇게 멀리 떨어진 차를 보고 저게 서스턴 선생의 차라는 사실을 어떻게 아셨습니까?"

"나도 몰랐다네. 다만 그렇게 생각했을 뿐이지. 올 거라고 예상했으니까."

"예상하셨다고요? 어떻게요?"

"뭐 그렇게 대단한 자신감을 갖고 예측한 건 아닐세. 하지만 저 차가 이쪽으로 출발했다는 사실을 알고 있었으니, 어쩌면, 정말로 아주 어쩌면 되돌아올 수도 있겠다고 생각했을 뿐이지."

"저 차가 모턴 스콘으로 갔다는 사실을 아셨다고요?"

"그냥 그런 생각이 들었다네. 사소하게 스쳐 지나가는 생각 말이지. 하지만 자네도 보았다시피, 아메르 피콩의 생각은 때로 현실로 이루어지곤 하지."

"뭐, 최소한 한 가지는 확실하게 이루어진 셈이군요. 비록 전 도대체 뭐가 어떻게 된 건지 아무리 생각해봐도 모르겠지만요."

"그리고 난 저 선량한 뵈프가 어떻게 생각할지도 궁금하구먼. 저 사람은 다트라는 용감한 게임에서 뵈프의 파트너가 아니던가?"

그 말에는 나도 웃었다.

"네, 궁금하네요. 경사는 도대체 누굴 의심하고 있을까요, 므시외 피콩? 자기 생각에 굉장히 확신을 갖고 있던 모양이던데요."

"아마 그 솜씨 좋은 요리 전문가를 의심하지 않을까 싶네. 하지만 그 영국인 경찰은 범죄의 문제 앞에서는 가장 지능이 뛰어나다고 말할 수는 없는 사람이더군." 피콩이 말했다.

"이번 사건에서는 그렇죠."

갑자기 나는 우뚝 멈춰 서서 고함을 질렀다.

"므시외 피콩!"

"왜 그러나, 몽 아미?"

나는 갑자기 웃음을 터뜨리고 말았다.

"저흰 정말 바보천치가 아닙니까!"

"그걸 자네들 방식으로 말하자면, '그건 자네 생각이고'일세." 피콩은 거만하게 말했다.

"아니, 모르시겠습니까? 지금 우리는 그 차를 보고 나서 벌써 거의 400미터나 더 걸어온 셈 아닙니까? 이게 웬 헛일입니까? 보려던 건 이미 보셨잖아요? 지금 당장 돌아가야죠."

"내가 보려던 게 무엇이었는지 자네가 어떻게 아나?"

"음, 펠로스와 다른 두 사람이 차를 타고 모턴 스콘에서 돌아오는 모습 아니었습니까?"

"그건 우연이나 다름없는 일이었네."

"그럼 여전히 그 동네에 가보시겠다고요?"

"당연하지."

"도대체 무엇 때문에요?"

"자네는 사건의 모든 사소한 점이 중요하다는 걸 잊고 있네. 모턴 스콘 교회 탑에 걸린 깃발은 반만 올라가 있다고 하지 않았나?"

"그랬죠. 하지만……."

"알롱."

나는 고분고분 따라갔다. 하지만 마음속으로는 반항심이 들었다. 아무래도 피콩은 그저 나를 혼란스럽게 하기로 작정했거나, 아니면 모턴 스콘으로 걸어가는 일이 내가 지적했다시피 하등 쓸모없는 짓이라는 사실을 알면서도 자기 체면을 지키기 위해 꼭 필요한 일인 양 구는 게 아닌가 하는 생각이 들었다. 하지만 마을에 도착하자 나는 또 다른 착상을 떠올렸다.

"이제 알겠습니다! 그러니까 이중 살인이 일어났을지도 모른다고 생각하신 거로군요? 이 마을의 의사가 같은 날 죽었다면서요. 두 사건 사이에서 연관성을 발견하셨나요?"

"그 의사는 나이가 매우 많고 심장이 약했다고 했네. 아마 본인도 오늘내일 했겠지. 의사의 죽음은 완벽한 자연사라네."

"그럼 도대체 모턴 스콘에는 뭣 하러 오신 겁니까?"

우리가 서 있는 곳은 완만한 비탈길의 중턱으로, 동네 대부분을 잘 내려다볼 수 있는 곳이었다. 모턴 스콘은 서식스 지역의 살기 좋은 마을로, 시간이 흐르면서 차분하게 빛바랜 벽돌과 타일의 붉은색이 마을을 대표하는 빛깔을 이루고 있었다. 정면을 회반죽으로 마감한 집도 있는가 하면 목재로 지은 집도 있었으며, 오솔길 맞은편에는 여관 간판이 보였다.

피콩이 깊은 생각에 잠긴 채 말했다.

"어쩌면 정말 아무것도 없을 수도 있고, 또 어쩌면 굉장한 수확을 얻을지도 모르지."

그는 족히 일 분간 꼼짝도 하지 않고 있다가, 상당히 혼란스럽다는 표정으로 나를 돌아보았다.

"므시외 타운젠드, 혹시 이 마을에서 무언가 이상한 점을 느끼지는 못했나?"

이상한 점? 내가 보기에는 모든 것이 아늑함과 친근함의 상징 같았고 나는 그 모든 것을 너무나 사랑했다. 오랫동안 이곳저곳 떠돌아다닌 사람이 마지막으로 정착하기를 원할 법한 마을이었다. 웃음소리와 여관의 난롯불, 작고 다정한 사탕가게를 운영하며 동네 실세라고들 하는 나이 지긋하고 체격 좋은 여인. 길 건너편에서는 농사용 수레가 지나가고, 말 앞에서 걸어가던 사내는 창가의 누군가를 향해 활기차게 고함을 쳐 인사를 보냈다. 이 마을에는 서로 친밀한 관계를 유지하며 하루하루 비슷한 일상을 보내는, 평화롭고 평범한 사람이 많았다. 그리고 의심의 여지 없이 잘 꾸며진 정원, 읽기와 쓰기와 산수 때문에 골치를 썩는 아이들이 다니는 작은 학교도 있을 터였다. 정직한 사람들이 사는 전형적인 영국식 집이 즐비한 동네였다. '이상한' 점이라는 것은 전혀 찾을 수 없었다.

"므시외 피콩, 당신에게는 뭔가가 이상해 보일지도 모르겠지만 영국인 입장에서 솔직히 이 동네는 그냥……."

피콩은 대단히 무례하게 내 말을 가로막았다.

"아니, 아닐세. 내 말은 그런 게 아니야. 뭔가가 부족하다는 걸세. 잘 보게. 학교, 여관, 경찰서, 그리고 당연히 우체국도 있겠지만 이 친구야, 도대체 교회는 어디 있단 말인가?"

나는 뒤늦게 교회가 없다는 사실을 깨닫고 입을 딱 벌리며 마을을 다시 쳐다보았다.

“그렇다면 펠로스가 거짓말을 한 거로군요?” 함께 길을 걸으며 내가 물었다. “알리바이가 전혀 없는 셈이네요?”

므시외 피콩이 대답했다.

“이번 사건에서 우리의 산책이 아무짝에도 쓸모없게 되지 않기만을 바랄 뿐이네.”

나는 아무 말도 하지 않는 게 좋겠다고 판단했고, 우리는 둘 다 한동안 말없이 걸었다. 그러다 문득 피콩이 길가의 작은 텃밭에 땔감을 차곡차곡 쌓고 있던 어느 노인을 발견하고 물었다.

“파르동(실례합니다). 교회로 가려면 어떻게 해야 합니까?”

노인은 잠시 그를 빤히 쳐다보았다.

“교회요? 여기서 제일 가까운 데도 1킬로미터는 족히 가야 할 텐데. 가장 빠른 지름길은 저 오솔길이라오.”

“하지만 큰길로도 갈 수 있지 않겠습니까, 네스 파?”

“뭐 간다면 말리지는 않겠소만, 그러면

제일 멀리 돌아가게 된다오."

"그래도 큰길로 가야 할 것 같군요."

"그러시오. 마을을 통과해서 쭉 걸어가다 주유소가 나오면 왼쪽으로 꺾으시오. 십오 분은 걸어야 하겠지만, 절대 길을 잃진 않을 거외다."

"고맙습니다."

피콩은 다시 성큼성큼 걸어가기 시작했다. 짧은 다리로 정말 빨리도 걷는다 싶었다.

노인이 너무 짧은 대화를 아쉬워하듯 우리 뒤에서 다시 소리를 질렀다.

"주유소에서 좌회전이오. 그럼 절대 길을 잃지 않을 거요."

나는 피콩을 따라갔지만 결코 유쾌하진 않았다.

"왜 오솔길로 가지 않는 겁니까? 그쪽이 더 빠른 길이라는데요."

피콩은 이 말에 아무런 대답도 하지 않고, 대신 나를 돌아보며 짧지만 내 마음을 누그러뜨리는 미소를 지었다. 그래서 나는 입을 다물고 그저 그를 따라 발걸음을 재촉했다. 우리는 걸어서 마을을 통과했고, 잠깐 멈춰 서서 몇몇 흥미로워 보이는 오래된 건물을 둘러볼 여유조차 얻지 못했다. 그리고 한참이나 걸어서 길모퉁이 마지막 건물 앞에 이르자 길이 갑작스럽게 꺾이고 시야에 교회가 들어왔다. 우리는 그곳에서 멈춰 섰고, 피콩은 의미심장한 눈빛으로 교회 탑을 올려다보았다. 나는 그가 왜 저렇게 열심히 탑을 쳐다보는지 알 수 없었다. 흘끗 보기만 해도 반쯤만 올라가 있고 자시고를 떠나 깃발 자체가 없다는 건 금방 알 수 있었기 때문이다.

왼쪽으로 길을 한참 내려간 곳에 오두막이 하나 있었다. 지금 서 있는 위치와 교회 사이에 유일하게 있는 건물이었다. 이 몸집 작고 놀라운 남자는 그곳을 향해 서둘러 가면서 "부알라!", "알롱!", "비트!", "라, 라!", "몽 아미!"를 비롯해 그가 즐겨 쓰는 몇 가지 감탄사를 중얼거렸다. 작은 쪽문 앞에 도착하자 피콩은 머뭇거리지도 않고 걸쇠를 따더니 정문으로 이어지는 벽돌 길에 올라섰다. 그러고는 힘차게 문을 쾅쾅 두드렸다.

"이봐요, 피콩. 도대체 이 집에 무슨 용건이 있다고 이러십니까?"

문을 두드려도 한동안 안에서는 아무런 반응이 없다가, 이윽고 오두막 어딘가에서 어느 여인이 고함지르는 소리가 들려왔다.

"뒤쪽으로 돌아와요!"

피콩은 아직 영국의 습관을 잘 모르겠다는 듯 호기심에 찬 얼굴로 나를 쳐다보았다.

"괜찮습니다. 그냥 이쪽 문이 아예 안 열려서 그러나 보죠. 몇 년 동안 안 썼나 봅니다."

우리는 착실히 뒤쪽 문으로 돌아갔다. 검은 머리를 산발하고 지저분한 옷을 입은 비쩍 마른 여인이 우리를 기다리고 있었다.

"왜들 그러시죠?" 여인은 우리를 수상쩍다는 듯 쳐다보며 물었다.

"묻고 싶은 게 한두 가지 있어서 그럽니다."

피콩은 신사적이고 외국인다운 몸짓으로 모자를 들어 올리며 말했다.

"아, 그래요. 하지만 난 당신네들이 아무리 좋은 솔을 가지고 와도 필요가 없어요. 집에 이미 잔뜩 있거든요. 고마워요."

피콩이 나를 돌아보며 무슨 뜻이냐는 듯 속삭였다.

"솔이라니?"

나는 그의 귀에 속삭였다.

"우리가 방문판매하는 장사꾼들인 줄 알았나 봅니다."

피콩이 웃으면서 여인을 돌아보았다.

"메 농(천만에요), 마담! 나는 뭘 팔러 온 게 아닙니다. 전혀 그렇지 않아요. 그냥 사소한 질문을 하나 하려는 것뿐이지……."

"문간까지 쫓아와서 모금하는 사람들한테 줄 돈은 없어요. 우리 그이가 그러는데 당신네들은 돈이란 게 얼마나 힘들게 버는 건지 전혀 모른다면서요? 게다가 난 항상 여윳돈이 없다고요. 차라리 나를 위해 모금받아주는 게 나을걸요. 세상에 나만큼 돈이 필요한 사람도 없으니까요."

피콩이 외쳤다.

"아뇨, 그런 게 아닙니다! 돈을 달라고 온 것도 아닙니다. 그저 괜찮다면 몇 가지 정보를 주십사 하고 온 것뿐이지요. 아마 마담께서……."

"유권자 목록 들고 돌아다니던 사람은 지난주에 왔다 갔는데요. 당신 사기꾼 아니에요?"

"마담, 혹시 금요일 오후에 이 근방에서 파란색 차가 주차된 것을 보신 일이 없습니까?"

피콩은 말이 끝나기 전에 방해받는 일을 더이상 참을 수 없다는 듯 숨도 쉬지 않고 단숨에 질문했다.

여인은 드디어 이해한 모양이었다. 치맛자락에 손을 문질러 닦더니 우리에게 한 발 가까이 다가오며 물었다.

"금요일이라고요? 혹시 서스턴 부인이 살해당한 그날 말이에요?"

여인은 이러한 행운, 즉 누구나가 화제에 올리는 충격적인 근방 살인 사건에 관해 실질적으로 질문을 받는 사람이 되는 일이 자신에게 찾아왔다는 사실을 믿지 못하는 눈치였다.

"그렇습니다." 피콩이 끈기 있게 대답했다.

"혹시 뭐 관련된 일이라도 하고 계시나요? 그래서 여기까지 일부러 물어보러 온 거예요?" 여인이 열성적으로 물었다.

"맞습니다."

"세상에!"

여인은 넋이 나간 모양이었다. 그녀로서는 대단히 운 좋은 순간일 터였다. 우리를 번갈아 쳐다보며 여인이 말했다.

"그거 멋지네요!"

"자, 이제 자동차에 대해 이야기를 해주시겠습니까?" 피콩이 점잖으면서도 끈질기게 물었다.

"자동차, 자동차라."

여인은 최대한으로 머리를 굴리는 듯했다. 자칫 잘못하면 이 영광스럽고 중요한 순간이 물거품이 되어버릴 수도 있었다. 하지만 곧 여인의 눈이 빛났다.

"맞아요! 저쪽 바깥에 자동차가 서 있었어요!"

여인은 날카로운 목소리로 대답하다가 금세 침울해했다.

"하지만 그 차는 자주 오는 차였는데요."

"어떤 차였죠?"

"짙은 파란색 차예요. 운전사가 몰고 다녀요."

"그 차가 이 근방에 자주 주차되어 있었단 말이지요?"

"네, 맞아요. 꽤 자주 눈에 띄었어요. 많이들 그러거든요. 이 근처에 차를 세워놓고 숲속으로 산책하러 가는 사람들이 많아요. 앵초 꽃이 피는 계절에는 특히나요. 이 근방에 많거든요. 우리 그이가 그러는데 집 앞에 주차 금지 팻말을 세워둘까 하다가 그만뒀대요. 당연히 요즘 같은 계절에는 찾아오는 사람이 많지 않죠. 그런데 그 파란 차는 이상하게 자주 오더라고요. 그게 말이죠…….”

여인은 음모라도 꾸미는 듯한 표정으로 말했다.

“운전사 젊은이가 틈만 나면 젊은 아가씨를 데리고 와서는 숲속으로 같이 산책을 가는 일이 어찌나 잦은지. 뭐, 그 오솔길이 좀 유명하긴 하죠.”

“금요일에도 그랬단 말이죠?”

피콩은 이야기가 노선을 벗어나는 것도 그리 까탈스럽게 재촉하지 않으며 물었다.

“아, 네. 금요일에 있었어요. 오후에 빨래를 하고서 밖에 내다 널고 있는데 그 차가 길가에서 보였거든요. 그날 산들바람이 참 좋아서 감사하다고 생각하면서, 평소보다 더…….”

“그러니까 그때 두 사람이 모두 왔단 말입니까? 운전사와 아가씨 둘 다?”

“네, 두 사람 다 왔었어요. 둘이 싸우는 소리를 들었거든요.”

피콩이 움찔 놀랐다.

“둘이 싸웠다고요?”

"네, 차에서 내리는데 꼭 개랑 고양이가 싸우는 것 같더라니까요. 결혼한 사람들이 싸우는 거랑은 느낌이…… 뭔가 달랐어요."

"뭐라고 하는지 혹시 들렸습니까?"

"아뇨, 그것까지는 못 들었어요. 별로 듣고 싶지도 않았고요. 나랑 별로 상관도 없는 일을 엿듣는 버릇은 없답니다. 그냥 둘이 뭐 하나를 놓고 말다툼을 벌이고 있구나 싶었죠. 그리고 한참 시끄럽더니 오솔길 따라 내려가데요? 그 뒤에 무슨 일이 벌어졌는지 모르지만 뭐 뻔하죠."

피콩이 냉담한 목소리로 맞장구를 쳤다.

"그럼요. 그래서 둘이 돌아온 뒤로는 어떻던가요?"

"다 끝났죠 뭐. 원래 폭풍우 친 뒤 햇볕이 내리쬔다고들 하잖아요. 둘이 같이 내려오는 모습을 봤는데 다정하게 팔짱을 끼고 있었어요."

"그 둘이 이 옆을 스쳐 지나갈 때도 역시 한마디도 못 들었겠군요?"

"네, 못 들었어요. 글쎄 남들 얘기하는 거 엿듣는 버릇은 없다니까요."

"생김새는 어때 보였습니까?"

여인의 묘사는 형편없었지만 그 남녀가 펠로스와 이니드라는 사실을 알기에는 충분했다. 피콩은 여인이 본 두 사람의 정체를 더욱 확실히 굳혀줄 만한 질문을 몇 가지 더 던졌다.

"아, 비앵. 고맙습니다, 마담. 정말이지 아주 큰 도움을 주셨습니다."

"그럼 됐어요. 혹시 나중에 법정에 서게 될 수도 있나요?"

"그건 아직 모르는 일입니다."

"혹시 나중에 내 사진이 찍히기도 하나요?"

"그건 신문기자들이 할 일이죠. 하지만 어쨌거나 진실을 추적하고 있는 지금 저에게는 너무나 충분한 정보를 주셨습니다."

여인은 이 말에 별로 만족하지 못한 모양이었지만, 피콩이 다시 한번 정중하게 모자를 들어 올리자 애써 미소를 지어 보였다.

"오 르부아(안녕히 계십시오), 마담."

피콩이 작별 인사를 하고, 우리는 그녀의 시선을 등 뒤로 받으면서 자리를 떴다.

목소리가 오두막까지 들리지 않을 정도로 거리가 멀어지기를 기다렸다가 나는 입을 열었다.

"므시외 피콩, 도대체 하필이면 고르고 골라 거기서 그 정보를 얻을 수 있으리란 사실은 어떻게 아신 겁니까?"

"몽 아미, 어째서 그렇게 시야가 편협한가? 그 집이야말로 교회 탑의 반기를 똑바로 올려다볼 수 있는 유일한 장소가 아닌가?"

"피콩! 당신은 천재로군요!"

나는 그렇게나 오래 걸어야 했다는 불만도 잊고 목소리를 높였다.

"자, 이제 내가 조금만 더 생각을 하면 모든 것이 완벽해질 것 같구먼. 부아용. 아메르 피콩은 그렇게 뒤처지지 않았네. 이제 빛이 보여. 암, 그렇고말고. 친구여, 너무나 눈부신 빛일세. 조금만 더 생각하면 곧 모든 것을 알게 될 게야. 정말이지 독창적인 범죄로구먼. 아주 독창적인 범죄야."

"저도 모든 것이 그렇게 한눈에 보였으면 좋겠습니다. 만약 펠로스와 이니드가 이곳을 찾아왔던 일이 그렇게나 중요하다면 도대체 오늘 아침 펠로스는 왜 그 두 사람을 데리고 다른 곳에서 어기적거리고 있었을까요? 살인 사건은 혹시 여러 사람의 손에 의해 이루어진 게 아닐까요, 피콩?"

나는 말을 하면 할수록 내 생각이 점점 더 조잡해지고, 증거가 점점 더 혼란스러워진다는 사실을 느끼며 물었다.

"어쩌면 저택 사람 전원이 살인에 가담한 건 아닐까요?"

피콩이 미소를 지으며 말했다.

"아니, 전부가 개입한 건 아니라고 생각하네."

"그럼…… 하지만 이런 젠장, 피콩. 당신이 사건을 해결했다는 걸 믿을 수가 없습니다. 누구의 동기가 가장 강력한지 알아낼 수는 있겠지만, 그 방에 대해 생각하는 사람은 왜 하나도 없는 겁니까? 다시 말해두겠는데 그 방은 잠겨 있었고, 난 윌리엄스가 방 안을 뒤질 때까지 문 앞에서 꼼짝도 안 했다고요. 그건 도대체 어떻게 설명하실 겁니까? 그날 오후 이니드와 함께 있지 않았다는 펠로스의 말이 거짓이란 건 증명하실 수 있겠지만, 그게 도대체 무슨 소용이란 말입니까? 이건 기적을 설명하려는 거나 마찬가지라고요."

"아닐세, 몽 아미. 마담 서스턴이 죽지 않고 살아나야 기적이지. 이 범죄 계획은 너무나 매력적이고, 풀기 쉽지 않은 문제야. 만약 이 몸, 위대한 아메르 피콩이 없었다면 완전범죄로 끝났을지도 모르지. 경찰들의 꼴 하고는…… 허허! 절대로 사건을 파악할 수 없을 게야. 하지만 오늘 밤 자네는 모든 것을 알게 되겠지. 자네가 알고 싶어 하는 건 뭐든지 말해주겠네. 자네 눈앞에 모든 사실이 밝혀질 거야. 내 약속함세."

"만약 그러신다면 므시외께서는 진정 경이로운 분이실 겁니다. 최근 전 가끔 윌리엄스의 말대로 뭔가 사악하고 초자연적인 힘이 개입한 게 아닌가 생각하기 시작했거든요."

"사악하지, 맞아. 하지만 마법은 아니라네."

피콩은 그렇게 말했고, 우리는 서스턴 저택이 있는 마을 변두리에 도착했다.

24

우리는 마을에서 헤어졌다. 피콩은 자신이 묵는 곳으로 돌아가고 나는 혼자서 서스턴 저택으로 걸음을 서둘렀다. 이미 땅거미가 내리고 있었고 저녁이면 불곤 하는 가을의 산들바람이 나무들을 마구 뒤흔들었다. 나는 지금 불에 손을 쬐며 따뜻한 차 한 잔을 마실 수만 있다면 얼마나 좋을까 생각하다가 문득 길 건너편에서 무언가를 발견했다. 처음에는 형체가 너무나 흐릿한 탓에 석탄 자루가 걸어서 울타리 쪽으로 이동하는 줄 알았는데 잘 보니 사람이었다. 가까이 다가간 나는 그것이 스미스 신부라는 사실을 깨달았다.

스미스 신부를 오래 알고 지내는 행운을 누리지 못한 사람들은 이 몸집 작은 사람의 겉모습에 속아 넘어가곤 했다. 그래서 그가 얼간이 같고 무능하다고 착각한 나머지 전적으로 불필요한 동정심을 비치는 일이 잦다는 사실도 알고 있었다. 때문에 나는 사이먼 경과 피콩이 모두 신부보다 한 발 앞질러 갔다는 사실에 유감을 표하지 않기로 마음먹었다. 어쩌면, 신부가 진작 그 문제를 해결했다는 사실이 나중에 밝혀지는 바람에 내가 바보가 될 수도 있기 때문이다.

지역 보건의인 테이트가 그 옆에서 함께 걷다가 나를 보고는 바로 말을 걸었다.

"여기 있는 내 친구에게 이 마을에 얽힌 재미있는 전설을 하나 이야기해주고 있었다네. 이 친구가 재미있어할 것 같아서 말이야."

스미스 신부는 그 말에 미소를 지었지만 아무 말도 하지 않았고, 테이트는 말을 이었다.

"고고학자들은 그 이야기를 일컬어 '죽음의 천사' 이야기라고 하지. 하지만 그 이름이 언제 처음 쓰였는지는 아무도 모른다네. 이야기 자체는 중세부터 전해 오는 것 같네. 지금은 팁턴 농가 주택이라 불리는 집이 그때는 이 근방에서 그 정도 크기 되는 유일한 주택이었을 테니, 아마도 작은 성 같은 취급을 받지 않았을까 싶으이. 그곳은 몇백 년 동안 폐허였다가 조지 시대에 다시 지어졌다네. 언제고 그곳에 가보면 어느 벽은 두께가 90센티미터는 된다는 사실을 알 수 있을 게야. 그 벽에는 많은 이야기가 담겨 있지!"

"무슨 이야기 말인가? 그 두꺼운 벽에 귀라도 달렸다는 이야기인가?"

스미스 신부가 순진하게 묻자 테이트가 이야기를 이었다.

"그 가문의 이름은 내 잊어버렸네만, 아무튼 가톨릭을 믿는 집안이었고 자네의 그 종교 교리를 섬기는 사람들이 늘 그러듯 까닭 없는 두려움을 품고 있었지."

"까닭 없는 두려움이라니?"

"글쎄, 자네도 알지 않는가."

"난 모르겠는데." 스미스 신부가 말했다.

"이런, 이 친구야. 자네 악마의 존재를 안 믿나?" 테이트가 약간 퉁명스럽게 말했다.

"그럼 자네는 세균의 존재를 안 믿나?" 스미스 신부가 항변했다.

테이트는 이 어처구니없는 상황에서 화제를 돌리기로 마음먹은 모양이었다.

"여하튼 그 가족들은 초자연적인 미신에 푹 빠져 있었던 모양일세. 그리고 가족의 수장인 자일스 경인지 뭔지 하는 사람은 그중에서도 가장 심했지. 그 사람은 죽기 몇 년 전 죽음이 자기를 기다리는 모습을 보았다고 주장했다네. 그건 평범한 죽음이 아니었어……."

"그럼 평범한 죽음이란 대체 무엇인가?" 스미스 신부가 물었다.

"뭐, 병사라든가…… 아무튼 침대에서 맞이하는 죽음이

겠지."

"알겠네. 평범한 죽음이란 의사가 옆에 서 있는 동안 환자가 맞이하는 죽음이란 말이군."

"그렇지. 아니, 내 말은…… 음, 아무튼 평범한 죽음이 무엇이든 간에 자일스 경에게 찾아온 죽음은 평범과는 거리가 먼 모습이었어. 자일스 경은 그…… '죽음의 천사'가 자기에게로 오는 모습이 보인다고 말했네. 커다란 검은색 날개로 훨훨 날면서 온다는 거야. 머리부터 발끝까지 시커먼 옷차림이고, 한 손에는 칼을 들고 있다더군."

"칼은 왜 가지고 오는 거지?" 스미스 신부가 물었다.

"무언가를 내리치기 위해서겠지."

"알겠네. 난 또 무슨 수술이라도 하려고 가지고 온다는 줄 알았지."

"자일스 경은 이 모습을 꽤 여러 번 보았다고 했네. 그것도 항상 같은 모습으로. '죽음의 천사'는 아주 먼 곳에서부터 그 불행한 자일스 경에게 복수를 하기 위해 날아온다는 거야."

"복수를 한다고? 자일스 경이 천사한테 무슨 짓이라도 했나?" 스미스 신부가 물었다.

"자일스 경은 대단히 방탕하게 산 늙은이였다네. 그리고 그가 봤다는 그 모습들에서는 상당한 회개와 참회가 느껴지지. 아마도 '죽음의 천사'가 자신의 죄를 그 칼로 벌할 거라고 생각했던 모양이야. 잊으면 안 되네, 이건 그냥 동네에서 전해 내려오는 이야기야."

"알겠네. 끝이 해피엔드면 좋겠군."

"결과적으로는 '죽음의 천사'가 칼을 휘둘렀던 모양일세. 늙은이는 그 시대 기준에 비추어 보아도 너무나 극악한 행위를 저질러왔다고 하네. 그리고 자기가 응보를 받으리라는 사실을 예상했겠지. 자일스 경은 그 검은 날개가 꽤 여러 번, 상당히 가까운 곳까지 날아왔다고 했다네. 그리고 최후로 자기 성의 탑에 홀로 올라가서 몇 시간 동안 모습을 드러내지 않았지. 가정부가 걱정이 되어서 경의 아들 중 하나에게 올라가보라고 했는데, 아들이 발견한 것은 탑의 꼭대기 방에서 자기가 흘린 피 웅덩이 위에 누운 채, 완전히 죽지는 않았지만 아무튼 마지막 숨을 거두는 자일스 경의 모습이었다고들 하지."

"유언은 무엇이었나?"

스미스 신부는 그 이야기가 유쾌한 일화인 양 즐기는 표정으로 물었다.

"아들이 아버지의 머리를 들어 올리자 아버지는 창문 쪽을 턱짓했다고 하네. 뭐, 당시 성이라면 동그란 창이었겠지. 아무튼 노인은 '죽음이 날개를 달고 왔다!' 하고 중얼거리고는 그대로 죽어버렸다고 하네."

"도대체 어떻게 죽었다는 건가?"

"이게 이 이야기에서 가장 재미있는 부분이지." 테이트가 말했다. "그가 어떻게 해서 죽었는지는 아무도 몰라. 노인이 탑 안에 틀어박혀 있는 내내 계단 밑에는 보초 서는 병사가 있었고, 탑 안을 이 잡듯 샅샅이 뒤져보았지만 별 특별한 건 나오지 않았다고 하네. 자일스 경이 발견된 방은 지면에서 적어도 9미터 높이는 되는 곳이었고, 흉기도 전혀 발견되지 않았다니까 말이야. 그리고 그 집안사람은 아까 내가 말했듯이 모두 미신을 믿는 사람이라……."

"오, 식구 전부가 다 그랬단 말인가? 그 얘기는 안 해주지 않았나."

"옛 암흑시대 이야기 아닌가. 그 정도는 적당히 알아서 파악하게. 아무튼 그래서 당연히 그 집안사람은 모두 노인의 이야기를 믿고 '죽음의 천사'가 드디어 그에게 징벌을 내렸다고 생각했지."

"알겠네. 그래서 살인범은 영영 발견되지 않은 모양이로군?"

"그렇지. 그래, 이 이야기에 대해 어떻게 생각하나?"

"재밌는 이야기가 다 그렇듯, 허구인 것 같군."

"허허."

"하지만 내가 그 이야기에 관심을 가질 거라는 자네 말은 맞았네. 여기서는 널리 잘 알려진 이야기인가?"

"그럼. 이 교구에서 오래 산 사람이라면 이 이야기를 모르려야 모를 수가 없지. 그러고 보니 그 미친 목사가 설교중에 거론한 적도 한 번 있었구먼. 사람들에게 행동거지를 조심하라고 경고하는 취지에서 말이야. 하지만 아무튼 정말 이해가 안 가는 친구라니까. 뭐, 아무튼 나는 이쪽으로 가야겠네. 백일해에 걸린 어린 소녀를 봐주러 가야 해. 부디 자네가 이 긴급한 수수께끼를 풀어주기를 바라네. 끔찍한 일이지. 나는 사형 제도에 찬성하지는 않지만 메리 서스턴을 죽인 그놈은 꼭 교수대에 매달렸으면 좋겠군. 두 사람 다 좋은 밤 되게. 나는 이만 가보겠네."

테이트는 좁은 길 안으로 들어갔고 그 자리에는 나와 신부만이 달랑 남았다. 나는 재빨리 머리를 굴렸다. 그 이야기에는 내 상상력을 자극하는 무언가가 있었다. 날개를 달고 오는 죽음. 메리 서스턴의 죽음에 얽힌 수수께끼는 도저히 무엇 하나 이해할 수가 없었기에, 그 어떤 설명에도 전부 납득해버릴 것만 같았다. 만약…… 물론 말도 안 되는 이야기라는 사실을 나도 잘 알고는 있지만, 정말 만약 누군가가 그런 식으로 날아갔다면 어떨까? 2층 창문에서 지상의 어느 지점까지, 착륙 흔적을 남기지 않기 위해 집 벽에서 멀리 떨어진 곳으로 내려갔다면 어떨까? 그게 그렇게나 불가능한 일일까? 나 또한 어린 시절 실험을 해보겠노라고 우산을 펼쳐 들고 헛간 지붕에서 뛰어내렸다가 팔이 부러진 적이 있었다. 그 실험은 그리 성공적이지는 못했지만, 혹시 어쩌면…….

아무튼 살인자가 창문으로 날아서 '들어'가지는 못했을 것이다. 날아서 '빠져나왔'다면 모를까. 아마도 낙하산과 비슷한 도구를 이용하면 가능하지 않을까 싶다. 아니면 날개 비슷한 무언가라도. 글라이더 같은 것도 실제로 존재하니 말이다. 그런 가능성을 검토하고 있는 나는 정말로 멍청이일까?

나는 옆에 있던 스미스 신부를 돌아보았다.

"방금 전의 살인 이야기가 혹시 우리 사건과 무슨 관계가 있다는 생각 안 드십니까?"

"'카인과 아벨' 이야기 이래 존재한 그 어떤 이야기도, 살인을 담고 있다면 우리 사건과 관련이 있을 수 있겠지요." 스미스 신부가 대답했다.

"비슷한 상황이 어쩌면 여기서 벌어졌을 수도 있지 않을까요?"

스미스 신부가 나를 돌아보았다.

"일어났을 수 있는 모든 일을 전부 고려해보지 않고서 실제 무슨 일이 일어났는지 알아내기란 어려운 일이지요. 용이 창문으로 날아와서 입에 물고 있던 칼로 살인을 저질렀을지도 모르고요. 살인자가 구름처럼 집 주위에 둥둥 떠 있던, 새로 개발된 풍선에 타고 창문으로 들어갔을 수도 있고요. 초인적인 점프로 창틀로 뛰어 올라갔을 수도 있고, 근처 느릅나무 가지에서 펄쩍 뛰어올라 들어갔을 수도 있지 않습니까. 아니면 내가 저녁 내내 침대 밑에 숨어 있다가 여러분이 오자 쥐로 변신했을 수도 있지요. 여하튼 테이트나 나한테 그런 흥미위주의 가설은 별로 도움이 안 됩니다."

나는 약간 안도하며 물었다.

"그럼 신부님께서는 실제 무슨 일이 일어났는지, 또 누가 범인인지 아신단 말씀이군요?"

나는 숨도 쉬지 못하고 그의 대답을 기다렸다. 신부가 갑자기 내 팔을 잡았고, 우리는 걸음을 멈췄다. 우리 앞에 보이는 비탈길의 윤곽이 돌처럼 매끄러우면서도 또렷해 보였다. 무성하게 우거진 나무들은 여러 해 동안 바람에 시달려 줄기가 구부러졌지만, 마구 흐트러진 모습으로도 삶을 유지하고 있었다. 나는 이날 본 언덕의 모양과 가장자리 실루엣의 그 어떤 사소한 모습 하나하나까지 앞으로 결코 잊지 못하리라는 사실을 예감했다.

그것은 내 옆의 신부가 좋아하는 장면이었으며 또한 그에게 몹시 익숙한 분위기였다. 어스름 땅거미가 내리는 청회색 황혼 녘을 배경으로 키 큰 그림자와 키 작은 그림자가 나란히 서 있는 모습. 비단 하늘을 등지고 있어서가 아니라 옷 자체가 검은색이었기 때문에 그들의 모습은 검게 보였으며, 작은 그림자 주위로는 무언가가 펄럭였다. 나는 흠칫 놀랐다. 저 사람의 등 뒤에 걸려 있다가 펄럭펄럭 흔들리며 산들바람에 높이 올라가는 저것은 무엇일까? 설마…….

하지만 한순간 나는 스스로에게 바보 같은 생각 말라고 꾸짖었다. 그 사람의 실루엣에서 기이한 점은 아무것도 없었다. 펄럭펄럭 흔들리는 것은 검은 인버네스케이프[1]로, 정신을 차리고 자세히 보니 그 사람은 목사였다.

스미스 신부는 멍하니 순진하게 눈을 깜박였고 나는 신부가 아주 놀라운 것을 발견했지만 그것을 감추고 있다는 사실을 알아챘다. 신부는 양손으로 우산 손잡이를 꼭 잡은 채 그 두 사람이 언덕을 내려와 서스턴 저택으로 가는 모습을 지켜보았다. 그 모습을 보니 사이먼 경과 피콩의 해결책에 대한 내 확신은 어디론가 증발해버렸다. 도대체 상황이 어떻게 되어가는 것일까? 오늘 아침 나는 사이먼 경과 함께 세 명의 용의자를 발견했고, 경은 자신의 이론이 완성되었다고 말했다. 오늘 오후에는 피콩과 함께 산책을 나갔다가 다른 용의자 세 명을 또 보았고, 피콩 또한 수수께끼를 풀었다고 했다. 그리고 지금, 사람 미치게 하는 이 순간 스미스 신부는 너무나도 불길하게 눈을 깜박이며 또 다른 두 명의 용의자를 바라보고

[1] 소매 대신 망토가 달린 남성용 외투.

있다. (이제 보니 또 하나의 그림자는 아무래도 스톨 같았다.) 그렇게 12킬로미터가량을 자동차로 달리고 또 12킬로미터를 걷고, 급기야는 추운 바람이 불어오는 바깥에서 언덕을 바라보며 서 있었지만 나는 어젯밤보다 조금도 진실에 가까워진 것 같지가 않았다.

이윽고 스미스 신부가 걸어가기 시작하자, 나는 아까의 질문을 굳이 토씨 하나 틀리지 않고 반복할 필요는 없다는 생각이 들었다.

"그래서, 아셨단 말이죠?"

나는 거의 속삭이는 듯한 소리로 물었다.

신부가 대답했다.

"그래요, 압니다."

25

우리는 다시금 서재에 모였다. 윌리엄스, 사이먼 경, 므시외 아메르 피콩, 스미스 신부, 비프 경사, 그리고 나. 서스턴 선생에게도 와달라고 했지만 탐정들은 진실이 밝혀졌을 경우 그에게는 너무나 가혹한 일이 될 것 같다는 의견에 모두들 동의했다. 솔직히 그가 참석할 필요도 없었다. 나중에 누가 체포되었는지나 알려주면 될 일이었다.

과장 한 점 없이 말하자면 나는 정말 미칠 듯이 흥분한 상태였고, 윌리엄스 또한 엄청난 기대를 품고 있으리라는 사실을 전혀 의심치 않았다. 이것은 단순히 수수께끼를 해명하는 작업이 아니라 한 인간을 확정된 죽음으로 몰아넣는 일이었다. 이 세 탐정이 찾아낸 증거 앞에서는 이 세상의 그 어떤 변호사도 범인에게 무죄를 선고받게 할 재간은 없을 터였다. 또한 이 증거들이 소송 절차에 실질적인 관점과 드라마를 더해주리라는 사실이 자연스럽게 우리의 병적인 호기심을 끌었다. 누군가가 지목받고 체포되어 재판을 받고 교수형을 당하게 되는 것이다. 우리가 잘 알고, 바로 오늘까지 대화를 나누었던 누군가가. 손을 내려다보니 희미하게 떨리고 있었다.

교차 조사를 할 때에도 사이먼 경이 가장 먼저 나섰듯, 이번에도 경이 맨 처음으로 입을 열었다.

"아무래도 이 불행한 사건의 개요를 그려보는 일은 내가 하는 게 좋을 것 같군요. 그리고 내 동료들이 자세한 점을 보충하거나 틀린 점을 고쳐주면 좋을 것 같습니다. 어떻게 생각하시죠?"

피콩이 고개를 끄덕이고 스미스 신부는 딱히 반대하지 않았으므로 사이먼 경은 이야기를 시작했다. 경이 느릿느릿한 말투로 상황을 설명하는 동안 방 안에는 기괴한 침묵이 맴돌았다.

"흥미로운 사건이긴 했지만 처음 생각했던 것만큼 복잡하지는 않더군요. 그러나 조사 초반에는 우리도 추측밖에 할 수가 없었습니다. 이 점에 대해서는 사건에 경의를 표합니다. 대부분의 범죄를 해결하는 일은 사실 콩 껍질 까는 것만큼이나 간단하니까요. 이번 사건은 전혀 그렇지 않았습니다.

먼저 어느 정도 시간을 뒤로 돌려봐야 할 것 같군요. 유언장 기억하십니까? 그 불행한 서류 말입니다. 서스턴 부인의 첫 번째 남편은 대단한 재산가였죠. 그는 자기 재산과 아들 사이에 딱 한 가지 가림막을 쳐놓았습니다. 바로 한 여성의 인생이었죠. 이 말을 들으면 누구든 그 내막을 어림짐작할 수 있을 겁니다. 본질로 들어가면 불 보듯 뻔한 일입니다. 동기는 늘 그렇듯 돈이었죠.

여러분이 기억하시는 그 의붓아들은 유언장이 작성되었을 무렵 해외에 있었고, 자기 아버지의 부고를 받았는지 어떤지 알 수가 없습니다. 서스턴 선생의 말에 따르면 그 친구는 항상 돈이 떨어지면 자기의 영예와 가문의 영광에 잠시 동안 빌붙는 부류의 젊은이였기에 그 친구가 집에 돌아오는 건 일종의 관례와 같은 일이었다고 합니다. 하지만 동시에 그 친구는 자기 이름도 바꿨죠. 왜 그랬을까요? 바글바글한 채권자들, 그리고 뭔가 이상한…… 분명히 옳지 못한 방법을 동원하여 발행했을 수표. 그래서 의붓아들은 새로운 이름과 텅 빈 지갑, 그리고 상당한 호기심을 끌어안고 집으로 돌아왔을 겁니다. 뭐, 으레 일어나곤 하는 일이죠.

그리고 집에 돌아오자마자 가장 먼저 들은 소식은 늙은 아버지가 돌아가시고 새어머니는 새 결혼을 했다는 이야기였을 겁니다. 자, 그러니 의붓아들은 바로 아버지의 변호사에게로 튀어 가서 유언장에 대해 물었겠죠. 그리고 좌절했을 테고요. 모든 재산이 평생 새어머니에게 귀속되었다니, 그리고 자기는 오로지 쥐꼬리만 한 용돈만 받아 생활해야 하다니. 여러분 모두 아시다시피 의붓아들은 서스턴 부인을 한 번도 본 적 없었습니다. 때문에 그녀가 얼마나 착한 성품의 소유자인지도 모른 채 그저 자기가 태어날 때부터 가지고 있었던 권리를 비열한 방법으로 빼앗아 간 교활한 계집이라고 욕설만 퍼부었을 겁니다. 의붓아들은 몹시 다혈질인 젊은이라고 했으니까요.

여기 계신 여러분 중 몇 분이 예비 유산상속인이며, 유산을 물려줄 사람이 아직도 살아 있는 바람에 손가락만 비비 꼬며 그날을 기다리고 계시는지 모르겠습니다만, 여하튼 그건 사람을 굉장히 의기소침하게 만드는 일이라는 점만은 확신할 수 있습니다. 세상에서 가장 고결하고 온화한 사람조차 잠재적인 살인자로 만들 수도 있는 일이죠. 하지만 이 친구는 타고난 살인자는 아니었습니다. 그냥 돈이 필요했을 뿐이죠. 그냥 돈만 좀 있으면 하고 바랐을 뿐입니다. 제일 먼저 살인이라는 수단이 떠올랐다가도, 발각되었을 때 받을 처벌에 금세 생각이 미쳤을 겁니다. 여하간 재산 규모를 보고 아들은 깜짝 놀랐겠지요. 자세한 이야기는 변호사가 다 해줬을 테고, 아버지가 남긴 액수를 보고 눈이 튀어나올 정도로 기겁했을 겁니다. 그리고 그는 그런 큰돈이 엉뚱한 데 가 있다는 사실을 알면서도 행동에 나서기를 망설이는 젊은이는 아니었습니다.

그래서 아들은 일단 애원하기 시작했습니다. 그렇게 한다고 해서 뭐 큰일이 나는 건 아니니까요. 아들은 서스턴 부인이 이곳에 살고 있으며 차도 한 대 가지고 있다는 사실을 알고 근처 마을로 달려갔습니다. 너무 가깝지 않고 두 사람이 만나기에 괜찮은 거리에 있는 마을 말이죠. 그리고 그 마을, 즉 시드니 슈얼에서 아들은 서스턴 부인에게 편지를 썼습니다. 여러분 모두 예상하셨겠지만 첫 번째 편지는 점잖고 쾌활한 느낌이었습니다. 아버지의 죽음을 듣고 너무나 안타까웠다, 의붓어머니를 한 번도 못 만나본 게 아쉽다. 모종삽으로 땅을 파듯 별로 자극적이지 않은 내용이었겠지요.

하지만 그 편지에서 딱 한 줄이 아마 서스턴 부인을 상당히 곤란하게 했을 거라고 저는 확신합니다. 부인이 남편에게는 절대 말할 수 없는 그런 요청을 했겠죠. 아들이 어떤 구실을 붙였는지 지금은 아무도 명확하게 알 수 없지만, 아무튼 굉장히 설득력 있는 구실을 댔을 겁니다. 서스턴 부인이 남편에게 아들이 다시 나타났다는 이야기조차 하지 못할 만큼 그럴듯한 구실이었겠죠. 그 때문에 더욱 안타깝습니다. 어쩌면 부인은 생명을 건질 수 있었을지도 모르는데 말입니다.

부인은 남편에게 털어놓기는커녕, 의붓아들을 만나러 갔습니다. 그리고 타인에게 늘 호의적인 서스턴 부인답게 그 친구를 마음에 들어 하고 말았죠. 저는 이제 조금 더 심리학적인 문제로 파고들려 합니다. 무슨 일이 일어났는지 더욱 자세히 알기 위해 이제부터 두 사람의 성격을 파헤쳐볼 생각입니다. 서스턴 부인은 그 만남에서 매우 부인답게 처신했으리라 저는 상상합니다. 여러분 모두가 이미 아시는, 한 저택의 여주인다운 태도로 말이죠. 부인은 자신의 의붓아들이 여기에 있는 부인 본인의 친구들 속에 굉장히 잘 녹아들 수 있으리라 생각했습니다. 부인은 재미있는 것을 몹시 좋아했죠. 그래서 이 의붓아들이 어쩌면 그 유쾌한 사람들 사이에 잘 섞일 수 있을 것 같다는 착상을 한 겁니다. 그래서 서스턴 선생에게 정체를 밝히지 않고 이 젊은이를 저택 안으로 들였습니다.

의붓아들이 부인에게 얼마나 내놓으라고 했는지 우리는 절대 알 수 없겠지만, 여하간 그 역할은 그에게 잘 들어맞았습니다. 그리고 그후로 그는 서스턴 부인에게 쉽게 달라붙어 너무나 놀라울 만큼 탐욕스럽게 부인을 뜯어먹기 시작했습니다. 그는 의붓어머니를 협박하거나 의붓어머니에게 폭력을 휘두를 이유가 전혀 없었습니다. 그저 부인의 존재로 인해 자신의 올바른 권리를 빼앗긴 가엾은 아들이라는 역할만 잘 수행하면 될 뿐이었죠. 그는 그 역할을 아주 점잖고 쾌활하게 잘 해냈습니다. 결코 불평하지도 않았고, 자기가 불평하지 않는다는 점을 굳이 꼬집어 말하지도 않았습니다. 부인은 의붓아들을 볼 때마다 너무나 불운한 청년이라고 생각했고, 그래서 자신이 할 수 있는 한 모든 것을 해주었습니다.

자, 이제까지 저는 이 이야기를 제 나름대로 해석해서 재구성하며 이야기에 뚫린 구멍을 상상으로 메워보았습니다. 제가 확신하는, 있는 그대로의 사실입니다. 의붓아들은 서스턴 부인이 두 번째 결혼을 한 지 얼마 되지 않아 영국에 돌아왔고, 아버지의 변호사에게 가서 유언장에 관련된 것을 물어보았다고 합니다. 나는 그 변호사와 직접 통화를 했습니다. 매력적인 친구더군요. 그 방문에 대해서도 아주 잘 기억하고 있던데요. 아무튼 의붓아들은 시드니 슈얼에 머물렀고, 서스턴 부인은 우리가 알다시피 그곳에서 빈번히 의붓아들과 접촉했습니다. 그리고 이윽고 그는 이 저택에 오게 되었고, 살인이 벌어지던 이 시각 이 저택 안에 있었으며 비프가 그를 연행해 가지 않는 한 지금도 이 집에 있습니다."

사이먼 경은 이 시점에서 말을 끊고 다리를 바꿔 꼬며 타이밍 좋게 버터필드가 채워준 나폴레옹 브랜디를 홀짝였다. 버터필드는 이 술을 서스턴 선생의 디캔터에 슬그머니 넣어두었으므로 사이먼 경은 즐겨 마시는 음료를 아무런 지장 없이 언제든 마실 수 있었다. 잠시의 침묵에 짜증도 나고 호기심을 참을 수가 없어서 나는 결국 입을 열어 묻고 말았다.

"그래서 당신은 그 사람이 누군지 아신다는 말이죠, 사이먼 경?"

"물론 누군지 압니다."

"어떻게 알아내셨죠?"

"아주 쉽습니다. 나는 버터필드에게 여기 있는 사람 중에서 의붓아들의 나이와 비슷한 사람들의 사진을 손에 넣으라고 지시했습니다. 그리고 그걸 가지고 시드니 슈얼로 갔지요. 그곳에 있는 선술집은 워낙 손님들이 자주 바뀌어서 별반 신통한 결과를 얻을 수 없었지만, 우체국장은 그곳에서 일하게 된지 오래되지 않았는데 기억력이 상당히 좋더군요. 그녀는 몇 년 전 그 마을에 잠시 머물렀던 젊은이의 사진 하나를 금세 알아보았습니다. 그 이름을 여러분 앞에서 숨길 이유는 없겠지요. 그자는 데이비드 스트리클런드입니다. 그걸 확인하고 나니 다 끝나더군요. 스트리클런드의 원래 성은 버로스였으며, 모두들 아시다시피 버로스는 서스턴 부인의 전남편 성이지요. 스트리클런드가 문제의 의붓아들이었던 겁니다."

나는 자리에서 벌떡 일어나며 소리를 질렀다.

"경사, 어서 저자를 체포하세요."

하지만 비프 경사는 꼼짝도 하지 않았다.

"누군가를 체포하려면 그것보다는 훨씬 더 많은 근거가 필요합니다. 스트리클런드 씨가 서스턴 부인의 의붓아들이라는 이야기는 납득이 가는군요. 그게 아니라고는 말하지 않겠습니다. 저분은 관대한 신사였고, 마을에 내려올 때마다 항상 어딘가에 서서 술을 한잔하고 있었지요. 하지만 그렇다고 해서 부인을 살해했다고는 할 수 없지 않습니까?"

사이먼 경이 웃으며 말했다.

"그 말이 맞네, 경사. 자네에게는 모든 이야기를 들려줘야겠지. 이제 금방 끝날 걸세."

나는 안도했다. 비록 스트리클런드에게 개인적인 원한은 없었지만 그렇다고 해서 그에게 딱히 좋아할 만한 구석도 없었다. 최소한 이렇게 끊임없이 서로를 의심하는 일이 끝나고, 내 안에서 솟아나는 의심에 방해받지 않은 채 사이먼 경의 이야기를 쭉 들을 수 있게 되어 퍽 고마웠다. 그리고 나는 그가 범인이라는 사실에 썩 놀라지도 않았다. 스트리클런드의 방이 서스턴 부인 바로 옆방이라는 사실이 계속 의심스러웠기 때문이다.

"이번 사건이 계획적인 범죄라는 점에는 의문의 여지가 없지요. 철저하게 계획된 범죄입니다. 하지만 굳이 말하자면 '조건부 계획범죄'라고도 할 수 있을 것 같습니다. 차차 알게 되시겠지만 스트리클런드에게는 돈이 필요했습니다. 이번 주말에 충분한 돈을 받았더라면 그는 이렇게까지 불쾌한 범죄를 저지르지 않았을지도 모릅니다. 하지만 이 집에 오기 전에 계획은 미리 세워두고 있었습니다. 그는 이 집과 고용인들을 잘 알았으며 주말에 초대받아 오는 손님들에 대해서도 충분히 숙지하고 있었지요. 또한 만약 서스턴 부인이 살해당한다면 자기가 유력한 용의자로 지목될 것도 알고 있었습니다. 가장 강력한 동기가 있으니까요. 의붓아들로서 이름도 바꿨고, 서스턴 부인이 죽으면 바로 유산이 상속되는 대상이기 때문에 용의선상에서 빠져나갈 길이 없었습니다. 그렇게 자신이 헤쳐나가야 할 일이 어떤 것인지 잘 알고 있었기 때문에 신중하게 일을 처리했죠.

그리고 범인은 범행에 성공했습니다. 그 복잡한 두뇌로 이 계획을 완성시키기까지 얼마나 걸렸을지는 별로 생각하고 싶지 않군요. 계획대로 잘되기만 하면 나쁜 계획이 아니었습니다. 물론 취약점이 있는 계획이지만, 우리의 범인은 이런 일을 처음 해본다는 사실을 명심해야만 합니다. 이 범죄는 전체적으로 쓸데없이 복잡한 감이 있지만 아마추어치고는 아주 칭찬할 만하다고 할 수 있습니다. 그가 '조금만' 더 똑똑했더라면 저를 속여 넘길 수 있었을지도 모릅니다. 하지만 거기서 더 조금만 똑똑했더라면 살인 같은 건 절대로 저지르지 않았겠죠. 이건 다 허튼짓이니까요.

하지만 범인은 돈이 몹시 필요한 상황에서 주말에 이 저택을 방문하게 되었고, 결국 메리 서스턴에게서 그 돈을 받아내기로 결심했습니다. 가능하면 말로 설득하고 싶었겠지요. 그 일이 실패하면 머릿속에 있는 완벽한 살인 계획을 실행해서, 런던 경찰청에서 경찰이 열두 명이나 와도 풀지 못할 방법으로 부인을 살해하겠다고 결심했습니다. 하지만 내 생각엔, 부인이 젊은이에게 원하는 것을 주었더라면 목숨을 구할 수 있었을지도 모른다는 생각은 버리는 게 좋을 것 같습니다. 그랬더라면 살인이 연기되었을지 모르지만 계획이 완전히 사라지지는 않았을 겁니다. 서스턴 부인의 첫 남편은 유언장을 작성하면서 자기 부인에게 퍽 잘한 일이라고 생각했겠지요. 하지만 이것은 앞으로 유언장을 작성해야 하는 사람들에게 큰 교훈이 될 겁니다.

나는 스트리클런드의 지난주 재정 상황에 대한 자료를 입수했습니다. 말해봤자 뻔한 일이긴 하지만, 빚이 꽤 많더군요. 당연히 절망에 빠져 있었겠지요. 그래서 큰돈이 필요했을 겁니다. 그것도 몹시 긴급히. 그리고 그는 그 돈을 받으러 이곳에 왔던 겁니다."

26

"스트리클런드가 무슨 계획을 세웠는지 다들 굉장히 궁금하실 겁니다. 악마처럼 교활하면서도 아주 흥미로운 방법이죠. 의붓어머니를 제거할 방법을 궁리하면서 그가 맨 처음으로 착안한 것은 공범의 필요성이었습니다. 여기 계신 여러분 모두도 범죄가 벌어졌을 때 가장 먼저 떠올렸으리라 믿습니다만, 저는 이 범행에 공범이 있다고 봤습니다. 생각을 해보십시오. 무슨 초자연적인 일이라도 벌어지지 않는 이상, 범인이 고작 이 분 사이에 밀실로 만든 방을 빠져나오고, 그 안에 있던 흔적을 지우려면 공범이 필요합니다. 스트리클런드에게는 편리하고 적극적인 조수가 바로 옆에 있었습니다. 운전사 펠로스죠. 하지만 스트리클런드도 바보는 아니었으므로 완전히 마음을 다잡기 전까지는 이번 주말이 개시일이라는 사실을 펠로스에게 미리 밝히지는 않았습니다.

스트리클런드는 운전사의 배경을 알고 있었다는 사실, 이것을 명심해두십시오. 의붓어머니를 죽이겠다는 생각을 꽤 오랫동안 가슴에 품고 있었다는 사실은 확실합니다. 그리고 최근 방문할 때마다 스트리클런드는 운전사와 그 이야기를 나눴을 겁니다. 스트리클런드는 운전사의 신상에 대해 알고 있었습니다. 운전사가 감옥에 들어갔던 적이 있다는 사실도 알고 있었고, 그의 유일한 삶의 야망은 돈을 충분히 벌어서 이 집을 나가 선술집 겸 여관을 하나 차리고 이니드와 결혼하는 일이라는 사실도 알고 있었습니다. 또한 펠로스와 서스턴 부인 사이에 일종의 '관계'가 있었다는 사실도 알았습니다. 그리고 스트리클런드는 그가 자기 계획에 찬동해줄 가장 적절한 사람이라는 사실을 정확하게 판단했습니다."

여기서 갑자기 비프 경사가 소리 높여 끼어들었다.

"글쎄요, 그 말은 도저히 믿을 수가 없는데요." 그가 팔짱을 꼈다. "나는 펠로스를 잘 압니다. 그야 좀 거친 친구고, 예전에는 문제를 일으킨 적도 있지요. 빈집을 턴 적도 몇 번 있었다고 하고요. 하지만 살인은 아닙니다. 그것만은 아닙니다. 더블 18[1]을 노려서 다트를 던지면 셋 중 둘 정도는 명중시킬 수 있는 친구지만, 한 부인의 목젖을 칼로 그을 만한 인간은 아니란 말입니다. 솔직히 못 믿겠습니다. 게다가 난 범인이 누군지도 알고 있고요."

1 다트 과녁판에서 가장 바깥쪽의 좁은 공간을 '더블 링'이라고 한다. 이곳을 명중시키면 해당 점수의 두 배를 얻을 수 있다.

사이먼 경이 참을성 있게 미소를 지었다.

“자네의 시간과 관심 덕분에 과거 펠로스가 얼마나 게임에 능숙했는지 알게 되어서 대단히 기쁘군, 경사. 하지만 난 그게 이번 사건과 그리 관련이 있는지는 잘 모르겠네. 게다가 내가 언제 이 젊은 친구가 살인을 저질렀다고 말했던가? 자네는 인내의 미덕을 더 배워야겠군, 경사. 자네 같은 직업에서 특히 필요한 미덕이지. 그리고 너무 결론으로 비약하지는 말게.

어디까지 얘기했더라? 아, 그렇지. 스트리클런드는 금요일 아침 역에 도착했습니다. 한 주의 경마가 끝난 후였죠. 부드럽게 말한다면 ‘재앙’이라고도 할 수 있겠군요. 그리고 거기서 펠로스를 만났습니다. 한편 펠로스는 최근 이니드와 단둘이 차를 타고 밖으로 나가는 일이 잦았습니다. 이 또한 재앙이라 할 수 있겠습니다. 여태껏 보아온 이니드의 모습에 비추어 볼 때, 저는 도저히 그 아가씨가 결혼하고 여관을 차리기만을 바라면서 끈기 있게 돈을 모으고 기다리는 일을 즐긴다고 여길 수는 없더군요. 게다가 여주인이 외로울 때나 변덕을 부리고 싶을 때마다 강아지 부르듯 휘파람을 불면 쪼르르 달려가는 약혼자의 모습에 그녀가 기뻐할 거라고는 아무도 생각하지 않겠죠. 그렇기 때문에 펠로스 또한 한계에 다다르지 않았을까 싶습니다.

아마 그때도 스트리클런드는 무엇 하나 확실한 이야기는

하지 않았을 겁니다. 그러기에는 펠로스를 너무나 잘 알고 있었으니까요. 하지만 뭐, 점심 먹은 후에 잠깐 보자고 하거나 무슨 핑계를 대고서 이스트 스트리트로 오라거나 그런 말 정도는 할 수 있었겠죠. 그건 아무도 모르는 일입니다. 아무튼 그래서 그들은 역에서 떨어진 차 안에서 오붓하게 이야기를 나눌 수 있었습니다.

스트리클런드는 이미 서스턴 부인에게 자기가 돈이 필요하다는 사실을 알렸고, 우리도 알다시피 부인은 그를 위해 200파운드를 인출해 준비해두었습니다. 하지만 또 다른 문제가 발생했죠. 삼 주쯤 전, 서스턴 부인이 펠로스에게 보낸 편지를 스톨이 중간에서 가로챘던 겁니다. 너무나 무분별하고 경솔한 편지였으며, 이 숙녀처럼 어리석고 생각이 없는 사람이 쓸 법한 내용이었습니다. 그러나 스톨은 편지를 발견하고서 부인을 협박하여 상당한 액수의 돈을 얻어낼 도구로 쓰자고 마음먹었죠. 사실 서스턴 부인은 자신의 남편을 매우 사랑했으며, 젊은 운전사 앞에서 다소 약해질 뿐이었던 순진한 영혼이 설마 누군가에게 그렇게 끔찍하게 이용되리라고는 생각도 못 했을 겁니다. 어쨌거나 점심 식사를 한 후 스트리클런드는 부인의 방으로 가서 돈이 준비되었는지 물었고 부인은 준비하지 못했다고 대답했습니다. 설명할 시간이 없었을지도 모르고, 또는 그에게 이유를 설명하고 싶지 않았을지도 모르죠. 아마 그 모든 일이 바로 이 방에서, 그리고 여러분 중 몇 분이 함께 있는 앞에서 이루어졌을 거라 저는 상상해봅니다. 다급한 귓속말이 몇 번 오갔겠지요.

저택의 중앙 전화로 대화 내용 대부분을 엿들은 스톨은 목요일 아침 전화를 걸어 부인을 깨워서는 자기에게 그 돈이 필요하다고 말했습니다. 스톨은 부인이 스트리클런드에게 돈이 준비되었다고 이야기하는 것도 엿들었겠지요. 혹은 부인의 수표책을 보고 얼마 전에 200파운드가 인출되었다는 사실을 알았을 수도 있고요. 아니면 일을 그만둘 생각으로 미리 협박을 하려던 참이었는데 우연히 때가 맞아떨어졌는지도 모릅니다. 어쨌든 스톨은 어디서 돈 냄새를 맡았고, 그 돈을 자신이 손에 넣어야겠다고 생각했습니다.

돈을 주겠다는 약속이 겹치는 바람에 자기가 그 돈을 받지 못하게 되었다는 사실을 안 스트리클런드는 바로 운전사에게 가서 계획을 털어놓았습니다. 이때 스트리클런드는 너무나도 끔찍한 결단을 내린 거죠. 그는 머뭇거리지 않고, 미리 준비해두었던 계획을 착착 실행에 옮기기 시작했습니다."

이쯤에서 사이먼 경은 잠시 머뭇거렸다. 나는 존경심 가득한 눈길로, 우리가 너무도 알고 싶어 하는 진실을 밝히기 전에 그가 새 시가에 불을 붙이는 모습을 지켜보았다. 사이먼 경은 우리에게 살인자의 정체를 알려주었지만, 그에 비해 살인 방법은 여전히 베일에 싸여 있었다. 나는 '얘기 계속해요! 어서!' 하고 외치고 싶을 정도였지만 젊은 귀족은 태연하게 시가에 성냥불만 붙이고 있었다. 한참 뜸을 들인 사이먼 경은, 이번에는 다소 새로운 견지에서 이야기를 다시 시작했다.

"그 방에서 탈출한다고 생각해봅시다. 방 안 어딘가에 밧줄이 있었다면 그 밧줄이 어떻게 사용되었을지 궁금하지 않습니까?"

이것은 명확히 나를 겨냥한 질문이었다. 나는 짜증스럽게 대답했다.

"궁금하냐고요? 그걸 왜 궁금해해야 하는지 모르겠군요. 공범자가 위에서 밧줄을 내려준 것 말고 사용 방법이 뭐가 또 있겠습니까? 내가 몇 번이나 말했지만 윌리엄스가 창문을 열고 확인하기 전에 범인이 그 방에서 밧줄을 밖으로 던져 위로 고정시킨 다음 창문을 닫고 밧줄을 타고 올라가서 위에서 회수할 시간은 없었단 말입니다. 그리고 만약 그랬다 하더라도 실제 스트리클런드, 펠로스, 노리스가 달려왔던 것만큼 범인이 빠르게 부인의 방문 앞으로 달려올 시간은 없고요."

"밧줄을 밑으로 던지는 건 어떨까요?"

"그것도 마찬가집니다. 위층에서 누군가가 밧줄을 내려주어서 범인이 창문을 닫고서 그걸 타고 내려간 뒤에 윌리엄스가 창문을 열기 전에 도망치고, 범인이 내려가자마자 밧줄은 바로 회수되어야 하지요. 하지만 도저히 불가능한 일이라고 봅니다. 만약 그랬다면 벽에서 고작 2미터 떨어져 있는 화단에 발자국이 남지 않은 게 말이 되는 얘깁니까? 그리고 어떻게 다시 저택 안으로 들어와 때맞춰 우리와 합류했단 겁니까? 또 공범이 그렇게 빨리 밧줄을 회수하고 나서 아래층으로 내려왔단 말입니까? 말이 되지 않습니다. 그리고 사실……." 나는 갑자기 생각이 떠올라 한마디 덧붙였다. "그 밧줄 두 개는 눈가림을 위한 속임수일지도 모르지 않습니까!"

사이먼 경이 미소를 지었다.

"처음의 두 가지 사실은 당신 말이 맞습니다. 그 누구도 그 밧줄을 오르락내리락할 만한 충분한 시간적 여유가 없었다는 것 말입니다."

"음, 그런데요?"

"하지만 밧줄을 타고 다른 방향으로 움직일 수도 있었다는 생각은 안 듭니까?"

"그게 무슨 뜻입니까?"

스미스 신부가 안락의자에서 벌떡 일어서며 말했다.

"그러니까 사이먼 경의 말씀은 밧줄이 오르락내리락하는 용도로 쓰일 수도 있지만, 사람이 매달려서 시계추처럼 옆으로 이동하는 데 쓰일 수도 있었다는 뜻 같군요."

"정확합니다. 바로 '매달려서 시계추처럼 옆으로 이동했다'

는 말이 하고 싶었습니다. 스트리클런드는 자기에게 밧줄을 타고 올라가거나 내려갈 시간이 없을 수도 있기 때문에 아주 철벽같은 알리바이를 구축해야 한다는 사실을 잘 알고 있었죠. 하지만 메리 서스턴의 방 창문으로 나가서 밧줄에 매달려 옆으로 이동하는 건 누구라도 할 수 있는 쉬운 일이고 또 시간도 충분하죠. 미리 밧줄을 마련해서 자기 방 창문에 매달아놓고, 그 끝을 서스턴 부인의 방 창문 옆에 잘 묶어놓기만 하면 됩니다. 그러면 이제 비상용 통로(정의에서 도망치기 위한 통로라고 해도 되겠군요)가 준비된 셈입니다. 공범자는 그냥 나중에 밧줄을 회수해주기만 하면 되고요."

나는 입을 딱 벌렸다. 맞는 말이다! 왜 진작 그 생각을 못 했을까? 그것도 모르고 나와 윌리엄스는 초자연적인 존재에 대해서만 이야기를 나눴으니!

사이먼 경이 말을 이었다.

"하지만 스트리클런드도 바보는 아니었습니다. 그는 펠로스가 이 계획에 그리 쉽게 가담하지 않으리라는 사실을 잘 알았습니다. 뭐니 뭐니 해도 펠로스가 그런 짓을 해서 얻는 게 뭐가 있겠습니까? 유언장에 하인들에게 돌아갈 몫이 명시되어 있긴 하지만, 스트리클런드는 그걸로는 사람 하나를 살인 계획에 끌어들이기엔 부족하다고 생각했습니다. 펠로스는 그렇게까지 악독한 놈은 아니었으니까요. 그래서 더 영리한 방법을 생각해냈습니다. 부인의 귀금속을 미끼로 삼은 거죠.

자, 여러분 모두 아시다시피 금품은 저 운전사의 특기 분야입니다. 그와 이니드의 오빠는 그런 장물을 추후 어떻게 처분해야 하는지 잘 알고 있었죠. 그리고 스트리클런드의 계획은 훌륭했습니다. 이 계획을 제대로 실행하기만 하면 저택 안에 있는 그 누구도 의심할 수 없게 될 거라고 스트리클런드는 말했을 겁니다. 문은 단단히 잠가두고 창문을 통해 탈출하면 된다고요. 그리고 여기서 펠로스가 등장하는 거죠. 스트리클런드는 작은 문제가 발생한 척했습니다. 서스턴 부인의 보석은 몹시 값비싸기 때문에 부인의 방에는 그런 귀금속들을 넣어두는 금고가 따로 있고, 부인과 서스턴 선생만이 금고 비밀번호를 알고 있습니다. 그래서 스트리클런드는 깊이 궁리하는 척하다 말했습니다.

'이렇게 하면 되겠군. 내가 이상한 가면을 쓰고, 낡은 코트를 입고서 그 방에서 기다리고 있다가 부인이 자러 오면 얼굴에 권총을 들이대고서 금고를 열라고 하는 거야. 그리고 자네가 밧줄을 준비해주면 나는 창문으로 도망치고 그러면 부인은 범인이 저택 안에 있던 누군가라는 생각을 못 하겠지. 그리고 수사하러 온 경찰들도 그렇게 생각하지 못할 거야. 그냥 외부인이 창문으로 들어왔다가 창문으로 도망쳤다고 생각하겠지. 그리고 우리가 바로 몇 분 전까지 저택 안에 있었고, 또 그 몇 분 후에도 저택 안에 있었다는 것을 모두에게 증명하면 부인도 어쩔 수 없을 테고, 우리는 무죄가 되는 거야'라고 말입니다.

펠로스는 이 계획을 듣고 나쁘지 않다고 생각했을 겁니다. 첫째로 서스턴 부인은 늘 11시에 자러 가는 습관이 있었습니다. 둘째, 부인은 쉽게 겁을 집어먹는 부류의 여성이죠. 그리고 셋째로 스트리클런드가 창밖으로 도망치게 되면 누구나가 외부에서 침입한 강도의 소행이라고 생각할 게 분명했습니다. 그러므로 스트리클런드가 창밖으로 나갈 때까지 그녀는 아무 말도 못 하고 얼어붙어 있을 것이고, 따라서 부인이 창문으로 따라와 스트리클런드가 창에서 창으로 도망치는 모습도 보지 못할 것이라고 생각했습니다. 둘 다 그리 어렵지는 않아 보였죠.

어쨌든 펠로스는 자기에게 주어진 역할이 그리 어렵지도 않고 직접적으로 범행에 가담하는 것도 아니므로 쉽게 승낙했습니다. 그는 스트리클런드가 무사히 자기 방 창문에 안착하면 바로 밧줄을 거뒀다가 나중에 자기 몫으로 떨어지는 돈을 받아가기만 하면 되었죠. 무단 주거침입으로 감방에 다녀온 전적이 있는 사내에게 그리 어려운 일은 아니었습니다.

그리하여 모든 계획이 만반의 준비를 갖췄습니다. 저녁 식사 동안 펠로스는 체육관에서 밧줄을 떼어다가 자기 방 창문에 가져다 묶었습니다. 아시다시피 그의 방은 스트리클런드의 바로 위층이죠. 그리고 서스턴 부인의 방으로 가서 끝에 갈고리가 붙은 막대기 비슷한 것으로 밧줄의 반대편 끝을 낚아챘습니다. 그리고 임시방편으로 그것을 헐겁게 묶고 나서 그 위로 창문을 내려 닫았을 겁니다. 만약 누군가가 그의 뒤를 따라 부인의 방으로 들어오거나 서스턴 부인이 자러 오더라도 긴 커튼이 감춰주었을 테지요.

밧줄 준비가 끝나자 펠로스는 전구를 하나 빼내어, 스트리클런드가 그 방에 있는 동안 실내가 어둠침침하도록 만들었습니다. 그러고 나서 11시까지 빈둥거리며 기다리고 있다가, 자기 방으로 올라가서 밧줄을 거둘 준비를 했겠지요.

한편 펠로스가 아는 바에 따르면 스트리클런드는 일찍 자러 가는 척하고는 대충 변장한 뒤 서스턴 부인의 방으로 가서 그녀가 오기를 기다렸다가, 재빨리 부인의 입을 손으로 덮어 비명을 지르지 못하게 하고서 금고를 열도록 강요할 예정이었습니다. 그리고 금품을 주머니에 쑤셔 넣고 부인을 창문에서 멀리 떨어진 곳에 묶어둔 뒤 창밖으로 나가 밧줄을 잡고 자기 방 창으로 이동합니다. 중력의 법칙에 의해 그 일은 매끄럽게 진행될 것이고, 그러면 자기는 얼른 밧줄을 잡아당겨서 멍청한 흔적을 감춘 다음 자기 방에서 튀어나가 사람들의 야단법석 속에 끼어들면 되는 거죠.

펠로스는 이것이 아주 괜찮은 아이디어라고 생각했습니다. 다만 작은 문제가 하나 있었죠. 바로 그의 친구 마일스였습니다. 펠로스는 그날이 마일스가 쉬는 날이라는 사실을 알고 있었고, 또한 저택 안이 아니라 밖에 있는 확실한 인물이며 전직 강도였다는 점 때문에 그에게 용의가 갈 수 있다는 사실을 깨달았습니다. 하지만 그건 그날 오후에 마일스를 만나서 이러저러한 일이 있으니 저녁때 아무도 부술 수 없는 알리바이를 만들어두라고 하면 되는 일이었죠. 그래서 펠로스는 꽤 들떴습니다.

스트리클런드가 혼자만 알고 있는 진짜 계획 또한 완벽하게 준비가 되었습니다. 그런 하찮은 변장 따위는 필요가 없었죠. 변장 때문에 부인이 괜히 겁먹고 예상보다 더 빨리 비명을 지를지도 모르는 일이니까요. 그는 본래의 매력적이고 자연스러운 모습으로 서스턴 부인의 방에서 대기했습니다. 그리고 부인이 올라오자마자 깔끔하게 목젖을 칼로 긋고서 밧줄을 타고 매끄럽게 자기 방으로 돌아갔습니다. 따라서 그는 완벽한 알리바이를 지닌 채 자기 방에서 나와, 그 누구보다도 먼저 부인의 방 앞에 도착할 수 있었죠. 뭐, 필요하면 펠로스에게 나중에 사건의 전말을 설명해도 될 일이었습니다. 어차피 경찰에 밀고하기에는 펠로스 또한 이 일에 너무 깊이 관여했으니까요. 참 매력적인 친구죠, 스트리클런드."

27

"밤 깊은 시각이었습니다."

사이먼 경은 그런 잔혹 행위를 논할 때는 그러듯, 대수롭지 않은 말투로 이야기를 이어갔다.

"기분 좋은 바람이 불고, 창가에서 무슨 일이 일어나는지는 하나도 들리지 않았겠죠. 여러분은 모두 휴게실에 모여 칵테일을 들고 있었습니다. 그리고 참 이상한 일이 벌어졌죠. 사람들이 갑자기 살인과 살인자를 찾아내는 방법에 대해 이야기를 나누기 시작한 겁니다. 스트리클런드는 허를 찔려 잠시 당황했을 겁니다. 아니면 겁을 집어먹었을 수도 있겠죠. 어느 쪽이든 별 상관은 없겠지만요. 스트리클런드는 이 화제가 상당히 꺼림칙했습니다. 어떻게든 언젠가는 들통이 나는 것을 피할 수 없다니, 그의 입장에서 얼마나 끔찍하겠습니까? 그는 자신의 깔끔한 계획에 상당히 자부심을 갖고 있었지만, 만약 그가 자기 생각만큼 그리 똑똑하지 않은 사람이라면 어떨까요? 사실 여러분의 대화는 거의 서스턴 부인의 생명을 구할 뻔했습니다. 스트리클런드의 마음속에서는 큰 동요가 일어났을 테고, 계획이 마음먹은 대로 되지 않을지도 모른다는 생각도 조금씩 들었을 겁니다.

어쨌든 스트리클런드는 계획 실행을 망설이다가 돈을 얻어낼 수 있는 다른 방법을 강구해보기로 했습니다. 아무튼 부인을 휴게실 구석으로 데리고 가서 잘 설득해보면 (매우 고맙게도) 부인을 죽여야 한다는 은밀한 부담으로부터 풀려날 수 있을지 모르는 일이니까요. 하지만 가엾은 부인은 아마 습관적으로 오후 낮잠을 자러 올라가기 전, 이미 스톨에게 200파운드를 줘버렸을 겁니다. 내가 스톨에게 돈을 언제 받았냐고 물었더니 그는 명백한 거짓말을 했습니다. 스톨의 말로는 목요일 점심 식사 이후에 받았다고 했지만, 이건 우리가 지저분한 넥타이를 한 은행원으로부터 들은 말과 너무나 다릅니다. 은행원의 말에 따르면 서스턴 부인은 오후 3시가 다 되어서야 돈을 인출했다고 했으니까요. 스톨이 굳이 목요일 점심 이후라는 시각을 고른 이유는 그 시간에 부인이 방에 있었다는 사실을 알았기 때문입니다. 하지만 그때는 아직 돈을 인출하지 않았다는 사실은 몰랐죠. 거짓말을 한 이유는 뻔합니다. 스톨은 자기가 그 돈을 '선물'로서 받았다는 사실은 인정했지만, 살인이 있던 날 자기가 그 방에 갔다는 사실을 인정하고 싶지 않았기 때문입니다. 자, 어떻습니까? 나라도 절대 인정하지 않았을 겁니다. 살인, 아주 구역질 나는 일이죠. 거기선 가능한 한 멀리 떨어지는 게 좋아요.

스톨은 악랄하고 비열한 협박범이었습니다. 그는 자기 행동에 아무런 제약도 없다는 사실을 보이기 위해 고의적으로 숙녀의 화장대에 기대서서 부인의 코앞에서 코담배를 맡았죠. 그래서 스트리클런드는 다시금 돈을 달라고 애원했지만, 얻을 수 없었습니다. 메리 서스턴이 그를 위해 줄 수 있는, 내지는 빌려줄 수 있는 것은 오로지 전당포에서 받아줄 다이아몬드 펜던트밖에 없다는 사실은 그도 쉽게 간파할 수 있었습니다. 스트리클런드가 범죄를 저지르겠다는 생각을 버렸을 때 펜던트를 자기 주머니에 슬쩍 집어넣었다는 사실이 그 증거죠. 뭐, 우유부단이란 위험한 겁니다. 나중에 그 물건을 받아 들었다는 사실, 그는 분명 후회했겠지요.

한편 스트리클런드는 서스턴 부인의 방에서 나오는 자신의 모습을 타운젠드가 목격했다는 사실을 알고 있었습니다. 하지만 다시 범죄를 저지르기로 결심한 그에게 그건 큰 문제가 되지 않았습니다, 뭐, 집주인하고 잠깐 얘기 좀 했다고 한들 뭐가 문제겠습니까? 한두 잔 마시고 난 스트리클런드는 어깨를 으쓱하고는 대수롭지 않게 생각했지요. 그래서 저녁을 먹으러 내려왔다가 자기가 말도 못 하게 피곤하다는 사실을 주위에 알리며, 이제부터 범죄를 결행하기로 마음먹은 사람이라고 보이지 않도록 수상한 행동을 하지 않으려 애썼습니다. 그리고 서스턴 부인이 자러 올라간 후 약간 뜸을 들이다가 일어서서 잘 자라는 인사를 하고 자기 방으로 갔지요.

한편 펠로스는 반쯤 무의식적으로 자기 할 일을 했습니다. 오후에 그는 자동차 엔진을 시험해본다는 구실로 마을에 가서 마일스에게 경고를 했지요. 그리고 마일스는 천재적으로 자신의 알리바이를 만들었습니다. 안전하게 자신의 알리바이를 증명해줄 사람으로 마을에 있던 경사를 선택하고, 그 다트인가 하는 유쾌한 게임을 함께 하고, 여러 목격자들이 보는 가운데 혼자 집으로 돌아가지도 못할 정도로 고주망태가 되었습니다. 그가 사는 곳에는 또 다른 목격자가 있었죠. 그리하여 마일스는 안전했습니다.

하지만 저녁 식사 동안 체육관에 가본 펠로스는 약간 당황했습니다. 어느 쪽 밧줄이 긴지 알 수가 없었기 때문이죠. 나 또한 두 개의 밧줄을 발견하고 나서 당혹스러웠으니 펠로스 또한 그랬겠지요. 체육관에 걸려 있는 걸로만 봐서는 알 수가 없었고 하나만 가져갔다가 길이가 모자랄지 알 수 없는 상황이었기에 펠로스는 둘 다 떼어 가기로 했습니다. 그렇게 앞문 걸쇠를 들어 올리던 펠로스는 그 옆에 난 작은 창문을 통해 음식이 든 쟁반을 들고 식당으로 가는 스톨의 모습을 발견했겠죠. 식사 시중드는 데 어느 정도 시간이 걸리겠다는 것을 알았으므로, 펠로스는 홀을 통해 안전하게 밧줄을 운반할 수 있었습니다. 타운젠드, 홀 창문에 대한 내 질문 기억합니까? 스톨은 그 창에 커튼이 쳐져 있지 않았다고 말했었죠.

펠로스는 밧줄을 자기 침실로 가지고 올라가서 그중 하나를 어딘가에 튼튼히 묶었습니다. 어디에 묶었는지는 나도 정확히 모르겠습니다. 그런 자세한 사항은 펠로스와 스트리클런드가 더 잘 알겠지요. 기둥이 아닐까 싶군요. 만약 그랬다면 뭔가 덧싸개라도 댔겠죠. 기둥에 아무런 자국이 없었으니 말입니다. 그러고 나서 밧줄을 내려보니 길이는 넉넉했습니다. 그래서 펠로스는 아래층 서스턴 부인의 방으로 갔습니다. 밧줄 끝을 잡아당길 무언가를 찾아 두리번거리던 그는 옷장 속에서 낡은 우산을 몇 개 찾아냈습니다. 창문 밖으로 몸을 내밀어 우산 고리로 밧줄을 잡아채서는 그 끝을 방 안으로 집어넣고 창문을 닫았습니다. 즉, 밧줄을 어딘가에 묶어놓지 않음으로써 나중에 스트리클런드가 도망친 후에도 밧줄의 흔적이 방 안에 남지 않도록 조처했던 겁니다. 그래요, 두 사람은 그런 사소한 점까지 교활하게 신경 썼습니다.

이제 전구 문제가 남습니다. 여기서 펠로스는 갑자기 불안한 생각이 들었습니다. 스트리클런드가 전구를 어떻게 처리해야 할지 말해주지 않았던 겁니다. 이걸 가지고 가야 하나? 아니면 방에 남겨둬야 하나? 혹시 전구가 사라졌다는 사실이 저택 안에 있던 사람이 범인임을 증명하게 되지는 않을까? 결국 펠로스는 가장 현명한 방법을 택했습니다. 외부에서 들어온 도둑이 무슨 이유에서든 전구를 빼냈다고 사람들이 생각하게끔, 전구를 창문 밖으로 집어 던졌습니다. 심지어 1층에 있는 사람들이 전구 떨어지는 소리나 깨지는 소리를 듣지 못하도록 신중하게, 멀리 있는 잔디밭 쪽으로 던졌죠.

그러고 나서 펠로스는 그 방을 나갔습니다. 본인 생각하기에는 그냥 별것 아닌 작은 강도질 준비라고 생각했겠지요. 하지만 그가 실제로 저지른 짓은 사악한 살인 사건의 준비였습니다. 펠로스는 항상 신중하게 장갑을 끼고 모든 작업을 했습니다. 스트리클런드가 가르쳐줬거나, 예전에 도둑질하던 시절 스스로 깨달은 요령이겠지요. 아무튼 그는 지문을 남기지 않았습니다. 다시 한번 말하지만 두 사람은 그런 사소한 일에서 치밀했습니다.

그후 아래층으로 내려온 뒤에는 다음 행동에 나서기까지 두 시간이나 지겹게 기다려야 했습니다. 그래서 아마 이쯤에서 그에게 지나친 열정이 솟아오르지 않았을까 싶습니다. 전화선을 끊어버린 거죠. 저는 이게 스트리클런드의 지시라고는 생각하지 않습니다. 스트리클런드는 경찰이나 의사가 현장에 빨리 도착하면 도착할수록 좋다고 생각했을 테니까요. 하지만 경험은 있으나 별로 수완은 없는 펠로스는 그저 일반적인 범죄 방법만 생각해서, 외부인들이 오지 못하도록 시간을 끄는 게 좋겠다고 생각했습니다. 그래서 통신 수단을 끊어버린 거죠.

불행히도 모든 일이 계획대로 진행되었습니다. 서스턴 부인은 여러분 모두에게 잘 자라는 인사를 하고, 마침내 자기 방에 들어갔습니다. 그곳에는 스트리클런드가 있었죠. 펠로스가 유쾌하게 생각했던 대로 가면을 쓴 이상한 남자가 아니라 그냥 자기 의붓아들이 있었을 뿐이었습니다. '뭘 원하죠?' 이니드는 부인이 약간 놀라긴 했지만, 기겁하지는 않은 목소리로 그렇게 말하는 소리를 들었습니다. 스트리클런드는 이른 오후에 이미 돈을 청하러 그녀의 방에 왔었고, 부인은 남편에게 들키지 않는 한도 내에서 자신이 줄 수 있는 걸 다 주었으니까요. 도대체 뭘 더 원하는 걸까? 그때 부인은 방의 가장 큰 조명이 나가 있는 것을 발견했습니다. 그래서 그곳에서 어두컴컴하게 서 있는 남자의 모습에 약간 놀랐을 겁니다.

한편 펠로스는 아래층에서 조용히 알리바이를 만들고 있었습니다. 펠로스와 스트리클런드가 미리 말을 맞춘 대로, 서스턴 부인의 보석을 훔칠 강도는 그녀가 침대에 들기를 기다렸다가 나타날 예정이었으니까요. 그래서 펠로스는 요리사를 지목하여 '저런, 벌써 11시가 넘었네'라고 말하고는 느긋하게 자리를 떴습니다. 스토리 양은 이것이, 부인이 침실로 간 뒤에 펠로스가 거의 바로 뒤따라 일어나는 수순이었다는 것을 나중에 깨달았지요. 펠로스도 그렇게 오랫동안 앉아 있을 시간은 없었으니까요.

자기 침실 창문에 기대서서, 왼쪽 아래에 있는 서스턴 부인의 방 창문에 스트리클런드가 나타나기를 기다리는 십여 분 동안 펠로스는 분명 꽤 불안했을 겁니다. 왜 이렇게 늦어지는지 걱정되어 조금 두렵기도 했을 테고, 아래층의 침침한 방안에서 도대체 무슨 일이 일어나고 있는지 걱정도 되었겠지요. 그리고 비명이 들려왔을 때, 펠로스는 흥분하지 않고 냉철하게 대처했습니다. 그럼요. 펠로스는 침착하게 기다렸고, 즉시 스트리클런드가 창문으로 나와 밧줄을 잡고는 창문을 닫고 밧줄에 매달려 자기 방 창문으로 건너가서 숨었습니다. 그 순간 펠로스가 밧줄을 잡아당겨 회수한 뒤 물탱크에 쑤셔 넣었습니다. 아마도 필요 없다고 판단된 나머지 밧줄은 진작 거기에 숨겨두었을 겁니다. 이리하여 스트리클런드와 펠로스는 모두 여러분과 마찬가지로 서스턴 부인의 잠긴 방 밖에 있게 되었지요.

아마도 그들은 당일이 되기까지 가장 심각한 문제 하나를 깨닫지 못했을 겁니다. 지문, 알리바이, 목격자, 무엇 하나 빠짐없이 고려했지만 단 하나, 밧줄을 어떻게 처리할 것인가에 대해서는 생각하지 못했던 거죠. 멍청하고 기초적인 실수지만, 세상에 멍청하고 기초적인 실수를 저지르지 않는 살인범이 어디 있겠습니까? 그리고 펠로스는 뒤늦게 자기가 살인자의 공범이 되었다는 사실을 깨닫고 후회했겠지요. 하지만 그런저런 연유로 그는 입을 다물 수밖에 없었습니다.

다만 바라는 것은 두 가지였습니다. 하나는 밧줄들을 완전히 처리하는 것이었죠. 하지만 다음 날 아침 내가 그 빌어먹을 밧줄 하나를 꺼냈고, 스미스 신부님이 다른 하나를 또 꺼내시는 바람에 그 방법은 좌절되고 말았습니다. 나머지 하나는 모든 일이 스트리클런드 혼자에게 뒤집어씌워지고, 심판도 혼자 받는 것이었죠. 하지만 그때도 그렇고 지금도 그렇지만, 펠로스는 스트리클런드가 처음부터 서스턴 부인을 살해하고서 얻는 것이 막대하다는 사실을 몰랐습니다. 아마 펠로스는 변장에 약간 문제가 있어서 스트리클런드가 자신의 정체를 숨기기 위해 부인을 살해한 것이라고 생각하겠지요.

한편 스트리클런드는 그후로 펠로스와 단둘이 남는 일을 가능한 한 피했습니다. 심지어 스트리클런드가 서스턴 선생에게 차 좀 빌릴 수 없겠느냐고 묻고 그 차를 펠로스가 운전하게 되자 침착하게 앨릭 노리스에게 함께 가자고 권했을 정도였습니다. 그리하여 지금까지 그는 자신의 공범자와 더불어 성공적으로 심판을 피해왔고, 최소한 그 점에 관한 한 나도 축하해주고 싶습니다. 비록 내가 보기에 펠로스는 상당히 거친 타입의 사내이긴 하지만, 자기가 무슨 짓을 하는지 미리 알았더라면 그렇게 취미 생활이라도 하듯 살인에 가담하지는 않았을 테니까요. 자기를 끌어들인 사람도 쉽게 용서하지 않았을 테고요.

이니드라는 아가씨로 말할 것 같으면 아마 무슨 일이 벌어지는지 아무것도 몰랐을 테고, 자기 약혼자가 이 일에 한몫 거들었다는 생각은 꿈에도 안 해봤을 겁니다. 이니드는 우리 앞에서 모든 질문에 사실만을 대답했지요. 오후에 펠로스와 함께 차를 타고 나갔느냐는 질문만 제외하고요. 하지만 그 거짓말은 충분히 자연스러운 일입니다. 아마 누군가가…… (경은 스미스 신부 쪽을 흘긋 쳐다보았다) 이니드가 모든 일을 다 알고 있다고 생각하게 되는 근거를 제공할지도 모르니까요. 난 그렇게 생각하지 않지만요.

그리고 마일스로 말하자면, 그자가 아는 건 펠로스가 계획을 세워 그 우매한 것을 거머쥐려는……."

"보석 얘기올시다."

사이먼 경의 아리송한 단어 사용에 당황한 표정을 지은 나를 보고 비프 경사가 말해주었다.

"어쩌면 마일스는 그게 어떤 계획인지도 알고 있었을지 모르죠. 그렇지만 어쨌든 그는 아무 짓도 하지 않았습니다. 실질적으로는요. 게다가 마일스 씨는 여러분 모두 아시다시피 최고의 알리바이를 갖고 있습니다. 자신을 위한 정의의 창을 던지게끔 경사를 초대한 거죠.

그리고 스톨에 대해서도 이야기해볼까요. 이 친구는 여러 가지 면에서 벤 건[I]을 떠올리게 합니다. 스톨은 비열한 협박범이었지만 이 불행한 사태에 대해서는 여러분만큼이나 애통해했습니다. 뭐 딱히 애통해하지 않을 이유가 없다면 말이죠. 스톨은 이 주만 지나면 이곳을 떠날 예정이었습니다. 마치 한 마리 제비처럼, 자기 깃털로 둥지를 깔끔하게 잘 꾸며 놓은 상태였으니 말입니다. 그런데 제비도 깃털로 둥지를 만들던가요? 뭐, 그러길 바랍니다. 그편이 듣기 좋으니까요. 그렇지만 이렇게 타이밍 나쁘게 살인 사건이 발생하고, 손에 들고 있던 아주 불쾌한 여행 가방에서 고양이 종족 전체가 튀어나오는 바람에 스톨은 상당히 곤란한 상황에 처했을 겁니다. 으음, 뭐랄까, 생쥐와 인간이 아무리 정교하게 계획을 짜놓아도 그 계략은 자주 빗나가기 일쑤[II]죠. 내가 너무 동물학적인 쪽으로 이야기를 끌고 갔나, 버터필드?"

문간 가까운 곳에 앉은 버터필드가 근엄하게 주인의 말에 동의했다. "주인님의 어법은 상당히 생물학적인 전략을 취하

I 로버트 루이스 스티븐슨의 『보물섬』에 등장하는 인물. 삼 년간 섬에서 빠져나오지 못하고 홀로 지냈다.

II 로버트 번스의 시 「생쥐에게」에서 인용.

고 계십니다."

"그럼 목사를 봅시다. 버터필드의 말처럼 목사의 머리가 돌았다고까지는 말하지 않겠지만, 뭐 틀린 말은 아닙니다. 목사의 머릿속에는 오로지 청교도적 교리밖에 없어요. 그리고 그날 저녁, 목사가 그런 일들을 염탐하기 좋아하는 줄 모르는 서스턴 부인은 자기가 젊은 펠로스를 매우 아끼고 있다고 털어놓았습니다. 목사의 머릿속은 팽이 돌듯 핑핑 돌기 시작했죠. 목사가 과수원을 삼십 분 동안이나 어슬렁거렸다는 것도 전혀 이상하지 않습니다. 만약 비명이 들리지 않았더라면 밤새 그러고 있었을지도 모릅니다.

그리고 노리스는 말이죠…… 그의 완벽하고 간단한 이야기를 의심할 이유는 없어 보입니다. 그 정도의 가벼운 히스테리는 여러분들도 부리지 않습니까? 특히 노리스 같은 타입에게는 자연스럽죠. 미친 듯이 집중해서 글을 쓰고 있는데 갑자기 살인 사건이라는 저속한 방해가 끼어들었으니 얼마나 마음이 불안하겠습니까. 우리 모두 그를 동정해야 합니다.

그리고 이제 여러분 모두 부품을 갖게 되었으니 총 하나를 조립하는 데 아무 문제가 없을 겁니다. 내 생각에 므시외 피콩이 이 이야기를 다소 다듬어주실 것 같군요. 저도 그의 이야기를 기대하겠습니다. 그동안…… 그래, 버터필드. 브랜디 한 잔 더 가져다줘."

28

나는 피콩이 사이먼 경의 놀라운 사건 재구성을 '다듬어주는' 가운데 분명 이니드의 이야기도 다룰 것이라 생각했다. 그동안 그가 이니드에게 날카롭고 탐정다운 관심을 쭉 보였으니 당연한 일이었다. 하지만 그 외에 어떤 이야기를 할지는 전혀 알 수가 없었다. 사이먼 경의 이야기는 너무나 철두철미하고 완벽하며 그 어떤 사소한 항목까지도 놓치지 않았고, 우리가 발견한 모든 사실을 해석해냈기에 이제 므시외 피콩이 설명해줄 부분이 거의 남지 않은 듯했다. 그러나 이 몸집 작은 남자는 말하고 싶어 몸이 단데다가 이제부터 자신이 할 이야기 때문에 상당히 흥분한 것 같았기에, 우리는 모두 의자 등받이에 기대어 그의 이야기를 들을 준비를 했다.

피콩이 사이먼 경에게 말했다.

"흥미로운 이야기 잘 들었소. 천재적이오, 몽 아미. 말 한 마디 한 마디 전부 아주 플레지르(즐겁게) 들었소. 하지만 불행하게도 그 이야기는 코망스망(처음부터) 잘못되었다오. 스트리클런드라는 친절하고 스포르티프(운동을 좋아하는) 신사는 여기 있는 선량한 뵈프가 말했던 대로, 당신과 나처럼 결백한 친구요."

이 놀라운 발언이 끼친 영향을 나는 조금도 부풀리지 않겠다. 물론 사이먼 경은 거의 신경 쓰지 않고 태연하게 브랜디만 마셨다. 그러나 그의 하인 버터필드는 눈에 띄게 놀랐다가 얼굴이 창백해졌다. 경찰이나 어리석은 청중, 혹은 범죄자들을 제외하면 아무도 자기 주인의 이론을 그렇게 반박하는 걸 들어본 적이 없는 모양이었다. 저 유명한 피콩이 그런 실수를 하다니 버터필드는 통 믿을 수가 없다는 눈치였다. 윌리엄스와 나는 난폭하게 자세를 고쳐 앉았고, 스미스 신부조차도 약간 관심을 보였다.

외국인 탐정은 말을 이었다.

"나, 아메르 피콩은 아무 거리낌도 없이 당신에게 모든 것을 알려줄 생각이오. 모든 것을. 준비되었소? 알레…… 업(자, 그럼 가봅시다)!

내가 예전에 이런 말을 한 적이 있었지요. 머리로 동기를 파악할 수 없다면 마음을 들여다보라고. 이번 사건은 결코 지능적으로 파악해야 하는 범죄가 아니오. 비록 재구성하기 상당히 어렵긴 하지만 사실 단순한 사건이고, 열정 때문에 일어난 살인이지요. 놀랍소이까? 에 비앵(그래요), 친구들이여. 사실나 또한 이번 사건에서 상당히 크게 놀랐다오.

이 폭력적인 사건이 일어나기 전, 저택의 상태를 한번 검토해봅시다. 먼저 친절한 서스턴 선생이 있지요. 여러분과 마찬가지로 무슨 일이 일어날지 전혀 모르고 있던 영국인 신사입니다. 그리고 마담 서스턴이 있소. 몹시도 친절하고 느긋한 성격에, 혹자의 말을 빌리자면 약간 아둔했던 부인이지요. 그리고 영국식 표현을 빌리자면 '교활한 개' 같은 집사 스톨이 있지요. 또 솜씨 좋은 요리사가 있고, 감옥에 갔다 온 경험이 있는 젊은이 펠로스, 불행한 과거를 지닌 혼혈 아가씨 이니드가 있소. 부알라, 계층이 보입니까?

그리고 또 무슨 일이 있었지요? 그 사이에는 세상 어디에나 존재하는 삼각관계라는 게 있었지요, 네스 파? 마담 서스턴은 젊은 운전사에게 끌렸고, 청년은 자신을 사랑해주는 아가씨 이니드와 사랑에 빠져 있었소이다. 여기서 모든 문제의 시초를 발견할 수 있습니다. 친구들이여, 이 작은 삼각관계를 조심하시오. 이것은 아주 위험하다오.

모든 것이 비밀에 부쳐졌다오. 선량한 서스턴 선생은 아무것도 몰랐지, 전혀 몰랐을 거요. 마담 서스턴은 자신이 사랑하는 젊은이가 운전하는 자동차를 타고 즐겁게 대화를 나누었겠지요. 은밀하게 말이오. 아마도 애인이 아무 걱정할 필요 없다고 안심시켜준 덕분에 이니드는 둘의 관계를 다 알고 있으면서도, 마담 서스턴에게 자신이 무언가를 알고 있다는 낌새를 보일 수는 없었겠지요. 그리고 집사 스톨은 마담 서스턴이 운전사에게 쓴, 그 치명적이면서도 범죄의 냄새가 나는 편지를 훔쳐서 마담을 협박했고. 마담은 펠로스에게 아무 말도 하지 않았으며 뭐가 어떻게 돌아가는지도 전부 비밀로 했지요. 그러지 않았다면 운전사는 분명 집사를 습격했을 거고, 그럼 다 들통이 나서 끝장났을 테니까. 비밀이고 뭐고 다 박살나지 않았겠소?

그런 가운데 저 비열한 스톨 주위에 있던 두 사람이 마담과 운전사를 의심하게 되었소. 바로 요리사와 목사 말이오. 하지만 요리사는 현재 상황에 상당히 만족하고 있었지. 게다가 우리에게 말해줬던 대로, 본인은 물론 그들 관계를 찬성하지는 않지만 그렇다고 자기와 큰 상관이 있는 것도 아니었으니 현명하게도 아무 말 하지 않았소. 그리고 목사 말인데, 이 사람은 그리 확신을 갖지 못했소. 우리의 선량한 목사는 스파이 노릇을 상당히 좋아하는 모양인데, 아마 곧 진실을 알게 될 거요.

여하튼, 다른 수많은 가정과 마찬가지로 이 집안 역시 잘 굴러갔소. 평범한 일상생활 밑에서 마담 서스턴은 자신의 사랑을 감추고 마치 고문당하듯 협박을 견뎠지. 이니드는 애인이 무어라 말하든 마음속으로는 계속 사나운 질투를 불태우고 있었소. 운전사는 자신을 사랑하는 중년의 여인 앞에서 자신이 진정으로 사랑하는 사람은 젊은 아가씨라는 사실을 감췄소. 협박범은 마담 서스턴을 제외한 모든 사람에게 자신의 행동을 숨겼지. 이 사람들 전부가 모든 사실을 서스턴 선생에게 비밀로 했던 거요. 부알라, 이런 분위기였소! 모든 이가 비밀을 지니고 있었지만 집안은 아무 일 없이 태평하게 굴러갔지.

도대체 어떻게 그럴 수 있었을까? 친구들이여, 그건 전부 돈 탓이었다오. 하인들은 전부 괜찮은 급료를 받고 있었소. 상당히 후한 보수였지. 그리고 유언장 덕분에 다들 언젠가는 부자가 될 수 있으리라 꿈꾸었다오. 이리하여 시간은 흘러 운명의 주말을 맞이하였고, 모든 일이 점점 클라이맥스를 향해 달려갔소.

그리고 모든 것이 이른바 '한계점'에 도달했다오. 특히 운전사가 그랬소. 이곳에서 삼 년이나 일했는데도 아직 이니드와 결혼하지 못했으니 말이오. 운전사는 작은 여관을 하나 꾸리고 싶었소. 약간의 저축금이 있었지만 충분하지는 않았지. 이니드 또한 이 젊은이와 함께 떠나고 싶어 했지만, 어떻게 그럴 수 있었겠소? 이 상황에서 섣불리 저택을 떠난다면 함께 일할 수 있는 곳을 다시 찾지 못할지도 모르는데 말이오. 둘은 여기 머물러 일할 수밖에 없었고, 남자는 마담과 사이좋게 지내야 했으며 여자는 고통스러운 질투를 참고 견뎌야 했소. 탈출구는 없는 듯했지.

하지만 유언장이 있지 않소? 유언장의 존재를 잊어서는 안 되오. 마담 서스턴이 하인들을 농락하기 위해 설치해놓은 작은 트릭 말이오. 부알라, 이건 기회가 아니겠소? 만일 마담이 지금 당장 암이든 결핵이든 어떤 이유로든 갑자기 죽어버린다면 모든 것이 평화롭게 해결되는 거요. 두 남녀는 여관을 살 수 있을 만큼의 재산을 얻게 되고, 이니드는 더이상 질투하지 않아도 되며 펠로스는 차나 닦고 있지 않아도 된단 말이오. 만약 그런 일이 벌어진다면……. 하지만 어찌 꿈이나 꿀 수 있겠소? 마담은 팔팔하니 건강했고, 앞으로 삼십 년은 더 살 수 있을 것만 같았어. 어떻게 꿈을 꾸겠소?

하지만 꿈꾸지 말란 법도 없지 않겠소이까? 만일 지금 무슨 일이 마담에게 '일어난다'면, 그들은 구원을 받는 거요. 사고, 죽음을 불러오는 사고가 난다면……. 그런 생각은 이미 두 사람의 머릿속에 들어앉아 있었소. 그리고 계획의 첫머리가 생겨났지. 그리고 실행 시간으로 말하자면, 이 저택에 수많은 손님이 오는 이번 주말보다 더 좋은 때가 어디 있겠소? 남은 건 어떤 식으로 사건을 일으킬 것인가였소. 이게 가장 중요한 일이었지. 혹시라도 나중에 멍청한 경찰들이 개입할 여지를 조금도 주지 않으면서 그 무시무시하고 유감천만한 사건을 일으켜야 했으니 말이지요. 이것은 아주 큰 문제였소.

그리고 므시외(신사 여러분), 우리 모두 다 알다시피 어떤 상황이 되든 한번 하기로 결정을 내리면 그 방법이야 금세 찾을 수 있지 않소? 그저 시간문제일 뿐. 그리하여 펠로스는 마담 서스턴에게 그 사고가 일어나는 날짜를 돌아오는 주말로 잡았소. 여러분은 잠재적 범죄의 분위기가 농후한 곳으로 주말을 지내러 오신 거요.

운전사는 예전에 선원 노릇을 한 적이 있었소. 나는 처음 그의 팔뚝에서 문신을 발견하고 그것이 남십자성이라는 사실을 깨달았소. 내가 확신했을 뿐만 아니라 젊은이도 인정했지. 그리고 사소한 사실을 하나 깨달았소. 선원은 줄타기에 능숙하다는 거요. 세 살 먹은 어린애라도 알 수 있는 간단한 사실이오. 하지만 사건이 복잡해지는 것은 경계해야 하오. 내 생각은 딱 들어맞았소. 뭐 그렇지 않았을 수도 있겠지만, 이제 곧 그 생각이 맞았다는 사실을 여러분도 알게 될 거요."

이때 샘 윌리엄스가 약간 짜증스러운 듯 끼어들었다.

"하지만 므시외 피콩, 우리는 이미 누군가가 창문을 기어 올라갔을 가능성에 대해 몇 번이나 이야기를 나누지 않았습니까? 그리고 시간상 불가능했을 거라는 결론을……."

"미안하지만 잠시만 인내하시오. 차례차례 듣다 보면 알게 될 거요. 나, 아메르 피콩이 여러분에게 모든 것을 말해드리겠으니. 에 비앵, 줄타기에 능숙한 운전사가 한 사람 있소. 이걸 어떻게 이용할 수 있을 것 같소? 일단 알리바이가 필요하지요. 살인을 저질러도 별로 놀랍지 않은 사람인데다 밧줄로 도망갔다? 이건 백발백중이니 말이오. 다른 방법을 찾아야 했소. 어떻게? 아, 이때 기가 막힌 생각이 떠올랐소. 운전사는 포브르(가엾은) 마담 서스턴이 사고를 맞고 자신과 이니드는 유산을 상속받으면서 결코 의심받지 않는 방법을 찾아낸 거요. 굉장한 생각이었지! 그리고 거의 모든 경찰과 탐정을 속여 넘길 뻔했소. 이 피콩만 빼고 말이오. 피콩도 가끔은 생각이라는 걸 하니까.

방 안을 약간 어두컴컴한 상태로 만들어놓고, 운전사는 마담을 만나러 갔소. 우리가 들은 대로 이건 그리 드문 상황이 아니었소. 운전사는 문을 잠갔지. 이 또한 전에도 더러 일어나던 일이었소. 운전사는 마담 서스턴의 방 바로 위에 있는 사과 저장고에 밧줄을 단단히 매어놓고 창문 밖으로 늘어뜨렸소. 이제 모든 것이 준비되었지. 그는 마담을 향해 다가갔소. 이것도 자주 했던 일이었지. 하지만 이번에는 포옹하기 위해서가 아니라, 나이프를 휘두르기 위해서였소. 좌아악! 한 방에 해치웠소. 조용히, 그리고 재빨리 목정맥을 그어버린 거요. 그리고 펄쩍! 밧줄에 매달렸다오. 선원의 실력으로 사과 저장고까지 기어올라갔지. 그후 밧줄을 숨기고, 부엌으로 내려와 요리사와 대화를 나누었소. 부알라 엉 메뉘(메뉴 이야기를 말이오)!

한편 젊은 처녀 이니드는 자기 역할을 했소. 그녀는 마담 서스턴의 방과 벽 하나를 사이에 둔 서스턴 선생의 방에 있었소. 벽 근처에 서 있었겠지. 아가씨는 자기 애인이 부엌으로 내려가는 소리를 듣고 살인을 무사히 해치웠다는 사실을 알았소. 그리고 '아아악! 아악!' 비명을 질렀지. 살해당한 것은 마담 서스턴이었지만, 도대체 누가 두 여자의 비명을 구분할 수 있겠소? 평소의 목소리라면 얼마든지 구분할 수 있겠지만 비명은 다르지. 그건 아무도 모르는 일이오. 게다가 벽 근처에서 질렀으니 가엾은 마담의 방에서 난 소리처럼 들렸을 게요. 그리하여 모든 사람이 달려왔소. 사람들은 문을 부수고 들어가 살인 현장을 발견했소. 누가 저지른 일일까? 운전사는 아니겠지, 요리사와 이야기를 나누고 있었으니까. 이니드도 아닐 거야. 그렇게나 빨리 현장으로 달려오지 않았던가? 아마 마일스도 아니겠지, 뵈프와 함께 있었으니까. 참 영리한 계획 아니겠소? 하지만 아메르 피콩보다는 영리하지 못했지.

이리하여 여러분 모두가 그 계획을 알게 되었소. 알롱(보라)! 부아용(어서)! 아 라 글루아르(영광 있도다)!"

“사이먼 경이 고생해서 설명해준 대로 므시외 스트리클런드는 서스턴 부인의 의붓아들이오. 그는 여러분이 자주 쓰는 표현대로 ‘땡전 한 푼 없는’ 상태였소. 사전에 의붓어머니에게 편지를 써 긴급히 돈이 좀 필요하다는 말을 전했겠지. 그리고 너무나 관용적이고 선량한 부인은 의붓아들을 위해 200파운드를 인출해서 준비해두었소. 하지만 엘라스(슬프도다)! 은행원이 무어라 했소? 부인은 이제 담보 없이는 인출할 수 없는 상태가 되었던 거요. 그녀는 일단 200파운드만 찾아서 집으로 돌아갔소.

그리고 젊은이가 도착했지요. 부인은 그에게 이렇게 말했소. ‘다 괜찮아요. 내가 돈을 줄 수 있어요!’ 그리고 젊은이는 곤경에서 해방되었소. 하지만 쉿! 부인은 목소리가 너무 컸던 거요. 집사는 부인에게 돈이 있다는 사실을 알아차렸소. 그는 이미 부인이 펠로스에게 쓴 편지를 가지고 마담 서스턴을 협박하고 있었고, 이제 그 돈도 자기 손에 넣기로 결심을 했지. 오후 시간 동안 집사는 부인을 지켜보았고, 부인은 결국 그 돈을 집사에게 줄 수밖에 없었소. 참으로 가엾은 일이지.

범죄문학에 관한 훌륭한 토론이 끝난 뒤 여러분은 모두 저녁 식사를 위해 옷을 갈아입으러 갔지요. 마담 서스턴은 펠로스를 보내서 쥐덫을 설치하라 말했소. 펠로스에게는 좋은 일이었소. 꼭 필요한 일은 아니지만 좋은 일이었지. 그리고 므시외 타운젠드는 므시외 스트리클런드가 마담 서스턴의 방에서 나오는 모습을 보았소. 마담은 곤경을 면하도록 젊은이에게 펜던트를 주었소. 이 마담 서스턴이라는 여성은 그렇게 친절했으니까요.

저녁 식사를 하는 동안 운전사는 사이먼 경이 설명했던 대로 밧줄을 가지러 갔소. 하지만 사이먼 경은 운전사가 그 밧줄을 어떻게 집안사람들에게 들키지 않고 가지고 들어올 수 있었는지 설명하지 않았으니, 그건 내 몫이겠구려. 나 또한 상당히 궁금했소. 하지만 간단하오. 운전사는 정문으로 들어온 거요. 그는 샹브르 데 폼(사과 저장고)으로 향했소. 그리고 밧줄을 매달았지. 그런 다음 마담 서스턴의 방으로 가서 조명을 없앴소. 부인이 자칫 위험을 감지해서는 안 되니까. 부인은 조용히 있어줄 필요가 있었소. 어둠침침한 방 분위기가 펠로스의 범행을 도와줄 거요. 위층은 이제 전부 준비가 다 되었소. 운전사는 아래로 내려가서, 싹둑! 전화선을 잘라버렸소.

왜? 서스턴 선생이 너무 빨리 와서도 안 되고, 부인이 비명이 들리기 전에 죽었다는 사실이 발각되어서도 안 되기 때문이었소.

펠로스는 부엌으로 갔지. 저녁 식사는 모두 끝난 상태였소. 손님들은 모두 자러 갔거나 자기 방으로 돌아갔고, 주방 문은 살짝 열려 있었소. 왜였을까? 마담 서스턴이 언제 자러 올라가는지 알 필요가 있기 때문이었소. 11시가 가까워오고, 아, 드디어! 마담이 휴게실을 떠났소. 이니드는 즉시 일어나서 여주인을 따라 함께 올라갔지. 그녀는 다른 전구를 찾지 못했다고 설명하고 사죄했소. 이때 마담이 반드시 전구를 찾아오라고 요구했을까? 메 농, 왜냐하면 마담은 비밀리에 운전사가 올라올 거라는 사실을 예상했거든. 이니드는 웃으며 잘 자라는 인사를 건넸소. 영원한 작별 인사나 다름없었지.

운전사는 다시 계단을 올라갔소. 이번에는 쥐덫을 손에 들고 말이오. 마담의 방으로 들어가니 마담이 젊은이를 기다리고 있었소. 모든 일이 술술 풀리고 있지요. 방 안의 불빛은 아주 약했소. 젊은이는 마담과 함께 잠시 그 방에 머물렀소. 왜였을까? 아, 탐정에게 그런 건 큰 문제가 아니라오. 그런 건 성직자가 문제 삼을 일이지. 어쩌면 막상 닥치고 보니 범행이 너무 무서웠을지도 모르고, 부인이 좀더 허점을 드러내기를 바랐을지도 모르지요. 이제 와서 그걸 누가 알 수 있겠소? 하지만 결국 그는 더이상 망설이지 않았소. 가지고 온 흉기를, 드디어 휘둘렀던 거지. 부알라! 드디어 해치웠소. 몹시 조용히. 부인은 비명을 지를 틈도 없이, 죽고 말았소.

자, 이제 젊은이는 불안해졌지. 그는 재빨리 방을 가로질러 가서 펄쩍 뛰어 밧줄에 올라탔소. 그리고 기어 올라갔지. 파르블뢰(아무렴)! 한때 선원이었던 사내가 그것 하나 못 기어올라가겠소? 젊은이는 창문을 닫고 재빨리, 아주 빠르게 사과 저장고로 올라갔소. 그리고 거기 들어가 밧줄을 잡아 올리기 시작했지요.

이리하여 모든 일이 아 메르베이(아주 멋지게) 해결되었소. 하지만 그러고 나니 작은 재앙이 살인자를 덮쳤소. 아래층에서 서스턴 선생과 므시외 윌리엄스, 므시외 타운젠드가 대화를 나누고 있었던 거요. 라디오도 켜져 있었고. 므시외 타운젠드가 이때 무슨 일을 했지요? 그래요, 자리에서 일어났소. 코트 속에 넣어두었던 무언가를 가지러 가려고. 그래서 문까지 가서 문을 열었소. 하지만 이때 므시외 윌리엄스가 그에게 말을 걸었지. 므시외 타운젠드는 그 이야기에 흥미를 느끼고, 코트 속에 있던 무언가의 존재도 잊어버린 채 다른 므시외들이 있는 곳으로 돌아왔소.

이게 어떤 영향을 미쳤는지 아시겠소? 이니드라는 아가씨 말이오! 그녀는 십 분 정도 기다렸다가 자기 애인이 사과 저장고에서 내려오는 소리가 들리면 자기 역할을 다하려 했소. 하지만 애인은 여전히 내려오지 않았고, 열린 문 너머로 갑자기 라디오 소리가 들렸소. 누군가가 온다, 누군가가 와서 나를 찾아낼 거다, 들통날 거다, 이니드는 그런 생각을 했소. 이제 애인이 교수형을 당할 거라고. 하지만 천만다행으로 아직 시간이 있었소. 이제 밧줄을 다 기어올라왔을까? 빨리, 서둘러. 얼른 문으로 가. 아, 비앵, 애인은 그곳에 있었고, 이제 계단을 내려오고 있었지. 이니드는 서스턴 선생의 방으로 돌아가서 비명을 질렀소. 본인은 자기가 애인의 생명을 구했다고 생각했지. 하지만 이 위대한 아메르 피콩이 수사 과정에서 그것까지 전부 넘겨다보았다는 사실은 몰랐을 게요!

운전사는 그야말로 아연실색했지. 왜 이니드가 저렇게 빨리 비명을 질렀을까? 운전사는 당황해서 자기 방으로 뛰어갔소. 그리고 순간적으로 가능한 한 빨리 사람들 앞에 자기 모습을 보여야 한다는 사실을 깨닫고, 범행 현장의 문 앞에서 여기 계신 분들과 합류한 거요. 비록 그의 알리바이가 요리사와 함께 있을 때처럼 굳건하지는 않았지만 그래도 여전히 존재했고, 운전사는 살아남을 수 있었소.

다음 할 일은 무엇이었겠소? 펠로스는 자청해서 범인을 찾아 나서겠다고 했지. 침착하고 자신감 있는 태도로 말이오. 나서서 자기가 의사와 경찰을 불러오겠다고 했소. 안 될 게 뭐가 있겠소? 의사는 시체를 조사하겠지만, 범행이 일어난 지는 벌써 삼십 분도 넘었소. 아무리 의사라도 설마 비명을 지르기 전에 죽었다는 말은 못 하겠지. 그리고 경찰이야 뭐, 우리의 정직한 뵈프가 오리라는 사실은 이미 알고 있었고. 뵈프는 분명 앙샹테(기꺼이) 수사를 하러 와줄 거요. 그래서 펠로스는 자연스럽게 그들을 부르러 가게 되었지.

물탱크 속에 남아 있는 밧줄에 대해서도 크게 걱정할 것은 없었소. 뭘 걱정하겠소? 사람들은 모두 이니드가 지른 비명이 전부 죽은 여인의 비명이라고 생각할 테니, 그의 알리바이는 완벽한 거요. 세상의 그 어떤 밧줄도 자신에게 유죄를 선고할 수는 없다고 생각했겠지만, 설마 이 아메르 피콩이 개입하게 될 줄은 몰랐겠지.

하지만 이 통찰력 있는 젊은이는 한 가지 멍청한 실수를 했소. 그는 살인을 저지르기 전 오후에 자기 애인을 만났지. 그리고 그 사실을 숨겼소. 그래서 내가 젊은이에게 그날의 행적을 물었을 때 내 덫 속으로 폴짝 뛰어들어 사과 저장고의 쥐처럼 덥석 잡히고 만 거요. 잘 생각해보시오. 젊은이는 범행 계획을 실행에 옮길 날짜를 금요일로 결정했소. 그리고 우리가 모두 알다시피 돈을 받으면 작은 여관을 하나 꾸릴 계획을 세워두었지. 마음을 결정한 거요. 그래서 당연히 공범을 만나고 싶었던 거지. 둘이서 차를 타고 나가는 모습을 아무에게도 들키지 않으려 했던 거고. 아가씨는 차 뒷좌석에 숨어 있었을 테지. 아니면 마을 밖에 나가서 기다렸을 수도 있고. 여하간 그들이 만났다는 사실은 철저히 비밀에 부쳐졌소. 둘은 누구에게 들킬 걱정이 없는, 둘이서 자주 가는 곳으로 은밀하게 차를 몰고 가서는 항상 주차하는 곳에 차를 세워놓았소. 연인들이 산책하러 오는 으슥한 길 근처라 아무도 뭐라 할 사람이 없었지. 두 사람은 싸웠소. 아가씨는 자기 애인이 마담과 그렇게 친밀하게 지내는 걸 지켜보면서 기다리는 데 진력이 났고, 청년은 아가씨를 다독이려 애썼소. 그리고 그날 치를 거사에 대해 설명해주었지. 그래서 둘은 계획을 완성하고, 다시 서로 마주 보며 웃게 되었소. 그리고 차를 타고 다시 집으로 돌아온 거요, 아무도 모르게.

하지만 거기서, 켈 도마지(참으로 애석하게도)! 나는 작은 의문을 품었던 거요. 나는 그 친구가 마을에 없었다는 사실을 확신하길 원했소. 그래서 다른 어딘가에 갔다는 증거가 있으면 말할 수 없겠느냐고 물었지. 그리고 그 가엾고도 멍청한 친구는, 이 아메르 피콩이 어떤 사람인지도 모르고 반쯤만 올라간 깃발에 대해 이야기를 했소. 그러고 나니 한 가지 생각이 들었지. 차에서 내린 바로 그 지점에서 혹시 교회 탑이 보였던 건 아닐까 하고 말이오. 그리고 부알라! 그게 사실이었던 거요! 그리고 거기에 공범과 함께 갔다는 사실도 발견했지.

심지어 더 나빴던 건 두 사람 모두 함께 외출했었다는 사실을 부정했다는 거요. 이 얼마나 어리석은 짓이오? 만약 그들이 결백하다면 왜 거짓말을 한단 말이오? 집안일을 안 하고 잠깐 놀러 나갔다고 혼이 날 수는 있겠지만, 그게 뭐 그리 대수요? 별것도 아닌데. 하지만 그걸 부정함으로써 그들은 스스로의 유죄를 입증했던 거요. 그래요, 젊은이의 실수만 아니었어도.

그리하여 메 자미(여러분), 수수께끼 풀이는 이것으로 끝이오. 여러분 모두 진상을 찾아 헤맸지만, 불행히도 그건 불가능한 일이었소. 여러분 모두는 살인자가 의도한 대로 오로지 비명이 들린 후 여러분이 달려오기까지 그 짧은 시간 동안 범인이 어떻게 그 방에서 탈출할 수 있었을까, 그 방법에만 골몰했겠지만 그건 어리석은 일이오. 현장을 보자마자 아무도 그 시간 동안 도망칠 수 없다는 사실을 알아챘어야 했소. 그때는 범인도 없었거니와 비명도 범행과 동시에 들려온 게 아니었소. 그리고 범인이 여전히 그곳에 있지 않으니, 부알라! 생각할 수 있는 건 단 한 가지뿐이오. 자, 이 파파 피콩의 설명이 얼마나 단순하면서도 논리적인지 이제 아시겠소? 하지만…… 여러분 중 그렇게 생각하지 않는 사람이 있을지도 모르오. 어떤 초자연적인, 날개 달린 생명체의 가능성을 고려할지도 모르지. 하지만 친구들이여, 밀실 살인 사건을 설명하려면 탈출 방법을 고려할 게 아니라 범행이 언제 이루어졌는지를 파악해야 한다오. 아, 우리 모두가 범인의 의도대로만 생각한다면 그들이 얼마나 즐겁겠소! 그러나 다행히 세상에는 논리적으로 사고하는 사람들이 있는 법!

이 범인에게는 상당한 행운이 따랐소. 타인에게 누명을 씌워 탐정들을 혼란케 할 방법이 얼마든지 있었지. 본래 돌아와야 할 재산을 물려받지 못하고 곤경에 처해 이름까지 바꾼 부인의 의붓아들 므시외 스트리클런드가 옆방에서 자고 있었소. 그리고 이미 협박죄를 저지른 집사도 있었지. 또한 머리가 아무래도 좀 이상한 것 같은 퀴레(성직자)는 범죄가 일어나자마자 부인의 침대 옆에 와 있었고. 게다가 그때 므시외 노리스도 위층에 있었으니, 의심할 만한 사람이 얼마나 많은 게요! 혼란스러울 수밖에. 범인은 너무나도 운이 좋았지. 하지만 다행히도 그때 논리적인 감각을 지닌 아메르 피콩이 도착했으니, 범인의 운도 거기서 끝이었소. 범인과 공범까지 다 드러난 거요. 부알라! 세 투(이상이오)!"

피콩이 이야기를 끝낸 그 순간을 돌아보면, 나는 처음으로 사이먼 경에게 동정심을 느꼈던 것 같다. 그가 카드로 쌓은 성은 무너지고, 그 자리를 피콩이 철근으로 지은 건물이 대신하는 모습을 지켜보는 것은 본인으로서는 상당히 분개할 만한 일이었으리라. 사이먼 경은 정말로 열성적으로 뛰어

다녔기에 성공이란 보답을 받을 자격이 있었다. 하지만 그러지 못했다. 이 몸집 작은 외국인은 완전히 자축하는 분위기였다. 모든 의심이 깨끗하게 날아갔다.

피콩이 이야기를 맺으며 자축하는 듯한 미소를 짓자마자 놀랍게도 스미스 신부가 갑자기 입을 열었다.

“여러분 모두가 한 가지 잊고 있는 것 같아서 말인데, 누군가가 첩자가 될 수 있다면 그 사람은 거미도 될 수 있는 법이지요.”[I]

그 순간 나는 신부가 브루스 왕을 인용했던 그 기이한 순간을 떠올렸다.[II] 그러자 인물 관계와 사실 관계가 줄줄이 실처럼 엮여 떠올랐고, 지금까지 어떤 놀라운 사실이 모두의 앞에 드러났는지 하나하나 따져보게 되었다.

“그러니까, 신부님도 살인자를 발견하셨단 말씀이십니까?”

나는 그에게 물었다. 비록 이 몸집 작은

I 영어에서 ‘첩자(spy)’와 ‘거미(spider)’의 발음이 유사한 것을 이용한 말장난.

II 옛 스코틀랜드의 왕 로버트 브루스에게는 고사가 하나 전해진다. 브루스 왕은 잉글랜드로부터 여섯 번의 침략을 받고 여섯 번 모두 패배하는 바람에 낙담했으나, 어느 날 거미가 여섯 번의 실패 끝에 일곱 번째 시도에서 거미줄 짓기에 성공하는 것을 보고 용기를 얻는다. 그리고 잉글랜드의 일곱 번째 공격으로부터 스코틀랜드를 지켜낸다.

성직자의 말을 그리 심각하게 받아들이지는 않았지만, 그의 이야기를 듣는 것도 충분히 재미있을 듯했다.

신부는 대답했다.

"나는 밧줄과 한마디 말, 그리고 한 사람이 파리를 잡는 방법을 보고 살인자를 알아냈습니다. 아주 간단하지만, 모든 간단한 일에는 공포와 힘과 광대함이 깃들어 있는 법이지요."

신부는 이 이야기를 우리에게 해도 좋을지 어떨지 모르겠다는 듯 잠시 망설이다가 이윽고 다시 말을 이었다.

"밀실에서 살해당한 한 여성이 있고, 밀실의 탈출구는 오로지 창문뿐이며 창문에서 탈출하는 방법은 밧줄에 의존하는 한 가지밖에 없습니다. 그러니 도저히 일어날 가능성이 없는 초자연적인 방법에 대해 거론하는 일을 배제한다면, 당연히 밧줄이 어떻게 사용되었는지 알아내야겠지요. 범인이 밧줄을 타고 올라가지도 않았고 내려가지도 않았다면, 사이먼 경의 설명대로 밧줄에 매달려 흔들렸을 수 있겠지요. 하지만 나는 사이먼 경의 관점이 틀렸다고 봅니다. 밧줄은 왼쪽에서 오른쪽으로 움직였을 수도 있지만, 오른쪽에서 왼쪽으로 흔들렸을 수도 있으니까요.

서스턴 부인의 방에는 창문이 두 개 있지요. 하나는 열리지만, 하나는 창틀이나 경첩이 없어서 애초부터 열리지 않게 되어 있습니다. 그리고 두 창문 앞에는 각각 너비가 30센티미터 정도 되는 석조 받침대가 있고요. 또한 여러분은 모두 어느 쪽 창문이 열리는 창문인지 보셨겠지요. 하지만 열리지 않는 창문은 어떨까요? 그 창으로는 아주 사랑스러운 것들이 드나들 수 있었습니다. 신선한 공기와 달빛, 꽃향기, 그리고 진실 말입니다. 이 사건의 진실은 그 열리지 않는 창문 뒤에 숨어서, 누군가가 자길 찾아내주기를 기다리고 있답니다.

그 방에서 탈출하기 위해 범인은 밧줄을 타고 옆으로 펄쩍 뛰어 이동했습니다. 하지만 스트리클런드의 창문 쪽으로 가지 않고, 열리지 않는 창문 쪽으로 갔지요. 게다가 밧줄을 묶어서 내려뜨린 곳은 펠로스의 방이 아니라 골방이었습니다. 범인은 그 창턱 받침대에 서서 머리 위로 튀어나온 부분을 잡고 여러분이 방을 수색하는 동안 숨어 있었던 겁니다. 창문 유리에 먼지가 잔뜩 끼어 있었기 때문에 범인이 여러분의 모습을 또렷하게 볼 수는 없었지만, 최소한 여러분이 방에서 모두 나갔다는 사실은 알 수 있었습니다. 그러자 범인은 방으로 돌아갔지요. 사과 저장고 창문에 묶어 매달아놓았던 다른 밧줄을 타고, 열리는 창문 쪽으로 이동해서 갔던 겁니다. 아주 쉽지요. 한 가지 기억해야 할 것은, 추란 반드시 한쪽으로만 흔들리는 물건이 아니며 작용에는 반작용이 따르기 마련이고 검은 것은 흰 것에 반대된다는 사실이지요.

범인은 도대체 누구일까요? 밧줄에 매달렸던 게 누군지는 모르겠지만, 분명 그걸 매달아준 공범이 존재했을 테지요. 아니면 누가 밧줄을 매달았는지는 모르겠지만 분명 그 밧줄에 매달려 있던 공범이 존재했었다고 말해도 될 테고요. 여하튼 이번 사건에는 두 사람이 관계되어 있답니다.

어제 다 같이 점심을 들고 있을 때, 테이블 위에 거미 한 마리가 나타났지요. 집사는 방으로 들어와서 그 거미를 조심스럽게 손가락으로 집었습니다. 나는 그 모습을 지켜보며, 벌레 한 마리 죽이기도 두려워하는 사람이라면 자신의 고용주를 죽이는 일을 분명 망설일 거라 생각했습니다. 하지만 곧 내 눈앞에선 몹시도 끔찍한 일이 벌어졌지요. 집사는 자신이 거미를 죽이기 싫어하는 이유가 거미를 사랑해서가 아니라, 파리를 싫어하기 때문이라고 했습니다. 그러더니 그 생물을 집어다 깜박깜박 조는 파리 몇 마리가 기어다니는 창틀 위에 조심스럽게 올려놓았습니다. 그러고는 그 결과를 기다렸다 지켜보고 싶었던 듯, 마지못해 몸을 돌리더군요. 너무나도 무시무시한 일이었지만, 세상의 다른 무시무시한 일들이 늘 그렇듯 그 행동은 진실을 내포하고 있었습니다. 파리를 잡기 위해 거미를 놓는 사람이라면 한 여인을 죽이기 위해 한 남자를 준비해둘 수도 있겠지요.

하지만 어떤 남자였을까요? 쉽게 설득당할 만큼 약한 사람이었을 수도 있고, 협박을 당할 여지가 있는 범법자였을지도 모르고, 살짝 얘기만 흘려도 냉큼 달려들 악마였을지도 모릅니다. 그 남자는 방문으로 달려왔던 사람들이나 수색 당시 함께 있었던 사람이 아닙니다. 그날 오후 나는 마을 교회에 갔었습니다. 사실 처음에는 다른 곳을 찾아봐야겠다 생각했지요. 라이더 씨는 약한 사람도 아니고 범법자도 아니며 악당도 아니니까요. 하지만 교회 성단소에 놓여 있던 성수반을 가리키며 세숫대야라고 말하더군요. 나는 그때 진실을 깨달았답니다. 라이더 씨 본인은 악마가 아니지만, 악마에게 사로잡혀 미친 사람이었던 거지요. 그리고 이 미친 사람이야말로 바로 진정한 살인자가 고른 도구였다는 사실을요.

하지만 이야기를 듣자하니 발견된 밧줄은 하나뿐이었다고 하더군요. 내 생각이 맞았다면 밧줄은 두 개 있었어야 할 텐데 말이지요. 나는 물탱크 속에 손을 집어넣으면서 그 속에는 오로지 물밖에 없기를 바랐습니다. 내가 생각했던 범죄는 너무나 무시무시했으니까요. 하지만 탱크 속에는 밧줄이 하나 더 있었습니다. 두 개의 밧줄이 이용되었던 거지요.

이 집사는 아주 사악하고 영리한 자였습니다. 집사로 일한 경력은 이십 년 이상 되며, 본인이 말했다시피 신원 보증인도 더할 나위 없이 훌륭했지요. 하지만 그 추천서를 받기 위해 얼마나 수없이 스스로를 굴욕적으로 비하하고 겉치레 웃음을 지으며 자신의 감정을 감췄을지 생각을 해보세요! 증오와 질투로 똘똘 뭉친 사람이 이십 년 동안이나 정중하고 주인을 만족시키는 태도를 취하며 살아왔단 말입니다.

이윽고 집사는 자기가 하인들을 속여서 충성심을 얻고 있다고 생각하는 어떤 여인의 저택에서 일하게 되었습니다. 하지만 충성심이란 시련을 겪어서 얻을 수 있는 것이지, 사기를 쳐서 얻을 수 있는 것은 아니지요. 누군가가 제멋대로 6월의 어느 저녁을 새해 전야라고 정할 수는 있겠지만 누구도 〈올드 랭 사인〉을 함께 불러주지는 않을 테니까요. 누군가가 자기 머리 위에 왕관을 쓸 수는 있겠지만, 아무도 그 사람을 위해 국가를 제창하지는 않겠지요. 어느 누가 유언장을 쓰는 여인 옆에서 〈그는 참 좋은 친구지〉[1]를 부르겠습니까? 그리고 서스턴 부인은 이 유언장에 서명을 하면서 자기 자신을 위한 안전은 조금도 도모하지 않았지요. 다만 도래할 것은 장례식뿐이었답니다. 유언장은 부인의 사망 보증서였던 셈이지요.

우리가 지금 이야기하는 이 사악하고 영리한 사내는, 너무나 사악했지만 충분히 영리하진 못했기에 범죄를 성공시킬 수가 없었습니다. 너무나 사악했기에 서스턴 부인이 죽으면 그 재산을 자신이 물려받을 수 있을 거라고는 생각했지만, 충

1 누군가를 축하할 일이 있을 때 부르는 옛 노래.

분히 영리하지 못했기에 물려받을 재산 자체가 없다는 것은 넘겨보지 못했던 거지요. 너무나 사악했기에 범죄를 꾸몄지만, 충분히 영리하지 못했기에 부인의 전남편이 부인에게 준 것은 단순히 종신 재산 소유권이라는 사실을 몰랐던 겁니다. 그러니 이 음모는 부인뿐만 아니라 살인자 본인까지 덫에 빠뜨리게 되었지요.

사내는 집사로서의 의무에서 벗어날 길을 발견했습니다. 평생 동안 그리도 열렬히 갈망했던 것, 즉 마침내 자유를 얻을 수 있게 되었다고 생각했지요. 이미 그 남편에게서는 해고가 되었으니, 이 여인만 없앤다면 저택을 떠날 수 있을 뿐만 아니라 자신이 부인을 협박했다는 사실도 감출 수 있게 되고 무엇보다 유산도 물려받을 수 있게 되는 겁니다. 추정컨대 자기가 그간 벌어놓은 돈도 적지 않을 테니, 남은 생애 동안 그럭저럭 부유하게 살 수 있게 될 테지요.

하지만 어떻게 해야 할까요? 사내에게는 부인을 죽일 배짱이 없었습니다. 그러나 배짱은 없어도 간교한 두뇌는 있었지요. 그는 자기 대신 그 일을 해줄 누군가를 물색했답니다. 그리고 그 사람을 전혀 예상치도 못한 곳, 즉 마을 목사관에서 찾아내기까지는 그리 오랜 시간이 걸리지 않았을 겁니다. 처음 생각을 떠올린 순간, 사내의 입가에는 아주 냉소적인 미소가 스쳤을 게 틀림없습니다. 도대체 누가 목사와 폭력을 결부

시킬 수가 있겠어요? 누가 목사관에서 살인자를 찾아내리라고 생각이나 할까요?

스톨은 성가대에서 베이스 역할을 담당했고, 덕분에 목사에게서 꽤 신임을 받았지요. 처음, 목사의 연약한 정신이 아직 정상인 흉내를 낼 수 있었을 때는 스톨도 자신의 처지에 꽤 만족했을 겁니다. 하지만 그는 점점 그 가엾은 사람에게 더 큰 영향을 미치기 시작했고, 딱하고 미쳐버린 머리에 무언가를 불어넣을 뿐만 아니라 자기가 원하는 행동을 취하도록 설득할 수 있는 단계에 이르렀습니다. 물론 목사는 그게 자기 의무라고 생각했겠지요. 이 정신 나간 관계의 시작 단계에서 스톨은 그게 목사를 지배하는 가장 쉬운 방법이란 사실을 깨달았을 겁니다. 그리하여 스톨은 이러저러한 일들이 목사의 의무라고 계속해서 세뇌를 시켰고, 그 일들은 그대로 이루어졌습니다. 나는 그 상황을 생각만 해도 메스꺼워 눈앞에 엉망진창으로 흐트러진 별들이 보일 정도랍니다. 스톨은 범상한 범죄자가 아니었던 것이지요. 나는 그 사실을 신께 감사드립니다.

이윽고 최종적인 목표에 점점 다가가면서 스톨은 라이더에게, 서스턴 부인과 젊은 스트리클런드 사이에 사악한 관계가 있다는 사실을 주입시키기 시작했습니다. 본인은 정결이라 하겠지만 내가 보기에는 그저 청교도적 교리로밖에 보이지 않는 무언가를 미친 듯 신봉하던 목사는, 이 지점에서 작은 선동을 필요로 했습니다. 라이더의 정신병은 아주 행복하고 몹시 순수한 사랑조차도 병적으로 혐오하게 만들었고, 스톨이 그에게 이 스캔들을 알려주자 목사는 금세 정신 나간 경계 태세에 들어가 존재하지도 않는 수많은 것을 혼자서 보게 되었을 테지요.

이윽고 집사는, 저 죄 많은 여인을 처단하는 것이야말로 그의 의무라는 무시무시한 생각을 천천히 목사의 머릿속에 심어 넣었습니다. 그는 지금까지 정치적 음모의 특권이었던 어떤 무기를 발견한 겁니다. 상상 속의 미덕을 위해 폭력도 마다하지 않을 수 있는 미친 사람, 마치 성전聖戰에 임하는 양 범죄를 저지를 수 있는 사람 말이지요. 아마도 그가 높은 탑 속의 늙은이를 해친 복수의 천사라는 터무니없는 이야기를 인용한 것도 이때였으리라 생각됩니다. 스톨은 그 전설을 구실로 목사를 유혹했고, 우화로 목사의 분노를 부채질하였으며 거짓으로 목사를 낚아 올렸지요. 이리하여 라이더 씨는 준비가 되었습니다.

사실 처음엔, 이 시점에서 집사가 서스턴 부인에게 200파운드라는 돈을 뜯어내면서 상당히 애를 먹었으리라 생각했습니다. 하지만 부인은 스톨의 계산에 대한 재능을 너무 과소평가했던 모양이에요. 스톨은 사악한 죄를 한 가지 저질렀습니다. 그는 다른 고용인들의 우위에 서기를 아주 즐겼지요. 서스턴 부인의 죽음을 조종함으로써 저택 안의 모든 고용인보다 우월한 위치에 있다고 느꼈던 모양입니다. 원래는 집안사람들에게 골고루 돌아갔어야 할 그 200파운드를 독점함으로써 그는 동료 하인들에게서 우월감을 느낀 겁니다. 이 금액을 어떻게 감췄는지는 우리가 알 수 있는 문제가 아니겠지요.

이윽고 불행한 목사가 토요일 저녁 이 저택에 왔을 때, 그는 자신이 해야 할 일을 잘 알고 있었을뿐더러 그 일을 어떻게 행해야 할지에 대해서도 충분히 이야기를 들은 상태였습니다. 자신의 병든 두뇌로 마지막 사실 확인을 받고 싶었던 그가 저녁 식사 전 타운젠드 씨에게 그런 질문을 했던 것도 전혀 이상한 일이 아니지요. 어쩌면 목사가 이 집을 떠나기 전 불행하게도 서스턴 부인과 마지막으로 대화를 나누지 않았더라면 스톨의 정신적 지배에서 벗어나 결백한 인간으로서 집에 갈 수 있었을지도 모릅니다. 하지만 부인은 순진하고 악의 없이 자신이 젊은 운전사를 좋아한다는 이야기를 하고 맙니다. 목사는 방을 나서며 조용히 미친 양심을 부여잡고서 자신이 의무라 믿는 그 끔찍한 일을 결행하기로 결심했지요.

한편 스톨은 모든 준비를 마쳤습니다. 골방 창문으로 밧줄 하나를 내려서 서스턴 부인 방의 열리는 창에 살짝 붙잡아 두고, 목사가 탈출할 수 있게끔 했습니다. 그리고 사과 저장고 창에서 열리지 않는 창으로 밧줄을 내려서 되돌아올 수 있게 준비했지요. 만일 누군가가 그 모습을 밖에서 보았다면 파멸을 표시하듯 건물 한쪽에 거대한 엑스 자가 그려졌다고 생각했을 겁니다. 마치 잉크로 '우리 방 창문' 하고 표시한 해변의 사진엽서를 사악하게 모방한 것처럼요.

하지만 불행히도 아무도 그 모습을 보지 못했답니다. 어두운 밤이었고, 여러분은 모두 저택 안에 있었지요. 그리하여 모든 사람이 목사가 집에 갔다는 사실을 믿어 의심치 않는 동안, 라이더 씨는 위층으로 올라가 메리 서스턴의 방에서 희생자가 오기를 기다렸습니다. 방의 위치를 가르쳐준 스톨만 제외하고요.

부인은 자기 방으로 올라갔습니다. 문간에 선 부인은 깜짝 놀라 머뭇거렸습니다. 결코 이상한 일이 아니었지요. 살인자의 의도를 희생양이 깨닫고 경계심을 품기 전에 살인자가 범행을 저지를 수 있도록 스톨이 미리 어둡게 해놓은 방 안에서 라이더 씨가 자기를 기다리고 있었으니까요.

약 십여 분 동안 그 가엾은 사내가 어떤 미친 설득을 했는지, 또 그 불행한 숙녀가 어떤 대답을 했는지 우리는 영영 모를 겁니다. 하지만 결과적으로 사건은 일어났고, 따라서 목사는 스톨의 지시를 충실히 따랐지요. 목사는 밧줄을 잡고 창문을 닫은 뒤 거미줄에 매달린 거대한 거미처럼 옆의 열리지 않는 창문 쪽으로 이동했습니다. 그러고는 스톨이 첫 번째 밧줄을 끌어당겨 회수한 뒤 자기의 알리바이를 증명하기 위해 아래층으로 내려가는 동안, 자기 머리 위에 있는 튀어나온 돌 부분을 잡고 버텼습니다.

여러분은 모두 와서 문을 부수고 방으로 들어와 수색한 뒤 방을 나섰으며 그동안 스톨은 히스테리를 일으킨 아가씨에게 브랜디를 갖다준다는 핑계로 위층으로 올라가서 두 번째 줄을 내렸고, 라이더 씨는 그 줄을 타고 다시 열리는 창문 쪽으로 이동했지요. 이후 스톨은 초인종 소리를 듣고 자신이 정문으로 나가 문을 열어보니 라이더 씨가 서 있었다고 진술했습니다. 나는 처음 그 이야기를 듣고, 정말로 초인종이 울렸다면 진정 진주 같은 기쁨이리라 생각했지요. 바로 이 불운한 사내의 무죄를 증명해주는 셈이 될 테니까요. 하지만 내가 정문과 서스턴 부인의 방을 포함한 온 저택의 초인종 소리를 조사해보니 전부 똑같았습니다. 따라서 라이더 씨가 현관 초인종을 누르나 부인의 침실에 있는 벨을 울려 스톨을 부르나 소리가 항상 같다는 사실을 알게 되었지요. 그러므로 내가 전에 말했듯이 누군가가 문 밖에 있었을 수도 있지만, 없었을 수도 있다는 이야기가 됩니다.

이제 나머지는 대충 짐작하실 겁니다. 여러분은 위층으로 올라가 살인자를 발견하셨습니다. 부인의 침대 옆에 있던 살인자의 무기뿐만 아니라 살인자 본인도요."

나는 숨 가쁘게 물었다.

"그럼 신부님께서는 라이더 씨가 자신의 의무라는 신념하에 부인의 목을 칼로 그었다고 생각하시는 겁니까?"

스미스 신부가 나를 보고 눈을 끔벅였다.

"나는 라이더 씨가 부인의 목을 일종의 종양이라고 여기고 칼로 그었다고 생각합니다."

31

이 난처한 상황에 서스턴 선생이 방으로 들어왔다.

"이제 모두 심사숙고를 마치셨겠지요. 경사, 아직 체포하지 않았습니까?"

"아직입니다, 선생님."

샘 윌리엄스가 말했다.

"서스턴, 문제가 있어. 이 신사분들은 각각 다른 견해를 갖고 계시다네."

서스턴 선생은 당황한 표정을 지었다. 이 상황을 이해할 수가 없거나 믿기 어려운 모양이었다. 그가 지친 목소리로 물었다.

"하지만…… 누가 범인인지 알아낸 것 아닌가?"

"그래, 맞네. 그렇긴 한데……."

윌리엄스는 궁지에 몰린 듯 불편한 표정이었다. 마침내 그는 비프 경사 쪽으로 시선을 돌렸다.

"이보십시오, 경사님. 결국 경찰을 대표해서 범인을 체포하는 건 당신의 의무가 아닙니까. 당신도 이분들의 이야기를 다 들었겠지요. 어떻게 생각합니까?"

비프 경사는 명백히 감탄한 표정으로 세 탐정을 죽 훑어보았다.

“어떻게 생각하느냐고요? 전 이분들이 하신 이야기가 너무나 놀라워서 기절할 지경입니다. 기절하겠다고요! 세상에 이렇게까지 머리 좋은 사람들이 있다니 상상도 하지 못했습니다. 그런 세세한 부분들까지 대체 어떻게 생각해내셨는지 모르겠군요! 아주 놀랍습니다. 들을 만한 가치가 충분하다고 봅니다. 전 오늘을 영영 잊지 못할 겁니다. 나중에 손자들에게까지 얘기해줄 수 있을 것 같네요. 이런 이야기를 다 듣다니, 이것참 영광이로군요!”

평소에는 한심하기만 하던 경사의 눈동자가 지금은 진심에서 우러나는 존경심으로 반짝반짝 빛나고 있었다.

윌리엄스가 차갑게 말했다.

“지금 그런 얘기를 하자는 게 아닐세. 누가 범인인지 빨리 정해서 그자를 잡는 게 먼저야.”

“그야 그렇지요.” 비프 경사가 동의했다. “하마터면 깜박할 뻔했군요. 물론 저는 누가 범인인지 압니다. 하지만 누가 범인이고 누가 아닌지는 그리 중요한 게 아닙니다. 글쎄 저는 신사 여러분께서 제게 들려주신 것들처럼 멋지게 이야기를 꾸미지는 못하거든요. 아주 훌륭했습니다, 정말로.”

“흠, 경사. 그러고 보니 자넨 꽤 오랫동안 계속해서 자네가 범인이 누군지 안다고 그랬었지. 그럼 자네 가설도 들려줄 수 있겠나?"

"전 가설 같은 건 없습니다. 게다가 어디 감히 이런 신사 여러분 앞에서 그런 얘기를 하겠습니까요? 방금 들은 것처럼 제 의견을 표현해본 적도 없는데요."

"가설이 없다고? 하지만 누가 범죄를 저질렀는지는 안다면서?"

"예, 압니다. 하지만 그건 정말 별것 아닙니다. 오늘 밤 들은 얘기에 비하면요."

"이런, 젠장. 이 친구야, 자네가 아는 걸 좀 말해보란 말이야."

"그건 간단합니다. 괜히 얘기했다가 여기 계신 분들을 실망시킬까 걱정되고요."

"됐으니까 말하게. 범인한테 공범이 있었나?"

"있었죠. 그럼요. 두 명이나요."

"둘? 그럼 자넨 그 공범들까지 체포해야겠군?"

"그건 할 수 없습니다."

"어째서?"

"왜냐하면 둘 중 한 명은 이미 죽었고, 다른 한 명은 무슨 일이 벌어졌는지도 모르거든요."

"한 명이 죽었어?"

"예, 사실 이 사건은 여러분들이 범죄소설 이야기를 할 때부터 이미 시작된 겁니다요. 여러분이 저녁 첫술 뜨기도 전에요."

이 말에 사이먼 경이 몸을 부르르 떨었다.

"뭐, 누가 그 이야기를 먼저 시작했는지 저는 모릅니다만."

하지만 나는 번쩍 기억해낼 수 있었다. 그 화제를 가장 먼저 꺼냈던 사람은 서스턴 선생이었다.

"사실 말이죠, 그래요. 별로 중요한 문제가 아니라는 건 충분히 압니다만, 갑자기 기억이 났습니다."

나는 서스턴 선생을 돌아보았다.

"아마 선생님도 기억하실걸요? 요즘에 괜찮은 범죄소설 읽은 거 없냐고 제게 묻지 않았습니까? 물론 이 모든 일이 이상야릇하긴 하지만, 갑자기 그 일이 기억났습니다."

서스턴 선생이 애써 미소를 지었다.

"내가 그랬던가요? 뭐, 그랬을 수도 있겠군요. 기억은 안 납니다만."

"그런데 그게 무슨 상관이란 말인가?" 윌리엄스가 물었다.

"금방 아시게 될 겁니다요. 아무튼 서스턴 선생님이 살인자들 이야기를 시작하자 여러분은 모두 귀를 기울였습니다. 그리고 노리스 씨는 '나는 그런 고리타분한 범죄소설 안 좋아한다, 현실에서는 일어나지도 않는 일 아니냐'라고 말씀하셨죠. 그런 이야기가 쭉 이어졌고, 대화는 자연스럽게 흘러갔습니다."

"그래서?"

"이때 서스턴 부인이 위층으로 올라갔고, 서스턴 선생님도 자기 방에 가서 옷을 갈아입었습니다. 그리고 스트리클런드 씨가 부인 방에서 나온 뒤에 선생님은 슬며시 그 방으로 들어가서는 말했습니다. '여보, 내가 잠깐 장난을 치고 싶은 게 있는데.' 뭐, 이런 식으로 얘기를 하셨겠죠. '예를 들면, 오늘 밤 살인이 일어났다고 사람들을 속이고, 어떻게 살인이 일어났는지 사람들이 맞히게 하면 어떨까?' 그러자 부인이 물었겠죠. '그게 무슨 말이에요, 여보?' 서스턴 부인은 늘 조금 둔하고, 무슨 일에든 쉽게 설득될 준비가 되어 있는 사람이었고요."

이때 윌리엄스가 벌떡 일어났다.

"이건 말도 안 되는 소리야. 비프, 우린 이런 헛소리에 귀를 기울이고 앉아 있을 여유가 없네. 게다가 서스턴 선생에게 너무 가혹하지 않은가. 그만하고……."

그러자 피콩이 외쳤다.

"메 농! 선량한 뵈프가 계속 이야기하게 내버려두시오! 이제 재미있어지려 하는구먼!"

비프는 계속 말했다.

"뭐 요점만 추려 말하자면, 여하튼 선생님은 부인을 설득했습니다. '자, 이제 내가 시키는 대로 해요. 당신은 잠자리에 들러 올라와서 옷은 갈아입지 말고 문만 잠가요. 창문도 잠그고. 그리고 여기 있는 빨간 잉크병을 베개에 쏟아요. 그리고 당신 립스틱 갖다가 목에 커다란 상처 자국을 그리는 거야. 그러고 나서 가능한 한 큰 소리로 비명을 질러요. 내 말 알겠어요? 그러면 우리가 와서 문을 부술 거예요. 그럼 사람들이 보고서 범인이 자기들 모르는 새 살인을 저지르고 나서 말도 안 되는 방법으로 빠져나갔다고 난리들을 치겠지! 내 말 알겠어요?' 그리고 부인은 알겠다고 대답을 했지요. 그러자 또 선생님이 이렇게 말했습죠. '한 가지 좋은 생각이 있어요. 이 전구를 빼놓으면 방이 어두울 테니 사람들은 당신이 진짜로 살해당한 줄 알 거요.' 그리고 선생님은 전구를 빼서 창밖으로 던졌죠."

"그럼 왜 전구 유리에 지문이 남아 있지 않은 거죠?" 내가 물었다. 설마 서스턴 선생이 그런 일에 장갑까지 꼈을 리 없다고 생각했고, 이 질문에 경사의 코가 납작해질 줄 알았다.

"글쎄요, 아마 전구가 계속 켜져 있던 상태라 그랬던 거 아닐까요. 전구가 뜨거웠을 테니 당연히 손수건으로 감싸고 빼냈겠죠. 이해하시겠습니까?"

나는 이해했다. 그리고 점점 불안해졌다. 이 서투른 경찰관이 설마 말도 안 되는 것들을 끌어모아 증거 비슷하게 제시할 셈인가? 스스로를 변호하는 불편을 감수해야 하다니 서스턴 선생도 퍽 언짢을 터였다.

"다시 선생님이 부인께 한 말로 돌아가죠. '그리고 우리 뜻대로 사람들이 어쩔 줄 몰라 하며 갈팡질팡하고 있을 때 그저 장난이었다고 솔직히 밝힙시다. 당신은 내가 윙크할 때까지 움직이지만 말고 가만히 있어요. 너무 빨리 들켜도 안 되니까.' 그리고 부인은 동의했겠지요. 저도 서스턴 부인을 잘 압니다. 항상 조금은 어린애 같은 구석이 있었죠. 그런 식으로 행동하면서 여러모로 뒷일을 생각하지 않는 사람이었어요. 재미있어 보인다 싶으면 앞뒤 안 가리고 냉큼 달려들었죠. 가엾은 부인…….

그러고 나서 그다음 일을 생각해낸 건 아마 서스턴 부인이었을 겁니다. '만약 누가 아래층으로 내려가서 경찰에 전화를 하면 어떻게 해요? 누가 그럴지도 모르잖아요.' 그러자 남편이 대답했습니다. '걱정 마요, 내가 내려가서 전화선을 끊어놓을 테니까. 그럼 아무도 전화하지 못하겠지.' 그리고 남편은 아무도 모르게 전화선을 자르러 갔습니다.

그런 뒤에 여러분이 모두 식사를 하러 내려왔고, 서스턴 부인은 잔뜩 들떠 있었죠. 비록 스톨에게서 다소 협박을 당하긴 했지만요. 이자는 제가 곧 체포할 예정입니다. 부인은 스톨이 해고를 당해서 몇 주 후에는 모습을 감출 거라는 사실을 알고 있었던데다 이제부터 장난을 칠 생각에 신이 났었습니다. 어린애처럼 장난을 좋아하는 부인이었으니까요. 부인은 아마도 식탁 너머로 남편과 의미심장한 눈짓을 계속 주고받았을 거고, 여러분이 속임수에 어떻게 걸려들지에 대한 생각만 잔뜩 했을 겁니다.

어, 그러고 나서 스트리클런드 씨가 잠자리에 들러 올라가고, 그 뒤를 따라 노리스 씨도 자리를 뜨고, 목사님도 집에 간다고 나가셨죠. 그 얘긴 나중에 또 할 겁니다. 그리고 11시가 되어 서스턴 부인은 평소 습관대로 침실로 올라갔습니다. 방문을 여니 안에는 스톨이 화장대에 기대어 코담배를 맡으며 서 있었죠. '여기서 뭐 하는 거죠?' 부인은 스톨이 200파운드 때문에 왔다는 걸 잘 알면서도 물었습니다. 하지만 말다툼하느라 낭비할 시간이 없었기 때문에 그냥 그 돈을 줘서 집사를 내보내고, 집사가 방을 나가자 바로 장난을 칠 준비를 시작했습니다.

참 딱한 일이죠! 부인은 스스로를 어떤 곤경 속으로 밀어넣고 있는지도 모른 채 혼자서 줄곧 웃었을 겁니다. 부인은 빨간 잉크병을 열어 베개에 부었습니다. (어린 소년이 학교 수업을 빠지고 싶을 때 손수건에 잉크를 부어서 코피인 양 속이는 것처럼 말이죠.) 그런 다음 자기 목에 흉측한 상처를 그리고, 문을 위아래로 잠갔습니다. 자, 이렇게 모든 것이 준비되자 침대에 누워서 세 번, 젖 먹던 힘을 다해 소름 끼치는 비명을 질렀습니다. 그런 뒤 눈을 감고서 무슨 일이 일어날지 기다렸습니다.

그후 벌어진 일은 잘 아시겠죠. 처음으로 도착한 사람은, 늦을 이유가 전혀 없는 노리스 씨였습니다. 그리고 서스턴 선생님이 부인의 이름을 부르면서 올라오셨고, 윌리엄스 씨와 타운젠드 씨가 합류해서 문을 부수기 시작했습니다. 다른 분들이 어떻게 하셨는지는 뭐 물어보면 알겠죠. 그들 중 두 사람에게는 방 밖으로 코빼기를 내밀기 전 감춰야 할 것들이 있었습니다. 먼저 스트리클런드 씨는 서스턴 부인이 저녁 먹기 전 주었던 다이아몬드 펜던트를 배짱 좋게도 테이블 위에 그냥 올려놓았습니다. 그러니 누군가가 문을 열기 전 그걸 빨리 숨겨야만 했죠. 스톨은 방에 200파운드가 있었습니다. 그걸 어딘가 숨기기 전에는 방 밖으로 뛰어나올 수가 없었고요. 아, 그리고 운전사도 있군요. 그 친구가 그날 저녁 서스턴 부인 방에 불려 갔었다는 사실을 잊으면 안 됩니다. 비명이 터졌을 때 막 계단을 내려오던 중이었다가도 황급히 몸을 돌려 자기 방으로 돌아갔대도 놀랍지 않습니다요. 뭐, 그랬겠죠, 아무튼.

여러분은 문을 부수고 나서 안으로 들어가보았습니다. '저런, 살해당했군?' 여러분은 부인이 피 웅덩이 속에 누워 있다고 생각했겠지요. 그리고 서스턴 선생이 앞으로 걸어 나가서 부인을 살펴보고는 죽었다고 말했습니다. 그러자 여러분은 방 안을 미친 듯 뒤지기 시작했습니다. 부부가 의도한 대로 여러분은 그 방 안에 범인이 있을 거라고 생각했으니까요. 그리고 온 소동이 벌어지는 동안 가엾은 부인은 누워서 참 보기 드문 장난이라고 생각하며 줄곧 웃고 있었을 겁니다. 그래요, 부인은 그때까지 살아 있었습니다.

사람들은 위아래로 쑤셔보면서 굴뚝도 찾아보고 창문도 내다보고 카펫 밑도 들여다보고 난리를 피웠지만, 누구도 장난이라는 사실은 몰랐습니다. 또 정신이 없는 나머지 스톨이 몇 분 늦게 나타난 줄도 깨닫지 못했죠. 하지만 이윽고 여러분은 수색을 끝냈고 방에는 부인 혼자만 남았습니다. 타운젠드 씨, 스트리클런드 씨, 노리스 씨는 정원으로 나갔고 운전사는 저를 부르러 왔습죠.

방 안에 사람들이 없어졌고 이제 알리바이도 생겼으니, 범인은 그 방으로 다시 몰래 숨어들었습니다. 그리고 불쌍한 부인을 살해한 후 나이프는 창밖으로 던져서, 마침맞게 타운젠드 씨가 흉기를 땅바닥에서 발견하게 된 겁니다요. 아시겠습니까? 아주 간단하다고 제가 그랬죠. 별로 이야기할 가치도 없다고요. 하지만 도대체 어떻게 된 일인지 여러분 모두 알고 싶어 하시니 굳이 이야기해드린 겁니다."

이 이야기가 너무나 불편하면서도 사실처럼 느껴지는 바람에 나는 질겁하고 말았다.

"그런데 비프, 도대체 당신 이야기의 증거는 뭡니까?"

"증거요?" 비프가 되뇌었다.

"증거라면 얼마든지 많지요. 제가 이걸 그냥 알아낸 줄 아십니까? 왜요, 핏자국을 조사하자고 하니까 여러분 모두가 비웃으셨잖습니까. 하지만 그런 면에서는 제가 거기 계신 신사 여러분보다 좀 낫습니다. 제 말뜻은, 저는 그런 식으로 가설을 세울 수는 없습니다. 그렇게만 할 수 있다면 좋겠네요. 하지만 경찰 노릇을 하면서 배우는 건 그런 게 아니거든요. 이런 사건이 터졌을 때 제일 먼저 살펴봐야 할 건 핏자국입니다요. 그래서 핏자국을 살펴보니 이거 아주 웃기더군요. 베갯잇은 아주 깨끗했습니다. 어, 그러니까 적어도 피가 튀기 전까지는요. 그리고 베갯잇에 튄 피는 진짜 피였죠. 하지만 베개 안쪽을 잘 살펴보니 뭐가 있었는지 아십니까? 피만 있는 게 아니라 붉은색 잉크도 같이 묻어 있더라 이 말입니다! 그걸 보니 딱 알겠더라고요. 아, '그러니까 그거구먼, 죽은 척했던 거구먼' 하는 생각이 들었지요. 처음에 잉크만 묻어 있던 베갯잇은 진짜 살인범이 가져갔던 거죠. 베개를 통째로 가져갈 기회는 없었을 테니까요. 그렇게 해서 진상을 깨달은 겁니다. 물론 그 베개와 베갯잇은 제가 가지고 있습니다. 증거품 A와 증거품 B로요. 그러니 충분하지 않습니까? 그것도 정황증거가 아니라 물적증거로 말입니다."

32

이리하여 우리는 누가 범인인지 알게 되었다. 비프 경사의 말대로 증거물인 베개와 베갯잇은 단순한 정황증거가 아니라 흔들릴 수 없는 물적증거였다. 나는 솔직히 말해 단 한 번도 서스턴 선생을 의심해본 적이 없었다. 서스턴 부인이 침실로 올라갔을 때부터 그녀가 시체로 발견될 때까지 그는 쭉 우리와 함께 있었기에, 그사이에 무슨 짓을 저지를 수 있을 리 없었던 것이다. 서스턴 선생의 공범이, 그 불운하고 아무것도 모르던 공범이 설마하니 살해당한 여인이었을 줄이야! 너무나도 끔찍한 일이었지만, 막상 깨닫고 보니 그야말로 악마의 지혜를 빌린 것이나 다름이 없었다.

하지만 이 자리에는 서스턴 선생에게 충성하겠다고 결심한 사내가 한 사람 있었다. 서스턴 선생이 비프 경사에게 무어라 말하려 하는데, 윌리엄스가 그의 팔을 잡았다.

"선생, 자네의 변호사로서 지금 이 순간부터 자네의 대답을 금하겠네. 도대체가 언어도단이로군. 지금부터 이 멍청한 경찰이 얼마나 환상적인 실수를 했는지 증명해야 한단 말일세."

편안하게 등을 기대고 앉은 사이먼 경이 말했다.

"잠깐만 기다리시오, 윌리엄스. 저 유쾌한 경찰 친구의 말이 날 대단히 흥분시킨 건 아니지만 조금 관심은 생기는군요." 그러고는 목소리를 높였다. "원, 단 한 번이지만 이렇게 틀리게 되다니 얼마나 안심이 되는지 모릅니다! 결코 실수하지 않는다는 게 얼마나 단조롭고 지겨운 일인지 여러분은 모를 거예요!"

"나, 위대한 아메르 피콩 역시 실은 아주 만족스럽고 마음이 편하다오. 드디어 내가 포 파(실패)를 경험하게 되었으니 말이오. 영어로는 '후레이hooray'라고 하던가? 이건 내게도 상당히 참신한 경험이었소!"

이윽고 스미스 신부가 부드럽게 중얼거렸다.

"기쁘군요. 아주 기쁩니다."

윌리엄스가 날카롭게 쏘아붙였다.

"어쨌든 상의가 끝날 때까지 아무 말도 하지 말게, 서스턴."

그리고 비프를 돌아보았다.

"자네가 무슨…… 다른 조치를 취하기 전에, 잠시 서스턴 선생을 서재로 데리고 가서 이야기를 좀 나누고 싶네. 이의는 없겠지?"

"전혀 없습니다요. 바깥에 경찰들이 쫙 깔려 있어서 어차피 아무도 도망치지 못하니까요. 십 분 드립죠."

두 사람은 방을 나갔고 비프 경사는 잇새를 쯥쯥 빠는 듯한 불쾌한 소음을 냈다. 평소 습관인 모양이었다. 그러더니 갑자기 벌떡 일어섰다.

"저 두 사람을 저렇게 내버려둬도 괜찮을지 모르겠……."

하지만 갑자기 들려온 난폭한 소리에 경사는 말을 끝까지 맺지 못했다. 리볼버가 발사되는 소리가 온 저택을 뒤흔들고 몇 초 동안 귀를 먹먹하게 했다. 우리는 펄쩍 뛰어올라 홀 쪽으로 달려갔다. 서재 문은 열려 있었고 바닥에는 서스턴 선생의 건장한 몸이 대자로 뻗어 있었으며, 그의 손에는 리볼버가 쥐여 있었다. 윌리엄스가 서스턴 선생의 몸 위로 상체를 굽혔고, 비프도 따랐다.

"'이번' 사건의 죽음에는 의심의 여지가 없군. 즉사일세." 윌리엄스가 말했다.

"도대체 어떻게 된 겁니까?" 내가 물었다.

"이 친구가 나를 이리로 데려오더니 잠시 혼자 있게 해줄 수 없느냐고 물었네. 상의하기 전에 마음의 정리를 하고 싶다면서 말이야. 멍청하게도 나는 그러라고 했네. 무슨 이유에서인지 그가 이런 짓은 절대로 하지 않을 것 같았거든. 하지만 내가 문을 닫기도 전에 뒤에서 총소리가 들린 거야."

"다른 방으로 갑시다."

드러누운 시체를 보고 섬뜩해진 내가 말했다. 서스턴 선생의 죽은 얼굴에 떠오른, 깜짝 놀란 공포의 표정을 도저히 견디기 어려웠다. 자리를 뜨기 전 러그 한 장이 시체 위를 덮고, 모든 사람이 방을 나가자 비프가 조심스럽게 문을 잠갔다.

모두가 좀더 편안한 분위기의 라운지로 돌아오자, 윌리엄스가 말했다.

"당신 가설은 충분히 근거를 얻고도 남았군요, 경사."

나도 서스턴 부인 살인 사건의 진상을 규명하는 데 이보다 나은 증거는 존재하지 않으리라는 생각을 했다. 주인공의 자살보다 더 완벽한 결말이 어디 있겠는가? 하지만 비프는 겸손했다.

"무슨 가설 말입니까? 전 가설 같은 건 안 세웠는뎁쇼."

"아니, 존재하잖습니까. 그것 또한 아주 훌륭한 가설이었고, 지금에 와서는 놀랍게도 진실로 드러났죠. 가여운 메리! 도대체 서스턴 선생의 동기가 무엇이었는지 알 수가 없군요. 메리의 서류를 훑어보면 알 수 있을지도 모르겠습니다. 그나저나, 정말로 소름 끼칠 만큼 영리한 발상이었어요. 메리를 설득해서 죽은 척하게 눕혀두고는 자신의 알리바이를 구축한 다음에 되돌아가서 죽이다니 말입니다."

비프 경사는 우리와 문 사이에 서 있었다. 그가 갑자기 물었다.

“누가 서스턴 선생님이 되돌아가서 부인을 죽였다고 했습니까?”

한순간 나는 이 기이한 질문에 함축된 의미를 이해하지 못했다. 하지만 경사의 육중한 몸이 수갑을 꺼내며 가까이 다가오자 소름이 끼쳤다.

“새뮤얼 제임스 윌리엄스, 당신을 체포하는 건 내 의무요. 당신은 메리 서스턴 살해 혐의로 기소될 겁니다. 그리고 알렉산더 서스턴 선생 살해 혐의도 있죠. 의무라서 말해두는 겁니다만, 이제부터 당신이 하는 말은 법정에서 얼마든지 불리한 증거로 작용할 수 있습니다.”

내가 정신을 차리기도 전에 경사는 매끄러운 동작으로 변호사의 손목에 수갑을 채웠다.

“하…… 하지만…… 방금 전 경사님은 그게 서스턴 선생님의 범행이라는 사실을 입증하지 않았습니까……?”

“죄송하지만 한 번도 그런 적 없습니다. 처음부터 다 이자의 짓이란 걸 알고 있었는데요.”

그런 다음 비프 경사는 아주 흔해빠진 짓을 했다. 크게 휘파람을 한 번 분 것이다.

그 소리가 감정을 건드렸는지 사이먼 경이 고함을 질렀다.

“세상에!”

경찰이 둘 들어왔다.

"이 사람 데려가. 변호사라 아무 말도 안 하려 들겠지만 이 놈이 범인이 맞아. 목을 매달아서 사형시켜야 해. 암, 그렇고말고."

경사는 맥주를 한 잔 가득 따라 벌컥벌컥 마신 뒤, 아무렇게나 뻗은 시뻘건 수염 끝까지 빨아 먹은 다음 계속 말했다.

"선생님네들도 아시다시피 저한테 그런 멋들어진 가설 같은 건 없습니다요. 아무리 생각해도 그 이야기들은 아주 예술이었고요. 하지만 전 누가 저지른 일인지 알아내고 말았거든요. 아주 간단했죠. 그 장난 얘기는 진짭니다. 서스턴 선생님이 농담 비슷하게 생각해낸 거였습니다. 제 얘기 아시겠죠? 선생님한테는 농담 이상의 의도는 없었단 겁니다. 전구를 뽑았던 것도, 부인이 아직 살아 있고 그 모든 게 장난이라는 걸 여러분한테 들키기 싫어서 그랬던 거라고요. 그리고 혹시나 누가 진짜로 저희한테 전화해서 쓸데없는 소동을 일으킬까 우려한 나머지 전화선까지 잘랐던 거죠. 그리고 아까 제가 얘기한 대로 일이 진행되었습니다. 다만 윌리엄스가 방을 뒤졌을 때, 이자는 서스턴 부인이 죽지 않았다는 사실을 금방 눈치챈 겁니다. 어쩌면 부인의 웃음소리가 들렸는지도 모르고요. 이때 이 친구 머리가 홱홱 돌아간 거죠. 오호, 이거 저 여자를 해치워버릴 기회로군. 그래서 윌리엄스는 여러분 모두를 그 방에서 내보냈습니다. 서스턴 선생님은 장난을 쳐야 했으니 계속해서 충격을 받은 연기를 하셨겠죠. 그래서 아래층으로 내려갔습니다. 이때 윌리엄스는 다시 한번 전화를 걸어보러 가는 척하고는 다시 슬며시 위층으로 올라와 여러분이 바깥을 찾아보고 있는 동안 부인의 목을 그어버렸던 겁니다. 그러고 나서 아까 제가 말한 대로 창밖으로 나이프를 던진 거고요. 아마 타운젠드 씨가 찾아내기 몇 초 전에 던졌을 겁니다. 그러니 피가 생생히 묻어 있던 것도 결코 이상하지 않지요.

아시다시피 이 윌리엄스란 작자는 살인자 중에서도 비상하게 머리가 좋은 축이라, 기회를 잘 잡는 게 얼마나 유리한지 잘 알고 있었던 겁니다. 뭐, 게임이나 마찬가지죠. 모든 범죄자가 때만 잘 맞춰서 살인을 저지르면 누가 살해되더라도 아무도 진상을 밝혀낼 수 없다는 게 제 지론이거든요. 바로 이게 윌리엄스가 방을 수색하면서 떠올린 생각이라 이겁니다. 윌리엄스는 서스턴 선생님이 부인과 함께 장난을 꾸몄다는 사실도 알았지만, 무엇보다도 부인이 진짜로 살해당했다는 사실을 알았을 때 선생님이 결코 그 사실을 입 밖에 낼 수 없으리라는 사실도 너무나 잘 알고 있었죠. 그랬다가는 교수대에 목이 매달리는 사람은 분명 서스턴 선생님이 될 테니까요. 단 하나 그자가 해야 할 일은, 선생님이 위층으로 올라와서 혼자서만 그 사실을 발견하게끔 만드는 일이었지요.

결코 어려운 일은 아니었을 겁니다. 윌리엄스는 서스턴 선생님이 아래층 라운지에 홀로 앉아 있는 걸 알고 있었습니다. 그러니까 내려가서 선생님한테 잠깐 위층에 가보라고 한마디 해주면 그만이었죠. 방에서 이상한 소리를 들은 척해도 되고요. 혹은 윌리엄스가 손을 쓰지 않더라도 상관없었을지 모릅니다. 어차피 여러분이 모두 저택 밖으로 나가면 선생님은 위층에 올라가서 부인과 단둘이 장난에 성공했다는 기쁨을 누렸을 테니까요. 여하튼 그건 아무도 모르는 일입니다. 하지만 윌리엄스는 라운지로 돌아와서 '이상하다, 전화가 안 걸리더라' 하고 말했죠. 물론 전화기는 들어보지도 않았을 겁니다.

그러고 나서 서스턴 선생님이 부인을 보러 올라갔습니다. 하지만 방에 가보니 부인은 진짜로 죽어 있었습니다. 선생님은 비명을 지르려 했지만 금방 그러지 않는 게 좋겠다는 사실을 깨달았겠죠. 자긴 결백하지만 그 어처구니없는 게임을 먼저 제안한 건 본인이니까요. 죽은 척하라고 시킨 것도 본인이고요. 그리고 사람들이 전말을 알게 되면 제일 먼저 자길 의심하겠죠. 특히 지금은 혼자 방에 올라와 있는 상황 아닙니까. 그래서 선생님은 아무 말도 하지 않고 그냥 내려왔죠. 윌리엄스가 바랐던 그대로였습니다.

그러다 선생님은 계단 밑에서 바깥 수색을 하고 돌아온 타운젠드 씨, 스트리클런드 씨, 노리스 씨와 마주칩니다. 선생님은 모든 사람이 다 위층 방에서 나가 있는 동안 누군가 살인을 저질렀다는 사실은 알 수 있었지만, 도대체 누굴 의심해야 할지는 몰랐습니다. 그래서 여러분한테 그동안 어디 있었느냐고 물었던 거죠. 하지만 곧 사람들한테 그런 걸 일일이 묻고 다니는 것도 이상하다는 생각에 그러기를 그만둡니다. 그러나 그때부터 선생님은 살인자가 잡히기만을 자나 깨나 고대하게 되었습니다. 비밀을 간직하기가 괴로웠지만, 당장 장난 이야기를 몽땅 털어놓으면 자기 목이 교수대에 내걸릴 거라는 사실을 알고 있었으니까요."

경사는 잠시 이야기를 멈추고 다시 맥주를 마셨다.

"별로 할 말이 많지는 않습니다만, 저는 최소한 두 사람이 어디 다른 방에 단둘이 있게 내버려두는 일만은 막았어야 했습니다. 생각해보십쇼. 조금 전 서스턴 선생님은 자기가 부인과 함께 그런 장난을 친 건 사실이지만 살인은 저지르지 않았다고 이야기하려 했습니다. 하지만 여러분 모두 아시는 대로 윌리엄스가 아무 말 못 하게 막았죠. 서스턴 선생님은 누굴 의심해야 할지 몰랐지만 윌리엄스는 단 한 번도 의심해본 적이 없었을 겁니다. 그래서 순한 양처럼 다른 방으로 끌려갔죠. 솔직히 말해 그래서는 안 되는 거였지만, 전 만약 윌리엄스가 선생님에게 아무 말도 하지 말라고 해서 선생님이 윌리엄스를 조금이라도 의심하게 되면 우리도 증거를 더 얻을 수 있지 않을까 싶었습니다. 하지만 윌리엄스는 선생님을 방으로 데리고 들어가자마자 바로 총을 쏘고 나서 리볼버를 손에 쥐여준 다음, 자기가 등을 돌리자마자 서스턴 선생님이 스스로를 쏘았다는 이야기를 준비하고 문을 열고 나왔습니다. 그 말이 먹혀들면 자유의 몸이 될 테니까요. 아시겠죠?

윌리엄스는 아마 내가 서스턴 선생님을 정말로 의심한다고 생각한 모양입니다. 하지만 그렇지 않았죠. 내가 의심한 건 윌리엄스였습니다."

내가 물었다.

"도대체 어떻게 안 겁니까? 어쨌거나 그 '장난'을 준비한 건 서스턴 선생 아니었습니까? 부인이 죽었다고 말한 것도 서스턴 선생이었고요. 방으로 돌아가서 서스턴 부인을 죽인 게 윌리엄스라는 사실을 당신은 어떻게 알았죠?"

"간단합니다. 아까 저한테는 아무런 가설도 없다고 그랬었죠? 전 그런 일은 그다지 잘하지 못하니까요. 전 그냥 여러분 말마따나 평범한 경찰에 불과합니다. 그래서 범인이 핏자국과 잉크 자국을 어떻게 해결했는가 살펴봤죠. 그리고 핏자국과 잉크 자국 덕분에 누가 범인인지도 알 수 있었던 겁니다. 전 그냥 정석적인 방법을 쓴 겁니다. 반쯤 올라간 깃발이니 파리 잡아먹는 거미니 시드니 슈얼이니, 그런 화려한 속임수는 하나도 몰랐습니다. 선생님들도 아시겠죠. 전 그냥 범죄가 일어났을 때 통상적으로 따르는 절차를 수행했을 뿐입니다. 그래서 그 자국을 처음 발견하고 나서, 여러분이 그날 밤 입고 있었다는 옷을 쭉 살펴봤습니다. 그리고 윌리엄스의 셔츠 왼쪽 가슴팍, 겨드랑이 가까운 부분에서 희미한 분홍색 얼룩을 하나 발견했습니다. 빨간색 잉크였죠. 윌리엄스는 잉크가 묻어 있던 첫 번째 베갯잇을 벗겨서 자기 조끼 속에 쑤셔 넣고, 밖에 나가서 불에 태워버린 겁니다. 그때는 잉크가 덜 마른 상태였으니 그런 희미한 얼룩이 묻었던 거죠. 소맷부리 안쪽에서도 얼룩을 하나 더 찾아냈습니다. 역시 붉은빛이었지만, 그건 잉크가 아니라 피였습니다. 아마 재킷에 그런 얼룩이 더 많이 묻어 있었을 테지만 아무래도 일찌감치 갖다 세탁한 것 같더군요. 아무도 얼룩을 못 봤을 겁니다. 오른쪽 소매에 아주 약간, 조그맣게 묻어 있었거든요. 그래서 이자가 범인이란 걸 알았습죠.

하지만 증거가 더 필요했습니다. 시간은 충분했으니 자기가 남겨놓은 지문은 물론 다 지웠겠지만, 서스턴 선생님을 쏘았을 때 사용한 저 리볼버에 틀림없이 지문이 묻어 있을 거라는 생각이 들더군요. 그리고 왠지 나중에 몰래 숨겨 가지고 가서 지울 것 같다는 예감이 들었습니다. 그래서 그자를 바로 현장에서 잡았던 겁니다. 그리고 서스턴 선생님의 사인을 조사해보면 십중팔구 총알이 결코 자기 자신을 향해 발사된 게 아니란 사실을 알 수 있을 겁니다. 요새는 그런 걸 잘 알아내더라고요. 머리 가까운 곳이 아니라 1미터쯤 떨어진 곳에서 발사된 거라는 사실이 판명 나겠죠.

가장 중요한 증거는 이겁니다. 저는 윌리엄스의 방에 있는 난로 쇠살대에서 시커멓게 타 숯이 된 리넨 천 조각을 발견했고, 런던 경찰청의 감식과로 보냈습니다. 분명 방의 베갯잇과 같은 재질이라는 사실이 밝혀질 겁니다. 아마 하녀 아가씨가 난롯불 이야기를 해주지 않았더라면 결정적인 증거가 되지 않았을지도 모르죠. 그 아가씨한테 난롯불에 대해 물었을 때 윌리엄스가 저보고 입 닥치라고 했던 일을 기억하십니까? 그리고 여러분들도 저보고 끼어들지 말라고 그러셨죠? 그래서 나중에 아가씨한테 다시 물어봤습니다. 아가씨가 말하길 윌리엄스 씨는 방에 난로를 피우는 걸 별로 좋아하지 않았다고 그러더군요. 물론 손님들이 불을 붙여달라고 할 때를 대비해서 그 방에도 다른 방처럼 난로가 있었지만, 윌리엄스는 한 번도 난롯불을 땐 적이 없었다고 합니다.

그날 하녀가 윌리엄스의 방 벽난로 청소를 한 건 9시쯤이었을 겁니다. 왜냐하면 같은 날 아침 저택에 도착하자마자 제가 그 난로를 뒤져서 불에 탄 리넨 조각을 찾아냈거든요. 난로 안의 석탄은 아직 뜨거웠고 그 아가씨도 자기가 청소하면서 보니 따뜻했다고 하더군요. 하지만 난로 안에는 아주 작은 석탄 통 하나밖에 없었고 그 속에는 탄 석탄이 하나도 없었죠. 아마 윌리엄스는 한밤중에 직접 불을 붙여서 그 베갯잇을 태웠을 겁니다. 그러니 그자가 베갯잇을 태우는 모습은 누구도 못 봤겠죠."

"대체 동기가 뭐였을까요?"

이미 내 마음속에는 회의감은 사라지고 순수한 호기심만이 자리하고 있었다.

"동기요? 다른 누구보다 강한 동기가 있었죠. 저는 제일 먼저 서스턴 부인의 서류들을 훑어보았습니다. 보니까 돈은 그 놈이 다 관리하고 있더군요. 부인 돈을 가져다가 투자에 처박은 겁니다. 이상하다고 생각해보신 적 없습니까? 일 년에 2, 3천 파운드의 수입이 있는데다가 전혀 사치스럽지도 않은 부인이, 아무리 협박으로 돈을 많이 뜯겼다 하지만 계좌가 초과 인출로 막혀버리다니 말입니다. 이유는 이겁니다. 몇 년 동안 부인은 수입이 들어올 때마다 전부 윌리엄스에게 투자해달라고 맡겼고, 윌리엄스는 그걸 가지고 꽤 풍족하게 잘 먹고 잘 살았습니다. 그리고 이제 스톨에게 협박당하고 스트리클런드가 애원하자 부인은 돈이 필요하게 되었죠. 그러나 당연히 부인에게 돌려줄 돈은 없었겠죠. 주말에 여길 방문하면서 설마 하니 경찰의 눈을 피해 부인을 해치워버릴 좋은 기회가 도래하리라고, 이 친구가 상상이나 했겠습니까!"

33

더 들어야할 말은 없는 것 같았지만, 나는 떠오르는 질문을 하나하나 물어보기로 결심했다. 아무리 생각해도 이 이야기를 압도할 만큼 더 나은 가설을 세우기란 그 누구에게도 불가능해 보였기 때문이다. 그래서 비프 경사가 불안한 듯 커다란 은제 회중시계를 자꾸 쳐다보며 급한 약속에 늦기라도 한 듯 눈치를 주는데도 그를 붙잡고 계속해서 질문을 던졌다.

"밧줄은 어떻게 된 겁니까?"

"아, 그거요. 글쎄요, 윌리엄스는 하룻밤을 끙끙 고민한 끝에 상당히 깔끔한 범행 방법을 고안해낸 것 같더군요. 그때 윌리엄스는 서스턴 선생님이 의심을 피하기 위해 아내와 벌인 장난에 대해서는 입을 다물고 있기로 결심했다는 사실을 알고 있었습니다. 서스턴 선생님은 자기 변호사인 윌리엄스에게만 이 사실을 털어놓았을 게 분명합니다. 이제 와서 생각해보니 그랬을 것 같다는 생각이 드는군요. 물론 그 이야기를 듣고 윌리엄스는 여기 계신 신사분들이 무언가 가설을 늘어놓기 시작할 때까지 아무 말도 말라고 충고했겠죠. 탐정들이 그 장난에 대해 전혀 알지 못한 채 살인자를 잡아준다면 굳이 말할 필요가 없으니까요. 하지만 윌리엄스에게 진상을 털어놓았든 그러지 않았든, 윌리엄스는 선생님이 이야기할 누군가가 필요하다면 분명 다른 사람들에게 가기 전에 자신에게 먼저 오리라 예상하고 있었습니다. 그래서 선생님이 아무도 풀지 못할 미스터리를 참 잘 만들어놓았다고 느꼈지요.

하지만 문득 이게 미스터리치고는 좀 부족한 것 아닌가 하는 생각이 들었던 겁니다. 어쨌거나 이 사건을 해결할 수 있는 유일한 방법은 진실을 밝혀내는 것 딱 한 가지밖에 없었고, 그건 윌리엄스 입장에서 바람직한 일이 아니었습죠. 그래서 사람들 앞에 좀 다른 가능성도 제시해줘야겠다고 생각했던 겁니다. 이리하여 한밤중에 일어나 체육관으로 내려가서 사다리를 찾아 밧줄을 떼어다가 물탱크 속에 숨겼습니다. 그 작업을 하면서 그자는 꽤 불안했겠지만, 생각만큼 위험한 일은 아니었습니다. 혹시 누가 그 모습을 보고 의아하게 여기더라도 그냥 사건을 조사하다가 밧줄을 발견했다고 말하고, 범인이 그걸 어떻게 사용했는지 보여주면 되는 거니까요. 하지만 아무도 못 봤죠. 덕분에 윌리엄스는 안전하게 밧줄을 물탱크 속에 숨길 수 있었습니다. 혹시나 나중에 밧줄 길이가 부족하다고 증명될지도 모르니 밧줄 두 개를 다 떼어다 숨겼죠. 물론 결과적으론 헛수고였지만요."

"그럼 스트리클런드랑…… 그 펜던트는요?"

"그게 뭐 어쨌다는 겁니까? 사이먼 경께서 훌륭하게 설명해주셨잖습니까? 스트리클런드 씨는 부인의 의붓아들이었습니다. 도박을 하다가 약간 문제가 생겨서 이름도 바꿨죠. 서스턴 부인이 펜던트를 준 덕분에 경마에 100파운드를 걸어서 배당금을 왕창 받고, 전에 잃었던 것까지 만회했습니다. 아무튼 저는 그 말이 이겨서 참 다행이라고 생각합니다요. 오늘 밤은 마을에 내려가면 온통 술판이 벌어져 있겠군요. 시간 맞춰 갈 수만 있다면 참 좋을 텐데 말입니다. 물론 스트리클런드 씨가 거짓말을 한두 개 했을 수는 있어요. 자기가 이름 바꿨다는 얘기를 주저리주저리 떠들고 다니고 싶지는 않았을 테니까요. 그럴 이유가 뭐 있겠습니까? 그저 자기 신변이 마구 파헤쳐지는 게 싫었을 테죠.

시드니 슈얼에 갔던 일도 저한테는 무지하게 자연스러워 보이는데요. 살인 사건 조사한다고 닭장 같은 저택 안에만 처박혀 있으니 누군들 바깥에 나가서 바람도 좀 쐬고 그러고 싶지 않겠습니까? 그런 상황을 즐기는 사람은 아무도 없을걸요. 그리고 굳이 시드니 슈얼을 고른 이유라면 자기가 머물렀던 적 있는 동네였기 때문이겠죠. 하지만 거기엔 아무런 수수께끼도 없고, 노리스 씨나 펠로스랑 같이 갔던 데에도 별로 큰 이유는 없었을 겁니다."

나는 경사의 이론이 완벽한지 검증해보기로 했다.

"그럼 운전사는요? 하녀랑 그 전과자 오빠는요?"

경사가 미소를 지었다.

"그건 제가 잘 알고 있죠. 이런 조그만 동네에서 경사 노릇 하다 보면 동네 사람들이 어떤 사람이고 무슨 짓을 하는지 금방 알게 됩니다. 그러니까 누가 불법 사냥을 하는 버릇이 있는지, 또 누가 툭하면 술에 취해서 주정을 부리는지 그런 것 말이죠. 저는 그 펠로스라는 친구를 잘 압니다. 같이 다트 던지고 노는 사인걸요. 그 친구 항상 더블 18에서 시작하는데 한 번도 실수를 한 적이 없습니다요. 저금해놓은 게 조금 있고, 이니드랑 같이 여관 하나 운영하려고 오랫동안 고민했다는 것도 압니다. 그리고 그 친구가 이제 곧 레드 라이언을 인수할 거라는 사실도요. 이번 사건이 일어나기도 전, 아마 일주일쯤 전에 돈도 다 지불했습죠. 이니드의 오빠 마일스가 거기서 일하게 될 겁니다. 셋 다 신이 나서 좋아죽겠나 보더군요. 아마 마일스가 아닌 다른 사람을 고용할 생각은 없었을 겁니다. 이제 결혼도 할 거고, 그 친구가 원하는 건 그게 전붑니다. 어쩌면 마님한테 빨리 얘기 안 한다고 아가씨랑 좀 다퉜을 수도 있겠죠. 하지만 십중팔구 금요일 오후에 둘이 함께 외출했을 때 펠로스가 그날 밤 서스턴 부인에게 모든 것을 말하겠다고 약속했을 겁니다. 그 말에 마음을 가라앉힌 이니드와 나란히 차로 돌아갔을 테고, 그날 오후를 마지막으로 둘의 다툼은 끝났겠지요. 기억하시다시피 저녁 먹기 전 서스턴 부인이 쥐덫 이야기를 해야겠다며 그 친구를 불러냈을 때, 아마도 부인은 그날 밤에 자기 방에 오라는 얘기를 할 생각이었겠지만 그때 펠로스는 다 털어놓고 이번 주가 끝날 무렵 저택을 떠나겠다고 통보했을 겁니다. 그러니 여러분이 옷 갈아입으러 올라가실 때 부인이 다소 당황한 기색을 보인 것도 이상하지 않지요. 부인은 화가 났지만 그래도 할 말이 있으니 나중에 자기 방으로 올라오라고 설득을 했습니다. 예, 그러니까 11시에요. 그리고 이니드는 서스턴 부인이 자러 올라가는 소리를 들었습니다. 펠로스는 당장 올라가서 다 끝내버리고 싶었지만, 두 사람을 따라 올라가는 것처럼 보이고 싶진 않았을 겁니다. 그래서 어떻게 했습니까? 다른 사람들이라면 어떻게 했겠습니까? 당연히 시계를 보고서는 '어이쿠, 11시가 다 됐네' 하고 생각했던 것보다 시간이 빠르다는 듯, 은근슬쩍 자기가 서두르는 이유를 설명한 겁니다.

그러고 나서 마님의 방으로 올라갔지만, 안에서는 스톨이 200파운드를 가지고 실랑이를 벌이고 있었기에 들어갈 수가 없었습니다. 물론 펠로스는 안에 누가 있는지 몰랐겠지만 말

소리가 들렸으니 못 들어갔겠죠. 그리고 미리 말씀드리겠는데, 이건 전적으로 제 생각입니다만 펠로스는 다시 한번 방에 가보려고 계단을 내려오던 중에 비명을 듣고 놀라서 자기 방으로 도로 올라가버린 게 아닌가 싶습니다. 하지만 하녀는 딱하게도 끔찍한 경험을 하고 말았죠. 하필이면 비명이 들렸을 때 서스턴 부인의 방 바로 맞은편인 선생님 방에 있었으니까요. 아마 한동안 얼어붙어서 꼼짝도 못 했을 겁니다. 그러다 혼자서 움찔 놀라서 정신을 차렸겠죠. 분명 자기 애인이 부인의 방에 있으리라 생각했을 테니까요. 이니드는 잠깐 방 안에 머물러 있다가 여러분이 쿵쿵거리면서 올라오는 소리를 듣고 나서야 밖으로 나와서 여러분 사이에 섞여 있는 펠로스를 발견하고 적잖이 안심했을 겁니다. 그리고 요리사가 말한 대로 펠로스는 이니드에게 밑으로 내려가 있으라고 했죠.

이걸 유념해두십쇼. 마일스에게 알리바이가 있었다는 건 대단히 행운이라는 말입니다. 그 친구가 지금 동네에서 착실하게 살고 있고 레드 라이언에서 열심히 일하고 있거나 말거나 상관없이, 누가 마음만 먹으면 마일스의 과거를 끄집어내서 이 사건에 끌어들일 수 있고 그건 엄청나게 쉬운 일이거든요. 하지만 다행히도 여기 계신 신사분들과 저를 제외하면 아무도 그런 생각을 하지 못했기 때문에 마일스는 살아난 거죠. 물론 그 친구는 지금도 넘칠 만큼 성실하게 잘 살고 있습니다요. 다트 던질 때도 속임수 한번 쓴 적이 없어요. 아주 좋은 현상이죠. 글쎄 한번은 둘이서 다트를 하는데, 그 친구 다트가 60에 꽂힌 것 같았거든요. 제가 '100점이군' 하고 말했더니 마일스는 '아니야, 60이야. 거기 맞은 거 아니거든' 하더라니까요. 얼마든지 속이려고 시도해볼 수 있었던데다 전 이상한 점을 눈치채지도 못했을 텐데 말이죠. 하지만 그 친구는 그러지 않았단 말입니다. 얼마나 정직한 사람입니까요! 그러니까 이제 그 친구는 그만 볶아댑시다, 좀."

그때 나는 갑자기 스미스 신부가 자리에서 일어나는 모습을 보았다. 신부는 경사에게 전혀 원한을 품지도 않았으며, 훌륭한 스포츠맨답게 마지막 패배까지 한껏 즐긴 모양이었다.

"아시다시피 나는 예전에 실수라는 것을 단 한 번도 해본 적이 없답니다. 하지만 인간이란 온전치 못한 존재니, 얼마든지 잘못된 생각을 할 수도 있는 것이지요."

신부는 미소를 지으며 우리를 둘러보고는 우산을 집어 들었다.

"어디 가십니까?" 내가 물었다.

"목사관에 좀 가봐야겠습니다."

신부는 그렇게 대답하고는 종종걸음으로 나가버렸다. 우리는 신부가 음울한 목사관에서 돌아온 지 몇 시간 지나지 않았다는 사실을 모두 알고 있었지만, 이제 더이상 상관할 바가 아니었다.

방을 나가기 전 나는 문득 다른 의문이 들었다.

"그런데 말이죠, 경사님. 아직 설명하지 않은 부분이 한 가지 있습니다. 도대체 그 목사는 어떻게 된 거죠? 지금 생각해보니 이거 상당히 심각한 문제 같은데요. 경사님도 목사의 행동을 그렇게 간단히 설명하실 순 없으실걸요. 정말 이상했단 말입니다. 우선 그 사람이 저한테 했던 질문도 그렇고 과수원에서 어슬렁거렸다는 이야기도 그렇고, 살인이 터지자마자 그렇게 잽싸게 나타나서 시체 옆에 무릎 꿇고 있었던 것도 그렇고 심지어 자기 입으로 자기가 죄인이라는 말까지 했잖습니까? 도대체 그게 다 무슨 뜻일까요? 정말 미친 걸까요?"

비프 경사가 대답했다.

"미쳤다니, 그럴 리가요. 그 사람은 절대 미치지 않았습니다. 그건 그냥 도피의 일환이었죠. 말하자면 자기방어 같은 겁니다."

"자기방어라고요? 그럼 목사가 정말로 살인에 관여했다는 겁니까?"

"아뇨, 그런 뜻이 아닙니다. 그 사람이 뭘 그렇게 부끄러워했는지 정말 모르시겠습니까요? 엄청나게 쉬운 문젠데요."

"전 전혀 모르겠습니다. 뭐죠? 남의 일에 간섭하기 좋아하는 청교도 교리 말인가요?"

"아닙니다. 뭐, 그것도 그 일부긴 하지만요. 목사가 어떤 인간인지 보시지 않았습니까? 별것도 아닌 일에서 항상 나쁜 부분을 찾아내는 부류 아닙니까? 그게 무슨 의미인지 아시겠죠? 고약하고 나쁜 건 그 사람 자신의 마음이었던 겁니다. 그러니 스스로를 부끄러워하지 않고 배길 리가 있겠습니까요. 그날 밤 이 저택을 나가서 뭘 어쨌다고 했죠? 과수원에서 어슬렁거렸다고요? 그럴 리가요. 목사는 서스턴 부인이 곧 침실로 들 것이며, 귀찮아서 블라인드를 잘 내리지 않는다는 사실을 알고 있었습니다. 그리고 정원으로 나가면 보아서는 안 될 무언가가 보인다는 것도요. 그래서 비명을 듣고 달려올 수 있었던 거고, 나중에 그렇게 죄책감을 느꼈던 이유도 거기에 있죠."

사이먼 경이 느릿느릿 말했다.

"스미스 신부님이 만약 여기 계셨다면 이렇게 말씀하셨겠군요. 목사는 노지 파커였을 뿐만 아니라 피핑 톰Peeping Tom[1]이기도 했다고 말이죠."

[1] 몰래 엿보기를 좋아하는 사람을 가리키는 영어식 표현.

에필로그

레드 라이언의 넓은 바에는 환하게 불이 켜져 있고, 맥주로 가득 채운 커다란 잔은 행복하게 반짝반짝 빛났다. 이니드가 카운터 뒤에 서서 차분한 얼굴로 바라보는 가운데 비프 경사와 나, 그리고 펠로스와 마일스가 각각 한 팀이 되어 다트 게임을 즐기고 있었다.

"굳이 따지자면 경찰 대 범죄자라고 할 수 있겠네요."

우리가 게임을 시작하자 이니드는 그렇게 평했다. 몇 개월 전 서스턴 저택에서 벌어졌던 수수께끼 같은 사건에 내가 공헌했다는 점을 콕 집어낸 것이다. 그녀는 지금 우리를 맞상대하는 두 사내의 불행한 과거사가 그때 어떤 식으로 파헤쳐졌는지에 대해서는 잊어버린 모양이었다. 어쨌거나 '범죄자' 팀이 경기에서 앞서 나가고 있었다. 처음 만났을 때는 운전사였던 청년은 이제 여관 주인이 되었고, 그와 한 팀을 꾸린 처남은 비프가 이전에도 평했듯 다트 게임에 대단히 열심이었다.

윌리엄스는 일주일 전 교수형을 당했다. 공판이 열리자 그의 유죄를 주장하는 증거들이 공개되었고, 그 양도 어마어마했다고 한다. 내 생각에는 이번 사건에 관여했던 탐정 중 적어도 두 사람이 친절하게도 검찰 측에 힌트를 약간 제공했던 게 아닌가 싶다. 그들은 사람 좋게도 경사를 위해 힘을 보태주었고, 경사는 결코 그들에 대한 존경심을 잃지 않았다. 경사는 아직까지도 탐정들의 독창적인 발상에 감탄하면서 그 놀라운 재능을 부러워하곤 했다.

다트 게임이 끝났다. 펠로스는 게임을 끝내는 데 단 175점밖에 필요치 않았다. 나는 질투심 어린 눈빛으로 그가 다트 세 개로 트리플[1] 19, 트리플 20, 그리고 더블 톱을 맞히는 모습을 지켜보았다. 기가 막히게 놀라운 솜씨였다. 그러고 나서 훌륭한 맥주가 나오자 우리는 자리로 돌아갔고, 자연스럽게 우리가 처음 모이게 된 계기였던 그 비극 이야기가 나왔다.

"여하간 처음부터 끝까지 진짜 웃기는 일이었어."

펠로스가 말했다. 물론 그 사건이 정말로 우스웠다는 뜻이 아니라, 그저 예상치 못했던 일들이 정신없이 튀어나왔다는 뜻이었다.

"그랬지?" 이니드가 감자 칩을 바삭 씹으며 말했다. "범인

1 다트 과녁판에서 안쪽의 작은 동심원을 둘러싸고 있는 좁은 공간을 '트리플 링'이라고 한다. 이곳을 명중시키면 해당 점수의 세 배를 얻는다.

이 윌리엄스라는 사실이 밝혀지고 정말 그대로 쓰러져서 기절하는 줄 알았다니까. 물론 난 그 사람 별로 좋아하지 않았어. 자기가 엄청 잘난 줄, 대단한 줄 아는 사람이었으니까. 하지만 사람 하나를 죽일 수 있는 사람이라고는 생각해본 적 없었지. 아직도 안 믿겨지는걸. 글쎄, 사람 일은 정말로 모르는 거야."

마일스가 말했다.

"그놈은 부끄러운 줄 알아야 해. 어떻게 사람 목을 그렇게 그어버릴 수가 있어? 부인은 개미 한 마리도 못 죽이는 착한 사람이었는데."

펠로스가 말했다.

"아, 하지만 칼질 한 번에 큰돈이 굴러들어온다면 의외로 못 하는 일이 없는 법이야. 윌리엄스는 도대체 부인 돈을 가지고 얼마나 해먹었을까? 거의 6천 파운드는 꿀꺽하지 않았을까? 물론 이제는 영영 알 수 없겠지만. 아무튼 그렇게나 챙겼으니 부인이 입을 다물게 하려고 무슨 짓이라도 하려 들었던 거겠지."

이니드가 말했다.

"그래도 내가 보기에 그런 짓까지 할 필요는 없었어. 선생님을 총으로 쐈던 일도 마찬가지야. 그 사람이 죽었다고 아무도 슬퍼하지도 않을걸. 변호사가 그 인간 보고 뭐라고 했었지? '기회주의적 살인범'이라고 했던가? 아무튼 다가온 기회를 잘 잡기는 엄청 잘 잡았지."

"그래서 그렇게 진범을 잡아내기 힘들었던 거고요."

나는 조심스럽게 한마디 했다. 최근 내 의견을 너무 자유롭게 개진하는 것도 좋지 않다는 사실을 배운 덕이었다.

"맞아요. 그리고 내가 말하고 싶은 건요, 지금까지 내내 반복한 말이긴 하지만…… 그런 인간을 잡아내다니 비프 경사님은 정말 똑똑하다는 거예요. 정말 똑똑하세요!"

"옳소, 옳소!" 펠로스가 말했다.

경사는 턱수염을 쭉 빨았다.

"글쎄, 난 잘 모르겠네. 별것 아니었는데. 그냥 평소 따르는 절차대로 따라갔던 것뿐이야. 혈흔을 한번 보고 나니 모든 것이 쉽게 풀리던걸. 그리고 끝났지. 그래서 수사하러 온 신사분들에게 처음부터 계속 말했잖아, 이건 선생님들 같은 분들께는 너무 쉬운 문제라고 말이야."

"하지만 경사님, 불행하게도 그 사람들은 경찰한테 그런 말을 하도 많이 들은 바람에 경사님 말을 믿을 수가 없었던 거예요."

"뭐, 그게 맞는 것 같네. 하지만 진짜 별것 없었어. 잉크 자국하고 윌리엄스의 셔츠에 묻어 있던 얼룩 그리고 타다 남은 베갯잇 조각, 그게 전부였거든. 그러고 나니 나머지는 눈 깜짝

할 사이에 해결됐지. 그러니 절대 그런 분들이 풀 만한 사건이 아니었단 말씀이야. 그 사람들이 다룰 문제는 더 복잡한 사건이라고. 이건 그냥 단순한 경찰 업무였거든. 심지어 런던 경찰청에서조차 굳이 내려올 것이 없는 업무. 이런 일들은 거의 매일 일어나다시피 하는걸. 그리고 그냥 통상적인 지시에 따라 절차를 밟고 메모를 하고 나면 풀리는 문제지. 나도 그 사람들처럼 이야기를 술술 만들어낼 수만 있다면 참 좋을 텐데. 그건 정말 천재적인 재능이야. 음, 그나저나 다트나 한판 더 하지 않겠나?"

작가 정보

레오 브루스

Leo Bruce

본명은 루퍼트 크로프트쿡Rupert Croft-Cooke. 미스터리 팬들에게는 레오 브루스란 이름으로 더 친숙한 그는 희곡과 전기는 물론이고, 탐정소설에 이르기까지 픽션과 논픽션을 가리지 않고 다방면에서 활발하게 활동한 작가다.

1903년에 영국의 켄트 주 이든브리지에서 태어난 레오 브루스는 턴브리지 스쿨과 웰링턴 컬리지에서 교육을 받았다. 1923년부터 이 년간은 부에노스아이레스로 건너가 대학에 다녔는데, 그 시기에 《라 에스테야La Estella》라는 저널을 만들기도 했다.

1925년 런던으로 돌아온 브루스는 여러 직업을 전전하는 동시에, 잡지에 글을 게재하면서 프리랜서 저널리스트이자 작가로서 커리어를 시작한다. 한편으로는 미국의 잡지에 희곡 작품을 발표하기도 했으며, 심리학에 관한 라디오 프로그램의 진행자를 맡은 경력도 있다. 1940년에는 영국군에 입대하여 1946년까지 아프리카와 인도에서 복무하기도 했는데, 이 시기에 겪은 일 때문인지 이후에 군대에서의 경험과 관련된 책을 여럿 집필했다.

1947년부터는 《스케치The Sketch》에서 서평가로 활동했으나, 1953년에 동성애 혐의로 투옥된 다음에는 십오 년간 탕헤르에 거주했다. 그곳에서도 브루스는 집필 활동을 멈추지 않고 자서전, 소설, 시, 평전과 실용서 등 상당한 수의 저서를 완성했다. 1979년, 76세로 사망하기까지 브루스가 생전에 출간한 책은 126권에 달한다.

고전 미스터리의 원리에 가장 충실한 작가

20세기 초, 영국 미스터리의 황금기가 완연하게 무르익은 시기에 활발하게 활동한 레오 브루스의 작품에는 고전 미스터리, 특히 퍼즐과 수수께끼 요소가 충실하게 반영되어 있다. 복선과 치밀한 플롯, 교묘한 미스디렉션, 사건과 관련된 인물들을 한자리에 모아두고 범행의 과정과 범인의 정체를 밝히는 과정과 깜짝 결말이라는 고전적인 형식은 그의 작품에도 자주 등장하는데, 이는 작가가 기존 미스터리 소설에서 쓰이던 장치와 소재를 충분히 이해하고 있기 때문이다. 이러한 능숙한 기교는 미스터리 장르에 대한 작가의 애정과 깊은 고찰까지 느끼게 한다.

레오 브루스의 가장 잘 알려진 작품 『3인의 명탐정』(1936)

은 총 여덟 편의 장편소설에서 활약하는 '윌리엄 비프 경사'가 처음 등장하는 작품이다.[1] 비프 경사는 크고 시뻘건 얼굴에 맥주를 좋아해서 종종 숙취에 시달리는 모습으로 그려지는 시골뜨기 경관이다. 그의 곁에는 파트너이자 기록자로서 라이어널 타운젠드가 함께 활약하는데, 탐정이 빛날 수 있도록 하는 '왓슨' 역할에 지나칠 정도로 열심인 인물이다. 시리즈의 첫 작품 『3인의 명탐정』에서는 탐정소설의 장치와 클리셰 활용에 초점이 맞춰져 있어 크게 두드러지지 않지만 이후 작품에서는 두 사람의 유머 넘치는 대화도 시리즈의 재미 요소 중 하나다.

『3인의 명탐정』에서 화자인 타운젠드는 지인인 서스턴 선생의 초대를 받아 서식스 주에 있는 그의 저택을 방문했다가, 갑작스레 서스턴 부인이 자택에서 살해당하는 사건에 휘말리게 된다. 사건이 경찰에 알려지기 무섭게 세 명의 명탐정이 저택으로 속속 모여들고, 이들이 제각기 자신만의 방법으로 사건을 조사하고 서로 추리 경쟁을 벌이는 것을 타운젠드가 지켜보는 것이 소설의 주된 흐름이다.

세 명탐정들은 명성에 걸맞게 각자 흥미로운 추리 가설을 자신만만하게 내어놓는다. 하지만 결국에는 수사 과정 내내

1 비프 경사는 세 번째 장편소설 『결론이 없는 사건(Case with No Conclusion)』(1939)에서 경찰을 그만두고 사설탐정으로 활약하지만 계속 '경사'라 통칭된다.

유능한 탐정들의 걸림돌처럼 취급당하면서 그저 그런 조연에 불과할 것으로만 보였던 비프 경사가 깔끔하고 단순하게 진상을 밝히는 것이 작품의 반전이자 재미 요소 중 하나다.

작중 등장하는 추리 대결은 앤서니 버클리의 『독 초콜릿 사건』(1929)을 연상시킨다. 그 밖에 밀실 트릭에 대한 작가의 심도 있는 이해도 주목할 만하다. 또한 화자와 등장인물들의 입을 빌려 제기되는 장르 자체에 대한 의문은, 미스터리에 대한 작가의 깊은 고찰과 비평 의식을 보여준다.

능수능란한 패러디의 향연

미스터리를 어느 정도 읽어온 독자라면 금세 눈치채겠지만, 앞서 언급한 세 명의 명탐정은 각각 영미 추리소설 황금기의 유명 탐정들을 패러디한 인물들이다.

첫 번째 탐정 사이먼 플림솔 경은 도러시 세이어스의 탐정 '피터 윔지 경'으로부터 탄생한 것이 명백해 보인다.[1] 플림솔 경을 보필하는 집사 버터필드 또한 당연히 윔지 경의 집사 번터를 원본으로 삼고 있다.

두 번째 탐정은 아메르 피콩으로, 프랑스인이라는 설정에서 유추할 수 있듯 애거사 크리스티의 탐정 '에르퀼 푸아로'를

1 윔지 경의 이름 '피터(Peter)'는 성경 속 인물인 '베드로'로부터 온 것인데, 그의 본래 이름은 '시몬'이다. '시몬'은 영어에서는 '사이먼'으로 읽는다.

모델로 삼은 인물이다.[II] 첫 등장에서 푸아로처럼 왜소한 체격에 커다란 달걀 같은 머리를 지닌 모습으로 묘사되며, 역시나 잘난 척이 심하고, 서스턴 저택에서 제공한 훌륭한 식사를 즐기면서 유난히 행복해하기도 한다.

마지막으로 스미스 신부는 자연스럽게 G. K. 체스터턴의 브라운 신부를 연상시킨다. 브라운 신부와 마찬가지로 작고 통통한 외모를 지닌 스미스 신부는 검은색 대신 녹색 우산을 들고 다닌다. 또한 인간의 행동을 면밀히 관찰하고 심도 있게 통찰한 것을 바탕으로 추리를 펼치는 것 또한 원본이 된 인물과 매우 흡사하게 그려진다.

세 탐정은 외모만이 아니라 말투, 행동, 사고방식과 추리법까지 원본을 훌륭하게 모방하고 있다. 또한 그들이 해결했던 사건을 연상시키는 대화가 삽입되는 등, 원본이 되는 인물들에 해박한 독자에게 소소한 재미를 한 번 더 안겨준다. 이렇게 패러디 정신과 장난기로 가득한 작품이 등장할 수 있었던 데에는 완전히 성숙기에 접어든 영국 추리소설의 황금기가 배경이 되어주었을 것이다.[III]

II 벨기에산 주류 가운데 '아메르 피콩'과 동명인 술이 있다. 또한 에르퀼 푸아로는 벨기에인이다.

III 『세계 미스터리 작가 사전(世界ミステリ作家事典)』, 국서간행회 펴냄, 1998.

작품 목록

윌리엄 비프 경사 시리즈

Case for Three Detectives (1936) - 『3인의 명탐정』(김예진 옮김, 엘릭시르 펴냄, 2023)

Case Without a Corpse (1937)

Case with No Conclusion (1939)

Case with Four Clowns (1939)

Case with Ropes and Rings (1940)

Case for Sergeant Beef (1947)

Neck and Neck (1951)

Cold Blood (1952)

캐럴러스 딘 시리즈

At Death's Door (1955)

Death of Cold (1956)

Dead for a Ducat (1956)

Dead Man's Shoes (1958)

A Louse for the Hangman (1958)

Our Jubilee Is Death (1959)

Jack on the Gallows Tree (1960)

Furious Old Women (1960)

A Bone and a Hank of Hair (1961)

Die All, Die Merrily (1961)

Nothing Like Blood (1962)

Crack of Doom (1963, 미국판 제목은 'Such Is Death')

Death in Albert Park (1964)

Death at Hallows End (1965)

Death on the Black Sands (1966)

Death at St. Asprey's School (1967)

Death of a Commuter (1967)

Death on Romney Marsh (1968)

Death with Blue Ribbon (1969)

Death on Allhallowe'en (1970)

Death by the Lake (1971)

Death in the Middle Watch (1974)

Death of a Bovver Boy (1974)

본명 '루퍼트 크로프트쿡'으로 쓴 소설

Release the Lions (1933)

Seven Thunders (1955)

Barbary Night (1958)

Thief (1960)

Clash by Night (1962)

Paper Albatross (1965)

Three in a Cell (1968)

Nasty Piece of Work (1973)

단편집

Murder in Miniature, The Short Stories of Leo Bruce (1993, '윌리엄 비프 경사' 시리즈와 '캐럴러스 딘' 시리즈에 속하는 단편이 다수 수록되어 있다.)

Pharaoh with His Waggons and Other Stories (1937, 본명 '루퍼트 크로프트쿡'으로 발표했다.)

A Football for the Brigadier and Other Stories (1950, 본명 '루퍼트 크로프트쿡'을 사용했다.)

범죄 실화

Smiling Damned Villain (1959)

미스터리 책장 전체 목록

- 살인해드립니다 — 로런스 블록 지음, 이수현 옮김
- 엿듣는 벽 — 마거릿 밀러 지음, 박현주 옮김
- 상복의 랑데부 — 코넬 울리치 지음, 이은선 옮김
- 특별 요리 — 스탠리 엘린 지음, 김민수 옮김
- 처형 6일 전 — 조너선 래티머 지음, 이수현 옮김
- 소름 — 로스 맥도널드 지음, 김명남 옮김
- 그리고 누군가 없어졌다 — 나쓰키 시즈코 지음, 추지나 옮김
- 제비뽑기 — 셜리 잭슨 지음, 김시현 옮김
- 시간의 딸 — 조지핀 테이 지음, 권도희 옮김
- 황제의 코담뱃갑 — 존 딕슨 카 지음, 이동윤 옮김
- 힐 하우스의 유령 — 셜리 잭슨 지음, 김시현 옮김
- 유괴 — 다카기 아키미쓰 지음, 이규원 옮김

옮긴이 김예진

한국외국어대학교 영어학부 영어통번역학을 전공했다. 옮긴 책으로 『철교 살인 사건』, '엘러리 퀸 컬렉션' 시리즈의 『미국 총 미스터리』, 『스페인 곶 미스터리』, 『노파가 있었다』, '아르망 가마슈 경감' 시리즈의 『아름다운 수수께끼』, '샘 호손 박사의 불가능 사건집' 시리즈 외 다수가 있다.

3인의 명탐정
CASE FOR THREE DETECTIVES

초판 발행 2023년 5월 25일

지은이 레오 브루스 | 옮긴이 김예진

책임편집 김유진 | 편집 임지호 | 외주교정 김정현
표지디자인 이현정 | 본문디자인 유현아
저작권 박지영 형소진 최은진 오서영
마케팅 정민호 김도윤 한민아 이민경 안남영 김수현 왕지경 황승현 김혜원
브랜딩 함유지 함근아 박민재 김희숙 고보미 정승민
제작 강신은 김동욱 임현식 | 제작처 천광인쇄사

펴낸곳 (주)문학동네 | 펴낸이 김소영
출판등록 1993년 10월 22일 제2003-000045호
브랜드 엘릭시르

주소 10881 경기도 파주시 회동길 210
문의 031-955-2637(편집) 031-955-2696(마케팅) 031-955-8855(팩스)
전자우편 editor@elmys.co.kr | 홈페이지 www.elmys.co.kr

ISBN 978-89-546-9189-5 03840

엘릭시르는 출판그룹 문학동네의 장르문학 브랜드입니다.

잘못된 책은 구입하신 서점에서 교환해드립니다.
기타 교환 문의 031) 955-2661, 3580